JAN DOBRACZYŃSKI

DAS HEILIGE SCHWERT

Ein Paulus-Roman

BRENDOW VERLAG

CIP-Kurztitelaufnahme der Deutschen Bibliothek

Dobraczyński, Jan:
Das heilige Schwert: e. Paulus-Roman / Jan Dobraczyński.
[Ins Dt. übers. von Kurt Fünfeich.
Für d. dt. Ausg. bearb. von Hellmut Schlien]. –
Moers: Brendow, 1986.
(Edition C: M: 85)
Einheitssacht.: Swiety miecz ‹dt.›
ISBN 3-87067-278-1
NE: Schlien, Hellmut [Bearb.]; Edition C / M

ISBN 3-87067-278-1
Edition C – M 85

Diese Lizenzausgabe erfolgt mit Genehmigung des
Herder Verlags, Freiburg.
Umschlaggestaltung: El Shalom Wieberneit
Printed in Germany

ERSTER TEIL

I

DER GERETTETE KNABE

Die düstere Treppe dröhnte unter dem Scharren unzähliger Füße.

Von Entsetzen gejagt, drängten die Menschen aufgeregt nach unten, schoben sich, dicht aneinander, angsterfüllt und stumm vor Schrecken vorwärts, dem Aufschrei nach, der jäh aus der Stille des dunklen Hofes zu ihnen gedrungen war und sie unvermittelt aus der tiefen Versunkenheit gerissen hatte, mit der sie seit vielen Stunden den Worten des Apostels lauschten.

Es war ein Schrei wie aus einer anderen Welt, grauenhaft in seiner schrillen Verlorenheit, und die Menschen folgten ihm blind, als seien sie fast willenlos durch das Leid getrieben, von dem er kündete.

Jetzt umstanden die ersten die wimmernde Frau und blickten schweigend auf den leblosen Körper des Knaben, vor dem sie hingesunken war. Die Männer schüttelten mitleidig die Köpfe, und die Frauen stimmten jammernd in die Klagerufe der Mutter ein. Keiner der Umherstehenden rührte eine Hand. Hier noch helfen zu wollen, erschien ihnen allen zwecklos. Der Knabe, der aus dem dritten Stockwerk gefallen war, gab kein Lebenszeichen mehr von sich.

Fast unbemerkt in der allgemeinen Verwirrung war Paulus auf den Hof getreten. Jetzt schob er sanft die dicht zusammengeballte Menge auseinander und drang allmählich bis zur vordersten Gruppe vor.

Voll tiefen Mitgefühls schaute er auf die unglückliche Mutter, kreuzte die Hände vor der Brust und begann zu beten.

Während seine Lippen sich lautlos bewegten, trat eine starke Spannung auf sein Gesicht. Plötzlich kniete er nieder, umfaßte den Knaben mit seinen Armen und richtete ihn mühsam auf.

Die Arme des Leblosen fielen am Körper herab, dumpf schlugen die Hände auf die Steinplatten auf, und der Kopf hing schlaff im Nacken.

Wieder bewegten sich die Lippen des Apostels, als wiederhole er mehrfach ein kurzes Wort. Gebannt verfolgten die Umstehenden seine Anstrengung; kaum schien er den ohnmächtigen Körper halten zu können. Doch niemand kam ihm zu Hilfe. Wie gelähmt schauten sie auf ihn.

Plötzlich schrie jemand auf, und sofort geriet die Menge in Bewegung und drängte neugierig näher.

Über die bleichen Wangen des Knaben lief ein leichtes Zittern. Die bisher starr geöffneten Lippen schlossen sich halb, und den Körper schien ein leiser Lebensstrom zu bewegen.

Zahlreiche Hände streckten sich jetzt vor, um Paulus zu helfen.

„Er lebt!" schrie wie von Sinnen die Mutter auf. Mit flakkerndem Blick beobachtete sie das Gesicht des Knaben und sah, wie seine Lippen sich langsam wieder öffneten.

„Er lebt!" Mit beiden Händen umklammerte sie die Schultern des Knaben und zerrte an seinem Arm.

„Er lebt!"

Sie sprang auf.

„Seht her, Leute, er lebt!"

Mit zitternden Fingern wies sie auf seine Augen, die langsam wieder Glanz bekamen, und auf das schwache Lächeln, das jetzt die Lippen des Knaben zu umspielen begann.

„Er lebt wieder!"

Erregt wandte sie sich Paulus zu und rief, mit der Hand auf ihn weisend:

„Seht! Er hat ihn auferweckt! Er! Der Große! Der Heilige!“

Sie fiel vor ihm auf die Knie, ergriff seine Hand und versuchte, sie zu küssen.

Doch Paulus entzog sie ihr und trat unwillkürlich einen Schritt zurück.

„Bist du von Sinnen, Weib?“ rief er beinahe streng. „Jesus hat dir deinen Sohn wiedergegeben, nicht ich. Danke Ihm dafür!“

Langsam bahnte er sich einen Weg durch die Menge, und die Menschen wichen scheu vor ihm zurück.

So schritt er wieder auf das Haus zu, unscheinbar und ärmlich unter den großen Fischern und Handwerkern, die ihn gut um Haupteslänge überragten.

Keiner wagte ihn aufzuhalten. Sie streckten nur ihre Hände nach ihm aus, und voller Ehrerbietung berührten sie seinen Mantel und sein Gewand.

Als er das bemerkte, wehrte er sie ab und verbarg seinen Unmut hinter einem Lächeln.

Ehrfurchtsvolle Blicke folgten ihm. Er aber schaute zu Boden und kehrte langsam in den schwülen, von flackernden Öllämpchen trübe erhellten Raum des oberen Stockwerks zurück und setzte bald danach seine Predigt fort.

Unter erregtem Flüstern waren ihm die Menschen aus dem Hof gefolgt.

„Er hat ihn wirklich auferweckt!“ raunte eine Frau ergriffen hinter ihm her, und eine andere fiel ihr bestätigend ins Wort: „Er ist ein großer Wundertäter. Auch die alte Doris hat er geheilt.“

„Doris?“ Mehrere drehten sich gespannt um. „Was du nicht sagst!“

„Was, das wißt ihr nicht? Ihre Tochter nahm heimlich seinen Gürtel und legte ihm einen anderen um. Mit seinem alten, zerfransten aber umgürtete sie ihre Mutter. Und die Krankheit schwand sofort ..."

„Sie kränkelte doch so viele Jahre?"

„Jetzt wurde sie sofort gesund. Ihre Tochter kam gestern, um Paulus zu danken. Die Alte kann schon ohne Hilfe vom Bett aufstehen."

„Unglaublich! Seit Jahren war sie ans Bett gefesselt."

„Und was sagte er, Praxedis?"

„Er sagte: Freue dich, meine Tochter. Danke Jesus dafür. Er ist es, der deiner Mutter die Gesundheit wiedergab. Meines Gürtels hat es dazu nicht bedurft."

„Ohne den Gürtel wäre Doris weiter krank geblieben."

„Er ist wie die Götter, die zur Erde niedersteigen."

„Still! Was schwatzt du da? Er sagt, daß es keine Götter gibt. Nur einen Gott."

„Jesus Christus."

„Und er? Was ist er?"

Mit noch größerer Inbrunst lauschten die Frauen jetzt seinen Worten. Keinen Blick ließen sie von dem dunklen, leuchtenden, wie aus poliertem Stein gehauenen Gesicht mit dem silbergrauen Bartwuchs, den schwarzen Augen, die aus rötlichen Lidern hervorsprühten und von einer breiten Stirn umrahmt waren, über der sich krauses Haar lockte.

Niemand störte sich daran, daß der unansehnlich, ja ärmlich gekleidete Mann nicht so wirkungsvoll und fließend sprach, wie man es von den redegewandten Philosophen gewöhnt war, die ihre Lehre auf Plätzen und Straßen verkündeten.

Seine Worte klangen hart, seine Rede war zuweilen ein wenig unbeholfen und stockend, und oft mußte er, um sich besser verständlich zu machen, seine mit Leinenlappen umwickelten Hände zu Hilfe nehmen, deren Finger derbknochig und von starken Gelenkknoten entstellt waren.

Und trotzdem hingen alle aufmerksam an seinem Munde, wenn er sprach, und wer ihm zuhörte, spürte, wie er jedes Wort selbst zutiefst miterlebte. So schwang noch in den heftigen Vorwürfen, mit denen er seine Zuhörer nicht zu verschonen pflegte, ein Bedauern darüber mit, daß er so sprechen mußte, ein Mitleid, das von tiefer Zärtlichkeit getragen war. Und immer wieder kehrte er zu der Bitte zurück, an die er sie nicht oft genug mahnen konnte: Denkt nicht nur daran, was euer ist, sondern denkt daran, was des Nächsten ist. –

Als es Zeit zum Essen war, beendete Paulus seine Predigt. Auf einen Wink von ihm standen die Frauen auf und eilten mit Brot und Wein herbei. Sie umdrängten ihn geschäftig, denn eine jede wollte ihn gern bedienen. Er aber tat, als bemerke er ihren Eifer nicht. Aus dem ersten Korb nahm er Brot, unter die nächste Kanne hielt er sein Trinkgefäß. Dann erhob er sich. Wie er so dastand, gedrungen und klein von Wuchs, wirkte er fast unscheinbar. Sein Kopf neigte sich mit einem schmerzlichen Ausdruck der linken Schulter zu. Aber die Menschen sahen nur das sanfte Lächeln, das seine leicht gewölbten, halb geöffneten Lippen jetzt umspielte.

Alle standen auf, und eine tiefe Stille trat ein.

Paulus sprach ein kurzes Gebet. Dann umarmte er den ihm zunächst Stehenden und küßte ihn. Dieser gab den Kuß an seinen Nachbarn weiter und dieser an den nächsten. Durch den ganzen Versammlungsraum pflanzte sich diese innige Gebärde fort. Alle küßten einander, Freie und Unfreie, Reiche und Arme. Für einen Augenblick vergaß ein jeder sein Los, die Ärmsten fühlten sich wieder als Menschen, die Glücklichsten verspürten das Bedürfnis, an ihrem Glück auch andere teilnehmen zu lassen.

Geflüsterte Bekenntnisse wurden ausgetauscht: „Es tut mir leid, Bruder ... trag es mir nicht nach, wenn ich Böses zu dir gesprochen habe ...“

Zuweilen waren es auch nur stumme Geständnisse. ‚Habe ich dir ein Huhn gestohlen, vergib mir!' ‚Nannte ich dich einen Dummkopf, willst du es mir verzeihen?' Man antwortete von ganzem Herzen: „Ich verzeihe dir, aber verzeih du auch mir; vergiß es, wie auch ich mich nicht mehr daran erinnern will ..."

Endlich war der Kreis der Vergebung geschlossen. Nun beugte sich Paulus zu dem Jüngling neben ihm und hieß ihn aus der Papyrusrolle, die er vom Gürtel gezogen hatte, den Gesang des Jesajas vorzulesen:

„Macht doch die Tore auf!
Ein frommes, treuergeben Volk zieht ein.
Du wahrst den Frieden einem Herzen, das sich tröstet,
den Frieden, weil es sich auf Dich verläßt." –

Als er geendet hatte, neigten die Versammelten ihre Häupter und antworteten: Amen! So sei es!

In die Stille tönte wieder die tiefe Stimme des Lehrers. Er streckte seine Hand aus und nahm ein Brot. Langsam erhob er sein Gesicht unter dem gelblichen Schein, der von den Steinsäulen-Lämpchen herabfloß.

Leise und eindringlich begann er zu sprechen und seinen Zuhörern von dem geheimnisvollen Ereignis seines Lebens zu künden. Er war ganz in die Erinnerung an jenen Tag versunken, dessen Wunder er seinen Hörern deutlich machen wollte.

Die Menschen hielten den Atem an. Denn zwischen dem, was Paulus gesehen hatte, und ihrer Welt, dem Alltag des lärmenden Hafens, klaffte ein tiefer Abgrund.

Der Gast vom europäischen Festland war für sie der Bote aus einer fremden Welt erschütternder Geheimnisse. Oft hatten sie befürchtet, daß jenes Leben, von dem sie erfahren hatten, vielleicht gar nicht wirklich war; vielleicht nur ein schönes Märchen, zum Troste ausgedacht, um ihnen ihr schweres Schicksal leichter zu machen.

Aber Paulus sagte klar und einfach: „Der Herr hat es mir gesagt“ und „Ich habe es gesehen“.

Und als er das Brot brach, erschauerten sie, denn es wurde ihnen bewußt, daß dieses Brot kein Brot mehr war. Die Stücke Brot wanderten von Hand zu Hand, der Kelch berührte viele Lippen.

Demütig senkten sie ihre Häupter, knieten nieder und verdeckten ihr Gesicht. Sie küßten den Kelch, bevor der Wein ihre Lippen netzte.

Ihrem Munde schien es nur Brot und Wein. Aber die Macht der Worte des Mannes, der selbst alles gesehen hatte, zerstreute ihre Zweifel und bestärkte sie in ihrer Hoffnung. Allzusehr hatte die lange Zeit der Erwartung an ihrer Geduld gezehrt. Denn schon waren fünfundzwanzig Jahre verflossen seit jenem Tage der Wandlung und all dessen, was sich danach ereignet hatte.

Und immer wieder brach Paulus das Brot und sprach bei jedem Stück die Worte, die in jener Nacht gesprochen worden waren.

Die weiter entfernt standen, traten näher heran, um mit ausgestreckten Armen ehrfürchtig das Brot zu empfangen. Manche nahmen auch ein zweites Stück und wickelten es sorgsam in ein reines Tüchlein, um es mit nach Hause zu nehmen und ihren Angehörigen zu bringen.

Erst als alle ihr Teil aus der Hand des Lehrers empfangen und mit ihm gebetet hatten, setzte er sich wieder und hieß die knienden Jünger aufstehen.

Jetzt wurde das Mahl aufgetragen, das der Goldschmied Amphiaros und der Kaufmann Sergius gestiftet hatten; aber auch der arme Fischer Bartakes hatte seinen gesamten nächtlichen Fischfang dazu beigesteuert.

Schüsseln mit griechischer Mehlsuppe wanderten von Hand zu Hand, Fleisch und Fisch, Körbe mit Bohnen, Knoblauch,

Oliven, Trauben und Äpfeln, danach das mit Käse, Honig und Mohn gefüllte süße Gebäck. Aus den bauchigen Tonkrügen wurde reichlich Wein nachgeschenkt.

Alle schmausten und tranken nach Herzenslust, und kaum einer sah auf, als Paulus sich leise von der Tafel erhob und den Raum verließ.

Sie wurden sein Verschwinden erst gewahr, als mehrere Fremde eintraten und nach Paulus Ausschau hielten: Gajus, Aristarch, Sosipater, Sekundus, Tichikus und Trophimus, die Abgesandten der Gemeinden aus Beröa, aus Derbe und Thessalonich, die gewohnt waren, das alljährliche Opfer für die Armen der Kirche zu Jerusalem darzubringen. Sie waren einige Tage vor Paulus aus Europa eingetroffen und wollten von hier aus gemeinsam mit ihm die Reise fortsetzen.

Auch Lukas aus Antiochia war unter ihnen, der mit Paulus nach Troas gekommen war, ein noch junger Mann, der sich aber wegen seines ärztlichen Wissens eines großen Ansehens bei ihnen erfreute.

Aufgeregt gingen sie an den Tisch zu Timotheus und bestürmten ihn, der dem Lehrer am nächsten stand, mit Fragen.

Timotheus breitete ratlos die Hände aus. „Vorhin sagte er mir, alle sollten nach Assos segeln, er aber wolle zu Fuß hingehen. Mit wem? habe ich ihn gefragt. Allein, hat er geantwortet. Und als ich ihm widersprach, als ich sagte, er könne unmöglich allein gehen, nahm er mich bei der Hand, schüttelte sie leicht und sagte lächelnd: ‚Ich habe es nicht gern, wenn du widersprichst. Ich will es so. Genügt dir das nicht? Wir treffen uns in Assos . . .!‘ “

„Will er heute noch fort?“

„Ja. Deshalb habe ich euch ja rufen lassen.“

„Aber er darf nicht allein gehen. Er ist doch krank.“

„Nun, und die Juden! Kaum ist es uns gelungen, die zu überlisten, die ihm in Kenchreä auflauerten.“

„Wenn ihn einer von den Zeloten trifft, erschlägt er ihn ohne Zögern ...“

Sie schwiegen bekümmert. Die Angst um ihren geliebten Lehrer quälte sie. Nicht genug, daß er in die Höhle des Löwen zurückwollte – sie sollten ihn auch noch allein, vollkommen allein den fast dreihundert Stadien weiten Weg von Troas nach Assos zu Fuß gehen lassen ...

„Man müßte es den Frauen sagen“, riet Trophimus. „Vielleicht verstehen sie, ihn davon abzuhalten ...“

Aber die Männer, die Paulus besser kannten, Timotheus, Sosipater und Lukas, schüttelten nur die Köpfe. Ach, die Frauen! Selbstverständlich würden sie für den geliebten Lehrer alles tun. Sie waren bereit, für ihn durchs Feuer zu gehen. Aber Paulus hätte sie nie um einen Gefallen gebeten. Eher war er ihnen gegenüber zu streng. Wenn ihn eine um etwas fragte, antwortete er ihr nicht selten: ‚Was fragst du mich? Frage deinen Mann oder deinen Vater ...!‘ Ach nein! Die Bitten der Frauen würden ihn erst recht nicht umstimmen.

„Nur du, Lukas, kannst etwas bei ihm erreichen“, sagte Timotheus. „Nur du kannst ihn überzeugen. Du weißt, wie schwach er ist und wie sehr ihm hier an der asiatischen Küste seine Krankheit zu schaffen macht ...“

Aller Augen richteten sich jetzt auf den Arzt. Dieser zuckte jedoch nur leicht mit den Achseln.

„Ich will es versuchen“, sagte er. „Vielleicht kann ich ihn auch durch eine andere Nachricht zu einem besseren Entschluß bringen. Ich komme gerade vom Hafen ...“

Er brach ab und machte eine Handbewegung, als wolle er sagen: darüber wird später noch zu reden sein.

Langsam stand er von der Bank auf und warf den Saum seines Himations über den Rücken.

„Wo finde ich ihn, Timotheus?“

„Er sitzt unten in der Werkstatt. Er webt wie immer.“

Lukas durchmaß mit ruhigen Schritten das Zimmer. An der Tür traf er auf eine Schar Frauen, die ihn erschrocken anblickten. Offenbar hatten sie das Gespräch mit angehört, denn sie fragten jetzt besorgt: „Er will nach Assos? Ganz allein?“

Lukas nickte. Sie brachen in ein ängstliches Gewisper aus. Aber er ging bereits weiter, die dunkle Treppe hinab.

Als er am Fenster vorbeikam, hielt er einen Augenblick an.

Der Morgen dämmerte klar und heiter herauf. Die ersten Sonnenstrahlen glitten über die flachen Dächer der Häuser. Hinter der Stadt, die vom Grün der Bäume und Sträucher umgeben war, glitzerte das leicht bewegte Meer. Die weißen Wolken am Himmel glichen Segeln, die sich von den Schiffen losgerissen hatten und allein im Raume schwebten. In der stillen Bucht schaukelten einige Schiffe. Die Sterne hatten am Himmel gestanden, als Lukas noch an Deck eines von ihnen geweilt hatte. Jetzt, da sich die Nachricht von ihrer Ankunft verbreitet hatte, eilte bestimmt schon eine große Menge hin.

Lukas atmete tief auf. Er war sich über den Erfolg seines Gesprächs mit Paulus durchaus nicht sicher.

Noch einmal warf er einen Blick durch das Fenster, dann schritt er weiter die Treppe hinunter.

Im Flur zu ebener Erde öffnete er leise die Tür, die ins Zimmer führte. Trotz der Dunkelheit unterschied er eine Gestalt, die am Boden saß und emsig webte.

Flinke Finger schossen das hölzerne Schiffchen gewandt durch die Kette, immer wieder fiel der Rahmen mit hartem Aufschlag, und eine Bahn schweren schwarzen Stoffs aus Ziegenhaar, Cilicium genannt, schob sich auf die Füße des Webenden.

Lukas trat an ihn heran. Eine Weile schaute er den geschickten Bewegungen der dunklen Finger zu, dann legte er Paulus behutsam die Hand auf die Schulter:

„Ich möchte dich etwas fragen, Paulus ...“

II

DIE ROMFAHRER

Paulus unterbrach seine Arbeit und hob den Kopf. Sein im Dämmerlicht kaum wahrnehmbares Gesicht zeigte ein freundliches Lächeln.

„Was willst du, Lukas?"

Der junge Arzt beugte sich vor, um in dem dunklen Antlitz zu forschen: „Stimmt es", fragte er geradeheraus, „daß du zu Fuß und allein nach Assos willst?"

Paulus hob die Augenbrauen: „Ach, dieser Timotheus! Gewiß hast du es von ihm! Muß er immer alles ausplaudern? Ja, ich gehe allein nach Assos. Was soll es schaden?"

„Du weißt selbst, Paulus, es ist nicht ungefährlich für dich. Hast du den Überfall am Wege nach Kenchreä schon vergessen?"

„Nein, natürlich nicht. Aber wenn mir wirklich Gefahr droht, wie du meinst, dann werde ich ihr auf diese Weise am ehesten entgehen. Wer mich verfolgt, wird mich bei euch suchen und nicht auf meiner einsamen Straße."

„Vielleicht hast du recht", gab Lukas ohne große Überzeugung zu. „Aber denke an deinen Zustand. Du bist schwach und anfällig, und das Klima hier an der asiatischen Küste hat dir immer zu schaffen gemacht."

Paulus lächelte wieder. „Du kennst meine körperliche Schwäche und weißt, wie gern sie mir in die Quere kommt. Aber trotz alledem – ich lebe, ich ziehe umher und verkünde das Evangelium meines Herrn ... Glaube mir: es würde mir schlechter gehen, wenn ich nicht predigen dürfte. Und was ist an meinem Leben gelegen? Ein Leben ohne Lehre hat für mich keinen Wert."

„Aber für uns hat es einen Wert, Paulus. Weshalb willst du eigentlich nach Jerusalem? Ich weiß nur zu gut, wie dich die Menschen dort hassen. Ich habe Angst um dich. Geh nicht hin!"

„Jeder von uns Juden muß sein Opfer im Tempel darbringen."

Lukas schüttelte den Kopf. „Die Zeit des Opferns ist vorbei. Nicht durch Taten – das lehrst du doch selbst –, sondern allein durch den Glauben erlangen wir die Seligkeit."

„Du hast recht", gab Paulus zu. „Aber ich muß trotzdem nach Jerusalem zurück. Ich muß. Ihr braucht nicht mehr hin – ihr seid frei ..."

„Frei? Wir? Und du? Das verstehe ich nicht."

Geduldig fuhr Paulus fort: „Später wirst du mich verstehen. Sag' nichts mehr dagegen. Ich muß nach Jerusalem. Ich muß meinen Auftrag ausführen. Und diese kurze Strecke Wegs möchte ich allein gehen. Was bedeuten ein paar Stadien! Wir sind schon weiter gegangen und haben niemals Angst gehabt vor wilden Tieren, vor Frost, Durst und der Mühsal langer Wege, und erst recht nicht vor Räubern ..."

Paulus beugte sich wieder zum Webstuhl nieder und Lukas begriff, daß jedes weitere Wort nutzlos war.

Trotzdem wollte er nicht so leicht aufgeben. „Erlaube mir wenigstens", bat er eindringlich, „daß ich mich vergewissere und dich genau untersuche, ob deine Kräfte dieser anstrengenden Reise gewachsen sind."

Paulus wollte ungeduldig auffahren, aber von der liebevollen Besorgtheit des Arztes gerührt, bezwang er seinen Unmut und erwiderte mit einem nachsichtigen Lächeln: „Wenn du es unbedingt willst ..."

Er erhob sich, ging zur Tür und schob den Riegel vor. Ruhig löste er dann seinen Gürtel und nahm den Chiton von der Schulter.

Der ausgemergelte, kleine, fast zwergenhafte Körper rührte Lukas. Gewohnt, kräftige, muskelstrotzende Männer in der Arena, in der Rennbahn und in den Thermen zu sehen, ergriff den Arzt immer wieder der Gegensatz dieser herabhängenden Schultern mit der eingefallenen Brust und dem großen Kopf, der sich auf einem langen Hals zur linken Schulter neigte, wie eine große Blume, deren Schwere den dünnen Stengel niederzieht.

Lukas strich mit seiner Hand über die blasse Haut, die feucht von Schweiß und seltsam rauh war. Der Körper war über und über mit weißen und blauen Narben bedeckt. Stellenweise hatte sich die Haut verknorpelt, hatte Schwellungen und Verdickungen gebildet. Rücken und Brust sahen wie zerfurchter und zerstampfter Lehm aus, den die Sonne gedörrt hatte. Die rechte Hüfte ragte weit hervor, als sei sie einmal ausgerenkt gewesen und schlecht verwachsen. Auch Schenkel und Waden waren von Narben gezeichnet. Ein Knie war geschwollen. Lappen verhüllten Füße und Hände.

Die geübte Hand des Arztes fühlte den unregelmäßigen, mitunter fast ganz aussetzenden Puls. Bekümmert rieb sich Lukas die Stirn.

„Dein Körper ist zähe“, gab er vorsichtig zu.

Paulus lächelte vor sich hin. „Siehst du. Zähe wie ein widerborstiger Esel. Man darf ihn nicht übermütig werden lassen.“

Er bückte sich nach dem Chiton am Boden. „Darf ich mich wieder anziehen?“

„Noch einen Augenblick“, bat Lukas. Er blickte aufmerksam in Paulus’ Gesicht, berührte die geröteten, entzündeten Lider, strich kurz mit den Fingern über die Brauen und sah sich dann die Iris genauer an.

„Du siehst nicht besonders gut, nicht wahr?“ fragte er.

„Nein, nicht besonders“, gab Paulus zu. „Nach dem Fieber sehe ich gewöhnlich so gut wie nichts und habe heftige Kopfschmerzen. Das dauert aber immer nur ein paar Tage.“

Lukas seufzte leise. Die Untersuchung war alles andere als beruhigend ausgefallen.

Bekümmert faßte er nach den Händen seines Lehrers, die oberhalb der Finger bis zum Handgelenk mit leinenen Lappen umwickelt waren.

Paulus versuchte abzuwehren: „Aber – ach, das ist doch keine Krankheit... Das ist nichts...“ sagte er mit einem fast ängstlichen Ausdruck und wollte Lukas die Hände entziehen.

Doch dieser war schon dabei, behutsam die Lappen abzuwickeln. Unter der blutgetränkten Leinwand kam die rechte Hand hervor, bleich wie ein Körper, der immer von Sonne und Luft abgeschlossen ist.

Im Handteller öffnete sich ein blutverkrustetes Loch, groß genug, um eine Fingerkuppe hineinlegen zu können. Am Rande der Wunde regte sich frisches Blut. Ein heller Blutstropfen floß auf den Zeigefinger des Arztes.

Lukas sagte mit gepreßter Stimme: „Du hast mir noch nie erzählt, wie du dazu gekommen bist...“

Paulus antwortete nicht sogleich. Behutsam entzog er Lukas seine Hand, und dann umspielte ein verlegenes, fast schamhaftes Lächeln seine Lippen: „Das ist von selbst gekommen“, flüsterte er wie jemand, der sich einer Schwäche schämt. Dann griff er rasch nach der Leinenbinde und bemühte sich, damit die Wunde wieder zu verbergen.

Lukas ging im Zimmer auf und ab und schüttelte mehrmals den Kopf. Er war sich bis heute über den Ursprung dieser Wunde, die auch die linke Hand aufwies, nicht im klaren. Konnte Paulus auf einer seiner Reisen ergriffen und ans

Kreuz genagelt worden sein? Das schien die natürlichste Erklärung. Aber warum erstarrte dann das Blut nicht, warum vernarbten die Wunden nicht?

Ihm kam die schreckliche Nacht von Philippi in den Sinn, als das große Erdbeben das Land erschütterte.

Zitternd saß er in Lydias Haus, zwischen Körben eingepfercht und auf dem Sprunge, sich zu verstecken, wenn man nach ihm suchen sollte. Er fürchtete die Menschen mehr als die schwankenden Wände. Und dann hörte er, wie eine helle Stimme nach ihm fragte: „Ich suche Lukas, den Arzt."

Lukas kam aus seinem Versteck hervor und fand einen Knaben, der eine griechische Binde im Haar trug. „Was willst du von Lukas?"

Der Knabe musterte ihn. „Bist du Lukas? Komm schnell mit. Ich bin der Sohn des Gefängniswärters. Euer Philosoph braucht dich."

Trotz seiner Angst war Lukas dem Knaben ohne Zögern gefolgt. Auf mühsamen Umwegen durch die zerstörte und noch an vielen Stellen brennende Stadt, an Trümmern und klagenden Menschen vorbei gelangten sie zur Wohnung des Gefängniswärters. Hier fand Lukas Paulus und Silas. An ihren Körpern, die von den schweren römischen Lederpeitschen wie zerhackt waren, rann das Blut herab. Mit Hilfe des Wärters und seiner mitleidigen Frau verband Lukas die Wunden und beträufelte sie mit Olivenöl. Silas schrie bei der Behandlung auf und wurde ohnmächtig. Paulus aber zeigte keinen Schmerz und trug ein Lächeln zur Schau, verlegen wie eben jetzt. Trotz seiner Schmerzen und seiner Schwäche erhob er sich mühsam von der Bank, trat an den Wächter heran und fragte ihn eindringlich: „Glaubst du?" Dieser fiel auf die Knie. Die Worte „Ich taufe dich..." vermischten sich mit dem schmerzhaften Aufstöhnen des Silas. Bevor Lukas im Morgengrauen zu Lydias Haus zurückschlich, sah er noch einmal die Wunden der beiden Lehrer nach; sie begannen sich zu schließen. –

„Du solltest nicht allein gehen ...“ wiederholte Lukas aus seinen Gedanken heraus.

Paulus, der sich inzwischen angezogen hatte und sich den Gürtel umschnallte, erwiderte nichts. Er hockte sich wieder vor den Webstuhl und nahm das Schiffchen zur Hand. „Laß mich weiterweben“, sagte er.

„Du solltest nicht gehen“, beharrte Lukas. „Es wäre wirklich unverantwortlich.“

Er schritt erregt im Zimmer auf und ab. In den Hall seiner Schritte mischte sich das Klopfen des Webrahmens. Vom Hofe drang das Gewieher eines Maulesels herein, begleitet vom Geschrei von Männern, die auf ihn einschlugen. Dann wurden Stimmen von Frauen laut, die einander etwas zuriefen. Zwischen den weißen Mauern der Stadt nahm ein neuer Tag lärmend seinen Anfang.

Lukas blickte auf die schmalen Schultern des Paulus, die sich im Rhythmus seiner Hände auf und nieder bewegten. Ein Empfinden tiefer Rührung überkam ihn, einer Liebe, die schwer Ausdruck fand. Auf einmal verspürte er große Lust, dem am Boden Sitzenden Hände und Füße zu küssen. Aber er wagte es nicht. Gebannt nur beobachtete er weiter eine jede seiner Bewegungen.

Dann erinnerte er sich plötzlich, daß noch nicht alles gesagt war und daß noch eine andere, nicht weniger schwierige Sache zu besprechen war.

Er trat an Paulus heran, räusperte sich mehrmals und begann leise: „Paulus – Markus ist hier.“

Paulus fuhr mit einem Ruck herum und ließ das Schiffchen fallen. „Markus?“ fragte er freudig überrascht. „Wo ist er? Sag mir, wo? Ich möchte ihn gern noch sehen. So viele Jahre haben wir einander nicht mehr getroffen.“

„Hier in Troas“, sagte Lukas und blickte zu Boden, um dem Blick des Paulus auszuweichen. „Im Hafen auf einem Schiff.“

„Warum kommt er nicht an Land, Lukas? Kannst du nicht jemand zu ihm schicken und ihm sagen lassen, daß ich ihn gern noch sehen möchte? Oder, meinst du, soll ich zu ihm gehen? So viele Jahre ist es her ...“ Seine Stimme senkte sich zu einem Flüstern. „Damals schieden wir im Zorn voneinander ...“

„Ich weiß es“, sagte Lukas und nickte.

„Aber ich liebe ihn“, fuhr Paulus fort. „Ja, ich sollte wohl zu ihm gehen und ihn um Verzeihung bitten. Ich war damals zu streng mit ihm. Ich habe ihn wirklich gern. Jetzt wird er schon ein gereifter Mann sein ... Hast du ihn selbst gesehen?“

Lukas nickte. „Ja. Er läßt dir Grüße bestellen. Er wußte nicht, ob du ihn sehen wolltest.“

„Aber doch, natürlich.“

„Markus ist nicht allein.“

„Nicht allein? Was meinst du damit?“

„Petrus ist bei ihm.“

Es wurde ganz still. Paulus drehte sich langsam um und griff mechanisch mit den Händen wieder nach dem aufgespannten Stoff. Der Webstuhl begann von neuem zu klappern, aber die Webarbeit ging Paulus längst nicht mehr so flott von der Hand wie zuvor.

Ohne den Kopf zu heben, fragte er: „Wo segeln sie hin?“

Lukas zögerte mit der Antwort: „Nach Italien. Nach Rom ...“

Danach trat wieder Stille ein. Die Finger des Webenden bewegten sich wie hilflos auf dem Zeug. Alle Mühe, das Schiffchen zwischen den Streifen der Kette durchzudrücken, blieb vergeblich. Der harte Faden hatte sich verknotet. Im Gefühl seiner Ohnmacht brach Paulus die Arbeit ab.

„So, man kann schon nach Rom fahren?" fragte er.

Lukas beugte sich zu ihm vor. „Ja", sagte er. „Der neue Cäsar hat die Verordnung des Claudius aufgehoben. Seine Frau ist angeblich unsern Brüdern gewogen."

„Dann kann man also hinsegeln ..."

Paulus wiederholte es wie zu sich selbst. Seine Hände hoben sich einen Augenblick und sanken wieder schwer herab. „Man kann es – und Petrus beeilt sich ..." Er preßte die Lippen aufeinander. „Er wird früher dort sein ..."

Lukas umfaßte Paulus an der Schulter: „Solltet ihr nicht zusammen segeln?" fragte er sanft. „Dann kämst du endlich nach Rom."

Paulus begann schneller zu atmen, als ringe er mit einem unsichtbaren Feind. Sein Körper, spürte Lukas, versteifte sich wie in geheimer Abwehr und wurde dann plötzlich von einem heftigen Zittern durchschüttelt.

„Nein, ich kann nicht mit ihm reisen, ich muß nach Jerusalem", sagte Paulus plötzlich schroff.

Mit einem leichten Vorwurf in der Stimme erwiderte Lukas: „Du bist so abweisend gegen ihn, Paulus. Hat Jesus nicht gemahnt –"

Paulus widersprach mit einer an ihm ungewohnten Entschiedenheit: „Das darfst du nicht sagen, Lukas. Ich habe nichts gegen ihn, ich versichere dir das, bei aller Liebe, die ich für dich empfinde. Einmal habe ich mich ihm widersetzt, das ist wahr. Damals war ich sehr unbeherrscht und schrie ihn an. Er war im Unrecht. Aber als er nachgab, küßte ich seine Hand und fiel vor ihm auf die Knie.

Er ist der Erste unter uns. Ich gebe es zu. Aber" – seine Stimme wurde leiser und eindringlicher – „ich werde ungeduldig, wenn ich an ihn denke. Manchmal ist mir, als habe er kein Blut in den Adern. Die Zeit rinnt dahin. Jahre, viele Jahre sind bereits vergangen seit der Auferstehung des Herrn.

Und wie wenig haben wir bisher getan! Die Zeit verfliegt. Die Welt ist so groß. Aus Rom hat der Cäsar die Unsern vertrieben. Aber außer Rom gibt es noch viele Länder: Germanien, beide Gallien, Iberien, Britannien, ganz Afrika, Skythien jenseits vom Euxinus, Armenien, das Königreich der Parther, Hyrkanien, das Land der Inder, zu dem der Mazedonier gelangte, und andere uns unbekannte Länder. Eine weite Welt! Viele hunderttausend Menschen. Und Petrus zeigt keinerlei Eile. Er zögert und überlegt. Weicht zurück und wartet. Wartet Jahre um Jahre, bis man ihm erlaubt, dorthin zurückzukehren, von wo er weggegangen ist..."

„Du ereiferst dich, Paulus. Du solltest gerecht bleiben."

Abermals herrschte Stille. Paulus mühte sich, den verknoteten Faden zu entwirren. Als er schließlich den Kopf von seiner Arbeit hob, zeigten seine Lippen wieder ein Lächeln. „Du hast recht, Lukas. Ich danke dir. Ja, ich war ungerecht. Petrus und ich, wir verstehen uns nicht. Er handelt so, als werde er nie sterben. Ich bringe diesen Gleichmut nicht auf. Meine Zeit, das weiß ich, ist kurz bemessen. Ich muß weiter, immer weiter und immer schneller..."

Er nahm entschlossen seine Arbeit von neuem auf. Seine Finger liefen mit großer Fertigkeit über die schwarzen Fäden und fanden jetzt wie von selbst den Weg für das Schiffchen.

Als er wieder zu sprechen begann, klang seine Stimme schon völlig beherrscht wie zu Beginn des Gesprächs. „Markus ist mit Petrus zusammen, sagst du? Das ist gut, Lukas. Petrus ist der Fischer vom kleinen See geblieben. Er braucht einen klugen Helfer. Und Markus ist ein heller Kopf. Rom ist der Mittelpunkt der Welt. Dort muß man bauen –" seine Stimme schwankte jäh –, „nicht in Jerusalem."

„Und du gehst trotzdem nach Jerusalem?"

Paulus lächelte wieder. „Und du möchtest mich um jeden Preis davon abbringen, nicht wahr? Ja, ich gehe nach Jerusalem. Ich muß dorthin. Glücklicher Petrus! Er soll nach Rom segeln! Zwar ist dort mein Feld, denn mir ist aufgetragen worden, zu den Heiden zu gehen. Aber warum nicht auch Petrus! Möge der Herr ihm beistehen und ihm Seine Hilfe angedeihen lassen."

Lukas setzte zu einer Erwiderung an, aber Paulus schnitt ihm das Wort ab.

„Laß gut sein, Lukas. Es bleibt dabei. Ich gehe nach Jerusalem. Sieh, gleich bin ich fertig mit Weben. Die Frau des Karpus soll das Tuch bekommen für die viele Mühe, die sie sich mit mir gemacht hat. Und dann kann ich aufbrechen. In drei Tagen sehen wir uns in Assos wieder. Dann segeln wir miteinander weiter."

Paulus nahm das Tuch vom Webstuhl und richtete sich auf. Nicht ohne Stolz glätteten seine Finger den festen Stoff. Von Jugend auf war er geschickt im Weben, und bis heute hatte er nichts von seiner Fertigkeit eingebüßt.

Nun fuhr er mit dem Handrücken über die Augen. Sie schmerzten ihn heute ärger denn je, und das Sonnenlicht tat ihm weh, als er die Tür öffnete. Aber die morgenfrische Meeresluft, die ihn jetzt umfächelte, war um so erquickender.

Mit dem gewebten Tuch in den Händen trat er auf den Hof hinaus. Durch seine halb geschlossenen Augen sah er, wie Karpus Holz spaltete und die Frauen in einem Steingefäß Körner zermahlten. Der junge Tag rief alle zur gewohnten Geschäftigkeit.

Paulus umarmte Karpus und küßte ihn zum Abschied: „Leb wohl, lieber Freund! Bewahre die Worte des Herrn!"

„Wann sehen wir uns wieder?" wollte Karpus wissen. Die Frauen unterbrachen ihre Arbeit und kamen näher.

„Ich weiß es noch nicht", sagte Paulus. „Ich lasse meine Chlamys und auch die griechischen Schriften bei dir. Ich möchte nicht lange in Jerusalem bleiben. Es ist nicht mein Acker."

Während er dies sagte, überkam ihn plötzlich der Gedanke an das Zweifelhafte, das allen seinen Plänen innewohnte. Ob er überhaupt hierher zurückkehren würde? Ob er noch einmal den getreuen Karpus wiedersehen würde und seinen Sohn Hermogenes, der gerade herzukam, um liebevoll die Hände des Lehrers zu küssen?

„Leb wohl, Junge! Bleibe immer getreu!“ sagte Paulus und legte die Hand auf sein krauses Haar. Hermogenes war Diakon, und Paulus setzte große Hoffnungen in seinen Eifer und seine Hingabe.

„Friede sei mit euch!“ schloß er abschiednehmend. Plötzlich erfaßte ihn eine tiefe Rührung. Die Kehle war ihm wie zugeschnürt.

Aus dem Haus kamen seine Freunde Timotheus, Trophimus, Aristarch und Sekundus.

„Du willst also wirklich allein gehen, Paulus?“ fragten sie. „Hat Lukas dich nicht überreden können?“

Er lächelte ihnen freundlich zu. „Ja, ich gehe allein. In wenigen Tagen sehen wir uns wieder.“

Er schritt rasch mit Lukas durch das Tor, das auf die schmale Gasse hinausführte. Die weißen Häuserwände strahlten im Sonnengold. Ein Gedränge wogte um die Kramläden, in denen das Gelb der Granatfrüchte, das Violett der Oliven und das Silber der Fischleiber leuchtete.

Verabschiedend legte er seine Hand auf Lukas' Schulter und sagte leise: „Grüße Petrus von mir und sage Markus, daß ich ihn liebe.“

Dann schlug er den Saum des Himations stärker zurück und ging in das Getümmel der Straßen hinein, das ihn verschlang wie ein vom Sturme aufgewühltes Meer.

III

DAS MÄDCHEN AUS PAPHOS

Ein heftiger Dauerregen, der überraschend hereingebrochen war, hatte Paulus vollständig durchnäßt und zwang ihn, aus dem flachen Talkessel aufzusteigen und in der Höhe unter vorspringendem Gestein Schutz zu suchen.

Mantel und Chiton trieften vor Nässe und klebten ihm feuchtkalt am Leib. Paulus fror erbärmlich. Er schlotterte am ganzen Körper. Der mühsame Aufstieg über den steilen Pfad, an schwarzem, zerklüftetem Felsgeröll vorbei, hatte seine Kräfte aufs äußerste angespannt und ihn trotzdem nicht erwärmt.

Nach kurzem Suchen fand er zitternd unter einer schmalen, muldenförmigen Grotte notdürftig Unterschlupf. Verkohlte Holzreste deuteten darauf hin, daß Hirten hier gelegentlich ihren nächtlichen Lagerplatz aufschlugen.

Keuchend streckte sich Paulus mit letzter Anstrengung auf der dünnen Moosdecke hin und blickte auf den hellen Weg hinab, der, den Windungen des Skamanders folgend, von Zypressen, Palmen und Terebinthen umsäumt, über Esine nach Assos führte. Rauschend brach der angeschwollene Gebirgsbach sich durch Wiesen Bahn, deren Grün unter dem farbigen Muster der Frühlingsblumen unterging. In der Ferne floß die Ebene unmerklich in die Weite des Meeres über, das sich dunkelblau bis zum Horizont erstreckte, dort, wo der von niedrig hängenden Wolken dampfende Himmel das Wasser wie ein nasses, schlaffes Segel berührte und die Insel Tenedos als breiter, dunkler Schatten erschien.

Paulus schloß erschöpft die Augen. An der gleichen Stelle, erinnerte er sich, hatte er vor Jahren eine Nacht mit Silas zugebracht.

Es war die seltsamste seiner Reisen gewesen, ein zielloser Aufbruch nach dem andern, von Stratonikäa nach Brussa und Nikäa, von Sardes nach Laodikea, ein ungewisses Anklopfen an fremde, verschlossene Türen, bis er, halb schon auf dem Wege nach Adramyttion, abermals plötzlich Plan und Richtung änderte und nach Troas zu gehen beschloß.

Es waren nicht die Menschen, die dort wohnten und auf sein Wort warteten, die ihn anzogen. Auf dem Hügel an dem wilden kleinen Talkessel, abseits vom Wege, weit entfernt von menschlichen Siedlungen, vergessen und überwuchert, vom Meer durch eine Wiese getrennt, die die Gebirgsbäche im Laufe vieler Jahrhunderte emsig angeschwemmt hatten, wollte er den letzten Spuren Toter nachgehen.

Jetzt, da er zitternd vor Nässe und Kälte unter dem schützenden Felsvorsprung lag, hatte er diesen Hügel wieder vor sich. Undeutlich nahm er einen Schäfer wahr, der, in Ziegenfell gehüllt, seiner Herde folgte und auf einer Flöte blies. Ein zottiger Hund umkreiste unermüdlich Hirt und Herde und bellte fröhlich. Von der Herrlichkeit Ilions, von den Mauern des großen Pergamon war nur so wenig übriggeblieben.

Paulus erschauerte. Warum war er eigentlich ein zweites Mal hierhergekommen? Er, ein Jude, ein ehemaliger Pharisäer und jetziger Diener Jesu, auf dessen Geheiß er in alle Welt hinausgegangen war?

Wie viele Jahre lag schon jene unvergeßliche Begegnung in Paphos mit der jungen Sergia zurück, der Tochter des römischen Prokonsuls, dem die neue Lehre, die Paulus verkündete, den Gedanken eingegeben hatte, sie an seiner kranken Tochter zu erproben. Die mörderische Zeit hatte die Erinnerung an das seltsame Gespräch überwuchert, und dennoch war es Paulus unauslöschlich ins Gedächtnis gegraben.

„Mein Kind ist seit Jahren gelähmt", hatte der Prokonsul ihm erklärt. „Kein Arzt vermag ihr zu helfen. Vielleicht kannst du es, Judäer. Erzähle ihr von dem, was du mir berichtet hast."

Von Sergius geleitet, war Paulus auf die gleißende Terrasse getreten, hinter der ein lichtblaues Meer seine hellen Wogen schäumend gegen den weißen Strand schlug. Vor einem Springbrunnen aus rötlichem Marmor, der einen silbernen Wasserstrahl in die Luft sprühte, sah sich Paulus einer schmalen, elfenhaften Gestalt in lichtem Peplon gegenüber, deren zarte, leicht bläulich schimmernde Haut kaum Leben verriet. Dunkelbraunes Haar, von einem golddurchwirkten Band gehalten, lag in einem schlichten, anmutigen Knoten um das blasse, edel geformte, fast durchsichtige Antlitz, das in ein scharlachfarbenes Kissen geschmiegt war.

Sergius neigte sich über das Mädchen, küßte sie auf die weiße Stirn und stellte dann seinen Gast vor: „Dies hier ist Saulus, der Sohn des Baruch, eines Juden aus Tarsus, der eine neue Philosophie verkündet. Sie scheint mir vielversprechend und vor allem neuartig. Möchtest du ihm zuhören?"

Langsam wandte sie ihre grünlichen Augen Paulus zu.

„Eine neue Philosophie?" fragte sie. „Ist sie schön?"

Er verbeugte sich zur Begrüßung. „Du wirst dich selbst davon überzeugen können, edle Sergia", sagte er, „daß sie die schönste ist."

Sie schien belustigt darüber, daß eine schöne Lehre von einem so häßlichen Manne verkündet wurde. Lächelnd wies sie auf eine Papyrus-Rolle, die sie in der Hand hielt: „So schön wie die Irrfahrten des Odysseus?"

Sie wartete seine Antwort nicht ab, sondern fragte gleich weiter: „Und was verspricht uns deine Philosophie, Saulus?"

Er blickte ihr gerade in die Augen: „Die Auferstehung..."

Irgend etwas an diesem Wort schien sie zu berühren.

Während sich Sergius entfernte, wies sie Paulus einen niedrigen Schemel zu ihren Füßen an. „Erzähle mir mehr davon", forderte sie ihn auf.

Vor ihren Augen entrollte Paulus das Bild des trockenen, steinigen, sonnendurchglühten judäischen Landes und die wundersame Geschichte des Menschen, der dort gelebt und gelehrt hatte. Als er einmal kurz innehielt, drängte sie ihn aufgeregt: „Sprich weiter!" Und so sprach er schließlich von dem erschütternden Ende auf Golgatha und dem beglückenden Auferstehungsmorgen.

Wie erleichtert glitt sie in ihren Lehnstuhl zurück.

„Und du glaubst, daß Er lebt?" fragte sie wißbegierig.

„Ich habe Ihn gesehen", antwortete er ruhig.

Sie machte sich nicht darüber lustig, wie es die Müßiggänger in Athen getan hatten. Mit ihrer durchscheinenden Hand strich sie nachdenklich über die Rolle in ihrem Schoß und sagte dann leise: „Das ist wirklich fesselnd, was du berichtest. Und schön... Er starb also für die Menschen? Weil Er sie liebte? Und dann ist Er auferstanden? Und hat verkündet, wir alle seien berufen und könnten wiedergeboren werden, wenn wir dem Bösen entsagen und lieben und leiden wollen?"

„Ja, erlauchte Sergia", sagte Paulus. „Man muß leiden wollen. Man muß das eigene Leiden zu Seinem Leiden legen. Das erfüllen, was Sein Leiden verlangt..."

„Also hat das Blut deines Jesus nicht ausgereicht, um uns zu erlösen?" forschte sie zaghaft.

Er nickte ernst. „Nein. Er erlöst uns nicht ohne unser Zutun."

Der Wind schlug gegen den Vorhang, der sich über der Terrasse blähte, legte sich plötzlich, und dann erstarb die Welt des blauen Meeres und der dunkelgrünen Rhododendren. Weiße Möwen flogen über den klaren Himmel.

Die marmorne Göttin am Springbrunnen, deren Leib wie mit Blut gefüllt schien, sah durch den Schleier des sprühenden Wassers auf Paulus, der sich unwillig von dem Götzenbild abwandte.

Wieder fühlte er den Blick des gelähmten Mädchens auf sich ruhen. „Elymas spricht anders von eurem jüdischen Gott", sagte sie nachdenklich. „Er erklärt, daß dieser Jahwe mächtig und schrecklich sei. Und daß sich die Menschen vor Ihm zu fürchten hätten. Er erlaube nicht einmal, Seinen Namen auszusprechen. – Bist du nicht auch Jude wie Elymas?"

Paulus stand auf und blickte zornig vor sich hin. Nur zu gut kannte er diesen Elymas, der in seinem bunten Mantel wie ein Marktschreier auftrat und bei der Verkündung seiner Zaubersprüche eine kleine Schellentrommel schwang.

Nach kurzem Besinnen erwiderte der Apostel:

„Du hast recht, Sergia. Wir sind beide Juden, aber wir gehören zwei verschiedenen Zeiten an. Die Zeit des Elymas ist vorbei. Umsonst bemüht er sich, sie mit magischen Künsten zurückzurufen. – Meine Zeit ist erst angebrochen. Geboren aus dem Blut, das vor den Toren der Stadt vergossen wurde, erstarkt in ihm, wie das Kind im Leib der Mutter. Diese neue Zeit ist aus dem Opfer entstanden und erwartet Opfer. Sie ist aus Liebe geboren und wartet auf Liebe ..."

Er trat an Sergia heran und nahm ihr in einer plötzlichen Eingebung die Rolle aus der Hand.

„Es gab in der Welt, die nun vergangen ist, keine Liebe. Haben deine Götter sie gekannt, Sergia?"

Er schwenkte die Rolle in der Hand und sprach, ohne sie zu öffnen, aus dem Gedächtnis die Verse von der Klage der Nymphe Kalypso:

„Also versagt ihr auch mir des sterblichen Mannes Gemeinschaft,
Den ich vom Tode gewann, als auf zertrümmertem Kiele
Einsam er trieb; denn ihm hatte der Gott hochrollender Donner
Mitten im Meer sein Schiff mit dem dampfenden Strahle zerschmettert...
Freundlich nahm ich ihn auf, reichte ihm Nahrung und sagte
Nimmerverblühende Jugend ihm zu und Unsterblichkeit."

Mit einer unwilligen Handbewegung verscheuchte Paulus die in der Luft schwingenden Worte, die ihn erinnerten, daß die lächelnde Aphrodite hier in Paphos immer noch ihre Verehrer und ihre Altäre besaß. In einer Art verzückter Begeisterung sprach er dann weiter:

„Jetzt ist die Zeit der Liebe angebrochen. Und die Liebe ist geduldig, selbstlos und gütig. Die Liebe ist nicht neidisch, sie handelt nicht unbescheiden, sie bläht sich auch nicht auf. Sie ist nicht ehrgeizig, sucht nicht ihren Vorteil, läßt sich nicht erbittern und trägt Böses nicht nach. Sie freut sich nicht über Ungerechtigkeit, sie freut sich aber mit der Wahrheit. Sie erträgt alles, glaubt alles, hofft alles, erduldet alles. Die Liebe höret nimmer auf..."

Er verstummte. Sie schaute unverwandt auf ihn. Ihre Augen waren halb geschlossen, und die langen Wimpern warfen einen violetten Schatten auf ihre Wangen.

Es wurde ganz still. Nur das gleichmäßige Plätschern des Springbrunnens und der dumpfe Anprall der an den Felsenstrand brandenden Wellen war noch zu hören.

Dann flüsterte Sergia – ein Echo der eben vernommenen Worte –: „Die Liebe höret nimmer auf..."

Während sie schnell atmend in die Ferne schaute, auf die

weißen Kämme des blauen, schäumenden Meeres, fragte sie weiter: „Also ist die Liebe in eurer Philosophie alles?“ Ihre Stimme nahm einen festen Klang an: „Wenn das wahr ist, so werdet ihr die Welt besiegen.“

Paulus antwortete nicht. Aber er war sich dessen ganz sicher. Achtlos legte er die Rolle mit dem Liede Homers dem Mädchen auf die Knie. Die frühere Welt war mit all den Menschen, die an sie geglaubt hatten, dahingegangen. Er, ein einfacher, kleiner Jude aus einem cilicischen Städtchen, war Träger der neuen Wahrheit. Und das verlieh ihm Kraft.

Unbewußt straffte sich sein schwacher Körper.

Sie mußte es beobachtet haben, denn sie lächelte und sagte unvermutet: „Du bist wie ein Anführer, der sich des Sieges seiner Legionen sicher ist ... Du siegst leicht und schnell ... Warum bist du ein Jude?“

Paulus zog die Augenbrauen zusammen und entgegnete lebhaft: „Wir sind ein altes Volk, Sergia. Wir haben bereits gegen die Griechen, die Ägypter und die Assyrer gekämpft. Wir haben die Verheißungen bewahrt. Und heute ist uns die Wahrheit offenbart worden.“

Sie schüttelte den Kopf, und auf ihren blassen Wangen erschien eine zarte Röte.

„Wenn auch dein Jesus ein Jude war“, rief sie, sich ereifernd, „so müßte doch ein Römer für Ihn die Welt erobern. Denn die heutige Welt ist römisch. So wie die Pax Romana über die Welt wacht ... Die Welt, Saulus, schaut auf Rom und nicht auf Jerusalem ...“

Er wußte nichts zu erwidern, denn er empfand deutlich, daß an den Worten des Mädchens etwas Wahres war. Die Welt war römisch. Römisch die Straßen, die längs des blauen Meeres liefen. Römisch die sechsunddreißig unbesiegbaren Legionen, die vom Rhein bis zum Euphrat Wache hielten. Römisch die Schiffe, die Silber von Iberien, Kupfer von Zypern,

Weizen aus Ägypten, Wein und Öl aus Griechenland brachten.

„Du aber könntest gut ein Römer sein", sagte Sergia auf einmal. In ihren Augen glänzte ein Funke des Ansporns. „Du gehörst doch zu unserer Welt", fuhr sie fort. „Ich hätte nie gedacht, daß ein Jude die Verse des Odysseus-Gedichtes so schön hersagen könnte. Ich glaube auch, daß du ihre Schönheit erkannt hast. Höre zu, Saulus! Das, was du mir eben gesagt hast, ist schön. Aber auch das" – sie deutete dabei auf die Rolle – „ist schön ... Wenn du die Welt erobern willst, dann mußt du segeln wie Odysseus." Sie ließ ihren Blick nicht von ihm, entfaltete die Rolle und fand die Stelle, die sie Paulus vorlesen wollte:

„Da, umhülle die Brust mit diesem heiligen Schleier
und verachte getrost die drohenden Schrecken des Todes!"

Sie brach ab und schien auf eine Antwort zu warten. Er aber wurde, während er über ihre Worte nachdachte, von dem Gefühl einer überwältigenden Eingebung durchdrungen. Wie ein Blitz beim Aufleuchten die Dunkelheit der Nacht erhellt, wurden ihm die Umrisse einer neuen Erkenntnis deutlich. Von dieser Mittagsstunde an nahm sie greifbare Formen in ihm an.

Sergia hatte recht: Nur ein Römer konnte die römische Welt erobern; ein Mensch, der sogar den Ruf seines eigenen Blutes überwindet; der sich selbst zu besiegen vermag. Mit der Zeit der Opfer war auch die Zeit des ersten Bundes erfüllt. Es gibt keine auserwählten Völker mehr. Es ist nicht mehr die Zeit, um die Wahrheit nur eines Volkes zu kämpfen.

Die halb geschlossenen Augen des Mädchens leuchteten; sie beobachtete ihn unaufhörlich und wartete noch immer auf seine Antwort.

Paulus verneigte sich vor ihr. „Du hast die Wahrheit gesagt,

Sergia", erklärte er. „Ich muß vergessen, daß ich ein Jude bin, und ich werde es vergessen ..."

Sie starrte ihn unbewegt an.

„Ich bin römischer Bürger", fuhr Paulus fort. „Mein Vater hatte bereits dieses Bürgerrecht als Einwohner von Tarsus erhalten. Ich kann Römer für die Römer sein ..."

In ihren Augen blitzte Verwunderung auf: „Und du hast auch einen römischen Namen?" fragte sie.

Er nickte. „Ja. Paulus."

Sie erblaßte jäh und sank mit einem Aufschrei in ihrem Lehnstuhl zusammen. „Paulus ...", wiederholte sie flüsternd.

Eine Schar von Möwen flog kreischend über die Terrasse. Ein Sklave trat aus dem Säulengang und näherte sich Sergia.

„Beim Prokonsul im Tablinum wartet ein Freund auf den jüdischen Propheten."

Paulus stand auf. Aber Sergia entließ den Sklaven mit einem Wink und bedeutete Paulus, noch zu bleiben.

Behutsam ließ sie die Rolle zu Boden gleiten. Fest in die Lehnen des Liegestuhls gekrampft, stützte sie ihren Körper hoch und wandte ihr Gesicht, das von der übermäßigen Anstrengung aufs äußerste angespannt war, Paulus zu.

„Ich kann also nichts für dich tun?" fragte sie stockend.

„Doch, Sergia, du kannst es", erwiderte Paulus. „Du kannst – glauben ..."

„Und – wenn ich glaube?"

„Dann wirst du die Wahrheit erkennen und das Schöne entdecken ..."

„Und ich werde auch genesen?"

„Wenn der Herr es will ..."

Sie schwankte. Die Arme versagten ihr den Dienst. Kraftlos ließ sie sich in den Lehnstuhl zurücksinken.

Während auf ihrer blassen Stirn Schweißtropfen erschienen, atmete sie schwer.

„Es ist gut", flüsterte sie. „Aber auch du, Saulus, tue etwas für mich."

Sie sah ihn bittend an. „Bleibe für immer nur noch Paulus. Für mich ... Ist es dir recht? Ich bitte dich darum ..."

Paulus blickte um sich und fand langsam in die Gegenwart zurück. Von der Felswand tropfte es nur noch schwach. Das Unwetter schien vorübergezogen zu sein. Die grüne Weite im Tal und das Meer waren in mausgraue Dämmerung gehüllt.

Paulus erschauerte. Von dem nassen Chiton spürte er eine eisige Kälte durch seinen Körper gehen.

Er brauchte ein Feuer, um sich daran zu wärmen. Aber eine tiefe Ermattung lähmte seine Glieder. Sein Kopf war schwer wie Blei, seine Arme und Füße steif und eiskalt. Nur sein Geist arbeitete, wenn auch fieberhaft verwirrt. Rasch überflog er die Scherben der Erinnerungen: Von Sergia Pauli auf der weißen Terrasse bis zu den Ruinen, die er im Gedenken an sie aufgesucht hatte, von den Ruinen bis zu jener anderen Nacht, die er hier verbracht hatte. War seither etwas geschehen? War das, was geschehen war, auch Wirklichkeit?

In diesem Augenblick hatte er das deutliche Empfinden, als sei er hier nicht allein, als schlafe der treue, etwas schwerfällige Silas neben ihm.

Dann wären all die Wanderjahre durch Mazedonien und Achaja auch nicht gewesen? Aber zu viel hatte er ertragen müssen, um diese Zeit nur als ein Traumbild zu empfinden. Ihm wurde schwindlig. Die graue Dämmerung, das rauschende, dunkle Dickicht, der verschwommene Hügel und der halb bedeckte Himmel, an dem ein einsamer Stern funkelte, schienen sich um ihn zu drehen. Ihn fror. Wo mochte Silas jetzt sein? Er wußte genau, daß er hier zum zweiten Male war, aber trotzdem fühlte er sich nicht allein.

Er tastete mit der Hand um sich. Lag Silas hier? Oder vielleicht Timotheus? Oder Titus oder Tichikus? Er überlegte: Markus vielleicht? Der kraushaarige Jüngling, der sich einst gegen ihn aufgelehnt und zu dem er im Zorn gesagt hatte: ‚Du bist zu nichts nütze!'

Nein, nein! Markus konnte es nicht sein. Also doch Silas? Er hatte damals Silas mit einem Schrei geweckt. Am Himmel hatten Sterne gefunkelt. Jetzt war außer diesem einen kein Stern zu sehen. Von allen Seiten umgab ihn Finsternis.

Er erinnerte sich deutlich, wie er Silas, der so fest schlief, auf die Schulter geklopft und gerufen hatte: „Wach auf! Ich weiß, wohin wir gehen werden!" Denn das war das Wichtigste. Der Mensch wird gesund, wenn er weiß, wohin er zu gehen hat. Doch Silas rührte sich kaum und stöhnte nur im Schlaf auf: „Laß mich doch schlafen ..."

Undurchdringliche Finsternis herrschte um Paulus. Seine Stirn schmerzte so stark, als wollte sie zerspringen. Ein heftiger Schüttelfrost durchschauerte ihn. Seine Zähne schlugen aufeinander, sein Kopf flog hin und her. Ihm war, als werfe eine fremde Kraft seinen Körper nach allen Seiten. Sein Denken setzte aus. Er rang nach Atem. Der Anfall wollte kein Ende nehmen. Seinem Munde entrang sich ein heftiges Stöhnen. Dann ließ die qualvolle Spannung vorübergehend nach. Sein Herz schlug wild, beängstigend ungleichmäßig, sein Körper war schweißgebadet und fühlte sich gleichmäßig eiskalt an.

Das Hämmern in seinem Kopf nahm unerträglich zu. Immer wieder mußte Paulus gegen einen neuen Schwindelanfall ankämpfen, und die Angst vor dem nächsten verdoppelte die Qual. Vergebens versuchte er, die Zähne zusammenzubeißen; trotz aller Anstrengungen schlugen sie unaufhörlich aufeinander. Blut schoß aus den zerbissenen Lippen.

Paulus verkrampfte sich in seinem Widerstand, aber der Schüttelfrost ließ ihn nicht los. Ihm war, als schlügen unsichtbare Fäuste von allen Seiten auf ihn ein. Pfeifend entwich der Atem seiner Brust. Wie ein Erstickender rang er nach Luft. Und trotzdem öffnete er den Mund nicht zur Klage.

Bei aller Zerschlagenheit seines gequälten Körpers, mitten in all den grausamen Schmerzen, hielt sich die trotzige Gewißheit in ihm, daß er es durchstehen werde. ‚Ich habe genug mitgemacht, um durchzuhalten', dachte er voller Zuversicht, und dieses Vertrauen gab ihm schließlich die Kraft, den letzten Anfall zu überwinden.

Er breitete seine Arme aus und atmete freier.

In dieser Lage, schien es ihm, war er dem Leiden des Herrn näher.

Ein heftiger Schmerz durchzuckte seine Hände und Füße und vollendete die Pein, die er vergebens zu erleiden verlangt hatte und die ihm vorenthalten geblieben war.

Von dieser Pein, das begriff er jetzt, wird kein Mensch verschont; das war der Sinn der Welt, und das Bürgerrecht keines Reiches vermochte davor zu bewahren.

IV

IN DER HÖHLE DES HIRTEN

Jemand rüttelte ihn wach. Als Paulus langsam zur Besinnung kam und die Augen aufschlug, war eine rote, wallende Nebelwand vor ihm.

Mühsam ertastete er eine Hand, die auf seiner Brust lag, eine rauhe und harte Hand. Daneben spürte er die schnuppernde Nase eines Hundes.

Paulus lächelte unsicher. „Hilf mir, Bruder!“ flüsterte er.

Doch der Mann, der über ihn gebeugt schien, gab mit rauher, knarrender Stimme zur Antwort: „Bist du endlich aufgewacht? So steh doch auf!“

Paulus versuchte sich aufzurichten. „Ich kann nicht“, stieß er hilflos hervor und klammerte sich an die fremde Hand. „Ich sehe nichts ...“

Der Mann rief den Hund zu sich und schien sich zu entfernen. Dann unterschied Paulus das Getrappel vieler Hufe und begriff, daß ihn ein Schäfer gefunden hatte, dessen Herde in der Nähe weidete.

Bald kehrte der Mann zu Paulus zurück.

„Trinke!“ sagte er und hielt ihm eine Schale mit warmer Milch an die Lippen.

Paulus nahm mit großer Mühe ein paar Schlucke zu sich. Aber auch sein nächster Versuch, sich aufzurichten, scheiterte kläglich.

„Wenn ich dich hier liegen lasse“, sagte der Schäfer in gutmütiger Barschheit, „ist es dein Tod. Komm her, ich nehm' dich auf den Rücken und trage dich heim!“

Unter großen Anstrengungen schlang Paulus seine Arme um den Hals des Schäfers. Der kräftige Mann hob den halb Ohnmächtigen, dessen Kopf schwer auf seine Schultern fiel, mit einem Ruck hoch und schleppte ihn eine große Strecke anscheinend mühelos bergauf und bergab, bis er vor einer niedrigen Grotte haltmachte, aus der ihnen ein warmer Dunst von saurer Milch und getrockneten Tierfellen entgegenschlug.

Hier bettete der Schäfer den Kranken sorgsam auf ein weiches Lager aus Schaffellen.

„Bleib nur ruhig liegen!" ermahnte er den Erschöpften. „Ich bin bald zurück und bringe dir zu essen."

Wieder pfiff er dem Hund, der an einem Trog eifrig Wasser schlabberte, und entfernte sich mit ihm.

Paulus war noch so schwach, daß er kaum einen klaren Gedanken fassen konnte. Mit letzter Kraft sprach er ein Gebet. Dann fiel er wieder in tiefen Schlaf.

Als er später von selbst aufwachte, fühlte er sich wunderbar gestärkt. Seine Augen faßten wieder undeutlich die Umrisse der äußeren Dinge. Wie durch einen Schleier nahm er Einzelheiten in der geräumigen, dämmrigen Höhle wahr, in die ein Streifen blaßrot gefärbten Abendhimmels drang: die Feuerstelle mit dem verrußten Kochtopf, Melkeimer mit Milch an der Wand, Käsestücke und Kräuterbüschel daneben, einen Stapel Schaffelle in einem Winkel.

Schwerfällig richtete er sich auf, um einen Schluck aus dem Wasserbottich zu trinken; aber sein geschwächter Körper verweigerte ihm noch immer den Dienst.

Sein Blick erfaßte in einer dunklen Ecke vor einem kleinen Hausaltar die aufdringliche Figur der Göttermutter Rei vom Ida, eine plumpgeformte Gestalt, deren runde Glotzaugen Paulus verächtlich zu mustern schienen.

Zornig wandte er sich ab. Für ihn waren diese Götzenbilder kein harmloses Spielzeug aus Stein und Holz, über das man nachsichtig lächeln konnte. Hinter ihnen verbarg sich dämonisches, gottloses Leben.

Aus seiner Kindheit erinnerte er sich an die entfesselte, brüllende Menschenmenge, die wie von Sinnen Thyrsos und Tympanon schwang und nach schrillem Flötenklang wilde Tänze aufführte. In ihrer Mitte, von einer Wolke betäubenden Weihrauchs umgeben, trugen Priester das weiße Standbild des Gottes von Tarsus, Baal-Sandon, auf den bekränzten Platz am Ufer der Kidna. Dort wurde der Götze auf einen Scheiterhaufen aus Sandel- und Zedernholz gestellt und der Holzstoß angezündet. Eine gierige Flamme leckte an der Gottheit empor und fraß sie auf. Die Menge geriet außer sich, riß sich die Kleider vom Leibe, zerkratzte sich die Brust und raufte sich die Haare. Plötzlich verwandelte sich die Verzweiflung in einen Sinnenrausch, in eine tierische, hemmungslose Ausschweifung. Mit zusammengepreßten Lippen, zitternd vor Abscheu und Widerwillen, war der junge Saulus damals nach Hause geflohen. –

Paulus schreckte auf, als er plötzlich rasche Schritte hörte, die sich der Grotte näherten. Er hob den Kopf und sah am Eingang ein junges Mädchen stehen, das ihn betrachtete. Sie war untersetzt und kräftig. Das Gesicht und die nicht vom Chiton bedeckten Arme und Beine waren von Wind und Sonne gebräunt. Im wirren blonden Haarschopf steckte ein Kranz aus Efeu und Weinlaub.

Mit blitzenden Zähnen lächelte sie Paulus zu und näherte sich seinem Lager, während sie gleichzeitig ein Tympanon beiseite warf, das aus Ziegenleder gefertigt und mit einem kupfernen Reif eingefaßt war.

„Wer bist du?“ fragte sie neugierig.

„Ein Wanderer“, antwortete er. „Auf dem Wege nach Assos habe ich wohl meine Kräfte überschätzt. Ein Mann fand mich und brachte mich hierher.“

„Ach, das war Hesperos!“ rief sie und klatschte in die Hände, während sie sich tänzelnd auf der Stelle drehte. „Sei gegrüßt, mein Gast! Gleich sollst du etwas zu essen haben. Hier, nimm diesen Kuchen und die Oliven. Möchtest du auch einen Becher Wein?“

Sie bewegte sich anmutig und leicht, aber als sie sich für einen Augenblick am Rand des Lagers niederließ, bemerkte Paulus Spuren von Abspannung in ihrem jungen Gesicht. „Nein, ich will keinen Wein“, sagte er und schüttelte den Kopf.

Sie lachte. „Dann bist du gewiß ein Jude, die wollen nichts aus unsrer Hand entgegennehmen. Aber du ißt Brot...“

Er nickte. „Ja, ich bin ein Jude. Aber du siehst, ich esse dein Brot. Ich bin von den Gesetzen des Bundes befreit. Nichts ist unrein, denn alles hat Gott erschaffen.“

„Die andern Juden“, sagte sie verwundert, „sprechen nicht so. Als ich einmal in Troas in ein jüdisches Haus ging und um einen Trunk Wasser bat, gaben sie mir wohl einen Topf, zerschlugen ihn aber, als ich ihn zurückgab. Ich habe diese Leute bei den Furien verflucht!“ setzte sie erregt fort. Ihr Gesicht wurde düster und zornig. Aber bald lächelte sie wieder und streckte sich gähnend: „Ach, was habe ich Schlaf! Ich bin schrecklich müde. Die ganze Nacht war ich auf den Beinen.“

Sie dehnte die Arme und streifte dabei den Kranz in ihrem Haar.

„Sieh da, der ist mir geblieben!“ rief sie und nahm ihn vom Kopf. „Ja, ich habe die ganze Nacht durchgetanzt“, fuhr sie fort. „Und du, mein Gast?“ Sie musterte ihn aufmerksam. „Nach Assos willst du, sagtest du? Aber der Weg nach Assos geht durchs Tal. Bist du etwa auch im Gebirge dem Ruf der Hörner der Korybanten gefolgt?“

Paulus runzelte die Stirn. Er wußte um die Tollheiten der

Verehrer der Cybele, von deren Mysterien ihm die hier wohnenden Juden empört erzählt hatten.

Prüfend sah er das Mädchen an, ihr frisches Gesicht mit der niederen Stirn, den roten Backen und den keck aufgeworfenen, sinnlich geschwungenen Lippen, die eine leidenschaftliche Natur verrieten.

„Nein“, sagte er, „dem dummen Ruf der Korybanten bin ich nicht nachgelaufen. Ich bin nicht so wahnsinnig, dem Begräbnis des hölzernen Attis unter Geheul beizuwohnen oder gar meinen Körper seinetwegen zu verunstalten. Ich diene einem anderen Gott.“

Neugierig trat das Mädchen näher. „Was für ein Gott ist das?“ fragte sie.

Er antwortete das gleiche, das er unlängst den Skeptikern und Epikuräern in Athen erklärt hatte: „Der alleinige und wahrhaftige Gott, den die Welt nicht kennt und dem sie dient, obwohl sie Ihn nicht kennt.“

Sie kreuzte nachdenklich die Füße und schwieg. Endlich fragte sie mißtrauisch: „Woher weißt du das so genau?“

„Ich weiß es“, erwiderte er, „denn Er war verheißen und hat alles erfüllt, was von Ihm verheißen war. Er ist gestorben und wieder auferstanden.“

Sie brach in ein spöttisches Gelächter aus. „Attis ist auch auferstanden“, entgegnete sie. „Jedenfalls behaupten das alle, wenn sie genug Wein getrunken haben. Ich habe es miterlebt, als ich nach Kisikos ging. Dein Gott wird auch nicht anders sein als die andern.“

Plötzlich schrie sie gequält auf: „Er peinigt einen! Alle Götter peinigen und verfolgen einen!“

Sie machte eine Handbewegung, die ihre Hoffnungslosigkeit ausdrückte, stand müde auf und ging zur Herdstelle, wo sie in der Glut stocherte und neues Holz auflegte.

Dann fuhr sie in einem leichteren Tone fort: „Was sprechen wir überhaupt davon. Lassen wir die Götter! Ich will jetzt das Abendbrot richten. Hesperos wird bald mit seiner Herde da sein."

Doch Paulus erwiderte ihr: „Nur deine Götter quälen, Mädchen, denn sie sind der Tod. Mein Gott aber ist auferstanden, um Erlösung zu bringen."

Sie richtete sich mit einem Ruck auf, und die lodernde Flamme des neu aufflackernden Herdfeuers erhellte ihr Gesicht: „Erlösung?" fragte sie. „Für euch, für die Juden?"

Ernst streckte ihr Paulus seine verbundene Hand entgegen. „Nicht für uns allein", sagte er. „Für alle. Für alle, die den Bund kennen, und für alle andern, die ihn nicht kennen. Für alle Menschen."

Sie sprang auf, trat dicht vor ihn hin und hob flehentlich die Hände. „Wenn du wirklich die Wahrheit sagst", stieß sie hervor, „dann möge Er auch mich erlösen!"

Im nächsten Augenblick aber verwandelte sich ihr schmerzlich verzogenes Gesicht, wie von einer Maske verdeckt. Ihre Augen brannten fiebrig in den Höhlen, ihr Mund verzerrte sich zur Grimasse. Sie fuhr zurück, als reiße eine unsichtbare Hand an ihrem Haar.

Ihre Stimme wurde heiser. „Du lügst. Du hast gelogen. Es gibt keine Erlösung." Ein wildes, gellendes Lachen hervorstoßend, wiederholte sie: „Es gibt keine Erlösung. Du lügst!"

Sie schaute dabei zur Seite und warf einen Blick auf die massige Gestalt der Göttin.

Wieder lachte sie auf. „Gelogen hast du, gelogen!"

„Was ich sagte, ist wahr", erwiderte Paulus ruhig. „Die Erlösung wartet auch auf dich."

Das Mädchen schrie auf, als wäre sie auf eine Natter getreten, und bedeckte ihr Gesicht mit den Händen, deren Finger sich wie Krallen krümmten.

„Nein, nein!“ keuchte sie. Ihre Stimme klang auf einmal tief und seltsam rauh. „Nein, nein, du hast gelogen!“ wiederholte sie und setzte dann bittend, fast schüchtern hinzu: „Gesteh es, daß du gelogen hast!“

Und als Paulus abermals gütig, aber bestimmt verneinte, verdeckte sie wieder ihr Gesicht und begann von neuem, sich wie in Krämpfen zu winden. Sie fiel auf die Knie nieder und schluchzte hemmungslos. Ihre Zähne schlugen wie im Fieber aufeinander, weißer Schaum stand in ihren Mundwinkeln. Abermals klang ihr gellendes Gelächter auf, und dann rief sie fast triumphierend aus: „Oh, ich weiß wohl, wohin du gehen willst. Ich weiß es genau!“

Sie stand auf und wand sich vor ihm wie im Tanz.

„Fortsegeln willst du. Zu der bösen Stadt auf dem Hügel. Sicher denkst du, sie werden dir für deine Liebe folgen ... sie werden dir, wenn du kommst, recht geben. Aber höre auf mich: Kein Mensch wird dir Glauben schenken. Ketten werden sie für dich haben, Ketten für deine Liebe und ein dunkles Gefängnis! Und dann wirst du nicht mehr über die Meere segeln können, denn du wirst ihr Gefangener sein. Weißt du, was das heißt? Du wirst nichts mehr für deinen Gott tun können. Weißt du das?“

Paulus wurde plötzlich von dem Gefühl überwältigt, als greife eine eiskalte Hand nach seiner Kehle. Aus dem Gestammel der Besessenen spürte er die Wahrheit über sein zukünftiges Schicksal.

Er hatte sich dem allmächtigen Willen untergeordnet, der ihn nach Jerusalem zu segeln hieß, und er war gewiß, daß sich dort Entscheidendes ereignen werde. Und wenn tatsächlich die Gefangenschaft auf ihn wartete? Ihm wurde bange. Gefangenschaft, das bedeutete ein Ende in hilfloser Untätigkeit, ein grausam erzwungener Stillstand für sein Wirken. Nicht, daß er vor einem Leben im Kerker, vor Ketten und

Peitschenhieben Angst gehabt hätte. Doch was wäre ein Leben ohne tätige Mühe für ihn?

Das Mädchen aber schrie weiter: „Ich weiß noch mehr! Du wirst die große Stadt nicht zu sehen bekommen, nach der du dich sehnst. Du möchtest dahin, wo im Westen das Land sein Ende findet, aber du wirst nie hinkommen! Was du auch erstreben magst, das Gegenteil davon wird eintreten, glaube mir!"

Sie hob ihre Hände, raufte sich das Haar und begann an ihrem Chiton zu zerren, als wollte sie ihn sich vom Leibe reißen.

Auf einmal veränderte sich ihre Stimme vollkommen. Mit einem lockenden Lächeln trat sie auf Paulus zu und sagte in beschwörendem Tone: „Wer vermeiden will, daß Unerwünschtes geschieht, verlangt nicht nach Unmöglichem. Niemand zwingt dich, davonzusegeln. Bleibe hier, bleibe..."

Vielleicht waren es weniger diese Worte als der Klang ihrer Stimme, der ihn warnte und seine Wachsamkeit aufrief.

Mit aller Gewalt schüttelte er den Druck ab, der auf ihm lastete, und überwand ein Gefühl von Angst und Unsicherheit.

Der ihn zu Boden geworfen hatte, befahl oft Unbegreifliches. Wenn aber Er, dem Paulus diente, jetzt befohlen hatte, nach Jerusalem zu gehen, so war daran nicht zu deuteln. Der Herr konnte vielleicht sein Predigen, seine Wanderungen durch die heidnischen Länder, seinen Menschenfang nicht wollen. Eines aber verlangte Er: Gehorsam. Denn Gehorsam war Liebe. Und was ist der Mensch ohne Liebe? Eine klingende Schelle, tönendes Erz.

Paulus erhob sich. Nachdem er die erste Schwäche überwunden hatte, wuchsen ihm auf einmal neue Kräfte zu. Er kniete nieder. In seinen Augen leuchtete ein Feuer. Er streckte die Hände so kräftig von sich, daß auf seinen leinenen Verbänden dunkle Blutflecke hervortraten. Das Mädchen wich erschrocken bis zur Wand zurück. Ihr Mund verzerrte sich. „Ich weiß wohl, wer du bist", stieß sie hervor. „Ich kenne dich!"

Er aber rief: „Weiche von ihr, du unreiner Geist, im Namen ..."

Sie stieß einen Schrei aus und wand sich dann schmeichelnd vor ihm, mit einem Lächeln, in dem Verzweiflung stand: „Weshalb bist du so grausam? Was quälst du mich? Ich liebe dich doch! Sieh mich an! Sieh, ich bin nur für dich da ..."

Ihr Gesicht glättete sich, und es schien Paulus, als nehme es die Züge einer anderen an. Auf einmal erinnerte ihn das derbe, knochige Mädchen an das kranke, blasse Geschöpf auf der weißen Terrasse zu Paphos.

Aus halbgeschlossenen Augen sah sie Paulus an.

Die Beschwörung erstarb auf seinen Lippen. „Nicht für mich", sagte er atemlos.

Sie lächelte zurück. „Doch, Paulus, nur für dich!"

Sogar ihre Stimme nahm jetzt die Färbung der Stimme des anderen Mädchens an.

„Paulus – für dich ... Und wenn du fortsegeln solltest wie Odysseus, ich werde warten wie Penelope. Auf dich."

„Nein, nein", wehrte er ab. „Nicht auf mich."

„Doch!" Sie lachte spöttisch auf. „Belüge dich doch nicht selbst!"

Paulus spürte, wie seine Kräfte schwanden, wie er gleich bewußtlos auf sein Lager zurücksinken würde.

Mit aller Kraft streckte er noch einmal seine Hände gegen sie aus: „Weiche von ihr ...!" beschwor er die unsichtbare Macht.

Aber sie widerstand.

„Warum darf ich nicht mit dir gehen?" bat das Mädchen

flehentlich. „Sieh, du hast so viel verloren. Du bist immer allein. Die andern sind es nicht. Nur du. Ach, wie bist du dumm!"

Sie ließ ihn nicht aus den Augen. Mechanisch riß sie ein Bündel getrockneter Blätter von der Wand und warf es ins Feuer. Schwere, träge Schwaden eines bläulichen Rauches stiegen aus den Flammen auf und füllten den Raum mit einem betäubenden, atembedrückenden Geruch.

Paulus fühlte, daß sich seine Gedanken zu verwirren begannen und daß ihn eine Lähmung befiel.

Mit zitternder Stimme wiederholte er: „Weiche von ihr..."

„Wie kann man nur so dumm sein!" beharrte sie beinahe vorwurfsvoll. „Ein Mensch, den du hassest, ist dir zuvorgekommen."

„Ich hasse ihn nicht", versuchte er sich zu verteidigen. „Ich achte ihn. Ich liebe ihn. Ich bemühe mich, ihn zu lieben."

„Das glaubst du selbst nicht!" spottete sie. „Wieder belügst du dich. Du haßt ihn doch! Aber du hast recht. Er ist der Ehre nicht wert, die man ihm erweist. Du kennst ihn besser. Du weißt, er ist ein Feigling. Ein Dummkopf. Er kann sich nicht mit dir messen. Ob du willst oder nicht – du mußt ihn hassen."

Paulus begriff, daß er nicht mit ihr streiten durfte. Wenn er ihr weiter widersprach, enthüllte sie ihm seine geheimsten, schmerzlichsten Gedanken, all das, was sich in ihm gegen sein eigenes Ich wandte.

Er raffte seine letzten Kräfte zusammen und wiederholte beschwörend: „Weiche von ihr! Im Namen Jesu Christi!"

Der in der Höhle schwelende Rauch ballte sich zu gelblichen Schwaden und erstickte die Feuersglut.

In dem Dunkel, das den Raum erfüllte, jaulte und pfiff es, schluchzte und wimmerte es wie das entnervende Geheul eines umherstreichenden Schakals.

Auf einmal wurde es ganz still.

Paulus kniete noch immer mit ausgestreckten Händen und wiederholte im Geiste den einen Namen, dessen unhörbarer und doch alles übertönender Klang ihn mit Frieden, Freude und Kraft erfüllte.

Dann vernahm er Schritte. Die Stimme eines Mannes rief vom Eingang der Grotte her: „Phoebe, wo bist du?"

Aber das Mädchen antwortete nicht.

Da schritt der Hirte zum Herd, schürte das Feuer und hob einen brennenden Span aus der glimmenden Glut in die Höhe. Es war ein großer Mann, mit Ziegenfellen bekleidet, einen schwarzen Schäferhut auf dem Kopfe.

Verwundert und beunruhigt blickte er sich in der Grotte um. Sein Hund stand witternd mit eingezogener Rute und gesträubtem Fell hinter ihm und ließ ein leises Winseln hören.

Das Mädchen lag bewegungslos am Boden.

Der Schäfer richtete seinen Blick von ihr auf Paulus. In seinen dunklen Augen blitzte Angst auf.

Plötzlich bückte sich der starke Mann und verneigte sich demütig bis zum Boden.

„O Herr", rief er, „bist du Zeus oder Apollo?"

Aber Paulus ließ ihn nicht ausreden.

„Sprich nicht so, Bruder", sagte er und sank erschöpft auf sein Lager zurück. „Wie du siehst, bin ich auch nur ein Mensch wie du."

V

DER BRIEF AN DIE RÖMER

Am nächsten Mittag ging Paulus, ehe er weiterzog, zu einer Waldlichtung, auf die die Sonne warm durch hohe Eichenstämme hindurchschien.

Hier setzte er sich gemächlich auf einen großen Stein und nahm eine Papyrusrolle aus dem Gürtel. Sie enthielt einen langen Brief, den er bereits in Korinth geschrieben hatte und der für die Gläubigen in Rom bestimmt war.

Oftmals schon hatte Paulus diesen Brief wieder hervorgezogen und beim Überlesen alle Gedanken hinzugefügt, die ihn beschäftigten.

Jetzt ließ er wiederum seine Blicke über die von dem jungen Tertius geschriebenen Zeilen schweifen und gab sich dabei im stillen Rechenschaft über den Verlauf der letzten Wochen.

Er hatte in diesem Brief alles niedergelegt, was ihn über den tragischen Streit zwischen den Heidenchristen und den Judenchristen bewegte. Sein letztes Gespräch hierüber hatte im Hause Titus' des Gerechten stattgefunden, wo eine große Menschenmenge dicht gedrängt um Paulus gestanden und seine Predigt andächtig aufgenommen hatte.

Mit eindringlichen Worten schilderte er ihnen die Not, die von der Schwäche des Menschenleibes herrührte und die auch seine eigene war: „Ich weiß", bekannte er, „daß in mir, genauer gesagt in meinem Fleische nichts Gutes wohnt. Denn das Wollen habe ich wohl, allein das Vollbringen des Guten will mir oft nicht gelingen ..."

Sie gaben ihm recht, bedachten sie ihre eigene Schwäche, und wurden erschrocken ihrer Not gewahr. Als Paulus sie so verwirrt vor sich sah, ergriff ihn Mitleid, und er versuchte, ihnen Trost zuzusprechen wie sich selbst: „Ihr habt nicht den Geist der Knechtschaft empfangen, um euch wieder zu fürchten, sondern ihr habt den Geist der Kindschaft empfangen, in dem wir rufen dürfen: Abba!"

Dieses Wort kam in aramäischer Sprache über seine Lippen. Denn so sprach er in der Einsamkeit seines Herzens: „Abba! Lieber Vater!"

So sprach er auch damals an jenem unvergeßlichen Tage, als er entrückt und in weite Fernen getragen wurde, die keines Menschen Auge je geschaut. Damals, als Jesus vor ihm stand, derselbe Jesus, den er einst durch die engen Straßen in das Tal Tiropeon sich hinabschleppen sah, gebeugt unter der Last des Kreuzes, und den er nun vor dem Tore von Damaskus erblickte, Jesus, der ihn an der Hand nahm und mit ihm, wie Pfeile, die von einer Bogensehne schnellen, jäh in den Raum entschwebte.

Konnte man darüber sprechen, was er sah? Konnte man in Menschenworte fassen, was er empfunden, was er gehört hatte?

All dieses Sehen, Hören und Fühlen umschloß für ihn das eine Wort: Abba. In ihm lag alles: Vergangenheit und Zukunft, Verlorenheit und Größe, Sohn- und Bruderschaft; es war sein eigenes Gebet und das Gebet des Geistes, der allein die wahre Sehnsucht seines Herzens kannte.

Unendlich mehr als Ehrfurcht vor dem Richter lag darin: aller Inbegriff der Liebe zum Verteidiger seiner Schwäche. Der Liebe! Damals war es ihm bewußt geworden, und fortan bezeugte er es, daß ihn nichts von dieser Liebe zu trennen vermochte; weder Verfolgung noch Leiden, weder Hunger noch Kälte, noch Feinde, nicht einmal das Schwert. Nichts.

Und dann, als das Geheiß, nach Jerusalem zu gehen, in ihm immer stärker wurde, beauftragte er Tertius, seine Beschwörungen niederzuschreiben. Vor allem jene griechischen Neugetauften sollten sie erfahren, die ihr Kramladen etwas Besseres dünkte als der ihrer jüdischen Nachbarn: „Ich bin betrübt" – bekannte er ihnen – „und höre nicht auf zu trauern, denn ich wünschte, selbst von Christus verbannt zu sein für meine Brüder, die meine Verwandten sind dem Fleische nach."

Bei diesem Bekenntnis erfaßte ihn die Sehnsucht, die unstillbare, immer in ihm lebende, die nur von steten Wanderungen in neue Länder vorübergehend unterdrückte Sehnsucht nach den roten Hügeln Judäas und nach dem goldweißen Tempel, der auf Salomons Grundmauern stand. Jahrelang hatte er ihn vom Xystos aus geschaut und war im Kreise kluger und ehrwürdiger Rabbiner im Schatten seiner griechischen Säulen gewandelt. Der Tempel verkörperte das Volk, das auserwählte Volk, widerspenstig und dennoch eifrig in seiner stolzen Gerechtigkeit, die schon aufgehört hatte, die Gerechtigkeit Gottes zu sein: das verworfene Volk, durch seinen Abfall dazu bestimmt, der ganzen Welt Versöhnung zu bringen: ein Volk, das einmal in seiner Gesamtheit zum Allerhöchsten zurückkehren sollte: ein Volk, dem er selbst angehörte, er, der zu den Heiden gesandt war, ein freigebiger Verteiler des Erbteils seiner Brüder ...

Als Paulus gewahr wurde, daß sein Brief zu einem Buch anzuwachsen drohte, ließ er Tertius ihn beenden. Nur noch in kurzen Worten setzte er rasch seine Ratschläge und Weisungen hin: „Die Liebe sei ohne Falsch! Haßt das Böse! Haltet fest am Guten! In brüderlicher Liebe seid einander innig zugetan! Zeichnet euch in Achtung voreinander aus! ... Befleißigt euch der Gastfreundschaft! Segnet die, die euch verfolgen; segnet sie; verflucht sie nicht! Freut euch mit den

Fröhlichen, weinet mit den Weinenden! Seid einen Sinnes miteinander! Seid doch nicht stolzen Sinnes, vielmehr befaßt euch auch mit niedrigeren Diensten! Haltet euch nicht selbst für klug! Vergeltet niemand Böses wiederum mit Bösem! Seid darauf bedacht, von allen Menschen Gutes nur zu denken! Soweit es möglich, und es nur auf euch ankommt, haltet mit allen Menschen Frieden! ... Die Liebe fügt dem Nächsten in keiner Weise Übel zu; so ist die Liebe die Vollendung des Gesetzes!"

Und dann gelangte er zum Schluß: „Sobald ich aus Jerusalem zurückkehre" – schrieb er – „und meine Reise nach Spanien antrete, hoffe ich, euch zu sehen. Denn seit vielen Jahren habe ich den Wunsch, zu euch zu kommen."

Endlich ließ er alle grüßen: Aquila und seine Frau, in deren Haus er in Korinth gewohnt hatte, Epänetus und Maria, Ampliatus, Urban, Stachys, Apelles, Narzissus, Tryphäna und Tryphosa, Asynkritus, Phlegon, Hermas, seine Vettern Andronikus, Junias, Herodion, und Rufus von Cyrene, den Sohn des Simon, der einst dem Herrn das Kreuz getragen hatte.

Paulus kam jedoch nicht dazu, den Brief abzusenden. Da niemand, dem er sein Vertrauen schenken konnte, von Korinth nach Rom ging, nahm Paulus die Papyrusrolle mit nach Troas, in der Absicht, sie bei Karpus zu lassen, bis sich ein zuverlässiger Mann zum Mitnehmen finden werde. Aber die überraschende Nachricht von der Ankunft des Petrus änderte seinen Entschluß. Was hatte es jetzt noch für einen Sinn, den Brief nach Rom zu schicken, wenn Petrus dorthin ging, auf sein ureigenstes Arbeitsfeld?

Nun, da er den Brief unter den knorrigen Eichen noch einmal überlas, geriet er in Zweifel, ob es überhaupt richtig sei, daß er den Brüdern in Rom sein Kommen versprach. War es nicht vermessen, ein solches Versprechen zu geben? Zumal ihm eine Ahnung immer deutlicher sagte, daß in Jerusalem das Gefängnis auf ihn wartete?

Er war kein Jüngling mehr, der damit rechnen durfte, eine längere Gefangenschaft zu überstehen.

Sollte all das, was er mühsam hatte aufzeichnen lassen, umsonst gewesen sein?

Zärtlich betrachtete er die unzähligen Schriftzeichen, die über die Papyrusblätter liefen. Es lag ein Trost in der Gewißheit, daß diese Worte wenigstens zu den Freunden in Rom sprechen würden, wenn er selbst schon nicht zu ihnen kommen konnte.

Aufseufzend erhob sich Paulus und machte sich mühsam auf den Weg zur Grotte, wo Hesperos und Phoebe ihn erwarteten. Mit fast verängstigtem Blick musterte ihn das Mädchen und reichte ihm einen Korb. „Ich habe dir etwas zu essen zurechtgemacht, Herr", sagte sie unterwürfig.

Wortlos setzte er sich auf einen Holzklotz, aß einen trokkenen Fladen und trank etwas Milch dazu. Dann stand er auf. „Es ist Zeit zum Gehen."

„Aber wirst du auch genug Kraft dazu haben?" fragte der Schäfer besorgt.

„Ja", erwiderte Paulus überzeugt. Er nahm einen derben Stock aus der Hand des Mädchens und verabschiedete sich lächelnd. „Lebt wohl! Möge der Herr euch beschützen!"

Plötzlich, schon im Aufbruch, zögerte er und wandte sich zu dem Mädchen zurück: „Sag mir, Phoebe, möchtest du nicht von hier fort?"

„Ja, Herr!" rief sie beglückt und wurde dunkelrot. „Oh, wie gern! Nimm mich mit, Herr! Ich will dich führen und schützen, wenn du zu schwach bist. Nimm mich mit, wohin du auch gehst!"

Doch Paulus schüttelte den Kopf. „Nein", sagte er, „das will ich nicht. Wenn du aber von hier fort möchtest, dann gehe nach Troas und sieh zu, daß du von da nach Kenchreä kommst. Dort suche den Ältesten der Judäer auf und sage ihm, daß ich dich schicke, Paulus von Tarsus. Sicherlich können sie dich in der Gemeinde gebrauchen, zur Pflege der Kranken und der Armen. Wäre dir das recht?"

„Ja, Herr", erwiderte sie ergeben. „Ich habe dich verstanden. Aber warum erlaubst du nicht, daß ich mit dir gehe und dir diene?"

Begütigend antwortete Paulus: „Nein, Kind. Segle du nach Kenchreä. Dort wird man dich prüfen und durch die Taufe in unsere Gemeinschaft aufnehmen. Und wenn dich die Ältesten für würdig erachten, dann reise nach Rom weiter."

„Nach Rom?" flüsterte sie erstaunt, als begriffe sie nicht recht, was er damit meinte.

„Ja, nach Rom", wiederholte Paulus. „Und dort sollst du einen Brief von mir abgeben. Diesen hier."

Er faßte nach der Rolle, die in seinem Chiton steckte. Dann nahm er ein Schilfrohr und tauchte es in eine klebrige Flüssigkeit, die er in einem Krüglein am Gürtel trug.

„Ich empfehle euch Phoebe, unsere Schwester", malte er in großen Buchstaben auf ein Papyrusblatt, wobei er seine schwachen Augen halb zukniff.

„In Kenchreä werden sie dir alles erklären. Ich gebe dir dieses Begleitschreiben für sie mit."

Damit reichte er ihr Blatt und Brief, die sie aus seiner Hand wie ein Heiligtum entgegennahm, inbrünstig küßte und mit beiden Händen an ihr Herz drückte.

Während er, ohne noch etwas zu sagen, sich zum Gehen wandte, warf sich das Mädchen vor ihm auf die Knie und bat noch einmal: „Ach, Herr, geh nicht allein fort! Nimm mich mit!"

„Sei unbesorgt!" sagte er sanft. Nach einer segnenden Gebärde brach er endgültig auf. „Der Herr sei mit euch, und Sein Friede bleibe allezeit bei euch!“

Die beiden neigten die Köpfe und schauten ihm nach, während er in die Glut der heißen Mittagssonne hinausschritt, den Pfad hinab, der zwischen Gestrüpp, Hügeln und Schluchten in die Ebene hinabführte, auf die breite weiße Straße nach Assos. Ein frischer Wind wehte vom Meere her.

Lange noch standen Hesperos und Phoebe und schauten Paulus nach, bis seine immer kleiner werdende Gestalt im Schatten der Mandelbäume untertauchte.

Dann sagte Hesperos mit ehrfürchtig gedämpfter Stimme: „Er hat Gott gesehen!“

Und Phoebe, während sie sich die Tränen von der Wange wischte, flüsterte ergriffen:

„Gott ist mit ihm ... und Gott ist in ihm ...“

VI

DURCHS ÄGÄISCHE MEER

Den vierten Tag schon warteten die Freunde, die allein übers Meer gesegelt waren, in Assos vergeblich auf Paulus. Dann hielt sie die Unruhe nicht länger.

Frühzeitig am Morgen machte sich die Gruppe auf den Weg nach Troas, und während sie rüstig ausschritten, beteten sie inbrünstig um das Leben und die Gesundheit des geliebten Lehrers.

Timotheus war der erste, der ganz in der Ferne auf der menschenleeren Straße die Gestalt des einsamen Wanderers erblickte, der, auf einen Stock gestützt, ihnen langsam entgegenkam.

Ihre Freude war unbeschreiblich. So schnell sie konnten, eilten sie auf ihn zu, und als Timotheus sich ihm zu Füßen warf, seine Knie umfaßte und seine Hände küßte, wehrte Paulus ihm nicht. Auch er war gerührt über ihre Sorge, die sie zu ihm getrieben hatte.

Zitternd, doch aller Müdigkeit ledig, strich er ein ums andere Mal mit der Hand über Timotheus' Haar und sah ihm in die graublauen Augen, die denen seiner Mutter so ähnlich waren. Dann begrüßte er die anderen Jünger nicht minder herzlich, und von ihnen sorgsam gestützt, setzte er die letzte Strecke nach Assos wohlgemut fort.

Trotz Lukas' inständigem Bitten, sich hier erst ein paar Tage auszuruhen, drängte Paulus auf sofortige Weiterfahrt.

Gajus kam vom Hafen, wo er sich nach absegelnden Schiffen erkundigt hatte, mit der Nachricht zurück, schon am nächsten Morgen wolle ein Segler nach Seleucia auslaufen und mit ihm könne man über Chios, Samos und Rhodos bis zur syrischen Küste fahren.

Paulus zögerte nicht, die günstige Gelegenheit zu nützen. Man sammelte Geld, und in der Morgendämmerung begab sich die kleine Schar zum Hafen.

Der stürmische Südwind, der die ganze Nacht die Bäume schüttelte, hatte nach Norden gedreht, aber nichts an Ungestüm eingebüßt. Mit gischtendem Schaum brachen sich die Wellen an den Pfählen der Landungsbrücken und schaukelten das kleine rosafarbene Schiff hin und her.

Der Kapitän wies seinen Fahrgästen an Deck einen Haufen Taue als Platz an, wo sie sich's notdürftig bequem machten. Dann setzte die Besatzung vorsichtig die Segel. Mit lautem Geknatter fing sich der Wind in dem schweren Tuch, blähte es auf und brachte den Schiffskörper zum Erzittern.

Schäumende Brecher rollten über den Bug, bis hinauf zu der vergoldeten Gallionsfigur, während das Schiff mit vollen Segeln wendete und dann geraden Kurs auf das schmutziggraue Meer nahm.

Sie hielten sich in Küstennähe, so daß immer ein schmaler, dunkler Streifen des Festlandes in ihrem Blickfeld blieb. Bald tauchte die Küste von Lesbos auf und der weiße Fleck des von grünen Hügeln umgebenen Mytilene.

Hier gingen sie vor Anker.

Das Schiff hatte eine Menge Fracht zu löschen und konnte nicht vor dem nächsten Morgen weitersegeln.

So verließ die Schar das schwankende Deck und ging an Land. Langsam wanderten sie die Küste entlang, bis zu einer Landzunge, die den Golf von Kallonis einschloß.

Die steilen Abhänge, die sich fast unmittelbar bis ans Meer erstreckten, waren ein einziger bunter Garten, umrauscht von brandenden, schäumenden Wogen.

Auf einem schwarzen Felsblock hielt Paulus mit den Seinen Rast. Eine frische Brise umgab sie mit dem salzigen Ruch des Meeres und linderte die Sonnenglut.

Von der rollenden Bewegung der Wellen gebannt, die an dem schmalen Strand ihr ewiges Spiel trieben, schaute Paulus auf das Meer bis zu dem fernen Horizont, wo die blauen Wogen sich mit dem Blau des Himmels zu vereinen schienen.

Bei diesem Anblick verschmolz sich ihm die Gegenwart, aus der seine Gedanken fortglitten, unversehens mit Vergangenem, und ihm war, als stehe er wieder auf der erhabenen Plattform von Akrokorinth und schaue auf die zu seinen Füßen liegende Stadt herab.

Hier auf Lesbos wie dort in dem von den Veteranen Cäsars neuerbauten Korinth schien die gleiche Luft zu wehen, die gleiche Strömung, der gleiche Duft aus den Hainen und Blumengärten, die die weißen Mauern des Heiligtums der Venus umgaben.

Paulus strengte seine entzündeten Augen an, als könnte es ihm damit gelingen, hinter der dunkelblauen Fläche des Ägäischen Meeres jenes Land zu schauen, zu dem es ihn seit Jahren hinzog, und die ferne Stadt, die er erobern wollte.

Noch vor einem Monat konnte er hinuntersteigen, vorbei an der prächtigen, vergoldeten Säulenhalle, auf der sich wie das Roß des Bellerophon die feurigen Pferde des Helios mit ihren goldenen Hufen aufbäumten. Den breiten, rosafarbenen Weg, der zum lärmenden Hafen Lechaion führte, konnte er hinabwandern, um sich mit den Schiffsherren zu besprechen, die nach Westen ausfuhren.

Warum hatte er es nicht getan? Was zwang ihn, nach der Heiligen Stadt zurückzukehren, die er einst durch das Tor am Eckturm nach Bethania verlassen hatte, um auf seine große Wanderung zu gehen?

Mußte er wieder vor die Mauern des herodianischen Tempels treten und Opfer bringen, Opfer des veralteten Bundes, an dem einzigen Ort der Welt, wo man noch diese Opfer darbringen konnte?

Petrus hatte ihn überholt, durchfuhr es Paulus schmerzlich, Petrus, der langsame, zögernde Fischer, er war bis zur Hauptstadt der Welt vorgedrungen, und trotz seiner damaligen Ausweisung kehrte er jetzt wieder dahin zurück.

Hatte nicht Johannes, der Lieblingsjünger des Herrn, einmal gesagt: ‚Simon kann man überholen, aber auf Simon muß man warten ...'?

Mußte man warten? Konnte man nicht heute noch umkehren und, anstatt weiter nach Süden zu segeln, das erste beste Schiff nach Westen nehmen?

War Petrus nicht vielleicht doch noch zu überholen? durchzuckte es Paulus. Er wußte doch, daß es keiner besser verstand, zu den Heiden zu sprechen, als er selbst. Besser als zu den Angehörigen seines eigenen Volkes, von denen er schon oft enttäuscht sich weggewandt und entschlossen erklärt hatte: ‚Ich will mit euch nichts mehr zu tun haben! Ich gehe zu den Heiden!'

Und trotzdem kam er nicht von ihnen los. Er konnte sie nicht verleugnen.

Welch seltsames Geschick war dies, daß er, ein Jude unter Juden, ein Pharisäer unter Pharisäern, von den gleichen Juden erbittert bekämpft wurde, während Petrus, ein Galiläer, ein einfacher Mensch, der nicht einmal die Schrift kannte und ohne Zweifel auch die Gesetze des Bundes ungenau einhielt, diese Juden zu gewinnen vermochte!

Es gibt nichts Schmerzlicheres als die Mißgunst der Seinen, dachte Paulus bitter. Alle waren gegen ihn: sowohl die, die gegen die Bekenner Jesu kämpften, als auch die, die zwar zur Gemeinde Jesu kamen, es ihm jedoch verargten, daß er die neue Lehre auch den Unbeschnittenen brachte.

Damals, als er nach Paphos ging, glaubte er noch, das jüdische Volk sei dazu ausersehen, die Welt zu bekehren. Heute war er nicht mehr davon überzeugt.

Ein ganz neues Volk sollte erstehen, kein jüdisches, kein griechisches und auch kein römisches, das an ein Land, an eine Sprache oder eine Sitte gebunden war: ein neues Volk, das Volk Christi.

Diese Erkenntnis war ihm gekommen, als er auf der Ebene zwischen Lystra und Derbe unter dem Steinhagel zusammenbrach. Damals schlug man ihn als Verräter nieder. Aber er blieb er selbst. Und doch schmerzte es ihn unablässig, daß er, ein Apostel des Volkes Jesu, Jesus immer anderen näherbrachte, allen anderen, nur nicht den Seinen.

Gedankenverloren blickte er auf das Meer hinaus, und die kleine Schar der Freunde wagte es nicht, ihn in seiner Versunkenheit zu stören.

Endlich riß er sich aus seinen Träumen los, ergriff entschlossen den Wanderstab und sagte: „Ich möchte, daß wir uns in Milet aufhalten, und wenn es nur zwei Tage sind, damit ich dort die Ältesten der Gemeinde von Ephesus sehen kann."

„Könnten wir nicht selbst nach Ephesus gehen?" schlug Timotheus vor.

Paulus schüttelte den Kopf. „Nein", sagte er. „Dazu ist keine Zeit. Ich möchte nur von ihnen hören, wie es ihrer Gemeinde geht. Dann müssen wir weiter."

Obwohl die Entschiedenheit seiner Worte keinen Widerspruch zu dulden schien, wagte es Lukas, der die Zweifel und inneren Kämpfe des Lehrers erriet, vorsichtig einzuwenden: „Wäre es nicht am besten, wir gingen überhaupt nicht nach Jerusalem? Ich muß dir gestehen, Paulus, ich habe eine böse Vorahnung, als werde dir in Jerusalem etwas zustoßen. Laß uns lieber nach Korinth gehen, nach Thessalonich oder nach Kreta, wo du überhaupt noch nicht warst."

Auf dem dunklen Gesicht des Apostels spiegelte sich deutlich der Kampf wider, den er mit sich ausfocht. In neuer Form trat die Versuchung an ihn heran. Diesmal nicht über die Lippen eines besessenen Mädchens, sondern mit den aufrichtigen Worten eines seiner treuesten Freunde.

Nach Achaja zurückkehren! Nach Kreta segeln! Und von dort nach Rom!

Er rang mit der Entscheidung, und seine Begleiter, die wohl spürten, was sich in seinem Innern abspielte, begannen jetzt gemeinsam auf ihn einzureden:

„Lukas hat recht. Nicht nach Jerusalem! Wissen wir, was dich dort erwartet?"

Paulus netzte seine aufgesprungenen Lippen.

Die Freunde nährten nur, was in ihm selbst an Zweifeln gärte.

Und wenn der Befehl, nach Jerusalem zu gehen, dem er sich beugte, ihn wirklich Leben oder Freiheit kostete?

Wenn er dafür mit all dem bezahlen mußte, was er der Sache Jesu noch zu geben vermochte?

„Kehr um, Paulus!" wiederholten die Freunde inständig. „Geh nicht nach Jerusalem! Laß uns allein hin. Wir werden selbst die Spenden hinbringen. Du aber kehre um!"

Umkehren? überlegte er. Ich soll umkehren?

Im gleichen Augenblick überkam ihn die Erkenntnis, daß es hinter Griechenland, Italien, Gallien und Iberien noch viele Länder gab, zu denen er nie gelangen würde. Niemals!

Warteten nicht auch dort Menschen auf das Evangelium? Nun, der ihn niedergeworfen hat, wird auch andere Saulusse für Seine Absichten finden. Der ihn niedergeworfen hat, fordert von ihm, was Er selbst will, nicht das, was Paulus will. Und Er will ihn in Jerusalem und nicht anderswo.

Man muß zum Köcher zurückkehren, um wieder für ein Ziel Gottes als Pfeil abgeschossen zu werden.

Wer war er, daß er sich auflehnte, er, ein tönernes Gefäß, als letztes aus der Hand des Töpfers hervorgegangen?

Unter Aufbietung all seiner Kräfte rang Paulus die Einflüsterungen des Versuchers nieder. Dann sagte er:

„Wir fahren nach Jerusalem. Dahin und nirgendwo anders. Was mich dort erwartet, nehme ich auf mich."

Seine Stimme klang ruhig und sanft, aber fest entschlossen.

VII

ABSCHIED VON DEN EPHESERN

Das kleine Schiff machte gute Fahrt.

Am folgenden Tage gelangten sie nach Chios, am dritten nach Samos, am vierten trafen sie endlich gegen Mittag im Hafen von Milet ein.

In strahlendem Sonnenschein lagen die Häuser, in Terrassen übereinandergebaut auf dem leuchtend grünen Abhang. Wie ein Traumbild erschien das herrliche Heiligtum des Apollo Didimäus am Strande mit seinem flachen Architrav und dem zarten Tympanon über den zehn schlanken Säulen.

Gleich nach der Landung schickte Paulus einen Boten nach Ephesus, und am nächsten Abend trafen sich die Ältesten der Gemeinde mit ihm in einem Gasthaus.

Besonders herzlich war die Begrüßung mit Tyranos, dem Lehrer der Beredsamkeit, in dessen Haus Paulus während seines Aufenthalts in Ephesus gewohnt und gelehrt hatte.

Bevor man sich zu Tisch setzte, brach Paulus für alle das Brot, und sie nahmen es in Demut kniend aus seiner Hand. Dann berichteten seine Gäste beim gemeinsamen Mahle von ihrem Leben und den Schwierigkeiten der Kirche.

Die Unruhe, die vor einem Jahre Demetrius und andere Scharlatane mit der Verehrung der vielbrüstigen Diana verursacht hatten, war gottlob bereits verebbt.

Ernster sah die Auseinandersetzung mit Apollos aus, den man bewogen hatte, von Achaja wieder nach Ephesus zurückzukehren. Seine frühere Lehre, die sich auf die des Täufers berief, rief noch immer Verwirrung und Unruhe hervor. Es gab sogar Bekenner aus dem Judentum, die meinten, Apollos sei im Recht gewesen, und was Paulus lehre, sei falsch; ihnen widersprachen wiederum die Griechen und Syrer. Apollos, der mit aus Ephesus gekommen war, verteidigte sich gegen die Vorwürfe, soweit sie ihm ungerechtfertigt erschienen, gestand aber ebenso freimütig seinen früheren Irrtum ein und stellte sich jetzt ohne Einschränkung hinter die von Paulus verkündete Lehre Christi; so blieb kein Mißklang zurück.

Unlösbarer schien das Problem, das Sarapion zur Sprache brachte. Viele Gläubige meinten, so berichtete er, daß die Ankunft des Herrn nahe bevorstehe. Es gebe zahlreiche Zeichen, die auf das Ende der Zeiten hindeuteten: Libyen sei von einem großen Erdbeben heimgesucht worden; eine Frau habe Zwillinge geboren, die zusammengewachsen waren; der römische Heerführer Corbulo habe Artaxata dem Erdboden gleichgemacht; aus Jerusalem höre man, daß eine zum Schlachtopfer geführte Kuh mitten im Tempel ein Lamm zur Welt gebracht habe; und in Rom sei der Baum verdorrt, unter dem Romulus und Remus gespielt haben sollen.

Dies alles, meinten viele, deute untrüglich darauf hin, daß das Ende nahe sei und der Herr wiederkommen werde. Sterbe nicht auch langsam das Geschlecht aus, das Ihn noch mit eigenen Augen gesehen habe?

Von nichts anderem redeten die Leute mehr als von der Ankunft des Herrn, und die einen erwarteten sie mit Freuden, andere mit Furcht und Bangen, und diejenigen, die die Gabe der Weissagung besäßen, bestärkten sie in ihrer Erwartung.

Viele Arbeitsgemeinschaften lösten sich auf: Weshalb, so meinten die Gläubigen, solle man sich noch um das Leben sorgen, wenn das Kommen des Herrn nahe sei?

Paulus hörte aufmerksam zu, die gefalteten Hände fest aufeinandergepreßt. Er kämpfte gegen eine Schwäche an, die ihn erneut überkommen wollte. Seine Lider zuckten krampfhaft, und sein abgezehrtes, runzeliges Gesicht verzog sich im Schmerz. Nur noch mühsam hielt er sich aufrecht, und als Sarapion geendet hatte, fragte er stockend: „Und was haltet ihr davon?"

Der andere breitete mit einer verlegenen Geste seine Arme aus: „Dir ist ja auch bekannt, Paulus, was der Herr einst gesagt hat: ‚Dieses Geschlecht wird nicht vergehen ...' Ich weiß wohl", setzte er rasch hinzu, „daß erst der Mann der Sünde kommen muß, wie du uns verkündet hast. Aber sage, ist er nicht vielleicht schon geboren? Sieh doch, wieviel Verderbtheit, Ausschweifung und Bestechlichkeit rings um uns herrschen! Mütter töten ihre Kinder, bevor sie zur Welt kommen. Verabscheuungswürdige Laster machen sich überall breit ... Die Herrschenden bedrücken uns grausam und nehmen uns weg, was sie bekommen können. Alle Welt spricht von dem ausschweifenden Leben, das der junge Nero führen soll. Kann man sich schlimmere Zustände denken?"

Forschend schaute er Paulus in die Augen, doch dieser schwieg. Sein leidvoller Blick wanderte langsam über die Gesichter der Anwesenden, die Sarapion heftig zustimmten.

„Die Lehre Jesu", rief Aristoxenus, „muß sich noch in diesem oder im nächsten Jahre erfüllen."

„Der Herr läßt uns nicht so lange allein", rief ein anderer der Ältesten von Ephesus. „Der Herr kommt ... wir fühlen es alle ... sogar die Heiden meinen, daß die Zeit sich erfülle. Und selbst die Juden, die nicht an Jesus glauben, sagen, es sei bereits der geboren, der die Welt für sie erobern werde ..."

Paulus seufzte auf. Wohin er sich auch wandte, überall bekam er Ähnliches zu hören: Die Welt geht bald unter, der Herr wird bald wiederkommen, die Verheißungen müssen nun in Erfüllung gehen. ‚Denn wenn sie sich nicht erfüllen', hatte ihm unlängst ein Grieche in Korinth erklärt, ‚dann bedeutet das, daß sie nicht die Wahrheit sind.'

Paulus hatte heftig darauf entgegnet; aber er dachte oft selbst darüber nach, ob die Erfüllung noch lange auf sich warten lassen werde.

Früher hatte er, getrieben von der Überzeugung, daß sie nahe bevorstehe, sich beeilt, noch recht viele zu taufen, ehe der Herr wiederkehre. Aber als er dann sehen mußte, wie die Gemeinde der Getauften, wenn er sie nach Jahren wieder besuchte, in ihrem Eifer bereits erlahmt und erkaltet war, begannen sich in ihm die ersten Zweifel zu regen.

Nicht an der Wahrheit! An ihr war nicht zu zweifeln, denn er war einer von denen, die mit leiblichen Augen gesehen und mit leiblichen Ohren gehört hatten, und er trug an Händen und Füßen die bestätigenden Male.

Aber mehr und mehr zweifelte er an dem Vermögen menschlicher Vorahnung. Der Mensch steckt fest im Lehm der Erde, er sieht und hört, was er sehen und hören möchte. Die Stimme des Herrn aber spricht nur in der Einsamkeit des reinen Herzens. Und wie viele reine Herzen gibt es?

Das Reich Jesu kommt nicht unter greifbarem Blitz und Donner, kein irdischer Sieg wird es bestätigen. Es wird in den Menschen fallen und sich im Menschen erfüllen. Es wird immer gleichzeitig Sieg und Niederlage sein, immer Prüfung und Erfahrung. Niemals wird es plötzlich da sein. Unmerklich und leise wird es wachsen wie Gras. Regen, Sturm und Hitze wird es erfahren. Die ganze Welt wird von ihm Kunde haben, aber nicht die ganze Welt wird es annehmen. Immer werden Wölfe in Schafspelzen zwischen die Herde schleichen und die Werke des Herrn zu verderben suchen. Und wenn auch Zeiten immerwährender Wunder kommen, so wird es doch immer wieder Menschen geben, die an allem zweifeln.

Jahre hatte Paulus gebraucht, bis dieser Glaube in ihm gereift war. Es war nicht leicht, den Zauberkreis messianischer Träume zu sprengen. Wieviel Mühe hatte es gekostet, den Glauben zu festigen, daß der Messias der Herr der Menschenherzen sei. Sicherlich wird Er durch die Herzen die Welt erobern. Aber zugleich – dies schien Paulus heute gewiß – wird der Kampf um die Welt nie enden. Es wird ein Kampf bis zum letzten, bis zum Jüngsten Tage sein. Und ein Kampf nicht nur mit der Welt, die von Jesus nichts gehört hat und auch nichts von Ihm hören will, sondern genau so mit der Welt, die von Jesus gehört und den Glauben an Ihn mit einem leeren Lippenbekenntnis angenommen hat.

Paulus machte eine Handbewegung, und sogleich verstummten alle und hefteten in der Erwartung, daß er sprechen werde, ihre Blicke auf ihn. Eine tiefe Stille trat ein, in der nur noch das hastige Atmen der Versammelten und von draußen, unter dem Fenster, der monotone Ruf eines nächtlichen Obstverkäufers zu hören war.

Langsam öffnete Paulus die Hände und hob seine Arme.

Ehrfürchtig blickten alle auf die verbundenen Handgelenke; denn obwohl er selbst niemals davon sprach, war die Kunde von den sonderbaren Malen weit in Asien verbreitet.

„Meine Söhne“, begann er milde, „warum sorgt ihr euch? Hat der Herr nicht die Schwester des Lazarus getadelt, als sie sich sorgte? Hat Er uns nicht befohlen, fromm zu sein, ohne auf Seine Wiederkunft zu warten? Tadeln müßte ich euch, aber ich habe mit euch Mitgefühl. Auch möchte ich nicht, daß zwischen uns ein hartes Wort zurückbleibt, wenn wir uns morgen trennen und nicht mehr wiedersehen.“

Erschrockene und erstaunte Ausrufe unterbrachen ihn.

„Was sagst du, Paulus? Uns nicht mehr wiedersehen? Wie meinst du das?“

Selbst seine Reisebegleiter starrten ihn besorgt aus weit aufgerissenen Augen an. Hatten sie ihn auch aus so vielen Abenteuern unversehrt hervorgehen sehen, so bangten sie deshalb jetzt nicht weniger um ihn.

Timotheus konnte nicht vergessen, wie er eines Nachts – er selbst war damals noch ein Knabe – zusammen mit Barnabas und anderen Gefährten Paulus am Wege zwischen Lystra und Derbe blutüberströmt unter Steinen halb begraben aufgefunden hatte. Und kaum dem Leben zurückgegeben, war Paulus schon den nächsten Tag nach Derbe weitergewandert.

Auch Lukas erinnerte sich, wie er einst mit diesem schwachen, kränkelnden Menschen auf hoher See zwischen Kerpe und Rhodos Schiffbruch erlitten und neben ihm eine ganze Nacht lang und den folgenden Tag auf einer Holzplanke treibend zugebracht hatte. Und nicht er hatte damals Paulus gerettet, sondern der schwächliche Paulus hatte ihn zum Ausharren gebracht.

Heute aber überstieg die Sorge ihre Erinnerungen, und sie stimmten in die angstvollen Fragen der Epheser ein: „Was sagst du da, Paulus? Weshalb solltest du nicht hierher zurückkehren?“

Paulus lächelte gerührt, aber in seinen Augen standen Tränen. Die Antwort blieb ihm in der Kehle stecken. Er atmete eine Weile schwer, bis er endlich mit fast verlöschender Stimme herausbrachte: „Ich werde euch Epheser nicht mehr sehen ...“

Das Echo auf seine Worte war eine allgemeine, fast beschwörende Bitte: Er solle nicht nach Jerusalem gehen. Nicht nach Jerusalem!

Paulus wehrte mit einer Kopfbewegung ab: „Doch, Freunde. Ich werde nach Jerusalem segeln. Haltet mich nicht auf! Ich muß hin. Es ist Gottes Wille und Befehl. Darum laßt mich fahren! Auch wenn mich – ich weiß es wohl – dort Ketten erwarten ...“

Einer der Ältesten brach plötzlich in Tränen aus und rief:

„Laß uns nicht allein, Paulus! Was sollen wir ohne dich in dieser schweren Zeit anfangen? Laß uns nicht allein!"

Sie drängten an ihn heran, streckten ihm die Hände entgegen, doch er blieb fest: „Versucht es nicht, mich von meinem Wege abzubringen! Ihr bleibt nicht allein. Der Herr ist bei euch alle Tage und wird bis zum Ende bei euch sein. Ihr aber wachet! Denn die Zeit des Wartens kann lange dauern, sehr lange... Wölfe werden kommen, Verrat wird einbrechen auch bei euch, darum wachet! Und nun laßt uns Abschied nehmen!"

Er umarmte einen nach dem andern, und als sie von ihm zurücktraten, kniete er nieder und begann laut zu beten. Worte aus dem Liede der drei Freunde Daniels im Feuerofen kamen über seine bebenden Lippen:

„Gepriesen bist Du, Herr, Gott unserer Väter,
gelobt, verherrlicht und erhöht in Ewigkeit.
Gepriesen ist der heilige Name Deiner Herrlichkeit,
gelobt, erhöht in alle Ewigkeit."

Unter Weinen und Schluchzen, dicht um ihn geschart, geleiteten sie ihn im Morgengrauen durch die stille Stadt, vorbei an den ersten Händlern, die im Begriffe waren, ihre Stände aufzuschlagen, und die ihnen verwundert nachblickten.

So schritten sie durch die Gassen zum Hafen. Das grauviolette Licht der weichenden Dämmerung spielte über die unruhigen Wellenkämme. Dunkel und drohend lag das Meer vor ihnen. Von einem scharfen Winde aufgepeitscht, schlugen die Wogen grollend nach dem kiesigen Strand. Scheuernd zerrten die Schiffe an ihren Ankerketten. Die Welt schien düster und unheilverkündend.

In dem Brausen und Tosen der brandenden Wellen verstummte das Weinen und Klagen der Freunde. Stumm schauten sie auf das armselige Schifflein und auf das brodelnde Wasser, dann blickten sie auf Paulus, der sich von ihnen gelöst hatte. Zwei halbnackte Schiffer, schwarzhaarig und braungebrannt, Syrer vermutlich oder Sizilianer, trieben zur Eile an und halfen Paulus vom Strand zum Schiff. Die anderen folgten.

Dann wandte sich Paulus noch einmal um, und während er seine Arme ausbreitete, rief er durch das Tosen des Meeres den Zurückbleibenden zu: „Lebt wohl und verzeiht mir! Ich gab euch, was ich konnte . . ."

Der Donner der Brandung verschlang seine letzten Worte.

Die Ruder tauchten ins Wasser, das Schiff stieß vom Ufer ab. Eine große Welle nahm es auf, riß es in die Tiefe, schlug über die Bordwand und durchnäßte alle.

Wie eine Herde verängstigter Schafe vor einem Gewitter standen die Epheser verloren am Strand und winkten dem entgleitenden Schiffe nach.

Wie zu sich selbst wiederholte Paulus: „Ich gab euch, was ich konnte. Und der Herr hat gesagt: Geben ist seliger als nehmen . . ."

VIII

AM HEILIGEN GRABE

Auf dem judäischen Hochland hatten die Frühjahrsstürme, die über das Meer getobt waren, ihre Kraft verloren.

Eine unbarmherzige Sonne drohte die ersten Blüten der Narzissen, Tulpen und Anemonen auszudorren.

Die Küste entlang war Paulus mit seinen Begleitern durch das Rosenmeer des Sarontales gewandert, das sie mit seiner ungewohnten Farbenpracht und dem schweren, süßen Duft förmlich berauschte.

Hinter Lydda bogen sie ins Hochland ab.

Aus sanft gewölbten, grünen Hügeln mit Weinbergen und Olivenhainen wuchs vor Emmaus allmählich der hohe judäische Gebirgskamm empor, eine steinige Einöde.

Von Cäsarea an hatte sich der kleinen Schar ein reicher Jude angeschlossen, Mnason aus Salamis auf Zypern, der in Jerusalem ein großes Haus besaß, in das er Paulus mit den Seinen einlud. Sein großzügiges Anerbieten nahm Paulus um so lieber an, als noch ungewiß war, wie sich die Nazarener in Jerusalem zu Paulus stellen würden.

Sie wanderten ohne Hast und erreichten so erst am vierten Tage die Hügelkette, von der sich ihnen, zum Teil noch durch die mit Weingärten bestandene Höhe Bezetha verdeckt, der erste Blick auf die Heilige Stadt eröffnete.

Rüstig schritten sie jetzt aus, bis sie den achteckigen Psephinos-Turm erreichten, durch dessen Tor sie in die Stadt gelangten.

Nun kamen sie an die innere Stadtmauer, deren ältester

Teil noch bis in die Zeit der Könige zurückreichte und die zwischen ihren drei Türmen Hippikos, Phazael und Mariamne – nach den Familienmitgliedern des Herodes benannt – den in griechischem Stil erbauten, ansehnlichen Königspalast barg.

Die vom Palast ausgehende Mauer schützte die Untere Vorstadt und zog sich bis zur Burg Antonia hin, die die Form eines gewaltigen Wachtturms hatte. Auf ihrem Söller, der hoch aus dem Häusermeer herausragte, hielten römische Legionäre Tag und Nacht Wache.

Neben der Burg stieg der wuchtige Tempel zum Himmel, dessen gewaltiger Bau gegenüber der kleinen Stadt um so majestätischer wirkte.

Paulus blieb im Torgang stehen und blickte sich um. Was machte es aus, daß der Tempel ein Denkmal jenes Bundes war, der jetzt sein Ende gefunden hatte! Er war und blieb das heilige Symbol im Leben des Volkes. Er war das Ziel der Wanderung oder wenigstens der Sehnsucht aller Brüder von Babel bis Rom.

Als Paulus, auf seinen Wanderstab gestützt, an der Grenze des neuen Stadtteils stand, vermochte er den übermächtigen Ruf des Blutes in sich nicht zu unterdrücken, und er wollte es auch nicht. Er hatte gelernt, daß die Stimme, die ihn immer wieder zur Rückkehr zwang, stärker war als alle Entsagungen.

Die Griechen, die ihn begleiteten, Lukas und Gajus, Tichikus und Trophimus, konnten seine Rührung nur halb verstehen. Auch Timotheus begriff es nicht, ein Halbjude, der zum Ärgernis der neugetauften Griechen von Paulus dem Bunde zugeführt worden war.

Paulus stand mit seinen Gefühlen allein, als hänge er zwischen zwei Welten. ‚Wie am Kreuz', durchzuckte es ihn, ‚fern vom Himmel und fern von der Erde ...'

Die Freunde warteten geduldig, bis Paulus wieder in die

Wirklichkeit zurückfand. Dann gingen sie weiter, bogen am Mandelteich ab und erklommen einen kleinen Hügel, der einem Tor der Vorstadtmauer gegenüberlag.

Es war ein weißer Felsen, verwittert und geborsten, mit unzähligen Spalten und Rissen, in denen sich fleischige Disteln breitmachten.

Beim Näherkommen bemerkten sie, daß den Platten des weißen Felsgesteins durch Übermalung mit weißer Farbe nachgeholfen worden war.

Der Hügel diente als Friedhof und war mit unzähligen, auf engem Raum zusammengedrängten Felsengräbern förmlich übersät.

Sie gingen an einer Warntafel vorüber, die auf die Gefahr einer Verunreinigung aufmerksam machte.

Ohne Bedenken traten sie an die Gräber heran.

„Hier ist es", sagte Paulus und blieb stehen.

Unter einem hervorspringenden Felsen verschloß ein schwerer, weißgestrichener Block eine Grabkammer. Erst vor kurzem schien wieder ein Toter zur Ruhe bestattet worden zu sein. Auf dem Steinlager, das sie so gern geküßt hätten, lag ein fremder Leichnam.

So konnten sie nichts anderes tun, als den Stein mit den Lippen zu berühren, den gleichen, der einst der Hand des Engels gewichen war. Kein Verbot des Bundes vermochte sie davon abzuschrecken.

Dann fielen sie auf die Knie und begannen inbrünstig zu beten. Tränen liefen ihnen über die Wangen, denn dieser entweihte Ort war und blieb für sie der heiligste auf der Welt.

Eine zornige Stimme riß sie aus ihrer verehrenden Anbetung.

Ein Pharisäer, der plötzlich neben der Warntafel stand, zeterte aufgebracht: „Allmächtiger, strafe die Sünder, die Gräber berühren!"

Mehrere Frauen kamen, von dem Geschrei angelockt, aus ihren Hütten heraus und blickten neugierig, die Augen mit den Händen vor der grellen Sonne schützend, zu Paulus und seiner Schar hinüber.

„O Herr", schrie der Pharisäer weiter, „strafe diese Leichenanbeter!"

„He, ihr da, macht euch fort!" riefen nun auch die Frauen.

Ein stämmiger, halbnackter Mann, eine Gartenhacke in der Hand, trat hinter einem Zaun hervor, bückte sich nach einem Stein und warf ihn nach den Betenden.

„Weg mit euch!" schrie er. „Schert euch fort, Gesindel!"

Dadurch mutiger geworden, schrien auch die Frauen wieder: „Verschwindet, ihr Nazarener! Euer Jesus ist mausetot!"

Das Geschrei wurde immer ärger. Paulus und seine Gefährten mußten aufstehen und die Grabstätte verlassen. Rufe jagten ihnen nach. Bis zum Tore Genath wurden sie von halbwüchsigen Burschen verfolgt, die ihnen Steine nachwarfen und johlend schrien: „Verfluchte Nazarener! Fort mit euch!"

IX

JAKOBUS' BITTE

Die Nachricht, daß Paulus wieder in Jerusalem sei, hatte sich rasch herumgesprochen.

Sobald Jakobus davon erfuhr, schickte er zum Hause des Mnason in der Oberstadt und lud Paulus mit seinen Freunden zu sich ein. Im Kreise der Kirchenältesten von Jerusalem empfing er sie.

„Ich freue mich von Herzen, daß du gekommen bist, Saulus", begrüßte der Apostel den Zurückgekehrten. „Der Herr sei mit dir!"

Er trat an Paulus heran, der seinen Gruß erwiderte, und umarmte ihn lange. Dann ging er um Armeslänge zurück, und beide sahen einander innig in die Augen.

Jahre waren seit ihrem letzten Zusammensein verflossen. Jakobus kam Paulus sehr verändert vor. In dem eingefallenen, runzeligen Gesicht fand er keine Spur mehr von den Gesichtszügen des Herrn.

Zu Lebzeiten Jesu hatten sich die Söhne der beiden Marien so ähnlich gesehen, daß Jakobus deswegen bei den Gläubigen eine besondere Verehrung genoß. Er besaß das gleiche schmale längliche Gesicht, umrahmt von weichem Haar, nur daß dieses bei Jakobus dunkler war, und dieselben großen ausdrucksvollen Augen, leuchtend blau wie der See Genesareth. Ein Unterschied bestand allerdings von jeher in der Mundpartie, denn der Sohn des Alphäus besaß schmale, leicht verkniffene Lippen.

Nun aber hatte das Alter alle Ähnlichkeit verwischt.

Paulus blickte in das von Hunderten wirrer Falten durchfurchte Gesicht eines greisen Morgenländers, dem ein schütterer weißer Bart bis zur Brust reichte und der sich, schwer auf einen Stock gestützt, nur noch mühsam aufrechthielt.

Nach der allgemeinen Begrüßung ging es in das Haus des Töpfers Sosas, wo Jakobus zum Empfang der Gäste hatte rüsten lassen.

Nachdem Wasser zum Füßewaschen und Öl zum Salben des Haares gebracht worden war, setzte man sich zu Tisch.

Der Hausherr trug Brot und Wein auf und blickte fragend zu Jakobus, vor wen er die Opfergaben hinstellen solle.

„Bruder, brich du das Brot“, sagte Jakobus zu Paulus.

„O nein!“ widersprach dieser lebhaft. „Du bist hier der Erste, du, der Vetter des Herrn und Enkel des ehrwürdigen Joachim.“

„Du weißt“, entgegnete Jakobus, „daß der Leib nichts zu bedeuten hat. Du hast so viele für den Herrn gewonnen.“

„Ich war nur der Gärtner, der begießt“, wandte Paulus bescheiden ein. „Gesät haben andere und der Herr ließ wachsen. Nichts geschieht ohne den Herrn. Den Einfältigsten hat er oft erwählt, um die Klugen zu beschämen. Bitte brich du das Brot, Jakobus. Du bist der Pfeiler des neuen Tempels.“

„Nur einer ist hier der Pfeiler: Kephas“, erwiderte Jakobus.

Paulus senkte den Kopf, dann bat er leise: „Erlaube mir, daß ich mich vor dir demütige. Brich du das Brot. Tue es für diejenigen, die zum ersten Male hier unter uns weilen.“

„Nun gut.“ Der Greis erhob sich von seinem Sitz und ergriff, während alle aufstanden, mit beiden Händen das Brot.

Die Griechen, die mit Paulus gekommen waren, schauten mit ehrfürchtiger Bewunderung auf den Menschen, der eine sichtbare, greifbare Verbindung zwischen der Welt der alltäglichen Dinge und jener des göttlichen Wunders schuf.

Sie folgten ihm mit flammenden Blicken, wie er, trotz seiner Gebrechlichkeit hoch aufgerichtet, mit erhobenem Haupt, die Augen in weite Fernen getaucht, ein stilles Gebet sprach, sich dann vorneigte, das Brot brach und lächelnd reichte.

Der frohe Glanz in seinem ernsten, verfallenen Gesicht erschien wie ein göttlicher Sonnenstrahl, der es mit einem Male jäh veränderte. Über das gebrochene Brot gebeugt, verlor sich Jakobus in Erinnerungen. Vielleicht dachte er an den hellblonden Knaben, mit Dem er vor vielen Jahren gespielt hatte und Dem er gefolgt war, ohne zu ahnen, daß er neben Gott einherging, bis dieser Gott ihm eines Tages Sein flammendes Antlitz offenbarte.

Beim Mahle bat Jakobus den nur zögernd zugreifenden Paulus, von seinen Bekehrungen unter den Heiden zu berichten.

Neugierig wandten die Ältesten Jerusalems jetzt ihre Blicke auf den kleinen Lehrer, über den so widersprechende Berichte zu ihnen gelangt waren.

Manche sagten von ihm, er sei ein Engel des Himmels; andere erklärten ebenso entschieden, er sei ein Satan, der das Wort des Herrn verdrehe. Es gab Menschen, die ihr Herzblut für ihn hinzugeben bereit waren; andere wiederum, obwohl getauft, meinten, man müsse ihn umbringen.

Die Älteren unter den Anwesenden konnten sich noch gut daran erinnern, wie der junge Saulus vor zwanzig Jahren ein Alpdruck für die junge Gemeinde der Gläubigen gewesen war.

Hinter verhangenen Fenstern hatten sie angstvoll gezittert, wenn der unscheinbare Mann mit dem flammenden Blick an der Spitze der Tempelwache durch die Straßen schritt.

Wehe dem Hause, vor dem er stehenblieb! Er war zur damaligen Zeit fast allmächtig in der Stadt, und jedermann wußte nur zu genau, daß er vor keiner Grausamkeit zurückschreckte. Wer von seinen Schergen verhaftet wurde, endete so gut wie immer in den finsteren Verliesen unter der Synagoge, wenn er nicht dem neuen Glauben abschwor und Jesus lästerte.

Als derselbe Saulus später in die Stadt zurückkam und erklärte, er glaube an Jesus, wagte lange Zeit niemand, seinen Worten recht zu trauen. Man mied ihn, weil man einen abgrundtiefen Verrat befürchtete.

Abermals einige Jahre später erschien er an der Spitze einer Schar von Griechen, Syrern und Juden aus Hellas, die ihn weinend vor Entzücken als ihren Retter priesen und verehrten.

Den Aposteln Petrus und Johannes – beide waren damals noch in Jerusalem – berichtete er mit zitternder und oftmals stockender Stimme, wie der Geist Gottes über ihn und die Heiden gekommen sei.

Er zog dann mit seinen Anhängern nach Antiochia, aber sein Name wurde immer wieder genannt, wenn Pilger zu Festen in die Heilige Stadt kamen, und ihre Urteile schwankten weiterhin zwischen Verräter und Heiligem. –

„Ihr wollt wissen, was vor sich geht?“ begann Paulus nun seinen Bericht. „Viele kommen zu uns. Alle sehnen sich nach Erlösung, denn die Welt spürt die Bürde der Sünde, die auf ihr liegt. Aber nicht jeder kann auf die gleiche Weise zu Jesus kommen. Der Schwache kommt anders als der Starke. Der eine wartet, bis ihn der Herr mit einem Zeichen Seiner Macht erleuchtet, der andere strebt von selbst nach Wahrheit. Wir müssen allen alles sein. Für die Schwachen schwach. Mit den Weinenden weinen. Und mit den Fröhlichen froh sein. Denn für alle ist Christus am Kreuz gestorben.

Darum gehen wir zu den Menschen, die am Meere wohnen, wie zu denen, die im Gebirge leben. Wir haben ganz Achaja und Mazedonien durchwandert. Wir sind durch Lydien, Pamphylien, Pisidien, Phrygien, Mösien und Kappadozien gezogen. Und wohin wir auch gekommen sind, viele beugten ihr Knie vor dem Namen Jesu."

Vor den staunenden Zuhörern schrumpften Jerusalem und Judäa zusammen und erschienen ihnen auf einmal nicht mehr als das einzige Samenkorn, aus dem ein großer, üppiger Strauch erwachsen war, wie Hardal, die Senfpflanze an den warmen Abhängen um den See Genesareth.

Und Paulus fuhr fort: „Überall aber warteten Leiden auf uns. Das Kreuz Christi wird niemals leer. Und das ist ein Zeichen für uns, daß unser Weg richtig ist.

Wir waren in Korinth, der Stadt des Lasters, und auch dort war der Geist des Herrn mit uns. In Athen, der Stadt mit den hundert Götzen, verspottete man mich wegen meiner Schwäche. Doch auch hier kamen die Menschen zu mir, um sich zu Jesus zu bekennen, und in Ephesus war es nicht anders.

Aber nicht ich habe sie für Jesus gewonnen, Brüder, denn aus mir selbst bin ich nichts. Wenn ich lehren soll, stehe ich in Angst und Schwäche vor den Menschen, finde kaum die rechten Worte und mein Kopf ist leer. Aber es gefällt dem Herrn, Seine Macht in meiner Erbärmlichkeit zu offenbaren.

Was bin ich denn? Ihr kennt mich alle. Ein Sohn der Gewalt war ich, der nur Leid brachte und Böses tat, obwohl ich es nicht wußte, daß es böse war. Niemand hätte ich je gewonnen, wäre nicht der Herr mit mir. Der Herr ist alles. Und so muß auch das, was mir widerfahren ist, als ein Zeichen dafür gelten, daß wir den Heiden das Evangelium bringen sollen. Die Frohe Botschaft ist für alle. Glaubt es mir, Brüder."

Er sah sie alle der Reihe nach an, und sie mußten ihm recht geben. Das Zeichen schien offensichtlich zu sein. Jedoch wie unangenehm war es auch! So sollte die ganze Welt der Unbeschnittenen zur Gemeinde des Herrn zugelassen werden, und sie selbst sollten womöglich in dieser Menge nicht einmal mehr den ersten Platz einnehmen?

Sie blickten auf Jakobus, als warteten sie darauf, daß er ein Wort dazu sage. Aber Jakobus schwieg. So ergriff schließlich Esron das Wort, einer der Presbyter.

Während er bedächtig seinen langen Bart glättete und sich nach allen Seiten umsah, begann er vorsichtig: „Wir freuen uns, Saulus, daß unter den Heiden der Name des Herrn verherrlicht wird. Aber auch bei uns breitet sich das Wort Gottes aus, und keiner, der es annimmt, verleugnet das Gesetz des Bundes ..."

Zustimmend unterbrach ihn ein anderer: „Alle opfern im Tempel! Alle beschneiden ihre Söhne!"

„Warum sollte es anders sein?" rief jemand dazwischen. „Der Herr ist für die ganze Welt gekommen, aber vor allem zu uns. Hier im judäischen Bethlehem ist Er geboren, aus dem Stamme Davids stammt Er ..."

„Er ist beschnitten und im Tempel geweiht worden ..."

„Sehr richtig! Er zahlte die Tempelsteuer ..."

„Warum also", fragte wieder Esron, „hältst du, wie wir hören, die Gläubigen von der Beschneidung und vom Opfern ab?"

Erneut unterbrach ihn ein Zuruf: „Man sagt sogar, du gibst den Heiden das Vorrecht!"

Und von der anderen Seite des Tisches: „Es heißt, daß du dein Geschlecht und dein Volk verleugnest ..."

Und eine weitere Stimme fügte hinzu: „Daß du kein Jude mehr sein willst!"

Mit gerunzelter Stirn hörte sich Paulus die Vorwürfe an, die immer heftiger wurden. Mit mühsam gebändigtem Zorn fragte er schließlich in die lauten Zurufe hinein: „Was wollt ihr also?"

„Wir wollen“, sagte Esron, „daß du uns erklärst, ob du so lehrst, wie es die andern uns berichtet haben. Und wenn du es wirklich tust, warum.“

Mit einer jähen Handbewegung wies Paulus auf Lukas, Tichikus und Trophimus, die in seiner Nähe saßen: „Wollt ihr diesen die Bürde aufladen, die wir selbst nicht zu tragen vermochten?“

Ein betretenes Schweigen setzte ein.

„Nein“, erwiderte Esron nach einer Weile, „es fordert keiner von uns, daß die Neugetauften alle Gesetze des Bundes erfüllen. Du weißt ja selbst, wie Kephas, Jakobus und Johannes entschieden haben. Was aber die Söhne Israels anlangt...“

„Wollt ihr“, unterbrach ihn Paulus heftig, „wieder eine Trennung: die Söhne Israels und die Söhne der Sünde? Eine Zweiheit – und nicht Wiedergeborene aus dem Geist – einige Söhne Gottes?“

„Du bekennst damit“, erwiderte Esron, „daß du im Unrecht bist. Jesus lebte unter dem Gesetz.“

„Ja, aber Er starb nicht unter dem Gesetz“, entgegnete Paulus scharf. „Er starb vor den Toren der Stadt. Und Er hat bezeugt, daß Sein Reich nicht von dieser Welt ist, sondern daß wir auf ein anderes warten sollen.“

„Auf ein anderes?“ fragte Esron zitternd vor Empörung. „Willst du vielleicht gegen Jerusalem das lasterhafte Korinth eintauschen? Oder das ausschweifende römische Babylon?“

„Keine Stadt“, erwiderte Paulus, „darf für uns ein Hindernis sein auf dem Wege zur himmlischen Heimat.“

Aufgeregt schrien sie durcheinander: „Saulus, was sagst du da? Das ist Gotteslästerung! Das Jerusalem Davids ist heilig!“

Paulus erhob seine Stimme. „Es gibt keine Heilige Stadt!“ rief er mit Nachdruck. „Und es wird auch nie eine geben! Wir haben hier auf Erden keine Hauptstadt!“

„Das ist nicht wahr!“ widersprach man ihm heftig. „Die

Schrift sagt ausdrücklich, daß die Völker nach Jerusalem kommen werden, um hier dem Herrn zu dienen ..."

„Sie sind schon gekommen", erwiderte Paulus und wies auf die unter ihnen sitzenden Griechen. „Sie kommen und huldigen. Und das genügt. Was wir zu geben hatten, haben wir gegeben. Mehr haben wir nicht zu bieten."

Seine Worte weckten erneut ein vielstimmiges Echo der Entrüstung. Aber die Zurufe verstummten, als Jakobus seine Hand hob.

Erwartungsvoll wandten sich alle Köpfe dem greisen Apostel zu. Doch dieser legte seine Hand nur langsam und herzlich auf Paulus' Schulter und sagte dazu ruhig: „Ich freue mich, Saulus, daß du zu uns gekommen bist ..."

Dann hob er sein hageres Haupt, das ein Schatten von Trauer zu umdunkeln schien. „Als Jesus zum letzten Male zum Passah kam", sagte er leise, „als Er, von einer Menschenmenge umgeben, auf einem Eselsfüllen einritt, hielt Er auf dem Ölberg an. Und Er stieg vom Esel, bedeckte Sein Haupt und weinte. Bekümmert fragten wir Ihn: ‚Warum weinst Du?' Und Er antwortete nicht uns, sondern der Stadt: ‚Oh, wenn du doch erkennen wolltest ... Es werden Tage kommen, da dich die Feinde wie ein Wall umgeben werden, dich belagern und bedrängen; sie werden dich zu Boden werfen, deine Mauern schleifen, deine Kinder töten und nicht einen Stein auf dem andern lassen, weil du die Zeit deiner Heimsuchung nicht erkannt hast ...'

Wir wissen nicht, wann dies geschieht, aber es wird geschehen. Es ist wahr, was du gesagt hast, Saulus: Wir haben hier keine bleibende Statt. Und wir werden niemals eine haben. Wir haben nichts Eigenes. Und das, was wir haben, ist uns nur geliehen, um es weiterzureichen, damit kein Bruder unnötig zu leiden brauche."

Seine Stimme wurde noch wärmer und eindringlicher, während er sich wieder Paulus zuwandte: „Du aber, Saulus, gib nach! Ich bitte dich darum. Ich bitte dich als Bruder. Tritt ihnen etwas von deinem guten Recht ab! Du hast selbst gesagt, man müsse für die Schwachen schwach sein. Werde jetzt für sie schwach! Gib nach! Sie sind schwach und klein und nehmen Anstoß. Diese da“ – er lächelte dabei den Griechen zu, und diese erwiderten seinen gütigen Blick mit einem erleichterten Lächeln –, „diese mögen wissen, daß du recht hast und daß es wahr ist, was du gesagt hast. Trotzdem bitte ich dich: gib nach!“

Ein tiefes Schweigen trat ein. Auf dem Gesicht des Paulus, das zuvor von Zorn und Erregung gezeichnet war, hatte sich bei Jakobus' milden Worten eine tiefe Blässe ausgebreitet. Fast unhörbar stieß er jetzt hervor: „Wie du befiehlst ...“

„Ich befehle gar nichts“, unterbrach ihn Jakobus lebhaft. „Ich bitte dich nur ...“

Paulus wollte sich erheben und Jakobus zu Füßen fallen, doch dieser wehrte ihm, ergriff ihn bei der Schulter und umarmte ihn herzlich.

Dann antwortete Paulus: „Ich werde tun, was ihr wünscht.“ Mit einem lächelnden Blick auf die Presbyter und Diakone fügte er hinzu: „Dem Tempel zu dienen, ist keine Bürde für mich. Es ist mir eine Freude. Denn auch ich bin ein Jude wie ihr.“

X

MANAHEM

Die nahenden Festtage füllten die Straßen Jerusalems mit zahlreichen fremden Besuchern, obwohl zur Schabu'a-Feier nur wenig Pilger von weither kamen.

Mit Weinlaub und Ährensträußen geschmückte Bauern zwängten sich durch die schmalen Gassen zum Schneidermarkt, zur Pferderennbahn und zum Wollmarkt in der Neustadt, vollbepackt mit Weinschläuchen und hohen Körben, in denen Feigen, Oliven, Weintrauben und Honigbrote lagen. Wie ein schwärmendes Bienenvolk besetzten die Besucher die Holzverkleidung des Mandelteiches und drängten sich auf der Brücke, die vom Hasmonäerpalast zum Tempelvorhof führte.

Die an diesen Tagen wie üblich verstärkte Legionärswache vor der Burg Antonia trieb ihren Schabernack mit den Fremden, indem sie unversehens eine Frau um die Hüfte faßten oder einem Bauern mit derbem Lachen auf die Schulter schlugen. Ihre Berührung, wußten die Legionäre, verunreinigte die frommen Pilger und zwang sie zu umständlichen Waschungen.

Hier und da kam aus der vorüberschlendernden Menge, die die Nähe der Wache am Tor im allgemeinen vorsichtig mied, ein Stein geflogen und pfiff gefährlich dicht an den Köpfen der Soldaten vorbei. Geballte Fäuste erhoben sich drohend, und oft hörte man eine unwillige Verwünschung: „Unreine Heidenhunde!"

Die haßerfüllten Blicke der Juden galten nicht allein den

kleinen Bosheiten der Wachsoldaten. Die Legionäre gehörten zu Manipeln, die sich in Ägypten viele Grausamkeiten hatten zuschulden kommen lassen. Sie waren es gewesen, die mit sadistischer Freude die Angehörigen einer Sekte kreuzigten, die die Steuerzahlung verweigerten, und die auf Strafzüge nach den Ortschaften zogen, wo ein Römer ermordet worden war.

Der Haß glomm und schwelte. Jeden Augenblick konnte er zu blutiger Fehde aufflammen. Längst schon hatte der Tribun Claudius Lysias, der das Kommando über die Antonia führte, einsehen müssen, daß er einen der unruhigsten und undankbarsten Posten der römischen Provinzherrschaft innehatte. –

Das bevorstehende Fest belebte die Geschäfte beträchtlich. Die Bauern verkauften ihr Getreide und Mehl, handelten mit Kälbern, Schafen und Fischen oder tauschten Leinen, Wein, Oliven und Honig gegen Geschirr und Eisengeräte, die neben Stoffen und Schnüren die begehrteste Handelsware der Stadtkaufleute waren.

In der Eisenhandlung des buckligen Nahum, der in einem dämmerigen Winkel unter dem Säulengang ausgestellt hatte, drängten sich die Käufer um die großen, leicht gekrümmten Messer mit bequemem Handgriff, die er feilbot.

Unaufhörlich sprach der Meister den Kauflustigen zu, die mit Daumen und Nägeln die Schärfe der Schneiden prüften: „Jedes Messer ist gut, jedes ist gut, bei mir kann euch die Wahl recht schwerfallen! Zu allem könnt ihr so ein Messer brauchen: einen Stock abschneiden, eine Kuh abstechen oder auch einen Hund, wenn ihr Mut habt ..."

Bei den letzten Worten kniff er ein Auge zu, und die Leute verstanden wohl, was er meinte, stießen einander an und kicherten.

„Nahum hat recht ... Den Hund erstechen, den Hund!"

Wieder lachte alles, und die Messer fanden reißend Absatz.

Nahum prüfte das Geld auf einer kleinen Waage und wies nicht selten eine Münze zurück: „Was gibst du mir da? Die ist ja beschnitten!"

Empört beteuerte der Käufer: „Beschnitten, wieso? Ich habe sie eben erst beim Rabbi Eleasar eingewechselt."

„Tut mir leid", beharrte Nahum achselzuckend, „hat's volle Gewicht nicht."

„So?" ließ sich ein anderer Käufer vernehmen, „gibt auch Eleasar beim Wechseln beschnittenes Geld? Soll aufpassen, daß es ihm nicht genauso ergeht wie Jonates..."

Mit heimlicher Neugier besahen sich die Leute unauffällig den Sprecher. Es war stadtbekannt, daß der Rabbi Jonates seiner unredlichen Geldgeschäfte wegen von den Sikkari im Tempelvorhof ermordet worden war.

Der breitschultrige Mann, der diese Äußerung getan hatte, beschäftigte sich gelassen weiter mit der ausgestellten Ware. Schließlich warf er dem Händler für drei lange Messer, die er nahm, einen Silberling zu, den dieser geschickt auffing und vor aller Augen ungeprüft in seine Kasse tat.

Während er das Wechselgeld herausgab, sagte er mit einem einschmeichelnden Lächeln: „Das Geld von dir, Manahem, ist immer gut. – Macht Platz für Manahem!" schrie er dann den Herumstehenden zu und verabschiedete sich mit vielen Verbeugungen.

Manahem schritt scheinbar gleichgültig durch die Menge, nahm den Weg zur Vorstadt und wandte sich zum Xystos.

Unter den Säulengängen herrschte das gleiche Gedränge, aber hier sah man keine Händler und Bauern mehr, sondern Gelehrte in langen Gewändern, von Schülern begleitet, Pharisäer mit hölzernen Phylakterien an der Stirn, Priester, Vorsteher des Tempels, reiche Geldherren, Kaufleute und

Höflinge des Königs Agrippa, der auch zum Fest nach Jerusalem gekommen war.

Unter dieser erlesenen Schar ging es kaum weniger laut zu als in der Vorstadt und in der Bezetha.

„Das ist nicht recht, was du da behauptest, Rabbi!" rief einer der Gelehrten, und Manahem blieb neugierig stehen, um zu erfahren, worum der Streit ging.

„Es nützt nichts", fuhr der Sprecher fort, „wenn man den durch einen Unreinen berührten Henkel abwischt. Der ganze Topf ist damit unrein geworden, und die Frau muß ihn vor die Stadt tragen und dort zerschlagen."

„Und wenn sie es nicht tut?" fragte einer aus der Menge.

„Dann wird der, der den Topf anfaßt, unrein, und wer diesen Menschen berührt ebenfalls."

„Nein, Rabbi, nein", mischte sich aufgeregt der zweite Gelehrte ein. „Der Topf, der von einem Unreinen angefaßt wurde, wird unrein. Aber den Henkel darf man mit einem Lappen abwischen, und dann ist das Gefäß wieder rein."

„Aber was sagst du da, Rabbi?!" entgegnete wieder der andere. „Weißt du nicht, daß der verunreinigte Henkel den Topf bis zum vierten Gebrauch unrein macht?"

Kopfschüttelnd löste sich Manahem aus dem Gedränge und ging weiter, bis er erneut bei einer anderen Gruppe stehenblieb, die einem Schriftgelehrten zuhörte.

„Eine Zeit außergewöhnlichen Wohlstands wird kommen", verkündete dieser gerade. „Jeder von den Söhnen Israels wird drei Stück Land erhalten: eines auf den Hügeln, wo der Wind weht und die Hitze nicht so sengt, das zweite in der fruchtbaren Ebene bei Joppe und das dritte im Ghor."

„Drei Stück Land!" riefen einige voller Begeisterung.

„Ja, drei", wiederholte der Rabbi mit Bestimmtheit. „Jeder wird seinen Acker besitzen. Denn so wie der Himmel Adonai gehört, so gehört der Boden den Menschen. Und die

Ernten werden gewaltig sein, besser und reicher als jetzt. Hoch wie ein Palmwald wird der Weizen stehen, und die Weintrauben wird ein einzelner Mensch kaum tragen können."

„Zuvor aber muß erst das Joch Edoms abgeschüttelt werden!" rief eine jugendliche Stimme dazwischen.

„Ssst...!" zischte der Redner und hob warnend den Finger: „Man soll nicht aufrühren, was sich von selbst versteht. Der Messias wird ein großer Krieger sein. Er wird die Unreinen besiegen und sie der Herrschaft Israels unterwerfen."

Ein zustimmendes Raunen lief durch die Menge.

„Und wann wird der Messias kommen?" fragte plötzlich Manahem scharf.

Aller Blicke wandten sich dem Fragenden zu und gingen dann wieder zu dem Rabbi zurück, auf seine Antwort begierig.

Eine Weile blieb es still, bis ein Pharisäer spöttisch sagte: „Warten wir, bis Elias kommt. Wir haben Zeit."

„Warum fragst du?" erkundigte sich der Redner ausweichend. „Liest du nicht die Schrift?"

„Er ist bereits geboren!" rief plötzlich jemand dazwischen. Es war ein königlicher Philiarch in griechischer Tunika und langem Mantel in griechischem Schnitt. „Als wir durch Cäsarea fuhren, warfen die Leute ihre Mäntel unter den Wagen König Agrippas und riefen: ‚Du bist unser Messias und Befreier!'"

Ein Murmeln ging durch die Menge. Das Gerücht war bereits bis nach Jerusalem gelangt, daß die Juden in der Diaspora meinten, der Urenkel des Herodes sei der Messias. Aber hier war man von dieser Kunde nicht erbaut. Wenn auch Agrippa – Urenkel der hasmonäischen Mariamne, der letzten Leibeserbin des schmählich ausgerotteten königlichen Stammes – sich als ein ehrlicher Diener des Tempels erwiesen und zu seiner Erweiterung sogar schon schwere Zedernbalken in die Stadt hatte bringen lassen, so blieb er doch für Jerusalem zu sehr ein Idumäer, Grieche und Römer, ein allzu vertrauter Freund des Prokurators Felix. Auch seine vielen Besuche beim Kaiser in Rom, der sich als Gott verehren ließ, waren verdächtig, und es hieß, er selbst dulde nicht nur syrische und chaldäische Wahrsager um sich, sondern leihe ihrem gottlosen Geplapper sein Ohr. Und schließlich blieb er ein Urenkel des Herodes, der am Tempeltor den römischen Adler hatte anbringen lassen und somit als Schänder des Tempels wie als Gewaltherrscher und Mörder in der Stadt verhaßt war. Agrippa mochte mit den Juden in Seleucia, Antiochia und Cäsarea gut stehen, die Judäer hier wollten nichts von ihm wissen.

„Ob der Messias bereits geboren ist", erwiderte der Schriftgelehrte und sah dabei den Philiarch argwöhnisch an, „werden seine Taten beweisen. Wer Israels Ketten sprengt, der ist der Messias. Und ein Stern wird ihn ankündigen."

„Oh, käme er doch endlich", rief einer inbrünstig, „und zerschlüge Roms Macht wie einen irdenen Topf!"

Da und dort wurden zustimmende Ausrufe laut. Geballte Fäuste hoben sich drohend gegen die Burg Antonia, die Festung der verhaßten Römer.

Ängstlich bemühte sich der Schriftgelehrte, die aufgebrachten Zuhörer zu beruhigen. „Schreit doch nicht so", rief er besänftigend, „schreit nicht so! Man soll den Namen von Unreinen nicht in den Mund nehmen. Der Messias wird kommen und den Kampf ausfechten."

„Vielleicht aber", fragte Manahem mit Nachdruck, „müßte man zuerst das Joch abwerfen, damit dann der Messias erscheint?"

Seine Erwartung, daß diese Bemerkung bei den jugendlichen Hörern besonders Anklang finden würde, erfüllte sich nicht. Wohl blitzten ein paar Augen freudig auf, aber die zustimmenden Rufe blieben dünn.

Manahem zuckte die Schultern, schlug seinen Mantel zu und entfernte sich.

Auf seinem Weg klang ihm mancher herzliche Gruß von Bekannten entgegen, aber er antwortete nur mit einem Kopfnicken und ging weiter.

Daß er von allen gekannt und von vielen gefürchtet war, wußte er, und es ließ ihn kalt. Das war nicht der Ruhm, dem er von Jugend an nachstrebte; aber er war bereits in dem Alter, um zu begreifen, daß der Mensch nicht aus eigener Anstrengung allein zur Größe gelangt, sondern daß ein günstiger Augenblick mithelfen muß, ihn hochzutragen. Warten mußte man können und in Bereitschaft sein.

Wieder war er versucht, bei einer Gruppe stehenzubleiben, aus der ihm gerade der Ruf „Nieder mit der römischen Herrschaft!" entgegenscholl, da hörte er eine energische Stimme hinter sich: „Sei willkommen, Manahem!"

Lässig wandte er den Kopf, aber als er den Grüßenden erkannte, ging er ihm rasch entgegen und streckte seine Hand aus: „Simon, sei gegrüßt!"

Trotz des warmen Händedrucks zeigten beide Gesichter keine besondere Herzlichkeit.

Simon, Giors Sohn, war bedeutend jünger als Manahem und erst knapp dreißig Jahre alt. Er stammte aus Gerasa, aus der Toparchie Haulanitis. Über seinem breiten Gesicht, das von der scharfen Sonne am See Genezareth gebräunt war, lockte sich schwarzes krauses Haar. Um seinen Mund spielte ein Zug von verächtlicher Überheblichkeit.

„Bist du zum Fest gekommen?" fragte er Manahem.

„Ja, und du? Wo hast du die letzte Zeit gesteckt?"

Simons Gesicht verzog sich zu einem Grinsen. „In Trachonitis. Die Mistkäfer dort haben reichlich viel überflüssiges

Geld. Außerdem sind sie bereits so weit, sich mit den Römern abzufinden. Denen habe ich rasch ein wenig Vernunft beigebracht und sie dafür kräftig zahlen lassen. Und wer sich weigerte, bei dem haben wir entsprechend nachgeholfen."

„Da bist du wohl gut ausgestattet?" erkundigte sich Manahem. Simons Augen blitzten wölfisch. „Danke, ich kann nicht klagen."

Wieder beobachteten sie sich stumm und mißtrauisch unter der Maske der Höflichkeit, bis Manahem lauernd fragte: „Wie es heißt, hast du auch den König von Chalkis gerupft?"

„Agrippa?" Simon lachte laut auf. „Kann sein. Vielleicht entpuppt er sich auf diese Weise um so eher als der Messias."

„Hast du auch gehört, daß er so bereits in Cäsarea gefeiert wird?"

„Ja, ich hörte davon. Aber weißt du auch, was das für Folgen hatte? Die Griechen stürzten sich auf die Unsern, und es kam zu einem regelrechten Kampf. Natürlich halfen die Legionäre den Griechen. Zwar hat es nicht sehr viel Opfer gegeben, aber Schaden ist genug angerichtet worden. Jedenfalls werden die Unsern nicht so schnell klein beigeben, und es wird dort weiter brodeln."

„Das ist gut."

„Das ist sogar ausgezeichnet. Man müßte die Unsern nur noch mehr reizen, damit sie richtig aus sich herausgehen."

Jetzt lächelten sich beide verständnisinnig an. Wenn sie nicht Nebenbuhler gewesen wären, hätten sie keine schlechten Verbündeten abgegeben.

„Man müßte aber die Verräter ausmerzen", sagte Manahem.

„Das besorgst du", erwiderte Simon. „Ich nehme an", fuhr er zögernd fort und wog seine Worte genau ab, „wenn es zum Kampf kommen sollte, unterstützen wir uns gegenseitig mit unsern Männern."

„Darüber müßte man noch sprechen", sagte Manahem langsam und sah sich vorsichtig um, ob sie auch nicht belauscht wurden. „Aber nicht hier."

„Du hast recht. Wir sprechen noch darüber. Doch nun noch etwas ganz anderes." Simon dämpfte seine Stimme und wurde noch höflicher als zuvor. „Ist es wahr, Manahem, daß du das Schwert des Hyrkan besitzest?"

Manahem spielte mit den Quasten seiner Simlah und sah Simon durch halb geschlossene Lider an.

„Und wenn es so wäre, was dann?" erkundigte er sich.

„Auch darüber müßte man noch sprechen", erwiderte Simon. „Meinst du nicht?"

Über Manahems Gesicht huschte ein verstohlenes Lächeln.

„Vielleicht", erwiderte er. „Komm doch einmal zu mir! Da geht es besser."

Ihre Blicke maßen sich von neuem, und Manahem glaubte, in Simons Augen Argwohn zu lesen. Deshalb fügte er beschwichtigend hinzu: „Du brauchst keine Angst zu haben. Ich lade dich als Freund ein." Darauf reichte er ihm die Hand, und nach einem höflichen Abschiedsgruß trennten sie sich.

Simon überquerte die Brücke und verlor sich im Menschengewühl, das den Hof des Tempels füllte.

Manahem blieb im Xystos stehen, grüßte hin und wieder mit einem Kopfnicken und schlenderte dann auf eine Gruppe zu, deren Wortführer ein Jude aus der Diaspora zu sein schien.

Wild über den Köpfen seiner Zuhörer fuchtelnd, ereiferte er sich: „Überall sind sie anzutreffen, in jeder Synagoge erscheinen sie und tragen ihre Irrlehre vor. Beim Golde des Altars! Sie machen uns sowohl die Proselyten als auch die Gottesfürchtigen abspenstig. Förmlich verfallen scheinen ihnen die Unsern. Und immerzu sprechen sie von ihrem Jesus ..."

„Sie nennen ihn den Messias“, warf jemand entrüstet ein.

„Einen Sohn des Allerhöchsten!“ schrie empört ein Pharisäer mit wundem Gesicht und blutverklebtem Bart, was ihn als Sektenmitglied jener Eiferer auswies, die ihren Kopf, um den sündhaften Blick auf ein Weib zu vermeiden, gegen die Mauer stoßen.

Ein anderer Pharisäer fuhr spöttisch fort: „Ja, ja, ein Sohn des Allerhöchsten! Und der Herr, der den Tod Isaaks nicht zuließ, sollte den Tod Seines Sohnes mit angesehen und nicht zuvor die ganze Welt vernichtet und in ein Chaos verwandelt haben?“

Die Zuhörer brachen in Gelächter aus. Einer von ihnen, dem Aussehen nach ein Hellenist, nahm verächtlich das Wort: „Es ist ja bekannt, wer Jesus war...“ und begann eine schändliche Geschichte zu erzählen von dem Magier aus Ägypten, dem unehelichen Sohn der Maria, einer Verkäuferin von Salben und Ölen, und dem Legionär Pandera. Seine Worte gingen in schallendem Gelächter unter.

„Die Anhänger dieses Jesus“, begann der erste Pharisäer wieder, „sind auch bei uns schon aufgetaucht. Einen ihrer Ältesten ließ König Agrippas Vater enthaupten. Die andern entkamen. Nur Jakobus, ein Bruder dieses Jesus, ist hier geblieben und lebt noch.“

„Und ihr duldet das?“ rief einer der Hellenisten verwundert.

Der Pharisäer gab ihm Bescheid: „Wir beachten sie überhaupt nicht. Es sind ja hauptsächlich nur Frauen und niederer Pöbel, die diesem Irrglauben anhängen.“

„Sie erregen aber Anstoß und lästern!“

„Ein Amhaarez ist und bleibt ein Sünder.“

„Ja, wie ein Heide“, bestätigte ein anderer.

„Weniger als ein Heide“, mischte sich ein Schriftgelehrter ein, der etwas abseits gestanden hatte. „Erschlägst du einen

Heiden am Sabbat, dann bist du unrein. Erschlägst du aber einen Amhaarez, bleibst du rein."

„Klug gesprochen, Rabbi", sagte einer der Pharisäer anerkennend und fuhr dann fort: „Ihr glaubt nicht, wieviel Böses die Abtrünnigen in der Diaspora anrichten. Sie gewinnen nicht nur einfache Menschen, sondern auch Gelehrte, selbst Pharisäer!"

„Was du nicht sagst!" rief jemand dazwischen.

„Ihr habt gewiß gehört, wieviel Gläubige der verfluchte Paulus der Synagoge abspenstig gemacht hat..."

Von allen Seiten kam zustimmendes Gemurmel. Der Name Paulus war in aller Munde.

„Einen nach dem andern verführt er", ereiferte sich der Pharisäer weiter. „In Korinth kam er zu einem klugen Juden namens Aquila, der sich dort versteckt hielt. Er war nämlich aus Rom vertrieben worden, und dort war er der Älteste unserer Gemeinde. Und was soll ich euch sagen: dieser Paulus umgarnte ihn und gewann ihn für seinen Irrglauben. Jetzt gehört Aquila zu den Nazarenern, reist umher, lehrt und verführt immer neue Menschen. So ist dieser Paulus: ein Unreiner, der die Unreinheit ständig weitergibt."

„Und ihr könnt ihm nicht den Prozeß machen?"

„Das haben wir ja längst getan. Ihn verurteilt, dreimal ausgepeitscht und sogar gesteinigt."

„Und weshalb habt ihr ihn nicht den Römern übergeben?"

„Auch das haben wir getan", erklärte einer der Hellenisten. „Aber das ist ein kluger Kopf. Hat sich geschickt herausgeredet. Obendrein besitzt er das römische Bürgerrecht."

„Dieser verfluchte Hund!"

„Wo kommt er eigentlich her? Von wem stammt er ab?"

„Aus Antiochia kam er nach Asien, aber geboren ist er in Cilicien. Er war früher Pharisäer und Schriftgelehrter. Ihr müßtet ihn eigentlich kennen. Angeblich war er ein Schüler Gamaliels."

„Dieser Paulus?"

„Paulus, ja, so nennt er sich jetzt. Sein ursprünglicher Name ist Saulus. Saulus von Tarsus."

Manahem, der dem Gespräch bisher ziemlich gleichgültig zugehört hatte, zuckte jäh zusammen.

Kurz entschlossen drängte er sich durch das vor ihm stehende Menschenknäuel. Mit gerunzelter Stirn blieb er vor dem Hellenisten stehen, der eben gesprochen hatte.

„Was hast du da gesagt?" erkundigte er sich. „Saulus aus Tarsus? Saulus? Der Sohn Baruchs?"

XI

DAS HEILIGE SCHWERT

„Und du glaubst, Simon wird bereit sein, sich auf ehrliche Weise mit uns zu verständigen?“ fragte der junge Arie und blickte Manahem erwartungsvoll an.

Arie, ein hoch aufgeschossener Jüngling mit frischen, energischen Zügen, feurigen Augen und schön geformter Nase, stammte aus Hebron und war ein Sohn des Jochanaan.

Schon früh zu den Sikkaristen gestoßen, hatte er sich bald durch tollkühne Taten bei ihnen Ansehen verschafft.

Er war es, der Jonates umgebracht hatte. Am hellichten Tag, mitten unter den Gläubigen im Vorhof des Tempels, war er auf ihn zugetreten, als wollte er die Hand des ehrwürdigen Rabbi küssen, und hatte ihm plötzlich die Sikka in die Brust gestoßen.

Mit bluttriefendem Messer war er unbehelligt durch die schreckgelähmte Menge davongegangen und in die Stadt entwichen, bevor noch der Turmwächter die römische Wache zur Mordstelle rufen konnte. Keiner von denen, die Arie kannten, hätte es gewagt, ihn bei den Römern anzuzeigen, denn Manahems Männer hätten jeden Verräter auf der Stelle getötet.

Manahem ging mit verschränkten Armen im Zimmer auf und ab, als beschäftige ihn im Augenblick noch ein anderer Gedanke. Schließlich antwortete er auf Aries Frage: „Simon? Selbstredend. Wenn er nur ...“

„Wenn er ...?“

Manahem legte seine Hand schwer auf Aries Schulter.

„Wenn Simon das Schwert sieht", vollendete er seinen Satz.

Er blickte Arie in die Augen. „Ich will dir ein Geheimnis anvertrauen, Arie, das nur wenige Menschen kennen."

Während er sich umständlich setzte, als suche er Zeit zu gewinnen, wurden seine Lider zu einem schmalen Spalt.

„Dieses Geheimnis", begann er dann mit ungewöhnlichem Ernst, „mußt du in deiner Brust verschließen. Aber ich weiß, das kannst du.

Hyrkan, der letzte der Hasmonäer, schenkte dem tückischen Herodes sein Vertrauen und ließ ihn schließlich an seiner Statt über Judäa herrschen. Das ging so lange gut, bis die Parther unter Basafranes in Jerusalem einfielen und Hyrkan gefangennahmen.

Jetzt hielt Herodes seine Stunde für gekommen, zumal an eine Rückkehr Hyrkans kaum zu denken war.

Herodes sagte sich von Antonius los, stellte sich unter den unmittelbaren Schutz des Kaisers Augustus und heiratete zur Sicherung seiner Herrschaft Mariamne.

Soweit ging seine Rechnung auf. Aber das Unwahrscheinliche geschah: Hyrkan, von babylonischen Juden freigekauft, kehrte aus der Gefangenschaft zurück. Elend, mißhandelt fand er sich bei Herodes ein, der damals in Massada residierte.

Die Lage war eindeutig. Hyrkan begriff, daß Herodes ihn verraten hatte, und gab sich keiner Täuschung hin, daß Herodes diesen Verrat ohne Zögern mit seiner Ermordung krönen würde.

Hyrkan sah keinen Ausweg zu seiner Rettung; alle Macht lag in den Händen des Idumäers.

So beschloß Hyrkan, sich vor seinem unvermeidlichen Tode an Herodes zu rächen. Er brachte das alte, geheiligte Schwert des Judas Makkabäus an sich und versteckte es an einem geheimen Ort."

„Von dem Schwert habe ich auch schon gehört", sagte Arie mit glänzenden Augen. „Aber ist es wirklich wahr? Die Leute erzählen ..."

Manahem stellte sich vor den Jüngling hin. „Das Schwert gibt es", sagte er. „Ich habe es selbst in der Hand gehabt. Die mächtige Klinge ... der schwere Handgriff, ganz mit Gold ausgelegt ... Judas' Siegesschwert, das er bei Modin erobert hat."

„Das heilige Schwert", flüsterte Arie.

„Ja. Das heilige Schwert der Freiheit", wiederholte Manahem.

„Verstehst du nun, Arie: Wer es erhebt, der reißt das ganze Land Kanaan mit in den Kampf. Ganz Israel, die ganze Judenheit, wo sie auch sein mag, in Alexandrien, in Pergamon, selbst in Rom ..."

Aries Gesicht entflammte in jäher Begeisterung. Seine Wangen begannen zu glühen, sein Mund zitterte vor Erregung. „Und wo ist dieses Schwert?" stieß er fast atemlos hervor.

Manahem preßte seine Hände gegen die Stirn.

Aufseufzend sagte er dann: „Darum geht es, Arie. Wo ist es?"

„Sagtest du nicht, du hättest es selbst in der Hand gehabt?"

Manahem nickte. „Ja, ich hatte es in der Hand. Aber das ist lange her.

Ich war noch einige Jahre jünger, als du heute bist. Damals war eine besonders kritische Zeit für uns. Der römische Prokurator hatte sich bereits des Tempelschatzes bemächtigt und plante, um sein Verbrechen zu vollenden und den Tempel gänzlich zu entweihen, Opfertafeln darin aufzustellen. Von den Leviten aus Massada hatte er außerdem erfahren, daß das heilige Schwert in der Synagoge verborgen sei. Jeden Augenblick mußten wir mit einem Handstreich rechnen. Gelang es dabei dem Prokurator, das heilige Schwert an sich zu bringen, dann war es mit der Herrschaft Israels ein für allemal vorbei. Denn dieses Schwert ist nach dem Verschwinden der Bundeslade, die von unseren Priestern seit Jahrhunderten vergeblich gesucht wird, das letzte und einzige Symbol der judäischen Macht.

So beschloß ich mit einem Freunde, rasch zu handeln. Wir stöberten das Schwert im Tempel auf und brachten es zu einem unzugänglichen Versteck in den Bergen. Dabei schworen wir einander, daß wir ein mächtiges Israel aufbauen wollten, und wenn wir gegen die ganze Welt kämpfen müßten."

Aufs höchste erregt, sprang Arie von der Matte auf und trat dicht an Manahem heran.

„Und was geschah weiter mit dem Schwert?" forschte er.

Manahem ließ die Arme sinken. „Ich weiß es nicht. Es ist verlorengegangen. Ich kann es nicht wiederfinden. An die zehnmal war ich schon in den Bergen an der gleichen Stelle, wo wir das Schwert versteckten, aber bislang suchte und grub ich vergebens zwischen den Steinen. Vielleicht hat es jemand geholt."

„Und der andere? Dein Freund, mit dem du das Schwert versteckt hast?"

Manahem zögerte einen Augenblick. „Ja, der andere ...", sagte er dann langsam, „ich glaubte, er sei nicht mehr am Leben. Doch gestern habe ich das Gegenteil erfahren."

„Und er wird uns zu dem Schwert verhelfen?"

„Gerade das weiß ich nicht. Er ist abtrünnig geworden. Verrückt. Er ist zu den Nazarenern übergelaufen."

In Aries Gesicht trat ein Zug böser Entschlossenheit.

„Ob Nazarener oder nicht", sagte er, „er muß uns das Schwert geben. Dafür laß mich sorgen. Ich nehme es ihm ab."

„Und wenn es bereits die andern haben?"

„Dann werden wir es auch ihnen aus den Händen reißen. Ich kenne die Nazarener. Das sind im Grunde alles schlappe, weichliche, feige Burschen. Und was sollen sie mit dem heiligen Schwert Judas? In unsere Hände gehört es. Wir allein können damit ein freies Israel aufrichten. Du sollst es wiederbekommen, Manahem."

Schweigend erhob sich Manahem und trat ans Fenster, die Hände auf dem Rücken verschränkt.

Sein Blick ging über die Häuser der Stadt, die er von den römischen Eindringlingen befreien wollte. Die reichen Sadduzäer, deren rosafarbene Marmorpaläste so viel Glanz und Elend bargen, waren so wenig seine Bundesgenossen wie die Pharisäer, deren Versprechungen an der Angst und am Geiz scheiterten. Unerreichbar für ihn lagen ihre Schätze in den unzugänglichen Truhen des Tempels. Wie der kleine Räuber Simon mußte er, um zu Geld zu kommen, gerade die Ärmsten ausplündern, die zu befreien er sich vorgenommen hatte.

Welch ein erbärmliches Los! Zornerfüllt und wie gebannt schaute Manahem auf die im Sonnenlicht gleißenden Paläste und preßte seine Finger zusammen, daß sie schmerzten. Ja, es war erbärmlich, was er trieb, und es mußte ein Ende damit haben.

Er wandte seinen Kopf zurück und sagte entschlossen: „Du hast recht, Arie. Nur wir Sikkaristen dürfen das Schwert haben. Auf keinen Fall die Pharisäer, die sich nur mit dem Munde als Beschützer der Freiheit aufspielen. Und schon gar nicht Simon oder seinesgleichen; denen geht es doch nur ums Geld."

„Sag mir also, wo finde ich deinen Mann?" drängte Arie.

„Wir werden es bald wissen", antwortete Manahem. „Ich habe jemand weggeschickt, sich bei den Nazarenern zu erkundigen, ob jener Saulus, der mein Freund war, der Sohn des Baruch aus Tarsus, der gleiche ist wie der Mann, der sich jetzt Paulus nennt. Höchstwahrscheinlich lebt er irgendwo in Asien."

„Ich werde ihn auch dort finden."

„Ja, ich traue dir das zu. Und wenn du ihn gefunden hast, dann werden wir das Geheimnis erfahren. Und dann –"

Er hielt mit Sprechen inne, als er bemerkte, wie das Tor geöffnet wurde und ein Mann in einem langen Mantel über den Hof gelaufen kam.

Manahem folgte ihm mit seinen Blicken so lange, bis er im Haus verschwunden war. Dann trat er vom Fenster zurück und ging auf die Tür zu. An der Schwelle fing er den Mann ab. Ohne seinen Gruß zu erwidern, fragte er gespannt: „Sag rasch – ist er's oder ist er's nicht?"

Der Mann nickte und stieß mit keuchendem Atem hervor: „Ja, er ist es."

„Und wo steckt er?"

„Hier, Manahem, hier", rief der Mann eifrig. „Hier in der Stadt. Er ist gerade angekommen."

Arie und Manahem schauten einander triumphierend an.

In den Augen des jungen Sikkaristen flammte ein kaltes Feuer auf.

XII

DER UMWEG

Vor dem lauten Treiben in der Stadt war Paulus in die Einsamkeit der Berge geflüchtet.

Von dem moosbewachsenen Hügel, wo er fast die ganze Nacht in inbrünstigem Gebet gekniet hatte, blickte er in der rosiggrauen Dämmerung auf den Riesenbau des Tempels in der Ferne, dessen leuchtend goldenes Dach in den ersten Strahlen der Morgensonne zu brennen schien.

Mit langen Schatten überzog der Salomonische Säulengang noch den ganzen Außenhof. Zur Rechten ragte die Burg Antonia wuchtig empor, während auf der anderen Seite die flachen Hausdächer den geschwungenen Hängen des Ophel folgten, bis hinab zu den Königsgräbern, dem Teiche Siloe und dem Quellentor. Hinter dem im Frühdunst verschwimmenden Ge-Hinnom-Tal tauchte nebelhaft der Hügel vom Bösen Rat auf.

Paulus streckte mühsam seine steifen Glieder und stöhnte auf. Sein Herz war schwer, als sein Blick so die heißgeliebte Stadt umfaßte, die immer wieder, wenn er in ihr weilte, eine kaum ertragbare Versuchung für ihn bildete.

Es war so leicht, im Rausche der Begeisterung auszurufen, auf dem Wege zum Reiche Gottes dürfe keine Stadt ein Hindernis sein. Alles, worin er geboren war und was in ihm lebte, sagte ihm, daß die Heiligkeit hier wohne und nur hier allein. Wie vermochte er diese Stimme zum Schweigen zu bringen? Woher die Kraft nehmen, das Reich außerhalb des im eigenen Herzen lebenden, geliebten Kreises zu suchen?

Als Paulus von Lydda nach Jerusalem zog, da glaubte er, daß er alle Widersprüche in seinem Innern überwunden habe, daß Blut und Körper von dem Blitz, der damals vor Damaskus ihn getroffen, durchglüht sei.

Aber er brauchte nur am Tempeltor vorbeizugehen und den Rauch des Opferfeuers zu atmen, die Trompeten zu hören und die Gesänge der Leviten – und alles brach aufs neue hervor.

In dieser Nacht war ihm klargeworden, daß er sein Leben lang diesen Zwiespalt in sich herumtragen würde. Die Vernunft hatte begriffen, sein Sinn gläubig erfaßt, aber das Herz blieb widerspenstig.

Als er damals, geblendet und vernichtet von dem flammenden Gesicht in der Glut der arabischen Wüste, von seinen Freunden aufgehoben und an ihrer Hand in den dröhnenden Lärm von Damaskus geleitet worden war, hatte ihn die Furcht durchschauert, welch hohen Preis er dafür werde zahlen müssen, daß er den lebendigen Gott geschaut hatte.

Er gab sich keiner leichtfertigen Täuschung hin. Als der Herr Abraham erschien, zwang Er ihm den schwierigen und schmerzlich-mühevollen Bund auf. Er erschien Moses, und Moses wurde zum Märtyrer der ihm anvertrauten Aufgabe. Er sprach zu den Propheten, und sie erlitten alle den Tod der Peinigung, Mißhandlung und Steinigung. Jonas, den Propheten, der bis übers Meer floh, um der schrecklichen Stimme zu entgehen, brachte der Walfisch zurück. Denn keiner entrinnt der Hand des lebendigen Gottes.

‚Und was wird mein Preis sein?' hatte sich Paulus oft genug gefragt. Heute schien es ihm, als kenne er ihn: Krankheit und Schwäche, Mißgunst und Unglauben, und dazu noch der tiefe Zwist mit dem eigenen Volke.

Damals, vor mehr als zwanzig Jahren, sah es anders aus. Ihm, der als Lieblingsschüler des großen Rabbi Gamaliel erstaunlich früh den hohen Grad des Terum-Essers, den zweiten Grad in der Rangordnung der Pharisäer, verliehen erhielt, sagte man im Hohen Rat eine glänzende Zukunft voraus.

Getreu den Lehren seines Meisters nahm der junge Saulus regen Anteil an den Reformbestrebungen der Pharisäer, die das Gesetz dem Volke und das Volk dem Gesetz näherbringen wollten. Mit dieser Losung zog er zwischen Cilicien und Idumäa von einer Synagoge zur andern. Aber dann warf das Auftreten der neuen Sekte, mit der ihr galiläischer Anführer wie ein Sieger auf einem Esel in die Stadt einzog, alle Pläne über den Haufen.

Die Pharisäer empfanden die Lehre, mit der es der Prophet aus Nazareth verstand, das Volk gegen sie aufzuwiegeln, als eine ernsthafte Bedrohung, gegen die sie sich mit allen Mitteln zur Wehr setzen mußten. In dieser Not schlossen die Pharisäer sogar vorübergehend mit den Sadduzäern Frieden, um mit ihnen gemeinsam vorzugehen.

In der Nacht zum Passahfest wurde der Galiläer gefangengesetzt und am folgenden Morgen vor den Richterstuhl des Prokurators zur Burg Antonia gebracht. Wenige Stunden später sah man den zum Tode Verurteilten, das schwere Kreuz auf dem gebeugten Rücken, sich taumelnd durch die engen Gassen schleppen.

Saulus hatte dieses Bild des Jammers nur ganz kurz mit eigenen Augen wahrgenommen, aber das schmerzlich verzerrte Gesicht unter dem mit Dornenzweigen seltsam geschmückten, wirren hellen Haar blieb ihm für immer im Gedächtnis haften. Und noch deutlicher blieb ihm von dieser Stunde das eisige Erschrecken gegenwärtig, das sein Herz durchzogen hatte, als er die höhnischen, grausamen, neugierigen und verächtlichen Gesichter der tobenden Menge sah, die mit Johlen und Pfeifen den Leidensweg nach Golgatha begleitete, – der gleichen Menge, die noch vor fünf Tagen dem Nazarener Hände und Füße geküßt und mit Palmzweigen zugejubelt hatte.

Saulus entsetzte dieses Umschlagen der Anbetung in Haß von einem Tag zum andern, so verständlich es sein mochte: denn wieder einmal mußten die geschundenen Amhaarez sich in all ihren Hoffnungen auf eine Erlösung aus dem Elend schmählich betrogen sehen, und der Geifer, mit dem sie ihren entgötterten, wehrlosen, aller irdischen Macht entkleideten Propheten bespien, galt im Grunde ihrer eigenen Not.

Wenige Tage später sollte Saulus zu seiner Verwunderung erfahren, daß die Anhänger des Nazareners nicht geflohen waren, sondern mit neuem Mut Seine Lehre verbreiteten. Mehr noch; nachdem sie, höchstwahrscheinlich mit den Grabwächtern unter einer Decke, den Leichnam ihres Propheten weggeschleppt hatten, verkündeten sie überall, ihr Meister sei auferstanden, und einige besonders Dreiste wollten den Auferstandenen sogar gesehen haben.

Von dieser Entwicklung beunruhigt, begann sich Saulus näher mit der merkwürdigen Sekte zu beschäftigen. Was er dabei in Erfahrung brachte, war durchaus nicht dazu angetan, ihr Treiben als harmlos anzusehen. Wenn diese Leute von ihrem gekreuzigten Lehrer sprachen, war die geläufige Redensart, mit der sie ihre Worte beschlossen: ‚So will es Jesus, den die Sadduzäer und Pharisäer getötet haben.‘ Das war eine offene Kampfansage, ja, mehr noch: Aufreizung zum Aufruhr.

Bei diesen hartnäckigen Verleumdungen taten sich besonders ein galiläischer Fischer mit breitem, plumpem Gesicht und trüben, wässerigen Augen namens Petrus und ein schlanker Jüngling mit sanfter Stimme, Jakobus, den sie den „Bruder des Herrn“ nannten, hervor. Später war ein junger Pharisäer aus Alexandria, der Gelehrte Stephanus, zu ihnen gestoßen, und ihm liefen nicht nur die Amhaarez zu, sondern auch immer mehr Griechen und selbst Pharisäer. Auch Stephanus wiederholte unablässig die Mär von der Auferstehung des gekreuzigten Propheten, den er als den verheißenen Messias proklamierte.

Saulus fühlte sich zu größter Wachsamkeit veranlaßt.

Die Zeit der Erwartung des Messias geriet in Gefahr, durch das ständige Gestammel dummer Galiläer und ihrer Gesinnungsfreunde verwässert und verdorben zu werden. Als verantwortungsvoller Politiker konnte man diesem Treiben nicht tatenlos zusehen. Dieses Messiasgerede war eine unerträgliche Belastung für alle künftigen Entscheidungen.

Saulus erbat sich vom Rat der Pharisäer Vollmacht zum Handeln, und sie wurde ihm uneingeschränkt erteilt.

Das räudige Schaf aus Alexandria war sein erstes Opfer. Stephanus wurde gefangengenommen und dem Hohenpriester Jonates im Tempel vorgeführt. Rasch sprach sich Stephanus mit seinen hochfahrenden Reden, die jeder Einsicht in seine mißliche Lage entbehrten, selbst sein Urteil. Auf einer steinigen Ebene am Kedronbach erfüllte sich sein Schicksal im Steinhagel der aufgebrachten Menge.

In Saulus wuchs der Zorn. Ein förmlicher Blutrausch hatte ihn erfaßt. ‚Ich werde ihnen schon ihre Träumereien von dem gekreuzigten Messias austreiben', schwor er sich ingrimmig. ‚Ich werde sie zur Größe Israels zurückführen. Aber vorher sollen sie vor mir zittern!'

An der Spitze einer bewaffneten Schar, die ihm der Hohe Rat gestellt hatte, durchkämmte er alle Schlupfwinkel der Nazarener und schleppte sie unnachsichtig zum Verhör. Wer nicht gleich unter den Stockhieben starb, wurde in die finsteren Verliese der Synagogenkeller geworfen und kam dort elend um.

Die Römer, denen diese ungesetzlichen Eigenmächtigkeiten

natürlich nicht verborgen blieben, sahen keinen Anlaß einzugreifen; wenn die Juden sich gegenseitig ausrotteten, hatten sie selbst weniger Scherereien mit ihnen.

Bis der Tag kam, an dem die Unternehmungen des Saulus ins Leere stießen: Die letzten Angehörigen der ihm verhaßten Sekte waren aus der Stadt geflohen, auch Simon Petrus und Jakobus.

Aus dem Geständnis eines Gefolterten erfuhr Saulus, daß Petrus sich nach Damaskus durchschlagen wollte. Ihm mußte man nach. Und so war er nach Damaskus aufgebrochen, im Einverständnis und mit dem Segen des Hohen Rates.

Und Damaskus sollte für ihn der Abgrund werden, der ihn verschlang.

Heute dachte er an jene Zeit des Irrtums ohne Nachsicht – aber auch ohne Bitterkeit zurück. Er hatte damals im guten Glauben, Jahwe damit zu dienen, gehandelt. Er wollte auch dem kommenden Messias, der allen verheißen war, damit dienen. Konnte er wissen, daß der am Kreuz Gestorbene wirklich der Lebendige und Auferstandene war?

Und dann, vor Damaskus, hatte nicht er sich verändert. Die Welt um ihn nahm ein anderes Gesicht an. Und als er glaubte, alles verloren zu haben, hatte er alles wiedergefunden und noch mehr.

Seine Kehle schnürte sich zu. Immer kamen ihm von neuem die Tränen, wenn er sich der grenzenlosen Barmherzigkeit bewußt wurde, die er erfahren hatte. Der göttlichen Barmherzigkeit am Boden des Abgrunds ...

XIII

MANAHEMS DROHUNG

Schritte ganz in der Nähe rissen Paulus aus seiner Versunkenheit.

Jemand kam den Pfad entlang.

Paulus bedeckte sein tränenüberströmtes Gesicht mit dem Himation und wünschte sich inständig, daß der Unbekannte, ohne von ihm Notiz zu nehmen, vorbeigehen möchte.

Aber schon vernahm er, wie dieser den Schritt verhielt; er mußte hinter ihm stehengeblieben sein.

Paulus fühlte sein Herz heftig schlagen. Er wußte nur zu genau, daß er viele Feinde hatte, die ihm nach dem Leben trachteten.

Als er sich langsam umschaute, sah er einem kräftigen Mann mit krausem Bart ins Gesicht. Seine rechte Hand hielt der Fremde, der ihn düster musterte, in den Falten seines langen Mantels verborgen, und Paulus zweifelte keinen Augenblick, daß sie den Griff eines Dolches umspannte.

Seltsamerweise machte diese blitzschnelle Erkenntnis Paulus auf einen Schlag wieder vollkommen ruhig. Der Gefahr ins Auge zu blicken, gab ihm die Kraft zurück, die ihn bei der Ungewißheit im Rücken zu verlassen gedroht hatte.

Mit leiser Stimme begrüßte er den andern: „Friede sei mit dir, Bruder!"

Der Mann erwiderte nichts darauf und starrte, während er noch einen Schritt vortrat, Paulus weiter wortlos an.

In diesem Augenblick wußte Paulus, daß er die zornigen schwarzen Augen schon einmal gesehen hatte.

„Warum willst du mich töten?“ fragte er ruhig.

Jetzt brach der andere in ein Lachen aus und zog seine leere Rechte aus dem Mantel hervor.

„Wer sagt dir“, erwiderte er, „daß ich dich töten will? Du brauchst keine Angst vor mir zu haben, Saulus. Ich habe dich gleich erkannt. Aber ich merke, du weißt nicht mehr, wer ich bin.“

Seine Stimme hatte die letzten Zweifel in Paulus beseitigt.

„Natürlich weiß ich es“, sagte er und nickte. „Du bist Manahem.“

Der Führer der Sikkaristen verbeugte sich spöttisch.

„Ganz recht, Saulus. Und ich glaubte schon, du wolltest mich nicht mehr kennen.“

Seine Miene wurde um eine Spur finsterer. „Du bist also nach Jerusalem zurückgekehrt?“

„Wie du siehst. Und du?“

„Ich warte schon lange auf dich.“

„Du – auf mich?“ Paulus fühlte eine unbestimmte Unruhe in sich aufsteigen. „Und weshalb?“

„Weshalb, fragst du? Du bist ohne ein Wort fortgegangen, Saulus. Hast du unsern Schwur vergessen?“

„Unsern Schwur?“

„Wollten wir nicht gemeinsam unserm Volke helfen, es von seinen Feinden und Ausbeutern befreien? Warst du es nicht, der überall verkündete, das Volk müsse wieder zum Gesetz zurückgeführt werden? Aber ich weiß schon, das hast du alles längst vergessen. Seit du, wie man sagt, den Nazarenern nachläufst. Du – ein Gefolgsmann des getöteten Galiläers? Nein, ich kann es nicht glauben, solange ich es nicht von dir selber höre.“

Paulus blickte Manahem unerschrocken an: „Man hat dir die reine Wahrheit gesagt“, bestätigte er. „Ich bin in der Tat ein Diener Jesu Christi geworden.“

„Ein Diener Christi? Den ihr den Messias nennt?"

Paulus nickte. „Ja. Des Messias."

„Seltsam, Saulus", erwiderte Manahem. „Messias nennst du Ihn, der alle zu fürchten befiehlt, die Römer, die Griechen, die Syrer?" Seine Stimme bekam einen drohenden Unterton. „Deshalb auch hast du wohl das Schwert Judas' beiseitegebracht?"

„Das Schwert? Ich habe das Schwert nicht", sagte Paulus verwundert.

Aber Manahem fiel ihm erregt ins Wort: „Du lügst. Du mußt es haben." Und bevor Paulus erneut widersprechen konnte, fuhr er heftig fort: „Du hast es aus unserm Versteck geholt. Wenn nicht für deinen Messias, den es ja nicht gibt, dann für dich selbst. Hast du nicht einmal gesagt: ‚Vielleicht kommt der Messias überhaupt nicht; vielleicht müssen wir ihn erfinden?' Oder hast du auch das vergessen?"

Paulus fuhr sich mit dem Handrücken über die Stirn, als wollte er Vergangenes wegwischen. „Nein", sagte er dann, „das habe ich nicht vergessen. Aber glaube mir, wir haben damals etwas Falsches gedacht. Den Messias konnte kein Schwert und kein irdischer Sieg erschaffen. Der Messias mußte leibhaftig kommen. Und Er ist gekommen."

„Und am Kreuz gestorben."

„Hernach aber auferstanden."

Manahem lachte bösartig auf. „Lassen wir doch dieses Märchen", sagte er ärgerlich, „das ihr euch ausgedacht habt, um Dumme damit zu fangen..."

Paulus trat dicht an seinen früheren Freund heran. Trotz des abweisenden Spottes in seinen Worten empfand Paulus noch die gleiche Zuneigung zu ihm wie früher, ja vielleicht, vertieft durch die Erkenntnis ihres gemeinsamen Irrtums, in den er den Sikkaristenführer noch immer verstrickt sah, eine noch innigere.

„Das sind keine Märchen, Manahem“, sagte er. „Wenn Jesus nicht auferstanden wäre, hätte unser Glaube keinen Inhalt. Er ist aber tatsächlich auferstanden, wie die Schrift es verheißen hat. Du kennst sie doch.“

Manahem übersah die ausgestreckte Hand und trat mit einem Ausdruck von Abscheu einige Schritte zurück, und Paulus merkte wohl, daß der andere den Abstand einhalten wollte, den das Gesetz gegenüber Unreinen forderte.

„Die Schrift“, stieß Manahem unwillig hervor, „weiß nichts von den Amhaarez, zu denen auch dein Gekreuzigter gehörte.“

Versöhnlich und beinahe herzlich erwiderte Paulus: „O Manahem, jetzt merke ich es: auch du hast dich verändert. Früher hast du die Amhaarez nicht verachtet. Damals waren wir uns einig: Das Volk leidet Unrecht. Man muß es aus den Händen der Priester, Leviten und Sadduzäer befreien ...“

Eine steile Falte durchzog Manahems Stirn, und an seinen Schläfen traten zwei starke Adern wie kleine Schlangen hervor.

„Nein“, entgegnete er, „ich habe mich nicht verändert. Ich denke auch jetzt noch an ihr Elend. Aber erst muß ich gesiegt haben. Dann kann und will ich mich mit dem Los der Amhaarez befassen.“

„Wen willst du denn besiegen?“ fragte Paulus sanft. „Gegen wen willst du kämpfen?“

„Gegen alle, die der Größe Israels im Wege stehen. Gegen alle Verräter genau so wie gegen die Römer.“

„Gegen die Römer? Glaubst du, daß du dazu stark genug bist?“

„Leute, die mitmachen, wenn es gegen die Römer geht, werden sich genügend finden.“

„Und wenn du dich täuschtest, Manahem?“

„Das laß meine Sorge sein. Matathias hatte nur fünf Söhne,

als er sich aufmachte, an Epiphanes die Vernichtung Jerusalems zu rächen, und dennoch trug er den Sieg davon. Alle Prophezeihungen gehen dahin, daß wir siegen werden. Und genau so ist uns der Messias verkündet. Und der wird der Messias sein, der Israel zum Siege führt; daran glaube ich fest. Und nun", wiederholte er seine Forderung, „gib das Schwert heraus!"

„Wie oft soll ich es dir noch sagen: Ich habe es nicht!" erwiderte Paulus. „Du weißt doch selbst, wo es liegt."

Noch gut sah Paulus den schneebedeckten Weg vor sich, den sie damals einträchtig zu zweit ins Gebirge gegangen waren, das Schwert in Leinen gehüllt unter dem Mantel verborgen, bis sie es schließlich in einen Felsspalt versenkten und das Versteck mit Geröll zuschütteten.

„Du hast doch selbst das Zeichen in die Felswand geritzt."

„Dort finde ich das Schwert nicht mehr", gestand Manahem.

Paulus breitete die Arme aus. „Ich habe es nicht geholt. Ich brauche es nicht. Und ich möchte dich bitten, Manahem, wenn es nicht mehr dort ist, wo wir es versteckt haben, dann suche auch nicht weiter danach."

Manahem machte eine verächtliche Handbewegung. „Ich soll den Kampf aufgeben, meinst du? Ich denke nicht daran. Zu viel steht auf dem Spiele. Ich werde kämpfen und siegen."

Seine starken weißen Zähne blitzten auf.

„Und wenn dir der Sieg versagt bleibt?"

Manahems Gesicht verdüsterte sich. „Dann soll alles zugrunde gehen", stieß er heftig hervor. „Dann soll das Ende kommen. Entweder werde ich das Volk befreien – oder ihm sein Grab schaufeln."

Von schmerzlicher Enttäuschung gepackt, begann Paulus erneut eindringlich auf Manahem einzureden: „Ich habe Angst, Manahem, daß es wirklich so enden könnte. Schau auf unsere Stadt! Willst du es darauf ankommen lassen, daß sie vernichtet wird? Ich bitte dich noch einmal: gib den Kampf auf! Glaube nicht, daß die Schärfe jenes Schwertes den Messias herbeizwingt."

Er trat einen Schritt näher auf ihn zu und fuhr fast beschwörend fort: „Höre auf das, was die Schrift sagt! Höre auf mich! Auch ich habe erst nicht geglaubt, daß Jesus auferstanden sei. Ich habe es so lange nicht geglaubt, bis ich Ihn selbst gesehen habe. Ich sah Ihn, wie Moses Gott, den Herrn, auf dem Berge Sinai gesehen hat."

„Lästerer!" empörte sich Manahem und spuckte voller Abscheu vor Paulus aus. „Du bist ein Unreiner und ein Lästerer und verdrehst dazu die Heilige Schrift. Ich weiß, daß sogar deine eigenen Brüder so von dir sprechen. Und jetzt habe ich es mit eigenen Ohren gehört."

Paulus zuckte zusammen, aber er fand kein Wort der Widerrede, und Manahem fuhr heftiger fort: „Deine Glaubensbrüder, Saulus, glauben, daß du das Volk verraten hast. Wenn es nach dir ginge, heißt es, sollten sogar die unbeschnittenen Heiden in den Tempel kommen. Du bist schlimmer als die Sadduzäer!"

„Nein, Manahem", verteidigte sich Paulus. „Ich denke nicht daran, die Nichtjuden in den Tempel zu bringen. Ich achte die Gesetze."

„Und wie du sie achtest!" schrie Manahem aufgebracht. „Doch ich warne dich: Wenn du das tust, bist du ein toter Mann." Er stampfte zornig auf. „Eigentlich müßte man dich gleich totschlagen. Ich schwöre dir: du stirbst, wenn du das Schwert nicht herausgibst."

„Noch einmal sage ich dir", erklärte Paulus, „ich habe es nicht."

„Dann komm mit mir nach Massada und zeige mir, wo es ist."

Paulus schüttelte den Kopf. „Nein, ich gehe nicht nach Massada."

„Und warum nicht?"

„Weil ich nicht will, daß noch einmal jemand zu diesem Schwert greift."

Seine Stimme nahm jetzt einen Klang von fester Entschlossenheit an. „Dieses Schwert, Manahem, gehört in die Gräber der Könige, zu ihren ehrwürdigen Gebeinen. Die Zeit des Schwertes ist vorbei. Mit dem Schwert erobert man Kleines. Aber an uns sind große, sehr große Dinge herangetreten. Und denen muß man ohne Schwert dienen."

„Du Verräter!" schrie Manahem wütend auf. Seine Augen funkelten, seine Lippen wurden schmal, und seine Hand umkrampfte den Griff des Dolches, bereit, zuzustoßen und zu töten und dann den Leichnam zum Bach hinabzuschleppen, wo die Gebeine aller Verräter des Volkes lagen.

Unheimlichen Haß verrieten seine dunklen Augen, mit denen er drohend auf Paulus starrte. Aber dieser hielt dem wütenden Blicke stand.

Während sie einander stumm maßen, begriffen beide, daß keiner von ihnen nachgeben werde.

Doch umsonst suchte Manahem in den Augen des Apostels nach einer Spur von Angst. Er fühlte, wie diese Augen seinen Willen lähmten, und knirschte ohnmächtig mit den Zähnen, während er unwillkürlich zurückwich.

Diese Entschlußlosigkeit, die ihm selbst unbegreiflich war, stachelte seinen Zorn an und trieb ihn gleichzeitig fort, bevor er sich seine Unterlegenheit eingestehen mußte.

Er wandte sich zum Gehen.

„Überleg es dir gut!" schloß er mit einer letzten Drohung, ehe er Paulus den Rücken kehrte. „Gib das Schwert heraus! Sonst wirst du es bereuen!"

XIV

DER ÜBERFALL IM TEMPEL

Durch den Vorhof zum Tempel zog die Schar der Gläubigen und sang die alte Pilgerhymne:

„Öffnet weit die Tore der Gerechtigkeit,
Laßt mich ein, daß ich dem Herrn lobsinge!
Danken will ich Ihm, denn Er hat mich erhört.

Mir zum Heile ist der Herr geworden,
Und der Stein, der lange Zeit verworfen,
Ist zum Eckstein Seines Baus geworden."

Auch Paulus war unter der Menge. Freudig unterzog er sich der öffentlichen Reinigung, die die Kirchenältesten von Jerusalem ihm auferlegt hatten.

An den Tafeln vorbei, die den Ungläubigen bei Todesstrafe das Durchschreiten eines der acht goldbeschlagenen Tore untersagten, betrat er singend den inneren Vorhof, wo die Priester mit großen Scheren den zur Reinigung gekommenen Gläubigen die Haupthaare abschnitten und die mitgebrachten Opfertiere abnahmen.

Eine niedrige Mauer gab den Blick frei auf den mit Gold ausgelegten Vorraum zum Allerheiligsten, dessen Zugang durch einen vielfarbenen babylonischen Vorhang verhüllt war. Aus viererlei Stoff war er gewebt: aus Byssus als Sinnbild für die Erde, aus Karmesin für das Feuer, aus Purpur für das Meer und aus Hyazinth für die Luft. Davor hing, über den weißen Stufen zum Vorraum, eine riesige Weintraube aus purem Gold.

Am Fuße der Stufen stand ein vierhörniger Altar, vor dem ein Priester im Brokatgewand opferte. Ihm wurden von anderen Priestern in rascher Folge die Opferteile gereicht, nachdem die zur Schlachtbank geführten Tiere auf ihre Makellosigkeit untersucht und ans Messer geliefert waren. Der Tempeldienst arbeitete vorbildlich. In kurzer Zeit waren Hunderte von Menschen, die in langer Reihe zum Opfern anstanden, abgefertigt.

Der scharfe Geruch des verschmorenden fetten Fleisches mischte sich mit dem aufdringlich beißenden Gestank, den die zugleich mit ins Feuer geworfenen Haare der Büßenden verursachten, so daß der wohlriechende Weihrauchduft darin vollständig unterging.

Von seltsamem Mitgefühl bewegt, sah Paulus auf die in ihrer Todesangst zitternden, jämmerlich blökenden Opfertiere, deren klägliches Gebrüll den Lärm der Menschenmenge übertönte.

An dieser Regung spürte er, welche Veränderung mit ihm seit dem Tage von Damaskus vorgegangen war. Früher hatte ihn die blutige Handlung nicht gerührt. Jetzt aber empfand er die Angst und das Leiden der Opfertiere, die den Gefährten des Menschen ohne Sinn und Berechtigung zugefügt wurden, wie einen eigenen körperlichen Schmerz, und er mußte seinen Blick von der zitternden, brüllenden Kreatur abwenden. Auch ihr sinnloses Leiden mußte einmal enden; auch für sie mußte der Tag der Befreiung kommen.

Gewaltsam richtete Paulus seine Gedanken auf die heilige Handlung, die ihm von Kindheit an vertraut war und die darum sein Herz noch immer anrührte. Und doch waren seine Gefühle nicht mehr die gleichen wie früher. Der Gott, der in ihm lebte, war aus dem Tempel ausgezogen, in dem Er Jahrhunderte gewohnt hatte. Aber selbst die betäubende Leere, die Er in dem alten Heiligtum zurückgelassen hatte, legte noch Zeugnis ab von Dem, der hier nicht mehr gegenwärtig war, weder hinter dem farbigen Vorhang noch hinter jenem anderen, unsichtbaren, der die einstige Stätte der Bundeslade verbarg. Das Blut der Kälber und Böcke floß umsonst. Die Zeit der greifbaren Sinnbilder war dahin. Das vergossene Blut des göttlichen Opfers selbst reichte aus, um alle Schwächen und Sünden der Menschen zu tilgen.

Aus seinem tiefen Sinnen wurde Paulus durch eine kreischende Stimme gerissen, die das laute Treiben im Tempelvorhof überschrie:

„Da ist er, der Verräter! Zu Hilfe! Dorthin, ihr Männer von Israel!“

Bevor Paulus recht den Sinn dieses gellenden Rufs erfaßte, mehrten sich die Stimmen, die in wildem Durcheinander Hilfeschreie und Verwünschungen ausstießen. Verwirrt hob er den Kopf und bemerkte erschrocken, wie Hunderte von Augen auf ihn gerichtet waren. Und wieder schrie jemand: „Das ist er! Saulus! Der das Heiligtum geschändet hat! Der einen Unbeschnittenen in den Tempel mitgebracht hat! Das ist er, der Verräter!“

Ehe er einen Gedanken fassen konnte, sah sich Paulus in ein wildes Getümmel gezogen. Mehrere Männer warfen sich zugleich auf ihn, rissen an seinem Gewand, zerrten ihn an Armen, Bart und Haaren, stießen ihn zu Boden und traten mit Füßen nach ihm.

Blut floß ihm über Gesicht und Augen, so daß die vor Wut schäumenden, verzerrten Gesichter mit ihren entblößten Raubtierzähnen vor seinem Blick verschwammen. Er fühlte sich hochgerissen und wieder zu Boden geworfen. Jemand schlug ihn ins Gesicht mit einem Knochen, an dem noch das frische Fleisch hing. Ein anderer stieß mit dem Dolch nach ihm.

Trotz der Schmerzen blieb er in dem ohrenbetäubenden

Lärm bei Besinnung, darauf gefaßt, daß es jeden Augenblick mit ihm zu Ende gehen konnte.

Plötzlich übertönte eine schneidende Stimme das Getöse: „Haltet ein! Nicht hier! Nicht im Tempel! Hier darf niemand getötet werden!"

So unvermittelt, wie der Aufruhr begonnen hatte, ebbte er ab. Paulus spürte, wie ihn die Menge jetzt am Boden entlang über die Stufen in den Vorhof schleifte. Die Tore des Tempels schlossen sich hinter ihm, und mit erneuerter Wut prasselten Schläge und Fausthiebe auf seinen Körper. Haarbüschel wurden ihm vom Kopf und aus dem Bart gerissen; Mantel und Chiton waren unter den Händen seiner Peiniger schon längst zu Fetzen geworden.

Plötzlich trafen ihn Steine. Aber fast gleichzeitig ließ die tobende Menge von ihm ab und flüchtete, während von der anderen Seite Soldaten gelaufen kamen und blindlings mit Schilden und Lanzen um sich hieben, wohin sie trafen.

Hinter der eisernen Wand der Legionäre schritt der Tribun mit dem Hauptmann der Wache heran. Auf dessen Wink packten die Soldaten blitzschnell den Liegenden und streiften ihm Fesseln über. Dann stellten sie den Schwankenden halbwegs auf die Beine und halfen mit kräftigen Faustschlägen und Tritten nach, als er vor Schwäche wieder umzusinken drohte. Er sah zum Erbarmen aus. Sein beinahe nackter Körper war wie sein Gesicht mit blutigen Striemen, Wunden und Schmutz bedeckt.

„Liefert ihn aus! Tod dem Lästerer!" johlte die Menge aus sicherer Entfernung und fuchtelte drohend mit Fäusten und Knüppeln zu den Soldaten herüber.

Der Tribun hob die Hand und wartete, bis sich die Tobenden langsam beruhigt hatten. Dann rief er: „Wer ist das und was wollt ihr von ihm?"

Statt einer Antwort setzte erneutes Wutgeheul ein. Der Tribun schaute dem Aufruhr eine Weile zu, dann hob er noch einmal die Hand und fragte wieder: „Was hat der Mann euch getan?“

„Gib ihn heraus! Er verdient den Tod!“ rief es aus der Menge, und zugleich wuchs das Gebrüll abermals zu ohrenbetäubender Stärke an. Einige Beherzte drängten entschlossen vor.

Um weiterem Blutvergießen vorzubeugen, gab Lysias seiner Truppe den Befehl, zu einem Viereck einzuschwenken und, den Gefangenen sicher in der Mitte, zum Castrum abzurücken.

Die Menge hatte das Schwenkmanöver offensichtlich zu spät erkannt. Unter wildem Geschrei und Heulen drängte sie jetzt rasend vor Wut nach und griff die abziehenden Soldaten an, die sich mit der Waffe gegen die Tollkühnen wehren mußten, die rasch die hinterste Doppelreihe durchbrochen hatten und sich bereits auf Paulus zu stürzen drohten.

Im Nu war ein unübersichtliches Handgemenge im Gange. Die aufgebrachten Juden klammerten sich an die Schilde der Legionäre fest und hängten sich dann mit ihrem ganzen Körpergewicht an, um die Soldaten zu Fall zu bringen. Andere versuchten unterdessen, zwischen den Beinen der um sich schlagenden Soldaten durchzukriechen, um zu dem Gefangenen in der Mitte zu gelangen.

Der Tribun ließ die Spitze seiner Truppe umschwenken und der Nachhut zu Hilfe kommen. Die Gruppe, die Paulus deckte, beschleunigte unterdessen ihren Schritt, aber ihr Vorankommen wurde durch den Gefangenen behindert, der bei dem rascheren Tempo ins Stolpern kam.

Kurz entschlossen packten die Legionäre zu, legten Paulus auf einen Schild und hoben ihn damit in die Höhe.

Die Menge, die ihren Feind jetzt hoch über den Köpfen der Soldaten erblickte, geriet bei diesem unverhofften Anblick außer sich und warf mit Steinen, Sandklumpen und Holzstücken nach dem Verhaßten.

Trotz dieser Behinderung glückte es den Legionären, ohne weitere Zwischenfälle das Burgtor der Antonia zu erreichen, das der zurückgebliebene Teil der Besatzung eilends abriegelte. Hinter dem doppelten Schutz der Soldaten und der Mauern war Paulus fürs erste vor seinen Verfolgern sicher.

Erschöpft warfen die Soldaten den Schild mit dem Gefangenen hart zu Boden. Neugierig scharten sie sich um den Zerschundenen und musterten ihn böse. Auch der Tribun besah sich mißmutig den Mann, der unter seinen Glaubensbrüdern einen solchen Haß erweckt hatte.

Paulus mühte sich, mit seinen gefesselten Händen das über Stirn und Wangen fließende Blut abzuwischen, und sprach dann den Tribun an: „Darf ich etwas zu dir sagen?"

Überrascht entgegnete Lysias: „Du sprichst Griechisch? Dann bist du also nicht der Ägypter, der neulich viertausend Meuchelmörder aufgewiegelt und in die Wüste geführt hat?"

„Nein", erwiderte Paulus, „ich bin ein Jude aus Tarsus, ein Bürger dieser nicht unberühmten Stadt Ciliciens. Ich bitte dich, erlaube mir, zu den Leuten zu sprechen."

Lysias blickte unentschlossen drein und schien geneigt, den Vorschlag abzulehnen.

Paulus drängte: „Das Ganze ist ein Mißverständnis. Ich denke, ich kann es aufklären."

Lysias zog die Brauen hoch. „Meinetwegen, so rede . . ."

Unter großen Anstrengungen schleppte sich Paulus, während er sich weiter Blut aus dem Gesicht wischte, die Stufen zu einem schmalen Balkon hinauf. Dort streckte er beide Hände mit den blutgetränkten Verbänden weit vor und begann dann stockend zu sprechen.

Zu seiner Überraschung erlebte der Tribun, wie sich die Menge, die hinter der Sperre wie ein brandendes Meer wogte und immer mehr Zulauf bekam, bei den ersten Worten des Gefangenen fast augenblicklich beruhigte.

Leider verstand Lysias kein Wort, denn Paulus sprach aramäisch. Eilends schickte der Tribun nach dem Dolmetscher. Doch bevor dieser kam, geriet die Menge, die eben noch mit schweigender Gespanntheit gelauscht hatte, bei einem kurzen Satz des Paulus erneut in Raserei und stürmte tobend gegen die Reihen der Wachsoldaten an.

Aus dem wilden Geheul hörte man immer wieder Rufe: „Schlagt ihn tot! Nieder mit ihm!"

Aber der eiserne Riegel der Legionäre hielt stand. Ihre Ohnmacht erkennend, raste die Menge in blinder Wut, viele streuten sich Sand auf den Kopf, wickelten ihren Mantel darum, und alle brüllten und gebärdeten sich wie geblendete Stiere.

In verzweifeltem Zorn sprang Lysias mit einem Satz die Stufen zum Balkon hinauf und rüttelte Paulus wütend an der Schulter.

„Was hast du eben gesagt, du Lump?" schrie er außer sich vor Wut. „Du solltest sie doch beruhigen und nicht von neuem aufhetzen!"

Paulus schüttelte nur den Kopf. Jetzt war, fand er, keine Zeit, sich auch noch mit Lysias auseinanderzusetzen.

Der Tribun verstand die Geste richtig. Ihm war es nichts Neues, daß die Juden den Fremden selten etwas von ihren Angelegenheiten verrieten. Für gewöhnlich fand er sich in philosophischem Gleichmut damit ab. Heute aber überkam ihn ein unbändiger Zorn. Ausgerechnet jetzt, wo die ganze Stadt voller Fremden steckte, mußte dieser Zwischenfall geschehen! Schwer genug hatte er sich seinen Posten in Jerusalem erdient; durch diesen eigensinnigen Aufrührer würde er sich seine Karriere nicht gefährden lassen.

Wütend befahl er: „An den Pfahl! Auspeitschen!"

Die Legionäre stürzten vor, ergriffen Paulus und schleppten ihn vom Balkon herunter in das Prätorium zu einem niedrigen Marmorpfahl, an dessen oberem Ende ein eiserner Ring befestigt war. Neben dem Pfahl warfen sie Paulus nieder. Ein Soldat setzte ihm den Fuß auf die Brust, ein anderer riß ihm die letzten Stoffetzen vom Leibe. Als sie sahen, wie Paulus mit den Lippen den Pfahl berührte und zu küssen versuchte, rissen sie seinen blutverklebten Haarschopf herum und schlugen ihn mit dem Gesicht gegen den Stein.

Andere Legionäre hatten unterdessen Riemen zum Fesseln gebracht, zwei Soldaten legten ihre Röcke ab und griffen nach den Peitschen.

Als sie Paulus anherrschten, sich auszustrecken und seine Hände in den Ring zu legen, wandte er sein blasses Gesicht dem Centurio, der die Prozedur überwachen sollte, zu und sagte mit letzter Kraft: „Du befiehlst, mich auszupeitschen? Seit wann ist es üblich, einen römischen Bürger zu schlagen?"

Verblüfft starrte der Centurio ihn an und trat unsicher einen Schritt zurück. Argwöhnisch suchte er in dem Gesicht des Gefangenen nach der Wahrheit. Dieser zusammengeschlagene, blutüberströmte Mensch sah allem anderen, nur keinem römischen Bürger ähnlich. Aber was wußte man, was er in Wirklichkeit war? Die römische Welt wurde von Freigelassenen regiert.

Er winkte den Soldaten und gebot ihnen Einhalt, dann ging er zu Lysias, um ihm Meldung zu machen.

„Tribun", sagte er, „dieser Mensch behauptet, er sei römischer Bürger."

Lysias stieß einen Fluch aus: „Bei der Hekate! Auch das noch! Mit diesen Juden weiß man wahrhaftig nie, wie man dran ist!"

Mißtrauisch trat er vor Paulus hin: „Du behauptest, du bist römischer Bürger? Hast du dir den Bürgerbrief gekauft?"

„Nein“, sagte Paulus mit erlöschender Kraft und schlug neben dem Pfahl zu Boden. „Nein“, wiederholte er mit ganz schwacher Stimme, „ich bin es von Geburt an...“

Lysias knirschte mit den Zähnen und unterdrückte mühsam einen neuen Fluch. Von der Straße her tönte das Gebrüll der blutlüsternen Menge: „Töte ihn! Tod dem Verräter!“

Die haben gut schreien, dachte Lysias grimmig. Einen römischen Bürger totschlagen! Und wenn sich ganz Jerusalem zusammenrottete, das konnte er nicht. Um so eine fatale Geschichte hatte schon mancher seinen Posten verloren. Ach, diese Juden! Was für Ärger hatte man ständig mit ihnen!

Unentschlossen schritt er im Prätorium auf und ab, während die Legionäre gespannt auf seine Entscheidung warteten.

Paulus lag kraftlos zusammengesunken, die Lippen am Pfahl, zu Boden. Auch die schwächsten Schläge würde er, das war Lysias klar, nicht mehr überstehen.

Mit erregter Stimme gab er also den Befehl: „Bindet ihn los und steckt ihn ins Verlies! Gebt ihm dort zu essen und zu trinken und einen Lappen, mit dem er sich bekleiden kann!“

Er seufzte tief auf und ging zum Balkon. Die Trompeter ließ er blasen, was das Zeug hielt, bis sich das Volk beruhigte. Dann rief er zu der Menge hinunter:

„Geht jetzt nach Hause! Laßt eure Priester morgen zu mir kommen, damit ich genau die Gründe erfahre, weswegen ihr diesen Menschen verfolgt. Wenn er schuldig ist, wird er seiner gerechten Strafe nicht entzogen werden. Aber jetzt geht nach Hause!“

Noch ertönten hier und da Pfiffe und Zurufe. Aber die Menge hatte sich bereits beruhigt. In kleinen Gruppen rückte man langsam ab und zerstreute sich allmählich.

XV

DER BRIEF DES CLAUDIUS LYSIAS

„Dem edlen Statthalter Felix in Cäsarea entbietet Claudius Lysias seinen Gruß.

Vortrefflicher! Zugleich mit diesem Schreiben lasse ich dir einen Mann namens Paulus zuführen, einen Juden aus Tarsus, den seine Landsleute im hiesigen Tempel während der sogenannten Schabu'a-Feier überfallen und derart übel zugerichtet haben, daß er um ein Haar nicht mit dem Leben davongekommen wäre.

Nachdem ich festgestellt hatte, daß es sich bei dem Mann um einen römischen Bürger handelt, veranlaßte ich das sofortige Eingreifen meiner Wache. Es gelang uns, den Mann buchstäblich in letzter Minute den Händen der offenbar aufgeputschten Tempelbesucher zu entreißen, worauf ich ihn zu seiner eigenen Sicherheit zunächst in unserem Castrum in Schutzhaft nehmen ließ.

Bei dem stattgefundenen Handgemenge wurden fünf Legionäre verwundet sowie mein eigener wertvoller Mantel vollständig zerrissen. Den Verwundeten wurde ein Schmerzensgeld von je fünfzig Sesterzien ausbezahlt, ferner ließ ich an die gesamte Mannschaft als Anerkennung für ihr tapferes Verhalten Geschenke verteilen.

Zwecks weiterer Aufklärung der Angelegenheit berief ich den Hohenpriester und den ganzen Sanhedrin zusammen und stellte ihnen den Inhaftierten gegenüber.

Du vermagst dir, Felix, schwerlich eine Vorstellung von dem abgrundtiefen Haß zu machen, den die Priesterschaft gegen diesen Menschen zu hegen scheint. Kaum hatte dieser nämlich zu seiner Verteidigungsrede angesetzt, da ließ ihn bereits der Hohepriester Ananias heftig auf den Mund schlagen. Diese unmotivierte Tätlichkeit bildete den Auftakt zu einem erregten Wortwechsel, der mitunter Formen einer kaum zu schildernden Heftigkeit annahm.

Ich war leider außerstande, dem Streit in allen Einzelheiten zu folgen, denn beide Parteien bedienten sich der Landessprache, und nicht einmal meinem Dolmetscher gelang es, die außerordentlich rasch aufeinanderfolgenden gegenseitigen Anwürfe und Beschuldigungen vollständig aufzufassen.

Immerhin war es mein Eindruck, daß der Beschuldigte nach dem Abflauen der ersten Erregung immer wieder einen ruhigen Ton anzuschlagen versuchte, so daß eine gewisse Weile offenbar mit ziemlicher Sachlichkeit verhandelt werden konnte.

Im großen und ganzen ging der Streit, soweit ich es verstanden habe, um folgende Angelegenheit: Der Beschuldigte behauptete, einen vom Tode auferstandenen Menschen gesehen zu haben, was ein Teil seiner Gegner kategorisch als dummen Unsinn abtat; ein anderer Teil jedoch bekannte sich zu der Überzeugung, daß die Verstorbenen tatsächlich nach dem Tode auferstehen und sich in die Lüfte erheben können, wie Manen oder Lemuren, die von den Juden ‚Engel' genannt werden.

Wie du siehst, Felix, ist das Ganze eine im Grunde belanglose, echt jüdische Angelegenheit, die, wie so vieles bei diesem Volke, auf weitverbreitete, abergläubische Vorstellungen zurückgeht.

Als ich die Oberpriester nach der Schuld jenes Paulus befragte, wurden mir höchst widerspruchsvolle Anschuldigungen vorgebracht; aber trotz meines wiederholten Drängens ergab sich nichts Greifbares, was eine gerichtliche Verfolgung des Angeschuldigten rechtfertigen würde. Was diesem – übrigens bei weit auseinandergehenden Meinungen – vorgeworfen wird, sind offensichtlich lediglich gewisse Abweichungen von der hierorts üblichen Auffassung der jüdischen Religionsgesetze.

Aus diesem Grunde und weil außerdem zu befürchten stand, daß die Auseinandersetzungen wieder in neue Handgreiflichkeiten ausarten würden, brach ich das Verhör schließlich als nutzlos ab und nahm mir später den Angeschuldigten persönlich vor.

Auch in dem sehr eingehenden Gespräch unter vier Augen beharrte dieser auf seinem festen Glauben an die Auferstehung eines gewissen Jesus, eines Predigers und Sektenführers aus Nazareth, der während der Statthalterschaft des Pilatus gekreuzigt wurde und von dem der Angeschuldigte hartnäkkig behauptet, dieser Mensch lebe noch. Es muß dies als eine jener typischen Verrücktheiten angesehen werden, die man hier in Judäa vielerorts antrifft.

Im Gegensatz zu dieser Ungereimtheit äußerte der Angeschuldigte im übrigen recht vernünftige Ansichten. Der Mann besitzt zweifellos eine gewisse Intelligenz und Bildung sowie ein überdurchschnittliches Wissen. Auch seine Verteidigungstaktik bei der Gegenüberstellung mit der Priesterschaft war insofern nicht ungeschickt, als er, soviel ich begriffen habe, in dem allgemeinen Verhör weidlich die hierorts bekannten Gegensätze zwischen den Pharisäern und Sadduzäern ausnützte, um die Front seiner Widersacher aufzuspalten und zu verwirren. Es gelang ihm dabei im Verlaufe des erwähnten Verhörs, seine Gegner mehrfach von seiner Person abzulenken und in gegenseitige Beschuldigungen zu verwickeln, was seine eigene Position vorübergehend nicht unwesentlich verbesserte.

Am Abend des Verhörtages erstattete ein Neffe des Angeschuldigten, ein gewisser Sosipater, ebenfalls aus Cilicien, bei mir Anzeige, wonach sich vierzig Juden den Priestern gegenüber verschworen hätten, nicht eher wieder zu essen und zu trinken, bevor sie den Beschuldigten nicht getötet hätten.

Aus Gründen seiner persönlichen Sicherheit hielt ich es deshalb für zweckmäßig, den Gefangenen bei Nacht aus Jerusalem fortzuschaffen und zu dir überführen zu lassen. Denn du wirst ja eher zu entscheiden wissen, was man mit einem solchen Menschen anfängt, und wirst auch den Juden den richtigen Bescheid geben, wenn sie sich an dich wenden sollten. Außerdem mag dir, Felix, und deiner erlauchten Gemahlin eine Unterhaltung mit diesem nicht uninteressanten Menschen vielleicht nicht unwillkommen sein.

Möge dir Fortuna immer hold sein, ehrwürdiger Felix! Mögest du nie einen Schaden erleiden wie ich, dem die aufrührerischen Juden einen schönen Mantel zerrissen haben, als ich einem römischen Bürger Schutz gewährte! Leb wohl und bleibe gesund!“

XVI

DER ABERGLÄUBISCHE PROKURATOR

Ruhelos ging Paulus in seiner engen Zelle auf und ab. Die Kette, an die er geschmiedet war, schleifte klirrend hinterher.

Fast zwei Monate waren vergangen, seitdem er in Cäsarea eingeliefert worden war. Ein schwüler Sommer war inzwischen angebrochen. Hitze brütete über der Stadt.

Die Zelle, in der Paulus gefangen saß, befand sich in einem Seitenturm und hatte ein schmales Fenster, das den Blick freiließ auf eine Ecke des Säulengangs am Tempel des Cäsars und auf das Meer, das von einer halbkreisförmigen, mit Wellenbrechern ausgerüsteten und mit Türmen bewehrten Mole eingerahmt war.

Paulus beneidete, während er sich über sein schweres Los das Hirn zermarterte, die Segelschiffe, die lautlos ein- und ausfuhren. Vor seinen Augen lag die Welt, eine Welt voller Wandlungen, reif zum Erobern, und für ihn waren die schmalen Wände seiner Zelle nun schon seit Monaten die Grenze.

Einmal im Monat erhielten seine Freunde Lukas, Aristarch und Sosipater die Erlaubnis, ihn auf eine kurze Stunde zu besuchen. So sehr ihn diese Unterbrechung seiner Einsamkeit freute und stärkte, überwand er sich und beschwor die Freunde, nicht seinetwegen tatenlos in Cäsarea zu warten, sondern ihm voraus in die Welt zu ziehen. Aber sie wollten ihn nicht verlassen.

Die meiste Zeit war er allein. Vergeblich kämpfte er gegen das Gefühl einer tiefen, bedrückenden Niedergeschlagenheit an. Unablässig quälte er sich mit Selbstvorwürfen. Der

Augenblick am Pfahl im Castrum von Jerusalem wich nicht aus seinem Gedächtnis. Noch immer vermeinte er, die derben Riemen an seinem geschundenen Körper zu spüren, die ihn schmerzhaft an den Pfahl gespannt hatten, an dem vor Jahren das heilige Blut herabgeflossen war. Deshalb auch hatte er ihn mit seinen Lippen berührt, was einem der Legionäre so sehr mißfiel, daß er ihm einen Hieb versetzte, über den er noch heute glücklich war.

Warum nur, zermarterte er ständig sein Hirn, hatte er damals nicht geschwiegen? Wäre es nicht gut gewesen, unter den Peitschenhieben zu sterben? Welcher fremde Wille hatte ihm die Worte an den Centurio, die seine Rettung waren, in den Mund gelegt?

Es mußte der gleiche fremde Wille gewesen sein, der ihn gegen alle Warnungen der Freunde nach Jerusalem zu ziehen hieß. Er hätte Rom erobern können und überließ es Petrus; er hätte wie Jesus sterben können, aber er hatte sich den tödlichen Geißelhieben entzogen. Fürchtete er den Tod? War ihm das Sterbendürfen nicht stets als eine Verlockung erschienen? Hatte er sich nicht immer nach dem Kreuz gesehnt? Das Kreuz? Wer hatte ein Recht auf das Kreuz wie Jesus?

Paulus wand sich auf dem Bündel Stroh in seiner Ecke hin und her. Wenn sich Male an Händen und Füßen öffneten, durfte der Mensch durch sie noch Nägel bohren?

Er entsann sich eines Gesprächs mit den Aposteln bei seinem vorletzten Aufenthalt in Jerusalem. ‚Ist es wahr, Johannes', wurde der große blonde Fischer gefragt, ‚der Herr habe dir versprochen, daß du nicht sterben werdest?' Aber Johannes schüttelte den Kopf: ‚Nein. Ihr gebraucht die Worte des Herrn und versteht sie doch falsch. Er sagte nicht: Du wirst nicht sterben. Er sagte es anders: Jeder stirbt, außer denen, die der Tag des Herrn überrascht. Doch zuvor werdet ihr Verfolgungen erleiden ...'

Eines Mittags öffnete sich die Zellentür zu ungewohnter Stunde. Zwei Soldaten traten ein, lösten die Kette aus der Mauer und stießen, ohne ein Wort der Erklärung, Paulus zum Ausgang.

Durch vergoldete Gänge des in idumäischem Stil gehaltenen Palastes ging es zu dem mit einem plätschernden Springbrunnen geschmückten Atrium, wo sich Paulus unverhofft dem Prokurator von Judäa und seiner jungen Frau gegenübersah.

Die sehnigen Beine weit von sich gestreckt, saß Felix lässig in einem großen, vergoldeten Lehnstuhl. Habgier und Herrschsucht malten sich auf dem verlebten Gesicht des Freigelassenen, der seinen Aufstieg nur der Liebhaberin seines Bruders Pallas, Agrippina, verdankte. Seine Frau Drusilla, die Schwester Agrippas, war eine berühmte Schönheit. In ihren Adern floß idumäisches Blut, das mit jüdischem und syrischem vermischt war. Ihre Gesichtszüge, durch vielfache Inzucht überfeinert, wie sie bei der Nachkommenschaft des Herodes üblich war, zeigten sich von Genußfreude und Sinnlichkeit geprägt.

Auf einen knappen Wink des Prokurators entfernten sich die Soldaten.

„Sprich!" forderte er Paulus auf und betrachtete ihn neugierig, wie er vor ihnen stand, klein, mager, mit eingefallenen Wangen und schiefgeneigtem Kopf.

Paulus hob seine Augen und fragte, zu Felix gewandt: „Worüber soll ich zu dir sprechen, erhabener Prokurator?"

„Von deinem Jesus. Erzähle mir alles, was du weißt. Seinetwegen bist du ja angeklagt. Alle anderen Vorwürfe sind dummes Zeug."

„Du hast recht, erhabener Felix", erwiderte Paulus. „Die Pharisäer können mir nichts anhängen außer meinem Glauben an Jesus."

„Du sagst, daß Er auferstanden ist?" mischte sich jetzt Drusilla ein, während sie ihre Augen zusammenkniff.

„Er ist auferstanden, Drusilla", antwortete Paulus.

„Woher weißt du das so genau?" fragte Felix wieder.

Paulus antwortete dasselbe, was er schon viele, viele Male bekannt hatte: „Ich habe Ihn gesehen!"

Felix und Drusilla tauschten einen betroffenen Blick. Beide waren in hohem Maße abergläubisch und pflegten kein Hehl daraus zu machen. Wo immer sich ein Wahrsager sehen ließ, horchte Felix ihn über seine Zukunft aus. Vor allem, seitdem ein Chaldäer aus Italien, der der Agrippina die Herrschaft ihres Sohnes vorausgesagt haben sollte, Felix nach langem Zögern prophezeit hatte, er werde zusammen mit seiner Nachkommenschaft im Schatten eines feuerspeienden Berges leben und zugrunde gehen, suchte Felix ständig nach einem Zukunftsdeuter, der diese ihm ebenso unverständliche wie unerfreuliche Voraussage entkräften und widerlegen würde. Deshalb hatte er auch Paulus kommen lassen. Mußte nicht ein Mensch, der einen Toten wieder lebend gesehen hat, um künftige Dinge wissen?

„Du hast Ihn wirklich gesehen?" erkundigte er sich jetzt noch einmal halb mißtrauisch, halb ängstlich bei Paulus. „Hat Er etwas zu dir gesagt?"

„Ja, Ehrwürdiger", erwiderte Paulus. „Er hat mir aufgetragen, der Welt die neue Lehre zu verkünden. Er hat mir geboten, allen Menschen das Evangelium zu bringen. Damit alle an Ihn glauben."

Felix unterbrach ihn: „Bist du vielleicht ein Stoiker?" Er haßte im stillen diese ganze aufgeblasene Philosophenbrut, die ihre Lehren zungenfertig wie ein Allheilmittel gegen Haarausfall anpries, und am meisten die Stoiker, die ihm die langweiligsten von allen schienen. Aber die augenblickliche Mode war nun einmal für sie, und so mußte man sie reden lassen und, was noch schlimmer war, sie widerspruchslos anhören. Seine eigene Neigung galt den Epikuräern, an denen er schätzte, daß sie die Menschen aufforderten, das Leben in vollen Zügen zu genießen, ohne auf Götter und Tugenden Rücksicht zu nehmen.

Paulus widersprach lebhaft: „Nein, nein, ich bin kein Stoiker. Die Stoiker, ehrwürdiger Felix, vergessen, daß nicht nur gute Anlagen im Menschen stecken. Ihnen genügt es, wenn jeder sich selbst treu bleibt, und sie meinen, dann sei er schon tugendhaft. Aber der Mensch tut durchaus nicht immer, was er will und was er als gut erkennt. Er tut vieles, was er eigentlich nicht will. So braucht er einen Gott, aber nicht nur den, der in ihm spricht, sondern auch den, der zu ihm herabsteigt."

Der Prokurator machte eine zustimmende Handbewegung. „Wie ich sehe", sagte er befriedigt, „bist du wirklich kein Stoiker. Ich selber bin auch mehr für die Epikuräer ..."

Er machte Paulus ein Zeichen, näher zu treten, und fragte dann unvermittelt: „Sag mir, kann dein Auferstandener vielleicht in die Zukunft sehen und sie voraussagen?"

„Er weiß alles, ehrwürdiger Felix", erwiderte Paulus ernst. „Was einst war, was ist und was noch sein wird. Ihm bleibt nichts verborgen."

Felix musterte Paulus listig. „Meinst du", fragte er, „dein Jesus könnte mir sagen, was mir die Zukunft beschert?"

„Ja!" rief Drusilla erregt und klatschte in die Hände. „Dein Jesus soll es uns sagen!"

Paulus blieb eine Weile stumm und überlegte. Beide sahen ihm gespannt ins Gesicht, bis er langsam begann: „Jesus weiß alles. Wenn Er jetzt sichtbar hier vor uns stünde ..."

Weiter kam er nicht. Felix und Drusilla fielen ihm gemeinsam erschrocken ins Wort. Nur keine Begegnung mit Verstorbenen, das würde nichts Gutes bringen! Aber das sei doch auch nicht nötig. Sicher könne Paulus selbst ihnen die Zukunft deuten. Er dürfe gewiß sein, Felix würde ihn reich belohnen...

Paulus nickte. „Ich kann dir, Felix, wirklich weissagen." Er schwieg wieder eine Zeitlang, und beide schauten ihn mit funkelnden Augen an. Drusilla konnte sich nicht länger beherrschen. Sie stand auf und trat unruhig von einem Fuß auf den andern.

Endlich fuhr Paulus fort: „Wenn du Jesus anerkennst, ehrwürdiger Felix, und Ihm allein treu dienst, so wird dich zwar ein Leben voller Mühen und Prüfungen erwarten, aber..."

Heftige Enttäuschung spiegelte sich auf Felix' Gesicht wider.

„Und du bist doch ein Stoiker!" unterbrach er Paulus mißmutig.

„Ich bin keiner", widersprach Paulus noch einmal mit ebenso großer Entschiedenheit. „Ich bin nur ein Diener Jesu. Und ich will, daß die ganze Welt Jesus dient, auch du, Felix."

„Oho, oho", stieß Felix verblüfft hervor. „Und was ist mit meinem Schicksal?"

„Das hast du selbst in der Hand, ehrwürdiger Felix", erwiderte Paulus bestimmt.

„Ich selbst? Das verstehe ich nicht. Laß dieses dunkle Gerede und sag mir klipp und klar: werde ich noch größer werden als ich jetzt bin?"

„Du wirst über dich selbst nicht hinauswachsen."

„So, nun verhöhnst du mich auch noch, wie? Was du mir sagst, kann niemand begreifen."

Paulus wiederholte noch einmal ernst: „Du wächst über dein Schicksal nicht hinaus, nicht über das Maß an Gutem und Bösem in dir..."

Der Prokurator ließ die Hand über seine glatten Wangen gleiten. Vor Wut und Enttäuschung wäre er am liebsten aufgefahren, aber eine abergläubische Angst hielt ihn vor einem Ausbruch zurück und mahnte ihn zur Selbstbeherrschung.

Wie nach Hilfe suchend blickte er sich zu den Standbildern um, die das Atrium einrahmten. „Das kann wahrhaftig kein Mensch verstehen, was du da faselst“, wiederholte er unwillig. „Das Maß an Gutem und Bösem? Was ist das? Was ist gut und was ist böse?“ Er zuckte resigniert mit den Schultern. „Ich sehe schon, du kannst gar nicht wahrsagen ...“

„Du weißt sehr gut, Felix, was gut und was böse ist“, erwiderte Paulus hart.

Über das kantige Gesicht des Prokurators ergoß sich Zornesröte. Seine geballte Faust fiel kräftig auf die Lehne des Stuhls. Drusilla, die seinem wachsenden Unmut wehren wollte, legte ihm beruhigend die Hand auf die Schulter. „Laß gut sein“, sagte sie leise. „Laß ihn. Ich habe Angst vor ihm!“

Felix fuhr sich mit der Hand über die Stirn, als wollte er einen störenden Gedanken fortwischen. Wieder warf er den Standbildern einen Blick zu.

„Ich werde mir noch überlegen, was ich mit dir tue“, sagte er dann ruhiger. „Ich will nicht, daß du zu Schaden kommst. Die Deinen fordern, wie du weißt, ich soll dich ihnen ausliefern.“

Er klatschte in die Hände, um die Wache herbeizurufen. Bevor sie noch eintrat, beugte er sich zu Paulus vor und sagte in beinahe vertraulichem Ton: „Nein, wahrsagen kannst du nicht. Aber wenn deine Freunde es sich eine Kleinigkeit kosten ließen, vielleicht fiele es mir dann leichter, etwas für dich zu tun. Eine Kleinigkeit ... sagen wir ... fünf Talente etwa.“

Damit war das seltsame Gespräch beendet. Die Soldaten führten Paulus in seine Zelle zurück.

Ihm war klargeworden, daß Felix, wenn er ihn auch vor

dem Sanhedrin schützte, doch keinerlei Anstalten machen würde, ihn freizulassen, wenn dabei kein Vorteil für ihn heraussprang.

Diese Erkenntnis erfüllte Paulus mit immer größerer Niedergeschlagenheit, während er von seinem Zellenfenster aus sehnsüchtig den davonsegelnden Schiffen nachschaute, die aufs Meer hinausfuhren, nach Ephesus und Korinth, nach Philippi und Troas und auch nach Rom ...

Marternde Zweifel suchten Paulus in diesen langen Monaten heim, Zweifel, Mißmut und Kleingläubigkeit, während er wie ein Löwe in einem zu engen Käfig die wenigen Schritte der Zellenbreite durchmaß. Das Warten war eine Marter, und keine geringere die Ungewißheit, ob er noch den rechten Weg ging. Hundertmal mag der Mensch zu dem Schluß kommen: Alles soll so sein, wie es geschieht. Aber immer wieder kommen auch die Zweifel: Warum ist das so? Warum geschieht das so? Ach, dieses sterbliche, widerspenstige Fleisch! Das schwache Fleisch – der Tod selbst!

Mit großer Anstrengung zügelte er seinen Unmut. Immer wieder kniete er in seiner engen Zelle nieder, streckte die Arme aus und betete. Aber selbst das Gebet wollte nicht helfen. Es gab ihm keine Stärkung mehr. Die Zweifel überwogen. Und so wartete er verbissen, von Tag zu Tag, von Monat zu Monat, bis eines Tages endlich das Lächeln langsam auf seine Lippen zurückkehrte. Niemals, nahm er sich vor, wollte er künftig wieder aufhören, um dieses unter Schmerzen und Qualen errungene Lächeln zu kämpfen ...

Mit neuer Zuversicht stand er auf und trat ans Fenster.

Im Tal sah er die schimmernden Mauern und die schwarzen Zypressen, das blaue Meer und das saftige Grün der Haine, das der Herbstregen wieder aufgefrischt hatte.

Auf einem nahe gelegenen Hügel saß unbeweglich ein junger Mensch, und sooft Paulus einen Blick aus seinem Zellenfenster warf, erblickte er die schmale Gestalt und vermeinte, sie schaue unverwandt zu seinem Fenster.

Seltsam. Der Mann kam niemals näher, aber er entfernte sich auch nicht, sondern blickte unablässig von ferne herüber.

Nach Monaten hatte sich Paulus an den Anblick dieses seltsamen Beobachters gewöhnt und die Gestalt war ihm fast vertraut geworden. Es war, so bedachte er mit beinahe liebevoller Zuneigung, der einzig treue, ausharrende Freund. Er hatte keine Ahnung, weshalb der Unbekannte so hartnäckig auf diesem Hügel verharrte. Aber er war ihm dankbar dafür, daß er keinen Tag ausblieb.

Wenn Paulus für seine Freunde betete, betete er auch für ihn.

XVII

ARIES NEUIGKEIT

Die Freude, die Manahem bei Aries unerwarteter Rückkehr nach Jerusalem zeigte, kam aus ehrlichem Herzen.

Besorgt blickte der Sikkaristenführer in das abgespannte, von der langen, eiligen Reise aus Cäsarea gezeichnete Gesicht des Jünglings, das von fiebernder Unruhe erfüllt schien.

Rasch ließ er seinem nächtlichen Gast Wasser und Öl zur Kühlung reichen und ihn mit einer neuen Kuttone bekleiden.

Ungeduldig rückte Arie, während ihm die Sklaven die Füße wuschen und das Haar kämmten, auf seinem Schemel hin und her. Er wollte endlich mit Manahem allein sein, um mit ihm über den Grund seines überraschenden Kommens sprechen zu können.

Doch schon trugen die Diener Speisen, Früchte und Wein auf.

Bevor Manahem und Arie sich auf ihre Liegestätten niederließen, sprach Manahem ein Gebet:

„Wir danken Dir, Jahwe, unserm Gott, daß Du
Unsern Vätern ein weites, herrliches Land zugedacht hast,
Daß Du uns aus Ägypten, aus dem Hause der Knechtschaft geführt;
Uns das Zeichen Deines Bunds an unserm Körper gegeben;
Uns Dein Recht verliehen, uns Deine Befehle hast wissen lassen;
Und uns durch Deine Gnade und Barmherzigkeit das Leben geschenkt hast."

Arie wiederholte die Worte des Gebets mit der gleichen Ungeduld, die sich in seiner Miene wie in seinem ganzen Verhalten ausprägte. Seine dunklen Augen glühten von einem kaum verborgenen, inneren Feuer.

Manahem musterte ihn unmerklich, während er ihm eine Schüssel mit gebratenem Fleisch reichte und ihn aufforderte: „Greif zu, Arie!"

Aber ohne das verlockend duftende Essen zu berühren, stieß Arie, kaum daß die Diener gegangen waren, erregt hervor: „Weißt du schon, Manahem, daß ein neuer Prokurator nach Cäsarea gekommen ist?"

„Und was ist mit Felix?" fragte Manahem erstaunt zurück.

„Felix?" Arie schnippte mit dem Finger. „Der ist politisch ein toter Mann. Es laufen Gerüchte um in Cäsarea, der römische Kaiser habe seine eigne Mutter ermorden lassen. Angeblich soll sie mit einem Schiff untergegangen sein. Und du weißt ja, daß Felix seinen Posten der Gunst der alten Kaiserin verdankt und nur durch sie gehalten worden ist."

„Dann ist Felix gar nicht mehr in Cäsarea?"

„Man weiß es nicht genau. Nach Rom, heißt es bei der Dienerschaft, wolle er auf keinen Fall, weil er sich vor dem Kaiser fürchtet. Angeblich hat er vor, sich auf ein Landhaus zurückzuziehen, das ziemlich abseits, bei Pompeii liegen soll."

„Und der neue Prokurator?"

„Heißt Festus. Aus altem römischem Geschlecht. Und gleich bei seinem Amtsantritt hat er verkündet, nun solle mit den Plündereien und den Ungerechtigkeiten des Felix gründlich aufgeräumt werden."

„Interessant, interessant", erwiderte Manahem. „Wirklich eine Neuigkeit, die du mir da bringst. Aber nun greif zu! Warum ißt du nichts? Hast du noch etwas auf dem Herzen?"

Da brach es aus Arie hervor: „Manahem", rief er erregt, „hast du denn ganz vergessen, daß Paulus in Cäsarea sitzt?"

Seine Zähne schlugen wie im Fieber aufeinander. „Was wird, wenn Festus ihm die Freiheit schenkt? Festus hat erklärt, er wolle alles Unrecht wiedergutmachen. Glaubst du nicht auch, er wird den Fall Paulus aufgreifen?“ Er warf seinen Kopf herum. „Und wenn er Paulus freiläßt? Was wird dann? Verläßt er erst einmal Cäsarea, können wir ihn lange suchen.“

Manahem strich sich nachdenklich den Bart. Beim heiligen Berge Zion, der Junge hatte recht! Die Tatkraft des Sikkaristenführers hatte in letzter Zeit merklich nachgelassen. Nach dem mißglückten Anschlag auf Paulus, den vierzig Sikkaristen umzubringen geschworen hatten, war Arie auf Paulus' Spur gesetzt worden. Aber das fast zweijährige untätige Warten auf eine Entscheidung in Cäsarea war nicht spurlos vorübergegangen. Irgendwie war im Verlaufe der langen Zeit das Problem Paulus unmerklich in den Hintergrund getreten. Leider war Manahem in der Zwischenzeit auch mit Simon keinen Schritt weitergekommen. Das heilige Schwert war und blieb verschwunden. Um Simon bei der Stange zu halten, mußte man also zu einer geschickten Täuschung greifen. Manahem wußte nur noch nicht genau, wie. Auf jeden Fall aber war Paulus, wenn er erst wieder in Freiheit war, ein denkbar unbequemer Zeuge, der diesen Plan ernsthaft gefährden konnte. Es gab keine andere Wahl: Paulus mußte beseitigt werden, sobald er aus dem Gefängnis kam.

„Du hast recht, Arie“, sagte Manahem entschieden. „Die Sache duldet keinen Aufschub. Wir müssen sofort etwas unternehmen.“

Er erhob sich von seinem Lager und begann, die Hände auf dem Rücken, nachdenklich im Zimmer auf und ab zu wandern. „Es gibt nur einen Weg“, fuhr er dann entschlossen fort. „Ich muß zu den Pharisäern gehen. Und zwar sofort. Die müssen uns helfen. Und sie werden es auch tun. Bleib du inzwischen hier, leg dich hin und ruh dich aus. Ich gehe zu Rabbi Tertullus."

Er klatschte in die Hände, um einen Diener herbeizurufen, ließ sich seine lange Simlah bringen und verabschiedete sich mit einem herzlichen Händedruck von Arie.

An der Tür schlossen sich ihm zwei Sikkaristen an. Manahem ging, besonders bei Nacht, nie ohne Schutz aus.

Arie blieb allein zurück. Seine Erregung klang ab, und die Anspannung, die ihn die beschwerliche eilige Reise nach Jerusalem gekostet hatte, ließ ihn in einen tiefen Erschöpfungsschlaf fallen.

Im Traum sah er sich wieder zu dem Hügel laufen und auf das vergitterte Fenster des Eckturms starren, auf den Schemen des kahlschädeligen Feindes mit der hohen Stirn lauern, dessen Anblick ihn wie eine schwärende Wunde schmerzte und den er doch unablässig, Tag um Tag, von neuem suchte. Aus den Tagen waren Wochen geworden und aus den Wochen Monate; die Jahreszeiten wechselten, die Glut des erbarmungslosen Sommers wandelte sich in die Regenstürme des Herbstes, und nichts änderte sich für Arie. Was sonst in Cäsarea geschah, kümmerte ihn wenig. Seine Behausung bei der Töpferswitwe Doris, die in einem Holzhäuschen an der Küste wohnte und für sein Essen sorgte, blieb ihm fremder als der flache Hügel, auf dem er Wache hielt. In den Fieberphantasien, die ihm den Tag der Rache mit der endlich befreienden Tat tausendmal vorgaukelten, lebte er sein wahres Leben.

Stöhnend warf er sich auf seinem Lager herum. Das Bild des Eckturmfensters vor seinen Augen, die sich nach dem verhaßten Feinde verzehrten, der fast greifbar nahe und dennoch seinen Händen unerreichbar vor ihm schwebte, sank er in traumlose Tiefen.

XVIII

DAS GELD DES RABBI TERTULLUS

Rabbi Tertullus, Mitglied des Sanhedrins, wohnte in der Oberen Stadt, ganz in der Nähe des herodianischen Palastes.

Die Nacht war ohne Tau und drückend heiß. Über den engen Gassen lag noch die Schwüle des Sommertages. Unter Manahems eiligem Schritt wirbelte trockener Staub auf.

Der Rabbi schlief bereits. Aber ehe Manahem in dem Studierzimmer, wo man ihn zu warten bat, sich noch recht umgesehen hatte, stand Tertullus schon mit einem Begrüßungswort vor ihm, in einen faltenreichen, quastenverzierten Mantel gehüllt, die Phylakterien an Stirn und Hand.

„Sei gegrüßt, Manahem! Friede sei mit dir!"

Die wässrigblauen Augen in dem kahlen Schädel verrieten Unruhe und straften das verbindliche Lächeln, zu dem der Rabbi seine Lippen verzogen hatte, gründlich Lügen. Eilig fuhr er fort: „Gut schaust du aus, Manahem. Ja, ich freue mich, dich wieder einmal bei mir zu sehen. Erlaube mir, daß ich dich mit einer Kleinigkeit bewirte."

Auf seinen Wink brachten Sklaven einen Tisch herbei und rückten die Liegestätten zurecht. Ehe er sich niederließ, sprach er, die Hände zu den Schläfen erhoben, das Tischgebet, dann schenkte er dem Gast Wein in die Trinkschale.

„Laß es dir bekommen, Manahem", ermunterte er ihn. „Der Wein wird dir schmecken. Ein guter Roter aus Engaddi. Nimm einen tüchtigen Schluck! Wir Pharisäer haben für die Sünden der andern zu fasten gelobt. Aber das berührt dich ja nicht ..."

Manahem unterbrach voller Ungeduld den Redeschwall des Rabbi, der mit keinem Wort das Ungewöhnliche des späten Besuchs streifte, und lehnte sich entschlossen zurück: „Rabbi, ich bringe eine Neuigkeit, die ich soeben erfahren habe und von der du gewiß noch nichts weißt: Felix ist von Cäsarea abberufen worden und hat einem neuen Prokurator seinen Platz räumen müssen."

„Oh", erwiderte der Rabbi erstaunt, riß die Augen auf und runzelte die Stirn. „Eine wichtige Neuigkeit, in der Tat", murmelte er und schenkte Manahem nach. „Bist du sicher, daß sie auch stimmt, Manahem?" fragte er dann.

„Ganz sicher", erwiderte dieser. „Der neue Prokurator heißt Festus und hat bereits die Amtsgeschäfte des Felix übernommen. In wenigen Tagen, vielleicht schon morgen, kann er in Jerusalem sein."

„Zweifellos", bemerkte Tertullus, „und er wird verlangen, daß man für ihn im Tempel Opfer bringt."

„Das kann auch sein", sagte Manahem und verzog die Lippen geringschätzig. „Darum werden sich schon die Sadduzäer kümmern."

„Gewiß, gewiß", nickte Tertullus zustimmend. „Unterschätze nicht, Manahem, welcher Gewinn für die Priester dabei herausspringt."

Er zögerte einen Augenblick, dann setzte er listig lächelnd hinzu: „Man könnte beinahe annehmen, daß du für Gold nichts übrig hast."

Manahem spürte den versteckten Angriff wohl, fuhr aber, ohne darauf einzugehen, fort: „Es gibt noch Wichtigeres in diesem Zusammenhang, Tertullus. Der neue Prokurator steht in dem Ruf, besonders milde zu sein und sich um Gerechtigkeit zu mühen. Vielleicht wird er eine große Amnestie erlassen und die politischen Gefangenen freigeben."

Tertullus nickte. „Du denkst an Paulus aus Tarsus?"

„Ja", erwiderte Manahem. „An den denke ich."

Tertullus überlegte blitzschnell und entschloß sich, den Gleichgültigen zu spielen. „Na gut", sagte er und strich zärtlich über seinen Mantel, „dann soll er ihn eben freilassen."

Manahem fuhr auf: „Hast du keine Angst, Rabbi, daß dies die Nazarener stärkt?"

„Ich weiß nicht recht", entgegnete Tertullus betont harmlos. „Die Nazarener verhalten sich in letzter Zeit ausgesprochen ruhig. Und es gibt viele unter ihnen, die Paulus nicht gerade lieben."

Manahem hatte nun doch das Spiel des Rabbi durchschaut. Er schüttelte die Schale, in der der köstliche rote Wein schimmerte, und beobachtete das Spiel des Lichts auf seiner funkelnden Fläche.

„Du sprichst aus, was auch ich denke", sagte er scheinbar überzeugt. „Du hast recht. Das sollte keine Sorge für uns sein. Möge Festus ruhig Paulus freilassen."

Eine Pause trat ein, während der Manahem unauffällig das Mienenspiel des Rabbi beobachtete. Endlich entschloß sich dieser wieder zu einer Antwort. „Es wäre doch besser, glaube ich, wenn er ihn nicht freiließe", begann er leichthin.

Manahem blieb ganz ruhig. „Meinst du wirklich?" erwiderte er scheinbar gleichgültig. „Was wird schon groß geschehen, wenn er ihn laufen läßt? Hier wird sich Paulus bestimmt nicht mehr blicken lassen. Wenn er gescheit ist, wird er zusehen, daß er mit dem nächsten besten Schiff nach Asien verschwinden kann."

„Um dort neue Unruhe zu stiften!" entfuhr es Tertullus beinahe ungewollt. „Die Gläubigen auch dort von der Synagoge abspenstig machen. Ich weiß Bescheid. Ist dir klar, Manahem, daß durch seine Lehre die Opfer überall immer geringer werden? Dieser Lump! Dieser Hund!" erregte er sich plötzlich und ballte zornig die Fäuste.

Manahem kniff ein Auge zu und tat weiter harmlos. „Aber, Rabbi, hast du nicht eben gesagt, es sei ganz gut, wenn der Prokurator ihn freiließe?"

In Tertullus stieg die Wut hoch, aber er war ein viel zu guter Schauspieler, als daß er seine Niederlage gezeigt hätte. Statt dessen fing er ausgiebig und herzlich zu lachen an.

„Trink, Manahem, trink!" sagte er und griff wieder zum Weinkrug, um nachzuschenken. „Du hast recht. Es ist schon besser, wenn Paulus im Gefängnis bleibt."

Manahem stellte die Trinkschale hart auf den Tisch zurück, daß der Wein über seine Finger spritzte.

„Nein, Tertullus", sagte er entschieden. „So lange Paulus am Leben ist, bleibt er eine ständige Bedrohung für uns. Es ist besser, wenn er stirbt."

Tertullus hob beschwörend die Hände, doch diese Geste galt nicht allein der Abweisung des Mordvorschlags, sondern war zugleich eine Gebärde vollkommener Ratlosigkeit. „Wir haben Felix mehrere Male darum gebeten", sagte er nach kurzem Nachdenken, „daß er Paulus an das Gericht des Sanhedrins ausliefert."

„Bittet Festus darum."

„Und wenn er es verweigert?"

Manahem wog die Trinkschale in seiner Hand. „Er wird es bestimmt verweigern", sagte er leichthin, „wenn ihr ihm auf die Nase bindet, daß ihr Paulus nach dem Leben trachtet. Wenn ihr aber sagt, ihr wollt den Fall untersuchen, weil Paulus nach eurer Meinung von Felix unschuldig eingesperrt worden ist..."

„Unschuldig?" stieß Tertullus knirschend zwischen den Zähnen hervor, aber sogleich fügte er wie nebenbei hinzu: „Und was dann?"

„Das ‚dann' könnt ihr mir überlassen."

„Gut. Und wenn er Paulus doch nicht herausgibt?"

„Dann verlangt, daß eine ordnungsgemäße Gerichtsverhandlung in Cäsarea abgehalten wird, die Paulus für unschuldig erklärt. Verlangt aber gleichzeitig, daß Paulus mit euch in den Tempel geht, um sich zu reinigen. Schließlich ist er auch ein Pharisäer ..."

Wütend spuckte Tertullus aus. „Ein unreiner Hund ist er", rief er voller Zorn, „aber kein Pharisäer!" Dann beruhigte er sich wieder, legte die Hand über die Augen und strich sich die Stirn. Es wurde ganz still im Raum, nur das leise Sprühen des heißen Öls in den Lampen verriet noch eine Spur Leben.

„Und du ...", setzte Tertullus schließlich von neuem an.

„Ich sagte dir schon: überlaß das mir", wiederholte Manahem.

Tertullus knetete seine Hände. Dann nickte er zustimmend. „Der Plan ist klug, Manahem. So wollen wir es machen. Wir werden den Prokurator um Gnade für Paulus bitten." Ein heiseres, unheimliches Lachen begleitete seine Worte.

Plötzlich streckte er seine Hand Manahem entgegen, als wolle er ihn auffordern einzuschlagen. „Nun, dann haben wir uns verstanden ..."

Aber Manahem schien die Geste des Rabbi nicht zu bemerken. Seine Hände spielten immer noch mit der Trinkschale. Dann sagte er plötzlich unvermittelt in völlig verändertem Ton: „Ich brauche Geld."

Tertullus riß erschrocken die Augen auf. „Geld ... Geld ... wer brauchte es nicht! Du bist wie ein Faß ohne Boden!" jammerte er. „Und die Zeiten sind so schlecht! Geld ... Geld ... wo soll ich Geld für dich hernehmen?"

„Ich brauche es aber", beharrte Manahem. „Ich brauche es für meine Leute."

„Deine Leute! Immer deine Leute!" klagte Tertullus und

ließ heimlich kein Auge von Manahem. „Immer deine Leute! Wenn du selber weniger ausgeben würdest... Oh, das wird schwierig werden..."

„Wenn du nicht willst..."

„Wer sagt dir, daß ich nicht will? Aber was kann ich tun? Wir Pharisäer haben kein Geld. Wir leben einfach und bescheiden, wir fasten, bringen Opfer dar und geben den zehnten Teil von allem, was wir haben. Geh zu den Priestern, Manahem, wenn du Geld brauchst. Die haben es. Und wie sie es haben!"

„Ich spreche nicht mit den Sadduzäern."

„Warum läßt du es dann deine Leute nicht von den Reichen holen?" schlug Tertullus mit einer bezeichnenden Geste pfiffig vor.

„Ich weiß selbst, was ich zu tun habe", erwiderte Manahem kurz. „Und diesmal will ich Geld von dir."

Tertullus hob wieder zum Sprechen an, verstummte aber vor dem ersten Wort und spielte nervös mit der Quaste seines Mantels. Die Augen zusammenkneifend, fragte er: „Und weshalb verlangst du von uns Geld?"

Manahem schien auf diese Frage gewartet zu haben. Unvermittelt stieß er hervor: „Weil ich das tue, was ihr nicht tun könnt."

Tertullus verstand die Entgegnung wohl, wußte aber nicht recht, was er darauf erwidern sollte. So griff er zum Brot und brach ein Stück ab. Er hielt es dabei achtsam über den Tisch, um nichts davon in die Schüssel oder die Trinkschale fallen zu lassen. Dann sammelte er umständlich auch die letzten Brosamen auf. Zwar schrieb das Gesetz nur vor, daß auf dem Tisch kein Brocken, größer als eine Olive, liegenbleiben solle; Tertullus aber, der strenge Pharisäer, ließ nicht einmal ein mohnkorngroßes Krümchen liegen.

Nun wandte er sich wieder zu Manahem und sagte scheinbar gleichgültig: „Wir kümmern uns nicht um niedrige menschliche Angelegenheiten. Wir halten nur streng darauf, daß jede Halake ausgeführt wird ..."

„Deshalb habt ihr mich auch so nötig", erwiderte Manahem.

Tertullus unterdrückte eine ärgerliche Bemerkung. „Wieviel brauchst du?" fragte er sachlich.

„Dreihundert Talente."

Manahems Forderung trieb den Rabbi vom Lager hoch. „Dreihundert Talente?" rief er erschrocken. „Bist du von Sinnen, Manahem? Weißt du überhaupt, was du sagst? Dreihundert Talente! Alle Pharisäer in ganz Jerusalem zusammen haben nicht so viel!" Er hob wie beschwörend die Hände. „Dreihundert Talente! König Salomons Jahrestribut betrug nicht mehr als sechshundert Talente! Komm zu dir, Manahem! Dreihundert Talente! Der ganze Palast unsres Hohenpriesters ist nicht so viel wert... Was sage ich – alle unsre Paläste ..."

Er seufzte und verstummte.

Manahem griff zum Krug und schenkte sich selbst Wein nach. Er kannte den Rabbi und seine Art zu jammern, wenn es um Geld ging; um ein einziges Talent hätte er kaum weniger gezetert.

Nachdem Manahem getrunken und die Schale wieder vorsichtig auf den Tisch zurückgestellt hatte, fragte er in das anhaltende Schweigen des Rabbi: „Also, wie ist es? Bekomme ich das Geld oder bekomme ich es nicht?"

Tertullus vermied eine klare Antwort. „Was kann ich dir versprechen?" erwiderte er vorsichtig. „Bin ich der Hohe Rat der Pharisäer?"

„Wenn du es sagst, dann wird das Geld auch aufgebracht", erklärte Manahem freundlich.

„Aber dreihundert Talente! Lieber Freund! Woher sollen wir diese ungeheure Summe nehmen?"

Manahem blieb ganz ruhig. „Wenn ihr mir das Geld nicht gebt", sagte er ungerührt, „wird Paulus ungehindert nach Asien entkommen."

„Dieser Verbrecher!" rief Tertullus und steckte seine ganze Aufgebrachtheit in die Wut, mit der er jetzt Paulus beschimpfte. „Dieser Lump und Verräter! Beim Felsen Zion ..." Die Stimme versagte ihm. Wie ein weidwund geschossenes Tier blickte er kläglich aus seinen wässerigen Augen Manahem an.

Der erhob sich und schritt zur Tür. Die beiden tauschten noch ein paar allgemeine Grußworte zum Abschied, dann trat Manahem wieder auf die Straße.

Es dämmerte bereits. Bald mußte der Morgenweckruf vom Kreuzgang des Tempels ertönen.

Manahem atmete in tiefen Zügen die frische Morgenluft ein. Er war sich seiner Sache sicher. Dreihundert Talente, das war ein schönes Stück Geld. Es lohnte die Mühe.

Für dreihundert Talente hatte er das Leben des Paulus verkauft. Nun ja, es war gar kein so schlechter Handel. Und trotzdem war Manahem dies ständige Gefeilsche gründlich leid.

Entschlossen schüttelte er seine bitteren Gedanken ab und schritt kräftiger aus. Dumpf und hart hallten in den noch leeren, schmalen Gassen seine Schritte und die seiner Begleiter.

XIX

DER HINTERHALT

Seit den frühen Morgenstunden saß man in Cäsarea über Paulus zu Gericht.

Den Antrag, Paulus nach Jerusalem zu überführen, hatte der Prokurator abgelehnt. Statt dessen waren die Mitglieder des Sanhedrins nach Cäsarea geladen worden, um hier ihre Anklage gegen Paulus vorzubringen.

„Im ganzen Imperium", hatte Festus die Verhandlung eröffnet, „herrscht Frieden, wie ihn auch die ältesten Leute nicht mehr in Erinnerung haben. Der Kaiser will, daß in seinem Reich jedermann Gerechtigkeit zuteil werde. Die Steuern sind ermäßigt, alle Zwangsmaßnahmen ausgesetzt, den Einwohnern mehrerer Städte ist das Bürgerrecht verliehen worden. Nicht Schwert und Liktorenbündel allein, auch die Kelle des großen, friedenbringenden Bauherrn ist dieses Kaisers Zeichen."

Er blickte ernst auf die Versammelten. „Nur bei euch", sagte er mit Nachdruck, „brechen immer wieder Aufstände aus und fließt Blut. Gewiß habt ihr, ehrwürdige Männer, mit diesen Unruhen, die uns Sorge machen, nichts zu schaffen. Was ich jedoch von euch erwarte, ist, daß ihr mir helft, die Unruhstifter dingfest zu machen. Bringt eurem Gotte Opfer dar für des Kaisers Wohlergehen und zugleich für den Statthalter von Syrien, den tapferen Corbulo, und für mich!"

Er wandte den Kopf zur Seite, wo Paulus stand, und fuhr fort: „Und nun bringt vor, was ihr gegen diesen Menschen habt!"

Unter dem Geraune der Versammelten löste sich Tertullus aus der Gruppe des Sanhedrin. Er klagte den Gefangenen nicht etwa bewußt staatsfeindlicher Umtriebe an, sondern stellte den Fall Paulus lediglich als einen Religionsstreit dar, für dessen Schlichtung allein die Schriftgelehrten zuständig seien. Den ehrwürdigen Ältesten, wie dem greisen Rabbi Hesekiel und dem über hundert Jahre alten Jonathan-bar-Azziel, könne man getrost die Klärung dieser Angelegenheit überlassen.

„So fordert ihr nicht den Tod dieses Menschen?“ fragte Festus in die wortreichen Erklärungen des Rabbi hinein.

Sich verwahrend, hob dieser die Arme, und mit der gleichen Geste antworteten die Mitglieder des Sanhedrin, so daß ihre breiten Ärmelaufschläge durch die Luft wehten.

Beruhigt rückte sich der Prokurator in seinem Lehnsessel zurecht und verfolgte zurückgelehnt weiter den Wortwechsel zwischen Paulus und den Gelehrten aus Jerusalem. –

So stand die Verhandlung um die Mittagszeit, wie ein Bote Arie berichtete, der bei Antipatris, drei gute Wegstunden von Cäsarea, mit einer Hundertschaft entschlossener Sikkaristen wartete.

Es schien gewiß, daß die von Tertullus angeratene Taktik zu einer Überweisung des Streitfalls an den Sanhedrin und damit zu Paulus' Rückkehr nach Jerusalem führen werde. Manahem hatte sich entschlossen, Paulus, notfalls mit Gewalt, lebend oder tot in seine Hand zu bringen.

Die von Arie eingewiesenen, schwerbewaffneten Sikkaristen hatten sich auf den umliegenden Hügeln versteckt, von denen aus die am Meer entlangführende Straße gut zu überschauen und leicht zu beherrschen war. Der Ausläufer des Garizim, der nur an dieser Stelle ganz nahe ans Meer herantrat, verriegelte zudem den Fluchtweg ins Landinnere von Kanaan.

Aber Stunde um Stunde verrann, ohne daß die Späher Alarm schlugen. Die Schatten wurden länger und länger, und bald trug ein leichter Abendwind den herben Duft der Feldblumen übers Land. Dann brach rasch die Nacht herein. Die Bodenschatten verschwammen ineinander und breiteten einen grauen, immer schwärzlicher werdenden Teppich über die grünen Hänge. In der Ferne verglommen allmählich die Gipfel der Berge von Judäa.

Arie war von einem Fieber der Erregung durchschüttelt, dessen Stärke ihm die endlosen Stunden des Wartens zu einer körperlichen Qual machte und zugleich wie in einem Rausch kaum spürbar werden ließ. Sein Zustand der aufgepeitschten Überhitzung der Erwartung näherte sich auf seltsame Weise einer empfindungslosen Starre, die ihm die Stunden zu Augenblicken und jeden Augenblick zur Stundendauer werden ließ. Das einzige, was er pausenlos wahrnahm, war das wilde Pochen des Bluts in seinen Schläfen. Er spürte die Füße nicht, die unaufhörlich den Weg von einem Hügelende zum andern durchmessen hatten. Zuweilen nur empfand er seinen Körper als eine schwere, bleierne, durch keine Anstrengung mehr zu bewegende Masse, die dennoch immer weiter hin und her getrieben wurde.

Plötzlich zuckte er wie von einem Schlage getroffen zusammen. Aus der dunklen Nacht hob sich der grauschwarze Umriß einer Gestalt ab.

„Sie kommen!“ flüsterte eine erregte Stimme an seinem Ohr.

„Soldaten?“ fragte er heiser zurück.

„Weiß nicht. Noch kein Waffenklirren zu hören.“

Arie fühlte, wie ihm eine Blutwelle ins Gesicht stieg und ihm für einen Augenblick die Besinnung nahm. Dann hatte er sich gleich wieder in der Gewalt. Er stieß einen leisen Pfiff aus, der seine Läufer herbeirief. Er schickte sie nach verschiedenen Seiten zu den andern, die sich im Unterholz verborgen hielten, und lief selbst zur Feldwache, die auf einem Felsvorsprung lag.

Stumm deuteten die Sikkaristen auf eine Gruppe, die sich ihrem Standort schon ziemlich genähert hatte. Man unterschied jetzt einzelne, unbekümmerte Stimmen und dazwischen das Trappeln von Mauleseln.

„Das sind sie nicht!" stieß Arie kurz hervor und kletterte über das hügelige Feld, um sich den Herankommenden in den Weg zu stellen.

„Friede sei mit euch!" sprach er sie an.

Die Fremden verhielten überrascht den Schritt und faßten die knorrigen, eisenbeschlagenen Stöcke fester, die sie in den Händen hatten, schienen jedoch nicht weiter beunruhigt.

„Friede sei mit dir, einsamer Wanderer!" grüßten sie gutmütig zurück.

Nach einem harmlosen Austausch weiterer Segenswünsche erkundigte sich Arie mit kaum verhehlter Spannung: „Kommt ihr aus Cäsarea?"

Vertrauensvoll blieben sie im Halbkreis um ihn stehen. „Ja", erwiderte ein alter weißbärtiger Mann, „dort kommen wir her, aus der sündigen Stadt der Heiden und Abgötter. Haben Feigen auf den Markt gebracht."

„Und sonst gibt's nichts Neues in Cäsarea?"

„Wenn du die Feigenpreise meinst", entgegnete der Alte wieder, „so kann ich dir nur sagen, daß sie miserabel sind. Kaum drei Denare wollen die Heiden heutzutage für eine ganze Eselsladung geben."

„Deine Feigenpreise kümmern mich nicht", erwiderte Arie ärgerlich. „Habt ihr weiter nichts gehört? Der römische Prokurator soll über einen Nazarener zu Gericht sitzen."

Die Männer schüttelten die Köpfe. Sie waren den ganzen Tag auf dem Markt gestanden, bis sie ihre Feigen an den

Mann gebracht hatten. Einer entsann sich schließlich, daß einmal die Rede von jemand gewesen sei, den der frühere Prokurator zwei Jahre lang ohne Grund im Gefängnis gehalten habe; aber es hatte auch geheißen, da brauche man kein Mitleid zu haben, denn es sei ein Verbrecher gewesen, der den Tempel geschändet habe.

„Das könnte der sein, nach dem ich frage", sagte Arie vorsichtig. „Und ihr habt nicht gehört, ob er heute verurteilt worden ist?"

Nein, darüber wußte keiner Bescheid. „Ja, ja", sagte der Alte bedächtig, „der Reiche kommt davon, aber der Arme muß leiden. Geh mir weg mit dem heidnischen Gericht, dort kommt man doch nicht zu seinem Recht."

Arie gab es auf und trat beiseite. Die Händler tauschten noch ein paar freundliche Abschiedsworte mit ihm, dann wanderten sie weiter und waren rasch von der Nacht verschluckt.

Arie blieb allein zurück, im Innersten aufgewühlt, kaum fähig, auch nur einen Schritt zu tun. Mit allen Fasern seines Herzens klammerte er sich an die Hoffnung, daß die Soldaten den Gefangenentransport wegen der Hitze auf die Nachtstunden verschoben haben mochten. Aber auch diese Erklärung, die er sich immer wieder einzureden Mühe gab, dämpfte den Aufruhr seines Herzens nicht. Angestrengt lauschte er in die Nacht, glaubte da und dort Stimmen zu hören, fühlte sich von seinen Wünschen hundertfach genarrt und begann im selben Augenblick ein neues Geräusch wahrzunehmen, bis er auch dieses wieder hoffnungslos als eine Täuschung seiner Fieberphantasien erkennen mußte. Wie von Sinnen klammerte er sich mit den Händen an den Ast eines Maulbeerbaums und wünschte sich in seiner Tollheit, es wäre Paulus' Kehle, die er so gepackt hätte.

Schließlich hockte er sich erschöpft nieder, bedeckte den Kopf mit dem Saum der Simlah und preßte seine Fäuste gegen die Stirn. In solcher Haltung beschloß er bis zum Morgen zu verharren. Die ungeheure Anspannung dieses Tages ging in eine krampfartige Erstarrung über, in der er seinen Körper wieder nicht mehr spürte.

Wie lange er in diesem Erschöpfungszustand zugebracht hatte, blieb ihm verborgen. Eine Weltzeit schien für ihn verflossen, als er plötzlich von einem Anruf aufschreckte.

Ein Läufer stand vor ihm.

„Sie kommen!"

Er wartete keine Erklärung ab, sondern sprang auf und rannte los. Unterwegs stieß er auf einen schlafenden Posten. Mit einem Fußtritt weckte er ihn. Lautlos verschwand der Bursche in der Dunkelheit.

Arie war hellwach. Mit neu geschärften Sinnen nahm er die ersten Gesprächsfetzen der Näherkommenden auf. Dazwischen Eselgetrappel. Dann gerann sein Herz zu Eis. Was er hörte, waren jüdische Stimmen – keine römischen Laute.

„... Und der Messias?" klang eine erregte Stimme an sein Ohr, die ihm bekannt vorkam. „Wir wissen nicht, woher er kommen wird. Vielleicht wird nicht einmal er selbst es wissen, daß er der Messias ist. Erst wenn er in den Tempel kommt und die Wasserquellen weckt ..."

Mit einem Sprung war Arie auf der Straße, fiel dem vordersten Tier in die Zügel und brachte es zum Stehen.

Der wortlose Überfall versetzte die Schar in panischen Schrecken. Ängstlich schrie alles durcheinander: „Was willst du? Wer bist du? Wir sind fromme Schriftgelehrte, die für alle Söhne Israels beten!"

Aries Stimme bebte: „Ist der Rabbi Tertullus bei euch?"

„Und wenn er hier wäre", hörte er die eingeschüchterte Stimme des Gesuchten, „was dann?"

Arie drängte sich rücksichtslos zwischen den unruhig stampfenden und zerrenden Eseln zu ihm durch.

„Du bist es, Rabbi?“ fragte er und faßte nach seinem Arm.

„Und wenn ich es bin, was dann? Wer bist du? Was willst du?“

„Ich bin Arie, der Sohn Jochanaans ...“

„Weshalb schreist du denn so? Was packst du mich?“ entgegnete Tertullus eine Spur beherzter.

Arie achtete nicht auf seinen Widerstand, sondern preßte den dürren Arm fester und schrie: „Was ist mit Paulus? Habt ihr ihn bei euch?“

Mit Tertullus brach die ganze Schar in wilde Rufe und Verwünschungen aus: „Dieser Lump! Dieser Räudige! Dieser gemeine Betrüger!“ scholl es durcheinander.

„Was ist los?“ überschrie sie Arie mit einer vor Rasen fürchterlichen Stimme und zerrte den Rabbi an der Simlah, so daß er um ein Haar vom Esel gefallen wäre. „Sprich, was ist mit Paulus los?“

Die Stimme des Pharisäers schlug ins Weinerliche um: „Dieser Tagedieb ... dieser Verbrecher ... an den Kaiser in Rom hat er Berufung eingelegt. Und der dumme Festus ist drauf eingegangen. Er schickt ihn nach Rom, dieser gewissenlose Schuft! Dabei hatten wir ihm Gold angeboten, dem Verräter ...“

„Einen schönen Haufen Gold, Arie ...“ rief jemand neben ihm bestätigend.

In Aries Kopf dröhnte das Blut.

„Nach Rom, sagt ihr?“ wiederholte er wie von Sinnen. „Nach Rom?“

„Ja“, stotterte Tertullus hilflos, „ja ... Aber wir haben ihn verflucht bei den sieben Erzengeln, verflucht bei allen Propheten, daß sein Weg voller Gefahren sei und in Dunkelheit gehüllt ...“

Arie schien auf die Worte nicht mehr zu achten. Immer heftiger krallten sich seine Finger in den Arm des Rabbi, als wolle er ihn festhalten für Paulus, der seinem Griff entzogen war. Paulus war entkommen! Nur dies eine faßte sein Kopf noch, und diese Gewißheit, die sich gleich einem Fieberbrand verzehrend in sein Wesen ergoß, ließ ihn wie in Wahnsinn taumeln. Durch seine knirschenden Zähne drang ein tierisches Brüllen. Blitzschnell riß er das Messer heraus und stieß es bis zum Heft dem Rabbi in die Brust.

XX

DIE FREUNDE FAHREN MIT

Er würde also nach Rom fahren!

Paulus kniete nieder und versank in inbrünstiges Gebet. Die Verheißungen des Herrn trafen immer ein. Nur er hatte in seiner Zelle mit dem Herrn zu hadern gewagt und vermeint, verzweifeln zu müssen.

Dabei war die Entscheidung fast ohne sein Zutun gefallen. Nicht allein Paulus, auch der kluge Prokurator hatte in den Augen der Pharisäer den tödlichen Haß lodern sehen, der ihr listiges Lächeln färbte, während sie immer wieder auf der Auslieferung des Gefangenen bestanden. Vielleicht war es gerade ihre Hartnäckigkeit, die Festus schließlich bestimmte, die von Paulus erbetene Berufung an den Kaiser in Rom zu gewähren.

Ehe sich vor Paulus endgültig die Gefängnistore öffneten, ließ der Prokurator den Gefangenen zu seinen Gästen holen, dem König Agrippa und seiner Schwester Berenike.

Der Urenkel des Herodes war als übler Heuchler bekannt. Aus seinen Zügen waren die letzten Spuren des kriegerischen Idumäers längst geschwunden; nur ein verweichlichter, ebenso ängstlicher wie heimtückischer Schwächling offenbarte sich darin. Berenike war noch schöner als ihre Schwester Drusilla. In ihrem dunklen, ovalen Gesicht mit den vollen, roten Lippen stand nicht nur Sinnlichkeit, sondern auch leidenschaftliche Herrschsucht geschrieben.

Als Paulus von Jesus zu sprechen begann, lächelte Agrippa spöttisch vor sich hin. Und mit dem gleichen geringschätzigen

Lächeln begegnete er dem sich mehr und mehr ereifernden Paulus, der an die Schrift erinnerte, die auch Agrippa bekannt sein müsse. „König, du glaubst doch an die Propheten?“ beschwor Paulus ihn schließlich mit erhobenen Händen.

„Bist du toll geworden, Paulus?“ rief Festus überrascht.

Agrippa, der Paulus’ Blick geflissentlich mied, rettete sich schließlich in ein schallendes Gelächter. „Du wirst mich noch dazu bringen, daß ich Christ werde!“ stieß er ironisch hervor. –

Wenige Tage nach diesem fruchtlosen Gespräch ging die Zellentür auf und ein römischer Hauptmann stand vor Paulus. Er hatte das breite, offene Gesicht eines latinischen Bauern, das von Wind, Hitze und Frost gegerbt und gebräunt war. Seine silbergrauen Schläfen machten ihn älter, als er war. Er gehörte einer Kohorte an, die sich im Kampf gegen arabische Räuber an der parthischen Grenze und in Ägypten vielfach bewährt hatte. Nach fünfundzwanzigjähriger Dienstzeit in den Kolonien kehrte er jetzt mit einer Abfindung von sechstausend Denaren ins römische Mutterland zurück, um als gebürtiger Italiker in die Prätorianergarde übernommen zu werden.

Der Apostel lächelte ihn an und sagte: „Gott mit dir, Römer!“

Von der natürlichen Offenheit des Gefangenen bezwungen, nickte der Hauptmann ihm freundlich zu und antwortete: „Sei gegrüßt, Paulus! Du fährst also mit mir nach Rom.“

Neugierig betrachtete er sich den kleinen Mann mit dem zur Seite geneigten Kopf und den blutverkrusteten Verbänden an den Händen.

„Du hast, wie es heißt, an den Kaiser appelliert?“

„Ja“, erwiderte Paulus, „das habe ich getan. Und ich freue mich, daß ich nach Rom fahren darf.“

Der Hauptmann musterte den Gefangenen mißtrauisch. Vor den gestrengen Burrus zu kommen oder vielleicht gar vor den Kaiser selbst, wenn dieser gerade Lust verspüren sollte, Gericht zu halten, schien ihm nicht eben ein Grund zur Freude. Aber er unterdrückte seine Zweifel und erwiderte nur kurz: „Morgen oder übermorgen brechen wir auf. Wir müssen uns dranhalten. Es sind schon die letzten Schiffe, die vor den Herbststürmen auf große Fahrt gehen. Wenn nicht mein vertracktes Magenleiden wäre, würde ich lieber heute als morgen fort."

Er hielt inne, als habe er schon zu persönlich mit dem Gefangenen gesprochen. Aber dann siegte der Schmerz, der ihn wieder gepackt hatte, über seine Bedenken, und während er sich die rechte Seite seines Leibes hielt, fuhr er fort: „Ihr Juden, heißt es, kennt euch gut in der Heilkunde aus. Schau her, hier habe ich ständig Schmerzen. Ich vertrage nichts Fettes mehr. Und sogar der Wein macht mir neuerdings Beschwerden."

In Paulus' Augen glomm ein Hoffnungsschimmer auf. „Ich bin zwar leider kein Arzt, Hauptmann", sagte er, „aber ich habe einen guten Freund, einen Griechen aus Antiochia, der ist ein erfahrener Arzt. Er möchte auch gern nach Rom. Wenn du ihm erlauben würdest, mit uns zu fahren? Er würde dir bestimmt helfen können."

Der Hauptmann stutzte. Einen Freund des Gefangenen mit auf die Reise nehmen? Aber dann schlug er seine Bedenken in den Wind. Es gab keine Vorschrift dagegen. Und der schwächliche Greis vor ihm sah nicht so aus, als wolle er ihn in eine Falle locken.

„Gut", stimmte er zu. „Dein Freund mag mit uns fahren. Gib ihm Nachricht. Besser noch – schreibe gleich ein paar Zeilen, ich werde selbst einen Boten zu ihm schicken, damit er sich beeilt."

So ging Lukas, dem sich noch Aristarch angeschlossen hatte, gemeinsam mit Paulus auf die große Reise nach Rom.

Ein kleines Schiff aus Adramyttion sollte sie mitnehmen. Die Freude über das unverhoffte Glück ihrer überraschenden Wiedervereinigung leuchtete aus ihren Gesichtern, als sie einander herzlich begrüßten. Kaum hatten sie ein Dankgebet gesprochen und sich auf Taurollen einen Platz an Deck gesucht, begannen die Freunde, Paulus zu berichten, was sich alles bei den Gemeinden während seiner zweijährigen Gefangenschaft zugetragen hatte. Mit Stolz und Freude erzählten sie von ihrem Anwachsen, von den neuen Presbytern, die sie durch Handauflegen geweiht hatten, und von neuen Gemeinden, die inzwischen gegründet worden waren.

Paulus' Augen glänzten vor innerer Bewegung. „Die Hand des Herrn! Die Hand des Herrn!" flüsterte er immer wieder ergriffen.

Als sie ihn so glücklich sahen, schwiegen sie von den weniger erfreulichen Vorfällen, von den Abtrünnigen, die nicht nur dem Bunde entsagten, sondern sich allen Ausschweifungen hingaben und sich dabei auf das Recht der Freiheit beriefen, das Paulus verkündet hatte. Ihr unseliges Verhalten trug viel dazu bei, daß in Asien von Gemeinde zu Gemeinde Warnungen vor Paulus umliefen und viele von denen, die er gewonnen hatte, ihn jetzt verleugneten, ja gegen ihn hetzten.

Dafür berichteten ihm die Freunde von den zahllosen Gebeten, die in den Gemeinden und Freundeshäusern um seine Befreiung verrichtet worden waren. Dankbar beugte Paulus sein Haupt. „Möge der Herr es ihnen vergelten!" erwiderte er ein ums andere Mal, und Tränen standen in seinen Augen.

Der Hauptmann kam zum Schiff mit einem Wagen, auf dem vier schwere Reisebündel lagen. Sie bargen alle Schätze, die Julius während seiner langjährigen Dienstzeit in den östlichen Kolonien zusammengebracht hatte. Matrosen schleppten das Gepäck an Bord, zurrten es mit Tauen fest und deckten Matten darüber.

Lukas, von Paulus entsprechend verständigt, übergab dem Hauptmann Heilkräuter mit dem Ratschlag, einen Aufguß davon bereiten zu lassen. Von dem fachkundigen Gespräch und der Aufmerksamkeit des Arztes hoch erfreut, erlaubte Julius den beiden Freunden, mit Paulus zusammenzubleiben, während er alle anderen Mitreisenden sich von der Nähe des Gefangenen fernzuhalten hieß. Ein Soldat, der Paulus als Bewachung beigegeben worden war, hatte für die strikte Einhaltung dieses Befehls zu sorgen.

Der Kapitän hatte Eile, in See zu stechen. Der Herbst hatte sich in diesem Jahre früher eingestellt, und obgleich man erst den Monat Loos schrieb, wehte bereits ein fast winterlicher Wind mit ganzer Kraft durch die nach Norden offene Hafeneinfahrt. Das aufgepeitschte Meer schlug gegen die mächtigen Felsen, die vor dem Hafen eine natürliche Sperre gegen die Brandung bildeten.

Das Schiff war eine zweistöckige Galeere. Auf den scharfen Kommandoruf des Aufsehers senkten die Ruderknechte die Riemen, und das Schiff begann, den Leuchtturm am Rande der Mole backbord liegenlassend, der Hafenausfahrt zuzustreben. Bald tänzelte es auf dem offenen Meer.

Der Kapitän hielt, so lange es ging, Kurs in Landnähe, bis ihn unterseeische Riffe von der Küste auf die hohe See hinaus zwangen. Der scharfe Gegenwind machte dem Schiff schwer zu schaffen. Der Ruf des Aufsehers und der harte Taktschlag der Ruderer setzte keinen Augenblick aus. Trotzig schob das aufgewühlte Meer seine Wellen unter den Bug des Schiffes, hob es jählings hoch und ließ es gleich danach wieder in die Tiefe gleiten.

Der Hauptmann kämpfte bald mit der Seekrankheit und beobachtete neidisch, wie gut der Gefangene und seine Freunde sich hielten, denen das Schlingern und Tänzeln des Schiffes nichts auszumachen schien.

Aus seinem Arzneibeutel brachte Lukas dem Hauptmann ein paar herbe, wilde Zitronen. „Wenn du daran saugst", riet er ihm, „wird sich deine Übelkeit lindern."

Tatsächlich halfen die Früchte und stellten das Wohlbefinden des Hauptmanns wieder her, was seine gute Meinung über Paulus und seine Begleiter weiter verstärkte. Immer wieder, wenn er die Gruppe heimlich beobachtete, staunte er über die Achtung, mit der die beiden Griechen dem armseligen Gefangenen begegneten. Das festigte seine Annahme, daß dieser kleine, unansehnliche Jude eine bedeutende Persönlichkeit sein mußte. Schon die Seelenruhe, mit der er nach Rom fuhr, hatte ihn beeindruckt. Nach Rom waren oft Leute voller Stolz und Erwartung gefahren und dann enttäuscht oder geschlagen zurückgekehrt. Gewiß kam es zuweilen auch vor, daß ein Angeklagter in Rom zu neuen Ehren und Einfluß gelangte und mit größerer Macht wieder fortging, um an seinen Klägern blutige Rache zu nehmen. Julius hatte oft genug das seltsame Widerspiel des Schicksals erlebt, als daß er sich diesmal ein abschließendes, selbständiges Urteil über seinen Gefangenen und dessen Zukunft erlaubt hätte.

Die meisten Mitreisenden lagen bald erschöpft herum und wanden sich in Krämpfen. Immer wieder schleppte sich einer taumelnd zur Wassertonne, die mitten auf Deck stand, und schlürfte gierig daraus. Die Matrosen trieben belustigt ihren Schabernack mit den bedauernswerten Seekranken.

Julius, tapfer weiter an seinen Zitronen kauend, fiel ein junger Jude auf, dem die Seereise offenbar noch schlechter als den meisten andern bekam. Völlig ausgepumpt lag er zwischen den Ballen, von Krämpfen geschüttelt und von allen Lebensgeistern verlassen. Dennoch war sein lauernder Blick beständig auf jemand gerichtet, der sich am anderen Ende des Decks befand. Julius glaubte zu erkennen, daß die glühenden, haßerfüllten Blicke des Jünglings keinem andern galten als Paulus. Sobald er sich betroffen über die Richtigkeit dieser Feststellung klar wurde, fiel ihm ein, wie er davon gehört hatte, daß die Legionäre in Jerusalem Paulus seinerzeit nur mit Mühe und Not einer fanatisierten Menschenmenge aus den Händen gerissen hatten. Der Bursche dort konnte gut zu diesen Leuten gehören. Julius beschloß, ein wachsames Auge auf ihn zu haben. Schließlich haftete er für die Sicherheit des ihm anvertrauten Gefangenen. Er rief mit einem Wink den Wachsoldaten zu sich und deutete unmerklich mit dem Blick zu dem Jüngling: „Siehst du den?"

„Ja, Hauptmann."

„Achte gut auf ihn! Er gefällt mir nicht." Daß dem erfahrenen Auge des alten Soldaten nicht entgangen war, wie der Junge öfter die Hand unter seinen Mantel schob und etwas zu umfassen schien, was sehr gut der Griff eines versteckten Dolches sein konnte, behielt Julius für sich.

Noch vor Einbruch der Dunkelheit landeten sie in Sidon.

Die Ruderknechte waren von dem harten Kampf mit der heftigen Gegenströmung so erschöpft, daß sich der Kapitän gegen den Protest der Reisenden zu einem eintägigen Aufenthalt entschloß. Während er sich unter dem flachen griechischen Hut den Kopf kratzte, vertraute er Julius an, daß die Reise sehr schwierig zu werden verspreche. Der Hauptmann tue gut daran, sich an Land mit Nahrungsmitteln und Wein für etwa eine Woche zu versorgen.

Obwohl die Hafentavernen zum Landgang lockten, traute sich Julius seiner Schätze wegen nicht von Bord. In einem plötzlichen Einfall wandte er sich an Paulus: „Hör zu", sagte er, „versprichst du mir, daß du nicht versuchen wirst zu fliehen, wenn ich dich in die Stadt gehen lasse?"

Paulus nickte. „Ich entfliehe dir nicht", sagte er einfach. Er schwor bei keinem der Götter, und gerade das bewog Julius, ihm zu vertrauen.

„Gut", sagte er und wandte sich an den Wachsoldaten. „Du gehst mit ihnen." Und wieder zu Paulus: „Hier ist Geld. Kauft Nahrungsmittel ein, denn der Kapitän ist sich nicht sicher, wie lange die Reise dauern wird."

„Möge es dir Jesus, unser Herr, vergelten!" sagte Paulus dankbar und wandte sich zum Gehen. Julius winkte ihn noch einmal zurück und wies auf den jungen Juden. „Sieh dir den dort an!" sagte er leise. „Kennst du ihn?"

„Nein."

„Er schaut dich aber an, als hättest du ihm Vater und Mutter erschlagen."

„Viele in Judäa schauen mich so an, Hauptmann", erwiderte Paulus traurig und breitete bedauernd die Arme aus.

„So, so", meinte Julius und wußte nicht recht, was er dazu sagen sollte. „Nun ja, dann geht!"

Die Schar hatte schon das Schiff verlassen, als Julius, der den verdächtigen jungen Juden unablässig im Auge behielt, überrascht bemerkte, wie dieser, trotz seiner offensichtlichen Schwäche, sich mühsam aufzurichten begann, den Mantel umwarf und dem Landesteg zustrebte.

Rasch erhob sich Julius von seinen Reisesäcken und versperrte, scheinbar zufällig, dem Jüngling den Ausgang.

Dieser mußte stehenbleiben. Haßerfüllt warf er dem Heiden einen bitterbösen Blick zu, und dann flatterten seine kohlrabenschwarzen Augen wieder unruhig zu den an Land Gehenden. In hartem, schnarrendem Griechisch forderte er: „Geh mir aus dem Weg!"

„Weshalb hast du es so eilig?" fragte der Hauptmann höhnisch. In dem Gesicht des anderen flackerte es wild auf. Blitzschnell griff er unter den Mantel. Aber Julius war schneller. Er riß sein Schwert aus der Scheide und richtete die Spitze gegen den Jüngling, daß dieser mit einem Wutschrei zurücksprang.

„Geh sofort wieder auf deinen Platz zurück!" sagte Julius streng. Dann wartete er, bis sich der andere in ohnmächtiger Wut zurückgezogen hatte, und kehrte zu seinem Gepäck zurück, wo er sich gemächlich niederließ und nach dem Weinschlauch langte, um einen tüchtigen Schluck daraus zu tun.

Jetzt bestand für Julius kein Zweifel mehr daran, daß dieser Bursche Paulus nach dem Leben trachtete. Einen kurzen Augenblick lang überlegte der Hauptmann, ob er nicht den Kapitän veranlassen sollte, den Kerl an Land zu setzen, ehe sie weiterfuhren. Aber dann gewann das Gefühl von Gleichgültigkeit und Verachtung die Oberhand. Schließlich war er, Julius, alleine Manns genug, einem solchen Heißsporn gehörig auf die Finger zu sehen.

Behaglich streckte er die Beine von sich und fuhr liebevoll mit der Hand über sein Gepäck. Er war zufrieden und beinahe glücklich. Unter dem harten Cilicium und dem ägyptischen Rohr fühlte er die Formen einiger Gegenstände nach: Leuchter, Becher, Vasen – Reichtümer, die ihm einen sorglosen Lebensabend versprachen. Auf seiner kleinen Scholle bei Arricia hätte er sie nie erwerben können.

XXI

IN KETTEN

„Manchmal glaube ich fast, du seist frei ... wie früher", flüsterte Lukas seinem Lehrer zu.

Sie saßen, umringt von Handwerkern und Verkäufern, vor einem Töpferladen am Rande des Marktplatzes. Von allen Seiten waren auf die Nachricht, daß Paulus gelandet sei, die Leute herbeigeeilt, und mit dem sinkenden Abend stieg ihre Zahl weiter an. Obsthändler und Hafenarbeiter gesellten sich dazu. Jeder gab von dem, was er hatte: eine Handvoll Knoblauch der eine, getrocknete Bohnen ein anderer, gesalzene Fische der Fischer, Plundergebäck die Frau des Gerbers, und ihre Wünsche und Fragen nahmen kein Ende.

Paulus war zum ersten Male in Sidon, und so kannten auch die Mitglieder der Gemeinde ihn nur vom Hörensagen. Bei aller Herzlichkeit ihrer Gespräche kam es Paulus vor, als lauere hinter manchem Wort ein abwartendes Mißtrauen und hinter ihrer offensichtlichen Wißbegier ein beträchtlicher Zweifel.

So als einer der Männer plötzlich bedeutungsvoll fragte: „Sage uns, Paulus, können wir, die wir Jesus nachgefolgt sind, alles tun, was wir wollen?"

Die vorwitzige Frage ließ eine jähe Stille entstehen. Erwartungsvoll rückte die Menge näher und beobachtete Paulus mit spürbarer Neugier.

Dieser aber, obgleich ihm das Herz heftig schlug, erwiderte mild: „Alles steht uns frei, lieber Bruder, aber nicht alles ist ein nützlich Ding. Denn wir sollen nicht uns selber, sondern

Gott dienen ... Du fragst, ob alles erlaubt sei? Nichts, gar nichts, wozu der Mensch geschaffen wurde, ist böse. Aber auch Gutes kann zum Bösen werden, wenn wir, statt es zu beherrschen, uns von ihm beherrschen lassen.

Paulus machte eine Pause und sah sich langsam in der Runde um. Dann fuhr er lebhafter fort: „Wir essen nicht für unsern Bauch, aber wir haben einen Bauch, um zu essen. Alles ist gut, was Gott geschaffen hat. Glaubt denen nicht, die etwas anderes behaupten! Glaubt denen nicht, die zu euch kommen, um euch Furcht zu machen! Gott ist nicht der Schöpfer des Bösen, sondern des Guten. Der Herr hat uns erlaubt, daß wir trinken, aber deswegen dürfen wir uns nicht betrinken. Ihr sollt heiraten, aber nicht ehebrechen; reden, aber nicht verwünschen; weissagen, aber nicht lügen. Keiner soll sich täuschen: Die Säufer, Fresser, Lügner, Ehebrecher, Räuber und Mörder werden nicht in Gottes Reich eingehen."

Wie immer, wenn er erst einmal ins Sprechen gekommen war, riß Paulus der Eifer hin, und so strömten am Ende seine Worte, die erst zaghaft und stockend von seinen Lippen gekommen waren, gewaltig wie ein Sturzbach über seine ergriffenen Zuhörer.

„Jetzt verstehen wir dich", gestand ein alter Weber. „Und man hat uns gesagt, du lehrtest anders ..."

„Anders?" Paulus drehte sich zu dem Alten um. „Wer hat euch gesagt, daß ich anders lehre?"

Von mehreren Seiten wurden jetzt Stimmen laut: „Es sind Prediger gekommen, die sagten, du habest sie gesandt. Und sie haben uns gesagt, du lehrtest, daß dem, der da glaubt, alles freistehe, sogar die Sünde."

Paulus runzelte die Stirn. „Ich habe niemand zu euch gesandt", erwiderte er verwundert. Dann wandte er sich an Lukas, der mit gesenktem Kopf neben ihm saß: „Lukas, weißt du vielleicht, wer das gewesen sein könnte?"

Lukas blickte auf und schüttelte den Kopf. „Nein, ich weiß es nicht", antwortete er. „Aber ich habe auch davon gehört, daß es Leute geben soll, die ihre Lügen mit deinem Namen decken."

„Ja, und deshalb hat man uns auch vor dir gewarnt", gestand ein jüngerer Mann freimütig.

Paulus zuckte zusammen, daß seine Ketten klirrten. Was für Menschen waren das? fragte er sich erschrocken. Warum taten sie das?

Wehmut und Verbitterung zugleich über die vielen verlorenen Monate ergriffen ihn. Während er untätig im Gefängnis gesessen war, hatten andere Unkraut auf seinem Felde gesät. Jesu Wort kam ihm in den Sinn, das Matthäus in seinem Evangelium überliefert hatte: ‚Während der Landmann schläft, sät der Böse Unkraut auf das Weizenfeld ...'

Nachdenklich blickte er auf die schwärzlichen Fesseln an seinen Händen. Dann zwang er sich gewaltsam zur Ruhe und fragte, so beherrscht er konnte: „Und haben euch diese Leute auch von Christus gesprochen? Haben die, die vor mir warnten, das Evangelium gelehrt?"

„Ja", bestätigten mehrere eifrig, wie um die Wunden zu heilen, die Paulus so schmerzten.

Mit einem tiefen Aufseufzen erwiderte Paulus, und das Lächeln, das er auf seine Lippen zwang, gelang ihm nur unter großer Anstrengung: „Dann ist es gut ... Wenn sie euch von Christus gesprochen haben, dann ist es gut", wiederholte er. Wieder seufzte er tief auf. „Ja, ich freue mich. Auch wenn gegen mich das Evangelium verkündet wird, ist es gut."

In diesem aus der Tiefe seines Herzens strömenden Bekenntnis lag eine so große Kraft, daß auch bei den Unsicheren alle Zweifel bezwungen wurden. Fast konnte man meinen, daß ein Zauber zu wirken begann. Wie erlöst umringten ihn jetzt seine Zuhörer.

„Ja, wir glauben dir", gestand eine alte Frau. „Was du lehrst, ist richtig."

Eine andere überbot sie: „Alles Lüge, was sie von dir reden! Du bist ein rechter Diener Christi!"

Paulus schaute auf. In seinen verschwollenen und geröteten Augen leuchtete Freude. Er blickte sich zu Lukas um und legte ihm ergriffen die Hand auf den Arm.

„Du hast recht, Lukas. Jetzt ist es so wie früher." Er dachte eine Weile nach und verbesserte sich dann: „Nein, es ist besser. Denn ich habe noch die Fesseln. Wären die nicht, wäre meine Arbeit nicht vollkommen."

Flüsternd kam das Geständnis von seinen Lippen, und als er eine Frage in den Augen des Freundes sah, fuhr er ebenso leise fort: „Ja, Lukas, so ist es. Wenn das Evangelium nicht ein Werk Gottes wäre, dann wäre es nichtig. Aber damit es vollkommen Gottes sei, sind die Ketten notwendig."

Ihr Zwiegespräch wurde durch eine laute Frage unterbrochen.

„Sag mir, Paulus, soll ein Mann heiraten?"

Paulus fragte zurück: „Kannst du ohne Weib leben?"

Der Fragende, ein stämmiger phönizischer Seemann mit sehnigen, tätowierten Armen, blickte verlegen vor sich hin. „Wie kann man ohne Weib sein?" murmelte er undeutlich.

„Wenn du ohne Weib nicht leben kannst", erwiderte Paulus, „so heirate. Lieber Sorgen in der Ehe als Sünde."

„Also sollen wir nur dem Manne zum Genuß dienen?" ließ sich eine helle Stimme vernehmen. Es war eine Griechin, die diese kecke Frage hinwarf. Eine Jüdin oder eine Phönizierin hätte unter Männern nicht so zu sprechen gewagt.

Die umstehenden Juden schüttelten mißmutig die Köpfe. Da und dort kam Gelächter auf. Alle sahen nach der Frau hin, deren schönes Gesicht jetzt vor Zorn und Verlegenheit gerötet war.

„Beruhigt euch!“ suchte Paulus das Stimmengewirr zu dämpfen, und fuhr dann fort: „Nein, es gibt zwischen Mann und Frau keinen Unterschied. Jesus hat alle erlöst.“ Er sprach eindringlicher weiter, um den spürbaren Unmut der Männer abzufangen. „Auch das Weib hat Teil am Heile, denn sie ist Mutter und Ehefrau.“ Er richtete sich auf, und seine Stimme erklang in feierlichem Ernst: „Nicht ich, sondern Christus sagt euch: Die Ehe ist ein heiliges Sakrament. Und deshalb soll der Mann sein Eheweib lieben wie sich selbst und die Frau ihren Mann desgleichen.“ Er wandte sich der Griechin zu und sah sie gütig an: „Nicht du allein sollst dem Manne dienen, sondern auch der Mann dir. Sei nicht im Zweifel darüber!“

Er hob seine verbundenen Hände, und die Menschen neigten die Köpfe. Dann herrschte eine Weile Stille, bis wieder eine schüchterne Unterhaltung einsetzte.

Dann räusperte sich der Wachsoldat und meinte zu Paulus, es sei an der Zeit, aufs Schiff zurückzukehren. Paulus stand auf und bat den Soldaten, er möge ihm erlauben, noch ein gemeinsames Gebet zu sprechen.

Unterdessen wandte sich Lukas zu Paulus und flüsterte: „Was du mir vorhin gesagt hast, ist schwierig für mich zu verstehen.“

„Du wirst es noch verstehen lernen“, begütigte ihn Paulus. „Auch ich habe es erst heute verstanden. Es genügt nicht, zu säen, um gleich ernten zu können. Vielleicht werden nicht einmal wir ernten ... Dafür heißt es für uns, den Acker vorbereiten ... Wasser aufs dürre Land gießen, aus dem noch kein Keim sprießt. Das ist der Sinn der Kette.“

Die Versammelten hatten sich, zum Gebet bereit, erhoben. Paulus in ihrer Mitte blickte zum Himmel auf, die Hände zu betender Gebärde vorgestreckt, und sprach: „Erbarme dich unser, Herr, unser Gott, Vater unseres Herrn Jesus Christus, durch den uns die Erlösung zuteil geworden ist. Beschütze diejenigen, die Dir treu sind, und gib nicht zu, daß ihre Schar kleiner werde. Bleibe immer bei denen, die Dir vertrauen und weiterhin vertrauen werden!"

„Amen, Amen", antworteten alle.

„Du hast uns die Herzen geöffnet", fuhr Paulus im Beten fort, „und uns Deine Herrlichkeit zu schauen gegeben. Du hast uns Deine Wege und Deine Macht gezeigt. Wie Du die Hochmütigen erniedrigst, so erhebst Du die Armseligen und Leidenden. Wie Du der Helfer für alle bist, die in Gefahr schweben, so bist Du auch der Erlöser der Verzweifelten und Tröster für alle, die nach Deiner Liebe verlangen."

Während er neu Atem schöpfte, erklang in feierlichem Murmeln wieder das „Amen! Amen!" der Gemeinde.

Und Paulus fuhr fort: „Herr Gott, der Du alles erschaffen hast, offenbare Dich uns! Komm zu uns! Erlöse die Bedrückten und Betrübten, hebe die Erniedrigten wieder auf und öffne den Blinden die Augen! Laß Barmherzigkeit widerfahren all denen, die gefallen sind! Komm zu uns! Heile die Kranken! Gib den Hungernden Brot! Schenke den Obdachlosen ein Dach! Gib den Gefangenen die Freiheit! Verleihe den Strauchelnden Kraft! Öffne das Herz derer, die es versperrt haben! Komm zu uns! Und vergib uns unsre Verfehlungen, unsre Ungerechtigkeiten und Sünden! Reinige uns mit Deiner Reinheit! Behüte uns! Führe uns! Hilf uns! Schütze uns vor denen, die uns hassen! Gib Frieden, Eintracht und Beständigkeit der ganzen Erde! Hilf denen, die über uns herrschen! Schütze den Cäsar, Deinen Diener, und öffne ihm die Augen für Deine Wahrheit! Beschütze auch die Obrigkeit in den Provinzen und Städten! Beschütze Deine Priester! Wir rufen Dich an durch unseren Hohenpriester und Fürsprecher Jesus Christus, durch den Dir Ehre sei in alle Ewigkeit. Amen."

„Amen, Amen", ertönte es wieder.

„Und jetzt lebt wohl!" sagte Paulus innig.

Sie wußten nicht, ob sie von ihm mit Tränen oder mit einem Lächeln Abschied nehmen sollten. Denn er schritt so ruhig und gelassen durch ihre Reihen, als gehe sein Weg nicht ins Ungewisse. Segnend streckte er seine Hände aus, und die Menschen fielen ihm zu Füßen.

„Möge der Herr euch behüten", sagte er. „Und betet für mich!"

Er hatte sie wiedergewonnen. Diese Gewißheit nahm er mit, als er in ihre von Vertrauen und Liebe erfüllten Augen blickte.

„Ja, betet für mich!" wiederholte er. „Durch die Ketten erfülle ich, was ich euch nicht gegeben habe. Ihr aber betet, betet!"

Bewegt von der Stunde, aber nicht wehmütig, sondern mit neuer Kraft setzte er hinzu: „Betet und kämpft! Kämpft für Jesus Christus!"

XXII

DIE ERSCHEINUNG

Von Tag zu Tag wurde der Gegenwind stärker. Zusammen mit den immer heftiger von ihm aufgewühlten Wogen setzte er der kleinen Galeere empfindlich zu.

Der Kapitän wagte es bei diesem Wetter nicht, geraden Kurs auf Asien zu steuern, sondern hielt sich zunächst weiter in Küstennähe und ließ jede Nacht das Schiff vor Anker gehen. Erst auf der Höhe von Seleucia wandte er sich westwärts. Hier milderte die Gebirgskette des Taurus den ungestümen Druck des Ostwinds.

Plötzlich wurde es kalt. In einen Mantel gehüllt, saß Paulus am Heck des Schiffes und erzählte Lukas von seiner ersten Reise nach Antiochia, die er mit Barnabas über die klüftereichen, schneeverwehten Gebirgspässe gemacht hatte.

Das Schiff schlingerte schwer durch die wilde, schmutziggraue See. Gegen Süden war für kurze Zeit im Dunst des Horizonts ein schmaler Küstenstreifen zu erkennen. Paulus stand auf, hielt sich an einem Tau fest und blickte lange dahin, bis sich der schwärzliche Streifen allmählich wieder auflöste.

Das war Zypern, der erste Abschnitt seines Weges. Vieles hatte er dieser Insel zu verdanken. Dort war er als Jude hingekommen und als Römer wieder abgesegelt. Das kranke Mädchen auf der weißen Terrasse hatte ihm jene große Wahrheit vermittelt: Römer mußte man sein, wenn man die römische Welt erobern wollte. Er hatte es nicht vergessen.

Paulus trat dicht an die Reling und schleppte dabei die

Kette, deren Ende am Gürtel des Wachsoldaten befestigt war, hinter sich her. Dieser, ein junger Ägypter mit Namen Kapitonus, dunkelfarbig und breitgesichtig, war der beständige stumme Zeuge aller Gespräche, die Paulus führte. So schweigsam er blieb, war er Paulus doch beinahe schon eine vertraute Gewohnheit geworden.

Von der Höhe des Schiffes schaute Paulus auf das flatternde Gleichgewicht der Riemen, von deren Blättern das Wasser abfloß, wenn sie sich langsam nach hinten drehten, bis sie sich wieder ins graue Meer eingruben. Zwei weiße Furchen, die rasch von den nachrollenden Wogen verwischt und getilgt wurden, zogen schäumend und strudelnd hinter dem Schiff her.

In seinem Rücken spürte Paulus wie fast immer einen stechenden Blick. Ohne sich umdrehen zu müssen, wußte er, daß es der junge Jude war, der ihn unentwegt mit einem Blick voller Haß verfolgte. So sehr ihn auch die Seekrankheit geschwächt hatte, der Ausdruck dieses seltsamen Hasses hatte nicht in gleichem Maße an Kraft verloren.

Mehrfach schon hatte Paulus die Regung verspürt, zu dem Jüngling hinzugehen, um die Ursache dieser ihm unbegreiflichen Abneigung zu ergründen, aber sowohl der Wachsoldat als auch der Hauptmann hatten ihm dies strikt verboten. „Er ist imstande und erdolcht dich, ehe wir dazwischentreten können“, sagte Julius. „Die Mordlust steht ihm in den Augen geschrieben. Das sind wahre Tollhäusler, deine Landsleute!“

Paulus drängte nicht weiter und schickte dafür Lukas hin, der seine Ängstlichkeit überwand und dem kraftlos zwischen Gepäckstücken Liegenden ein paar Zitronen reichte. Wütend spuckte der Jüngling nach ihm, und als Lukas schnell die Früchte neben ihn auf den Boden gelegt hatte, griff er danach und warf sie über Bord. Aristarch erging es nicht besser; auch ihn spuckte der Jüngling an und scheuchte ihn fort. Nach diesen erfolglosen Versuchen hatten die Freunde ihre Bemühungen aufgegeben.

Das Schiff schlingerte immer heftiger, und auch die letzten Passagiere, die sich bisher tapfer gehalten hatten, fielen der Seekrankheit zum Opfer. Paulus bemerkte, wie der Jüngling, der sich früher noch ab und zu mühsam zu dem Wasserbottich hingeschleppt hatte, völlig regungslos und apathisch auf den Deckplanken lag, den Kopf auf einen Sack gebettet. Gemächlich schlenderte Paulus die Reling entlang und füllte seinen Becher, den er am Gürtel trug. Dann sah er sich vorsichtig um. Der Hauptmann schlief auf seinem Ballen, Kapitonus unterhielt sich mit Aristarch. Prüfend schätzte Paulus ab, wie weit die Kette reichen mochte. Dann ging er entschlossen zu dem Kranken, beugte sich über ihn und reichte ihm das Wasser.

„Trinke!" sagte er auf aramäisch.

Unwillkürlich griff der Junge nach dem Becher und leerte ihn mit einem Zuge bis zur Neige. Kaum aber hatte er seinen brennenden Durst gestillt, verzerrte sich sein Gesicht vor Wut und seine schwärzlichen, vom Fieber verbrannten Lippen stießen einen Fluch aus. Mühsam stützte er sich auf einem Ellenbogen hoch und tastete mit der anderen Hand nach seinem Sack.

In diesem Augenblick war Kapitonus auf die Szene aufmerksam geworden und kam eilends hinzu, riß Paulus an der Kette zurück und führte ihn wieder zum Heck, wo er die Kette kürzte.

„Wage es nie wieder, zu dem Kerl zu gehen!" drohte er Paulus mit erhobener Faust.

Paulus lächelte. Er wußte genau, der Soldat war ihm nicht böse und sprach nur aus Angst vor dem Hauptmann so heftig.

„Weshalb bist du eigentlich hingegangen?“ erkundigte sich später Lukas bei Paulus. „Er haßt dich, das wissen wir doch. Ich habe ständig Furcht, er könnte dir noch einmal etwas antun.“

„Es schien mir, als habe er Durst“, erwiderte Paulus sanft.

„Und wenn er auch ...“, warf Lukas erregt ein, brach aber mitten im Satz ab und neigte stumm den Kopf. So schwieg er eine Weile beschämt. Dann sagte er leise: „Wenn du es mir gesagt hättest ... Ich hätte ihm auch Wasser gebracht.“

„Er hätte auch dir etwas antun können“, erwiderte Paulus.

Über Lukas' Gesicht huschte ein Schatten. „Du weißt, ich bin ängstlich. Aber wenn du mir etwas sagst, tue ich es auch.“

Paulus legte ihm die mit der Kette beschwerte Hand auf die Schulter. „Ich weiß es, mein Lieber“, sagte er warm. „Was wäre das für ein Verdienst, wenn wir in Stärke den Herrn ehrten? Wir dienen Ihm in unsrer Schwäche, das ist unser Ruhm ...“

In der Nacht, als das Schiff wie üblich vor Anker lag – zwölf Tage dauerte bereits die Fahrt von Sidon, und in spätestens zwei weiteren Tagesreisen hoffte der Kapitän, Myra zu erreichen –, lag Paulus lange wach und schaute wie so oft zum Himmel, an dem düstere Wolken dahinstürmten und die Mondsichel immer wieder verschleierten. Vom Unterdeck drang das Schnarchen der abgearbeiteten Ruderknechte durch die offenen Luken. Das wilde, aufgewühlte Meer schlug unablässig gegen die Planken des Schiffes, das sich aufbäumte und stöhnte wie ein Tier, das nicht zur Ruhe kommen will.

Über Paulus aber kam der große Frieden des einsam Wachenden. Seine gewöhnliche Schwäche fiel von ihm ab. Sein Körper begann leicht und leichter zu werden, und die Ruhe einer unbekannten Erwartung strömte in ihn ein.

Wieder zerriß eine Wolkenbank über dem Schiff und ließ das Mondlicht silbern über das Wogenmeer fluten. Gleich einer funkelnden Säule stand der Strahl zitternd auf dem Wasser. Und auf einmal sah Paulus in diesem Silberstrahl die helle, leuchtende Gestalt Dessen, der auf den Wellen dahinschritt.

Die Gestalt kam näher auf ihn zu, wuchs und wuchs zu Riesengröße. Das war immer der gleiche Mensch mit den durchbohrten Händen, die Sein Herz zu pressen schienen. Damals, in Korinth, hatte Er sich über Paulus gebeugt und ihm mit dem Finger Hände und Füße angerührt. Heute schritt Er aufrecht, gewaltig und lächelnd einher, die weißen, durchscheinenden Hände gegen die Brust gepreßt, wie wenn sie eine schwere Last zu tragen hätten. Und diese Gebärde dünkte Paulus schmerzlicher als die durchbohrten Handgelenke. „O Paulus", sagten die blassen Lippen klanglos. Und Paulus begriff das überwältigende Geständnis. „So sehr will ich euch lieben", sagten die blassen Lippen. Und Paulus verstand, wie genau Der, der jetzt zu ihm kam, in seinem Herzen las. „Willst Du das, o Herr?" fragte Paulus. „Wenn es Dein Wille ist..." Er fragte so einfach, wie ein Mensch zum andern spricht. Kaum aber hatte er die Frage getan, da wußte er auch selbst schon die Antwort, selbstverständlich, klar und ohne Zweifel.

Ergriffen kniete er auf dem schwankenden Deck nieder, inmitten vieler Schlafenden breitete er langsam die Hände aus. Blitze loderten in seinem Hirn auf, Blitze, in derem Leuchten er viele Dinge begriff, die ein gewöhnlicher Verstand nicht begreifen kann, und ihm war, als vergingen Jahre in diesem Augenblick des Begreifens.

Da wich die Lichtgestalt wieder auf die Wellen zurück und entfernte sich, und mit ihr schwand die Luft, die Paulus schon zu atmen gelernt hatte. Grausam war dieser Abschied, würgend wie das Sterben, ein ohnmächtiges Gefühl vollkommenen Mangels an allem.

Schwer fiel sein Kopf auf die Planken zurück. Er mußte wieder ins Leben zurückkehren, in das Leben der Schwäche und der Einsamkeit, das kein Leben mehr war. Immer noch stockte sein Atem.

Die Wolke verschluckte den Strahl des Mondlichtes, unsichtbar stöhnte das Meer. Paulus fühlte eine Leere um sich, obgleich er wußte, daß sich nichts verändert hatte. Offenen Auges lag er da. Er erschauerte und hüllte sich fester in seinen Mantel. Die Schläfer um ihn herum schnarchten und stöhnten im Traum. Die tiefhängenden Wolken wälzten sich unter dem Himmel dahin, und die Wellen schlugen klatschend gegen die Bordwand. Erst jetzt nahm Paulus wahr, daß sein gefesselter Fuß wie erstarrt war. Zwei Jahre trug er schon die Ketten.

Plötzlich fing sein Ohr ein neues Geräusch auf. Ihm war, als krieche jemand langsam über das Deck. Es mochte einer von den Seekranken sein, der sich zum Wassertrog zu schleppen versuchte. Nachts, wenn das Schiff vor Anker lag, erholten sich die meisten Kranken ein wenig.

Paulus vernahm, wie das Wasser im Bottich plätscherte, und danach ein lautes, gieriges Schlürfen. Dann setzte wieder das Geräusch des Kriechens ein, aber Paulus kam es vor, als entferne es sich nicht, sondern komme langsam näher. Während er dies noch fast verwundert feststellte, durchzuckte ihn plötzlich die Erkenntnis: das war der Jüngling, der herankroch, und er kam, um ihn zu töten.

Paulus regte sich unwillkürlich, und der Kriechende schien zu verharren.

Zweifel überfielen Paulus: Sollte er Kapitonus wecken? Das Leben darf man ohne den Willen des Herrn nicht hingeben. Aber vielleicht war es doch ein anderer? Oder er kam nicht mit einem Messer, sondern mit einem Wort? Man muß an den Menschen glauben bis zuletzt. Wie ein Spieler muß man sein, wenn es um den Menschen geht, und beständig den größten Einsatz wagen.

Paulus rührte sich nicht mehr. Wieder traf sein Ohr das Geräusch des behutsam auf dem Deck Vorwärtskriechenden, näher und näher. Jetzt konnte Paulus hören, wie eine Hand vorsichtig die Planken abtastete. Da berührte sie die Kette. Und als sei sie ihm ein Wegweiser, schleppte sich der andere, an ihr entlangtastend, auf Ellbogen und Knien weiter, bis er auf Armlänge von Paulus entfernt innehielt und keuchend verschnaufte. Paulus roch den heißen, säuerlichen Atem des andern. Jetzt streckte er die Hand nach Paulus aus und faßte ihn bei der Brust am Chiton.

Flüsternd fragte Paulus: „Bruder, was willst du?"

„Sei still!" zischte Arie und versuchte, sich auf den Ellbogen zu stützen und über Paulus zu beugen. Vor Schwäche sank er um, so daß er mit dem ganzen Körper auf Paulus fiel. „Still!" wiederholte er heiser, „wenn du nicht sofort sterben willst. Ich ersteche dich, wenn du mir keine Antwort gibst!"

Die fieberheißen Lippen berührten fast Paulus' Gesicht.

„Was willst du wissen?"

„Wo ist das Schwert?"

„Was für ein Schwert?"

„Das von Massada – das königliche –"

„Bist du von Manahem geschickt?"

„Frage nicht – antworte nur! Wenn du nicht –"

Schwerfällig löste er die Hand, auf die er sich gestützt hatte, vom Boden und hob sie über Paulus, der durch den Chiton die scharfe Spitze eines Dolches spürte.

„Das Schwert", flüsterte Paulus gewaltsam ruhig, „habe ich zusammen mit Manahem versteckt."

„Manahem hat es nicht gefunden.“

Paulus erzitterte innerlich vor Freude. „Das ist gut“, sagte er. „Das Schwert ist nicht notwendig.“

„Ich will wissen, wo du es hast. Sonst —“ Sein Flüstern ging in ein pfeifendes Ächzen über.

„Ich weiß nicht, wo das Schwert ist. Aber Christus will nicht...“

„Dann stirb!“ keuchte Arie heiser und hob die Hand mit dem Messer. Aber Paulus wehrte sie ab, der Arm fiel kraftlos herunter und das Messer streifte im Fallen nur leicht seine Wange.

Mit einem Wutschrei wollte Arie zu einem zweiten Stoß ausholen, aber im gleichen Augenblick fielen andere über ihn her. Ein kräftiger Hieb streckte den Sikkaristen nieder. Wenn Paulus Kapitonus nicht an der Hand umklammert gehalten hätte, wäre Aries Schädel gespalten gewesen.

„Töte ihn nicht, Bruder, töte ihn nicht!“ rief Paulus.

Inzwischen war auch Julius mit blankem Schwert herzugetreten. Jemand schlug Feuer und zündete eine Fackel an. Im flackernden Scheine sahen sie Arie in einer Blutlache liegen.

„Erledige ihn!“ befahl Julius dem Wachsoldaten.

Kapitonus nahm seine kurze Misericordia vom Nacken. Aber bevor er zuhauen konnte, hatte sich Paulus über Arie geworfen und deckte dessen Körper mit dem eigenen.

„Tötet ihn nicht!“ bat er flehentlich.

„Zurück!“ schrie Julius ergrimmt.

„Nein, Julius, nein!“ rief Paulus wieder. „Befiehl nicht, ihn zu töten! Schenke ihm das Leben. Ich bitte dich! Ich beschwöre dich!“

Julius zögerte unsicher. „Wie seltsam du bist!“ sagte er verwundert. „Er wollte dich doch umbringen!“

„Er wußte nicht, was er tat.“

Paulus mußte schreien, um das Stimmengewirr der Menschen, die jetzt von allen Seiten herandrängten, zu übertönen.

„Nein, er muß sterben. Laß ihn los!“ befahl Julius wieder entschlossen.

„Ich bitte dich, Julius! Tue, worum ich dich bitte, dann kommst du wohlbehalten nach Italien. Ich bitte dich inständig!“

Die merkwürdige Bestimmtheit in Paulus' Worten ließ Julius erneut zögern. Er verspürte einen kalten Hauch, der ihn fast zu lähmen begann. Wenn an den Worten etwas Wahres war? durchzuckte es ihn auf einmal. Dann sah er sich unter den Leuten um, die ihn umringt hatten. Plötzlich stampfte er mit dem Fuße auf und jagte alle fort. Dann schalt er Kapitonus: „Was stehst du wie eine Bildsäule da? Führ den Gefangenen fort!“

Kapitonus zog an der Kette, und Paulus stand auf.

„Ich bitte dich noch einmal“, sagte er zu Julius.

Der Hauptmann wandte sich unwillig um, steckte aber das Schwert in die Scheide. Dann ergriff er die Fackel, beugte sich über den Dahingestreckten und hielt die Fackel dicht neben ihn.

Er lebte noch, aber sein Kopf blutete heftig.

Wortlos kehrte Julius zu seinem Platz neben den Säcken zurück. Von dort aus beobachtete er, wie die beiden Freunde des Paulus neben dem Verwundeten niederknieten und sich um ihn bemühten.

XXIII

DAS BILD

In Myra fand die beschwerliche Seefahrt auf der kleinen Galeere nach fünfzehn langen Reisetagen ihr Ende.

Sie mußten ein neues Schiff suchen. Julius, der schon in Sorge war, wegen der vorgerückten Jahreszeit keinen Anschluß mehr nach Italien zu finden, entdeckte im Hafen zu seiner Freude eine große kaiserliche Quadrireme, die mit Getreide aus Alexandria unterwegs nach Ostia war. Petesuchos, der Kapitän, erklärte sich bereit, den Hauptmann, seinen Gefangenen mit dem Wachsoldaten und einige andere Fahrgäste, darunter Lukas und Aristarch, mitzunehmen.

Mit frischem Mut machte man sich auf die Reise. Das von zweihundertundzwölf Ruderknechten angetriebene Schiff schien auch der schwersten See trotzen zu können. Zudem standen die Kapitäne ägyptischer Schiffe in dem Rufe besonderer Zuverlässigkeit. Solange sie im Schutze der Gebirgskette fuhren, die die Halbinsel Licien abschirmte, machte ihnen der Gegenwind wenig zu schaffen. Aber hinter der Meerenge, zwischen Amos und Rhodos, packte der Sturm, der von der Karischen Hochebene herabfegte, sie wieder mit unvorstellbarer Gewalt. Wie kochende Milch schäumte das Meer zwischen den Riffen und Felseninseln, weiß von brodelnder Gischt und erfüllt vom Gebrüll der entfesselten Brandung.

Gegen diesen Sturm waren alle Steuerkünste machtlos. Petesuchos ließ sich mit ihm südwärts treiben und versuchte, so gut es ging, nach Südwesten zu halten. Aber den Kurs bestimmte mehr und mehr der allmächtige Sturm. Heulend schlug er an die Masten, rüttelte an den Rahen und den eingezogenen Segeln und trieb das Schiff pfeilschnell zwischen dem Kap Salmone und der Insel Kasos weiter nach Süden. Das Gebrüll des an die kretische Küste brandenden Meeres geleitete sie wie eine gewaltige Sinfonie der machtvollen Elemente.

Erst im Schutze der Berge von Sittia konnten die Ruderer wieder in Tätigkeit treten, und während sie das Wasser hartnäckig schlugen, so daß der Schaum bis zum Deck spritzte, legte sich das Schiff mehr und mehr auf Westkurs.

Petesuchos kannte in dem unwirtlichen Küstengebiet einen kleinen Hafen, der in der Bucht von Messara am Fuße des Felszipfels Lithinos lag: Lasaea. Auf den hielt er zu, um der Mannschaft vor der weiteren Überfahrt eine Ruhepause zu gönnen. Zwischen schwarzen und roten Felsen landeten sie am weißen Strande, dort, wo einst der göttliche Stier, auf seinem Rücken Europa, die entführte Tochter des phönizischen Königs Agenor, das Küstenufer betreten haben soll.

Diesmal ging Julius mit an Land. Er hatte in Myra einen Soldaten gefunden, den er zur Bewachung seines Gepäcks an Bord zurücklassen konnte. Behaglich gab er sich nun in einer Hafenkneipe dem schweren und dunklen kretischen Wein hin, den ihm der Wirt in einem dickbauchigen Tongefäß kredenzte.

Kapitonus aber wich nicht von Paulus' Seite. Der Kapitän hatte sagen lassen, daß sich die Weiterfahrt um zwei, drei Tage verschieben werde, weil er in dem stillen Hafen an dem Schiff einiges billig überholen und ausbessern lassen könnte. So ging Paulus daran, hier mit seinen Freunden das Laubhüttenfest zu feiern.

Im fernen Jerusalem war es das Fest, mit dem das alte Jahr beschlossen wurde, eine der schönsten Feiern unter allen.

Paulus erzählte den beiden Griechen von diesen Tagen, in denen die Stadt mit unzähligen, kunstvollen Blätterkränzen geschmückt war, von den hundert und aberhundert Laubhütten, die inmitten der Weinberge und Olivenhaine errichtet wurden, und von der unvergeßlichen Nacht, durch Tausende von Lampen und Fackeln erhellt, da alle in Jerusalem, vom Hohenpriester bis zum Ärmsten der Armen, am heiligen Tanze teilnahmen, und schließlich vom Wasser, das der Priester aus Siloah in einem goldenen Krug herbeibrachte.

Auf dem Hofe des Wirts bauten sie sich eine Laubhütte, schliefen darin, aßen und brachen das Brot in ihr.

„Wieder sind wir Wanderer", sagte Paulus am Abend sinnend, „wie einst unsere Väter, als sie aus Ägypten zogen. Aber wir fliehen nicht. Vielmehr kehren wir in das Land der Sünde zurück."

Die Freunde schauten, während er nachdenklich verharrte, wie immer mit tiefer Achtung und Liebe zu ihm auf, auch wenn sie seine Worte oft nicht ganz zu fassen vermochten. Sie hörten den Wind in den Blättern der Laubhüttenwände säuseln. Kapitonus saß auf der Terrasse des Wirtshauses unter den Töchtern des Wirts und sang ihnen sehnsüchtige Lieder aus Ägypten vor.

„Manchmal denke ich daran", begann Paulus nach einer Weile, „daß die Menschen alles, was sie im Alten Bunde erlebten, auch im Neuen Bunde durchzustehen haben. Nur umgekehrt. Dort war die Sintflut am Anfang, jetzt aber wird sie das Ende sein. Eine neue Sintflut. Und Abraham kehrt zu dem chaldäischen Ur zurück."

„Aber damals", wandte Aristarch ein, „hat es Tausende von Jahren gedauert. Jetzt jedoch werden wir nicht mehr lange zu warten haben."

Paulus lächelte still vor sich hin. Er wagte es noch nicht, ihnen seine geheimsten Gedanken zu verraten, daß die Menschen gewiß auf den Tag des Herrn lange, sehr lange würden warten müssen. So sagte er nur ausweichend: „Tausend Jahre sind vor dem Herrn wie ein Tag, Aristarch. Vergiß das nicht."

Dann wandte er sich, um von dem Gespräch abzulenken, an Lukas und fragte ihn: „Du hast mir, fällt mir ein, noch gar nicht erzählt, was du alles getan hast, während ich in Cäsarea gefangen saß. Bist du nicht viel auf Reisen gewesen?"

„Nein", antwortete Lukas. „Ich hielt mich die meiste Zeit in Jerusalem und Bethlehem auf. Und dann ging ich nach Kapharnaum."

„Nach Kapharnaum? Weshalb?"

Lukas schlug verlegen die Augen nieder. Seine langen, schönen Finger malten auf dem Tischtuch Figuren um die Tongefäße, in denen der Wein funkelte.

„Ich weiß nicht, ob...", begann er zögernd und verstummte wieder. Dann wandte er sich mit vollem Blicke Paulus zu. „Ich weiß nicht", wiederholte er zögernd, „ob das eine Sünde gewesen ist..."

„Lukas", erwiderte Paulus weich und herzlich, „wenn du glaubst, daß etwas eine Sünde sei, und du tust es, dann sündigst du, auch wenn es in Wirklichkeit keine Sünde wäre. Und wenn du ehrlich glaubst, daß etwas keine Sünde ist, dann sündigst du nicht. Scheint es dir wirklich, daß du eine Sünde begangen hast?"

Lukas hob den Kopf. Er war ein reifer Mensch, aber Paulus gegenüber fühlte er sich oft wie ein Kind, hilflos und doch geborgen.

„Nein", bekannte er mutiger, „ich empfinde das nicht als Sünde, was ich getan habe."

„Nun erzähle mir alles", bat Paulus herzlich.

Lukas griff statt einer Antwort nach seinem Bündel und zog einen länglichen, flachen Gegenstand heraus, der sorgfältig in ein Leintuch eingeschlagen war. Eine bemalte Holztafel kam zum Vorschein.

Aristarch wandte sich erschrocken ab. Seit seiner Taufe hatte er gelernt, vor den sündigen Gemälden der Heiden seine Augen zu verschließen. Auf der Holztafel war ein menschliches Gesicht zu sehen, das Antlitz einer Frau, seltsam eindringlich, einfach und zugleich fesselnd.

Lukas verhielt sich schweigend, die Arme kraftlos gesenkt, seinen Blick voll auf Paulus gerichtet. Dieser aber griff mit beiden Händen nach dem Gemälde, daß die Kette klirrte.

Lange sah Paulus auf das Bild. „Ist sie das?" fragte er dann versunken, ohne den Kopf zu heben.

„Ja", antwortete Lukas und atmete schwer. „So wie ich sie gesehen habe, als ich das erste Mal dort war. Und deshalb ging ich wieder nach Kapharnaum, weil ich sie in dem gleichen Lichte malen wollte." Er schluckte ein paarmal, ehe er sein Geständnis beendete: „In dem gleichen Lichte wie damals, als sie noch auf Erden war."

Paulus schien auf die Worte nicht mehr zu hören. Unverwandt schaute er das Antlitz auf dem Bilde an, und sein Gesicht wurde blaß und bekam einen so seltsamen Ausdruck, daß Aristarch ängstlich Lukas anstieß.

„Sieh nur", flüsterte er, „was ist mit ihm?"

Doch er verstummte gleich wieder. Die Stille hielt weiter an und wurde durch keinen Laut von außen gestört; auch Kapitonus hatte sein Singen beendet, und der Wind hatte sich gelegt, sogar das Getöse des Meeres in der Ferne war nicht mehr zu hören.

„Ja, das ist sie", sagte Paulus leise, wie zu sich selbst. Dann blickte er zu Lukas auf. „Ich habe sie zwar nie gesehen. Aber ich erkenne sie sofort auf diesem Bilde, Lukas. Sie gleicht ihrem Sohne so sehr, wie wohl keine andere Mutter." Über sein Gesicht zog wieder ein Lächeln. „Wir beide halten die zwei Enden des gleichen Geheimnisses, Lukas."

Lukas' Stimme klang erleichtert. „Also glaubst du, daß es mir erlaubt war? Denn der Bund verbietet es doch. Aber wenn der Alte Bund sein Ende gefunden hat und wenn Gott leibhaftig herniedergestiegen ist, dann glaube ich, daß ... daß es vielleicht erlaubt war."

„Nein, nicht vielleicht", erwiderte Paulus heiter. „Es ist gewiß! Ließ Jesus nicht die Spuren seines Körpers auf dem Tuche zurück, das dir Jakobus gezeigt hat? Du kannst ganz beruhigt sein. Wir sollen Zeugen sein, verstehst du? Unsere Augen und Hände sollen Zeugen sein, nicht nur unsre Herzen. Wenn ich so wie du malen könnte ..."

Er verstummte. Immer spürte er wie einen Stachel in der Brust das Bewußtsein seiner Ungeschicklichkeit, nicht von dem erzählen zu können, was er gesehen hatte.

XXIV

DER ORKAN

Paulus traf den Hauptmann auf einer kleinen, von Efeu umrankten Veranda, einen saftigen Hammelbraten vor sich und den dicken Tonkrug mit dem dunkelrot schimmernden Wein aus Kreta.

„Setz dich her und trink mit mir einen Becher!" lud Julius gutgelaunt Paulus ein. „Das ist ein prächtiger Tropfen! Schade, daß wir morgen schon fort sollen. Hier ließe sich's gut noch eine Weile aushalten. Aber der Wind hat sich gedreht." Er wandte seinen Kopf nach draußen. „Merkst du's, er kommt von Süden."

Paulus setzte sich. „Hier", sagte Julius, „nimm ein Stück von dem Hammel. Auch eine gute Sache. Es freut mich, daß du dich nicht sträubst, mit uns zu essen, wie's die andern Juden tun. Vielleicht hassen sie dich deswegen so sehr." Er legte Paulus vor und fragte dann, während er ihm beim Essen zusah: „Und was hast du sonst auf dem Herzen?"

„Um es gerade heraus zu sagen", begann Paulus, „ich möchte dir vorschlagen, daß wir hier überwintern."

„Jetzt, wo sich der Wind gedreht hat?" meinte Julius überrascht.

„Heute haben wir Südwind, ja", gab Paulus zu. „Aber wir wissen nicht, wie es morgen sein wird. Die Jahreszeit ist schon weit vorgeschritten. Wenn sich der Wind von neuem dreht ... Jenseits von Kreta gibt es keine Inseln mehr, wo wir Unterschlupf fänden."

„Aber unser Schiff ist tüchtig. Und bei der starken Rudermannschaft, die wir haben ..."

„Die armen Menschen!" unterbrach ihn Paulus. „Willst du mir erlauben, daß ich einmal mit ihnen spreche? Du bist gut und einsichtig, Hauptmann. Es wäre bestimmt richtiger, hier Winterquartier zu beziehen. Wenn uns hinter Kreta der Nordwind überrascht, büßen wir nicht nur die Ladung ein, auch die Leute gehen zugrunde. Glaube mir, Hauptmann, der Sturm kann den Tod bringen."

Julius legte das Messer beiseite und wusch sich die Hände in einer Wasserschale, die ihm eine Bedienerin reichte.

„Du machst mir Sorgen!" erklärte er ärgerlich. „Du bist ein seltsamer Mensch. Hast du mir nicht versprochen, daß ich glücklich ankommen werde? Und jetzt jagst du mir einen Schrecken ein und meinst, wir könnten untergehen. Manchmal kommt es mir vor, als seist du nur mit einem Fuß bei uns und mit dem andern anderswo. Da, stärke dich noch mit einem Becher Wein. Ich möchte das nicht wieder verlieren, was ich mir während meiner langen Dienstzeit mühsam erworben habe. Gut, ich werde mit dem Kapitän sprechen. Er alleine hat zu entscheiden. Ohne das Schiff bleiben wir nicht hier zurück. Übrigens hat er mir neulich gesagt, wir könnten nach Phönix segeln, wenn das Wetter wieder schlechter würde. Du siehst, es gibt da immer noch eine Möglichkeit, falls uns der Sturm zum Überwintern zwänge."

Das gleiche wiederholte der Kapitän Julius, als dieser ihn auf Paulus' Bedenken ansprach. So blieb es bei dem festgesetzten Aufbruch am nächsten Morgen. Der günstige Wind trieb das Schiff flott vorwärts und mit vollen Segeln gelangten sie bis zum Psidoritus-Kamm. Kaum aber hatten sie diese Höhe hinter sich, da fiel unerwartet der Nordoststurm mit der gleichen furchtbaren Stärke wie vor Tagen über sie her. Er kam so plötzlich wie ein Blitz aus heiterm Himmel. Mit einem Male schlugen die Wellen wieder haushoch und warfen das Schiff zwischen sich hin und her. Die Ruderriemen knickten wie Zahnstocher weg, und danach schlug das Wasser glucksend und rauschend durch die Riemenluken in das Schiff, daß die Ruderknechte entsetzt aufschrien und angstvoll an ihren Ketten zerrten.

Petesuchos ließ rasch die ganz gebliebenen Riemen einziehen, alle Luken abdichten und die Segel streichen. Im gleichen Augenblick überrumpelte das Schiff ein so fürchterlicher Brecher, daß es sich schräg auf die Seite legte. Die Ballen, die auf Deck nicht besonders festgezurrt waren, flogen über Bord, und die Seeleute, die sich verzweifelt an Taue anzuklammern suchten, wurden gegen die Reling geschleudert.

Als sich das Schiff wieder aufrichtete, hatte der Steuermann schon das Ruder mit aller Kraft herumgeworfen, um mit dem Winde zu treiben – die einzige Möglichkeit, ein Kentern zu verhüten. Rasend flogen sie nach Südwesten, das Beiboot im Sturme hinter sich herzerrend, daß es wie ein großer dunkler Vogel auf den Wellenkämmen über dem Schiff zu flattern schien.

Während ein Brecher nach dem andern über ihnen zusammenschlug und die Quadrireme wie einen Spielball hin und her tanzen ließ, brüllten die noch an den Ruderbänken angeketteten Sklaven vor blinder Angst. Atemlos suchten die verstörten Passagiere im Laderaum Schutz vor der Wut des Sturms, der sie von Deck fegte, und kletterten im Halbdunkel zwischen die Weizensäcke, die die Hauptfracht des Schiffs ausmachten. Von den hereingeschlagenen Brechern stand der Boden knöcheltief voll Wasser. Aufgescheuchte Ratten sprangen in der Finsternis pfeifend herum.

Petesuchos trieb alles, was Beine und Arme hatte, zum Ausschöpfen des Wassers an. Aber von den Reisenden traute sich niemand mehr mit den Wasserbeuteln auf das glitschige

Deck. Erst als die Matrosen mit dem Bergen der Segel fertig waren und eine Kette bildeten, ging das Wasserschöpfen besser voran, und allmählich wurden sie der Überschwemmung im Laderaum Herr.

Um Mitternacht ließ der Druck des Orkans ein wenig nach. Aber den Versuch, nach Kreta zurückzusegeln, wollte Petesuchos angesichts der geschwächten Mannschaft auf den günstigeren Morgen verschieben. Wer noch zupacken konnte, wurde von ihm an Deck beordert, um den Schiffsleib, der in allen Fugen gefährlich ächzte und knarrte, mit Tauen zusammenzuschnüren.

Während einige geschickte Matrosen die Seitenwände fest verspannten, wurde ein junger Taucher aus Zypern an einer Leine über Bord gehievt, der das Ende des schweren Taus unter dem Schiffsrumpf durchzog, um es dann an der anderen Bordseite verknoten zu lassen. Festverzurrt wie ein Riesenpaket lag der Segler schaukelnd auf den Wellen, nach menschlicher Voraussicht für künftige Stürme gut gerüstet.

Die umflorte Sonne des frühen Morgens zeigte die Umrisse des Strandes von Klauda. Die Insel hatte keinen Hafen, und so mußte Petesuchos das Schiff weiter nach Südwesten treiben lassen.

Mit dem Hellerwerden nahm der Sturm wieder an Stärke zu und steigerte sich von Stunde zu Stunde zu einem neuen Orkan, der mit gewaltigen Wellen nach dem Schiff schlug, an den eingezogenen Segeln fetzte und die Taue loszuzerren versuchte. Zeitweise sprang der Sturm unversehens nach Süden um, und dann stürzten graugrüne Wasserfluten schäumend über Deck. Nicht immer gelang es dem Steuermann rechtzeitig, die grausamen Späße des Sturms zu erraten. So begrub eine riesige Sturzwelle die Schiffsküche am Heck unter sich, und der Koch mußte durchnäßt zu den andern unter Deck flüchten.

Die folgende Nacht glitten sie in völlige Finsternis. Dunst und Nebel löschten für sie die Sterne aus, und die dicht um die nassen Weizensäcke kauernden Menschen schrien angstdurchschüttelt im grausig heulenden Sturm, bis sie vor Verzweiflung und Erschöpfung verstummten.

Julius griff Paulus am Arm und wiederholte ein ums andre Mal: „Beim Jupiter! Du hattest recht! Wir hätten in Lasaea bleiben sollen. Aber du hast auch gesagt, daß ich heil nach Rom komme. Denkst du noch daran?"

Dann wieder packte ihn bei aller Angst der Kummer um den Verlust des wertvollen Gepäckstücks, das von einem Brecher über Bord gespült worden war. „Weißt du eigentlich, was ich verloren habe?" jammerte er. „Alles, was ich im Feldzug unter Suetonius Paulus mitnehmen konnte. Goldene und silberne Gefäße, Elfenbeingeschnitztes, drei kostbare Vasen! Gar nicht auszurechnen, was ich dafür in den Läden auf dem Marsfeld bekommen hätte! Ja, du hast ganz recht gehabt! Bei der Minerva, dieser Ägypter soll mir meinen Schaden ersetzen! Aber wird er auch zahlen können?"

Immer wieder legte sich das Schiff knarrend auf die Seite, richtete sich dann wieder mühsam auf, flog unversehens in die Höhe, als wollte es in den Himmel steigen, fiel dann abermals jählings tief hinab und drohte endgültig zu versacken.

Aus der Rudererkammer des Unterdecks drangen unaufhörlich Schreie. Niemand kümmerte sich mehr um die eingeschlossenen Sklaven und Sträflinge. Einigen war es gelungen, sich von den Ketten an den Ruderbänken loszureißen. Losgerissene Kettenstücke hinter sich herschleifend, rannten sie blindlings durch den schmalen Gang zwischen den Bänken, unschlüssig, was sie mit der plötzlich gewonnenen Freiheit beginnen sollten. Die noch Festgeketteten heulten vor Wut und Angst um so lauter, versuchten nach den Herumlaufenden zu greifen, und das hin- und hergeschleuderte Schiff warf alle durcheinander, so daß sie stöhnend und röchelnd, vielfach neu in Ketten verfangen, sich am Boden wälzten.

An Deck hatte der tobende Orkan ein neues Opfer gefordert. Der Steuermann, zu Tode erschöpft, sank neben dem schweren Steuerruder ohnmächtig nieder. Petesuchos gab Befehl, das Ruder festzukeilen. Bei Tagesanbruch wollte er es selbst wieder übernehmen. Unter unvorstellbaren Anstrengungen gelang die schwere Arbeit.

Im Morgengrauen zeigte sich ein trostloses Bild. Die anstürmenden Wasserberge schienen das Schiff vollständig umzingelt zu haben. Wie Mauern wuchsen rings die wilden Wogen empor und erreichten bald die Höhe des Mastbaumes. Dann stürzten sie als schrecklicher Wasserfall mit Donnergetöse über den stöhnenden Schiffsleib her. Trotzdem schleppten sich die meisten Mitfahrer aus dem Laderaum mühsam zur Luke und achteten nicht des über sie einrauschenden Wassers. Quälender Durst trieb sie an Deck. Aber dort erwartete sie eine neue Enttäuschung. Der Deckel des Wassertrogs war fortgeschwemmt und das Trinkwasser durch eingeflossenes Meerwasser verdorben. Angeekelt spuckten die Trinkenden nach dem ersten Schluck alles wieder aus.

Aristarch entschloß sich, in der zerstörten Küche nach Trinkwasser zu suchen. Da hörte er die Stimme des Hauptmanns, der aus dem Dunkel des Laderaums schrie: „Paulus! Paulus! Wo bist du?"

Aristarch kehrte um und traf Paulus auf dem Wege zum Wassertrog.

„Was will er von dir?" fragte er besorgt.

„Daß ich immer bei ihm bleibe, der arme Mensch!" sagte Paulus.

Wieder rollte eine riesige Woge auf das Schiff nieder, so

daß es bis zum Oberdeck mit gefährlichem Ächzen in die Tiefe sank. Die Menschen unten im Dunkeln, von neuen Wasserfluten überschüttet, schrien in Todesangst auf, und ihr Entsetzen wuchs, als sie im Getöse der Elemente ihre eigene Stimme nicht mehr zu hören vermeinten.

Doch das Schiff zwang sich abermals hinauf und entrann noch einmal dem gähnend geöffneten Wassergrab.

Jetzt aber erscholl die Stimme des Kapitäns, dumpf und hart und fast ohne einen menschlichen Ton: „Allen Ballast über Bord! Schiff in Not! Jeder packe mit zu!"

Der unerwartete Befehl wirkte wie ein Signal zur Rettung. Auch die Schwächsten wurden davon aufgerüttelt. Aus der qualvollen Untätigkeit der letzten drei Tage und Nächte zum Handeln aufgerufen, stürzte sich jeder, der noch halbwegs stehen und greifen konnte, auf den nächstbesten Gegenstand, packte ihn sich auf, schleppte sich damit an Deck und warf ihn über Bord. Die mit Wasser vollgesogenen Weizensäcke hatten ein kaum zu bewältigendes Gewicht. Aber mit verbissener Hartnäckigkeit wurde einer nach dem andern durch die Ladeluken nach oben gestemmt und dann von anderen entschlossenen Fäusten bis zur Bordwand gezerrt und ins Meer geschoben. Wie ein befreiender Rausch war dieses Tun, von dem man sich die Rettung versprach, in alle gefahren. Äxte und Hämmer, Schiffssägen und Kisten mit Nägeln, Töpfe und Körbe, Lebensmittelsäcke und Weinschläuche flogen den Weizensäcken nach wahllos in die Fluten. Ohne zu überlegen, opferten die meisten ihr eignes Gepäck. Schon griff jemand nach einem Sack des Hauptmanns. Der aber stieß den Mann mit einem Wutschrei weg.

Auf die Ekstase folgte ganz plötzlich peinigende Ernüchterung. Das Meer hatte alle Opfer gleichmütig verschlungen und erhob sich von neuem, als sei es ein Kinderspiel, der unglücklichen Quadrireme den Todesstoß zu versetzen. Was an

Ballast glücklich beseitigt war, wogen die neu über Deck und in den Laderaum strömenden Fluten doppelt auf. Der Kampf schien aussichtslos. Aus der Erregung, die die letzten Kräfte geweckt und überfordert hatte, sank alles in neue, tatenlose Lähmung. Selbst die Matrosen folgten keinem Befehl mehr. Dumpf stöhnend, vom Aufbäumen des Schiffs immer wieder durcheinandergeworfen, lagen die Menschen, zu Tode ermattet, herum und dämmerten fast klaglos der nächsten Nacht entgegen.

Lukas bemerkte als erster, daß Paulus nicht mehr bei ihnen war, als ein neuer Morgen grau verhangen sich ankündigte. Eine eisige Angst legte sich auf sein Herz und lähmte eine Weile seinen Willen. Dann raffte er seine letzten Kräfte zusammen und machte sich, ohne jemand anders von seiner Befürchtung zu verständigen, auf die Suche. An Deck, das völlig leer und von den Wellen blankgescheuert war, fand er niemand. Nur am Steuerruder hockte, mit Stricken angeseilt, Petesuchos, halbnackt, durchnäßt und völlig erschöpft. Rings um das Schiff verschlossen riesige Wasserberge den Horizont.

Verzweifelt schleppte sich Lukas wieder nach unten. Ein Schluchzen würgte seine Kehle. Es war so gut wie gewiß, daß Paulus über Bord gespült und in den Wellen umgekommen war.

Plötzlich, auf dem Tiefpunkt seiner lähmenden Verzweiflung, kam Lukas eine Erleuchtung. Wieder klomm er die Leiter hinauf. Auf allen Vieren, den Körper dicht ans Deck gepreßt, kroch er mühsam bis zur vorderen Luke, die zum Unterdeck der Ruderknechte führte.

Der eiserne Knebel, mit dem die Matrosen bei Ausbruch des Orkans den Lukenzugang verkeilt hatten, war gesprengt. Lukas kroch dicht heran und schaute nach unten.

Auch hier war das Inferno der Verzweiflung längst in die gleichgültige Agonie zu Tode Erschöpfter gemündet. Aus dem

Durcheinander von nackten Körpern, gesprengten Ketten und zerbrochenen Bänken quollen wimmernde, röchelnde Töne fast tierischen Jammerns zu Lukas herauf. Aber in einer dunklen Ecke, abgeschieden von diesem Höllenbilde kreatürlicher Qual, entdeckte er eine Gruppe von sechs, sieben Menschen, die, an einer Bank festgeklammert, völlig ruhig bei einem Manne saßen, der gleich ihnen Ketten trug.

Lukas erkannte Paulus sofort. Rasch kletterte er die Leiter hinab und drängte sich durch die Menschenknäuel zu ihm. Seine unsägliche Freude, ihn wiedergefunden zu haben, schlug plötzlich in zornige Erregung um.

„Paulus!“ rief er. „Paulus! Hier bist du?“

Aber Paulus sprach weiter zu denen, die um ihn waren, als habe er Lukas nicht bemerkt, und dieser, als er dicht neben ihm stand, hörte ihn sagen: „Und es gibt keinen Sklaven und keinen Herren, keinen Juden und keinen Griechen – vor Ihm sind alle gleich.“

„Paulus!“ rief Lukas lauter.

Paulus hob den Kopf, wie aus dem Schlafe geweckt. Er lächelte.

„Ja, Lukas. Wolltest du etwas?“

„Ob ich etwas will? Ich suche dich schon überall. Ich war schon ...“

Unter Paulus' Lächeln schmolz seine Härte. Dann sagte er, während ihm sein Kummer der letzten Stunde schon fast kindisch erschien, wie entschuldigend mit demütig leiser Stimme: „Ich war schon ganz verzweifelt.“

„Du hast recht“, bekannte Paulus sanft und rührte Lukas, der sich an einen Balken klammern mußte, sanft am Arm. „Ich hätte euch sagen sollen, daß ich hierher ging, als Gefangener zu Gefangenen. Aber jetzt laß uns zusammen umkehren.“

Er stand auf und gab den Ruderknechten, die ihn umringten, zum Abschied die Hand. „Ich komme wieder", versicherte er ihnen. „Der Herr sei mit euch!"

„Komm, ja komm bestimmt wieder!" riefen sie und winkten hinter ihm her, bis er über die Leiter ihren Blicken entschwunden war.

An Deck wurden Paulus und Lukas böse vom Sturm in Empfang genommen, der ihnen den Atem verschlug und die Kleidung vom Körper zu reißen drohte. Das Meer schien zu kochen. Schäumende Gischt brodelte unheilverkündend um das hilflos tanzende Schiff. Von schweren Brechern überschüttet, krochen Paulus und Lukas Spanne um Spanne, an Haltetauen entlang, bis zur Ladeluke und ließen sich dort, mehr fallend als stolpernd, durchnäßt, zerschlagen, zermürbt von Sturm und Wasser, hinabgleiten. Mit einem Schrei der Erleichterung begrüßte sie Aristarch, der um sie gebangt und wie vorher Lukas das Schlimmste befürchtet hatte.

Kaum waren sie unten, da gab es ein donnerartiges Krachen, ein Brechen und Splittern, als ginge das Deck über ihnen in Stücke. Ungehindert schoß das Wasser durch die Luken. Das zusammengeschlagene Schiff schien rettungslos abzusacken.

„Wir gehen unter!" schrie jemand in Todesnot. „Serapis, hilf!"

„Wir sinken! Neptun! Poseidon!" schrien andere.

„Mein Gott, wir sinken! Jesus, rette uns!" stammelte Lukas und suchte Paulus' Hand im Dunkeln.

XXV

DIE RETTUNG

Und dennoch lebten sie weiter.

Das schwer angeschlagene Schiff hielt sich über Wasser. Wie die Flamme einer vom Sturme niedergedrückten Fackel, die immer wieder aufzuflackern versucht, tanzten sie auf dem aufgewühlten Meer. Der Sturm trieb sie durch grauen, wallenden Nebeldunst zu unbekannten Küsten. „Wenn wir zur Großen Syrte kommen, sind wir verloren", sagten die Seeleute angsterfüllt. Aber keiner wußte mehr Bescheid, in welche Richtung die steuerlose Fahrt wirklich ging.

Petesuchos, eine Öllampe in der Hand, ging mit zwei Matrosen, die sich gerade noch auf den Beinen halten konnten, den Schiffsboden ab. Keuchend mühten sie sich, die größten Spalten notdürftig mit Werg zu verstopfen. Durch die Balken hindurch spürten sie die ungehemmte Wucht des sturmgepeitschten Meeres. Es klang, als schlügen eiserne Fäuste und Riesenhämmer unablässig gegen den Rumpf des Schiffes, um ihm den Rest zu geben.

Von der Anstrengung des Abdichtens erschöpft, blieben die Matrosen mehr und mehr hinter Petesuchos zurück. Schließlich sank auch er, bevor er vollends das Bugteil erreicht hatte, vor Ermattung zu Boden. Von irgendwoher hörte er Wasser einströmen, aber er besaß nicht mehr die Kraft, die schadhafte Stelle zu suchen. Die Lampe in seiner Hand erlosch. Der lange Schatten, den seine gebückte Gestalt an die Schiffswand geworfen hatte, schwand. Petesuchos hatte das Fieber gepackt. Weiße Schattengebilde tanzten vor seinen zugefallenen Augen. Das unregelmäßige Schaukeln des Schiffs empfand er als eine schmerzhafte, wirbelnde Pein. Er wünschte sich, daß er jetzt sterben könnte. Kein Funken Kraft war mehr in ihm zu einem Widerstand gegen das Ende. Sein Schiff würde untergehen. Die schöne Quadrireme, die er so viele Jahre durch alle Fährnisse sicher gesteuert hatte, – er würde sie nicht mehr glücklich in einen Hafen bringen. Der erzürnten Götter Gewalt konnte der Mensch nicht entfliehen.

Plötzlich nahm er wahr, wie jemand auf ihn zukroch und seine Hand vorsichtig faßte.

„Bist du es, Petesuchos?“ hörte er fragen.

„Ja“, stöhnte er. „Was willst du? Ich kann dir nicht helfen. Wer bist du?“

Von neuem stürzte ein Wellenberg auf das Schiff. Petesuchos' Hirn wehrte sich nicht mehr gegen die Gefahr. Sein Herz stockte. Wieder wurde das Schiff in die Tiefe gedrückt, doch abermals hob es sich schwankend daraus empor.

„Ich bin es, Paulus, der Gefangene“, hörte Petesuchos sagen, und zugleich nahm sein Ohr das Schlurren der über die Bretter nachgezogenen Kette wahr. Mit großer Anstrengung wandte er den Kopf. „Ich will nichts hören“, sagte er unwillig. „Laß mich in Ruhe! Ihr wollt nur immer Hilfe von mir haben. Es gibt keine mehr. Macht's mit den Göttern ab!“

„Hör mir zu, Petesuchos“, sagte Paulus eindringlich. „Ich wollte dich nur bitten, daß du allen eine erfreuliche Nachricht bringst. Wir werden nicht untergehen. Hörst du: Wir werden nicht untergehen. Keiner von uns wird ertrinken. Nur das Schiff wirst du verlieren. Ich habe den Engel Gottes gesehen.“

Petesuchos zuckte hilflos und ungläubig die Achseln. „Geh weg!“ keuchte er.

Paulus' Stimme klang durch die Dunkelheit ruhig, aber

bestimmt: „Ich bin nicht von Sinnen, Petesuchos. Es ist wahrhaftig wahr, was ich dir sage: Heute nacht war ein Engel Gottes bei mir."

„Vielleicht gar der große Ra?" spottete Petesuchos grimmig. „Geh weg, sag ich dir!"

„Ich gehe nicht. Du mußt es den andern sagen."

„Fort! Verschwinde!" Wütend fuchtelte er blindlings mit der geballten Faust um sich. Paulus wich ihm aus. Das Schiff schlingerte und stampfte und stöhnte unter den Schlägen, mit denen es über die Wellen hinausgeschleudert und wieder in die Tiefe hinabgerissen wurde.

Paulus sammelte seinen Willen. Den verzweifelten, zerbrochenen Menschen mußte ein Trost werden. Er hatte Tag und Nacht für sie gebetet. Ihm war die Gewißheit geworden, daß er nicht untergehen werde. Er wußte, was ihm verheißen war. Er würde die Weltstadt sehen und ihren Herrscher. Aber auch die Menschen, mit denen er auf dem Schiffe war, sollten nicht verderben. Um ihr Leben betete und rang er, während er unter ihnen am Boden des vom Sturm geschüttelten Schiffes hin- und hergeworfen wurde.

Tiefatmend erhob er sich, und so laut er konnte, schrie er in den Lärm der aufgerührten Elemente: „Hört mich an, Brüder! Faßt Mut! Ihr werdet nicht untergehn! Ich weiß es, wir werden gerettet. Nur das Schiff wird sinken."

Aus dem Raume kam kein Echo. Niemand rührte sich. Keiner gab Antwort. Nur das Brausen des Meeres tönte fort.

Wieder begann Paulus zu rufen: „Ihr Brüder, hört zu! Keiner von uns wird untergehen!"

Ein bitteres Lachen erscholl. Dann war wieder Schweigen. Aber sein Sinn begriff, daß es ein anderes Schweigen war als vorher. Er spürte, wie sie ihm lauschten, schweigend noch, ungläubig, und dennoch auf seine Worte begierig.

Mit zuversichtlicher Stimme fuhr er fort: „Ihr könnt es

mir getrost glauben, Brüder! Heute nacht – heute nacht ist mir der Engel Gottes erschienen, und er hat mir gesagt: ‚Ihr werdet gerettet werden. Denn du sollst vor dem Kaiser erscheinen. Und die mit dir sind, die schenkt dir der Herr!'"
Von seinem Rufen erschöpft, sank er auf die Bretter.

Niemand wagte mehr zu lachen. Aufs äußerste gespannt vor Erwartung, lauschten sie und rührten sich nicht. Da ertönte aus dem äußersten Winkel des Unterdecks Julius' Stimme: „Ihr könnt ihm glauben! Er ist ein seltsamer Mensch. Er weiß alles ..."

Wie gelähmt verharrten die Menschen in Schweigen. In allen aber wuchs ein Echo auf die Worte jenes unscheinbaren Mannes in Ketten, wie der Widerschein eines kleinen Lämpchens in der Finsternis. Aber die Gewalt der Elemente, die auf sie einstürmten, dämpfte seinen Schimmer. Mit jedem Aufrecken des Schiffs wuchs er, mit jedem Herabsinken im Donnergetöse erstarb er wieder im Dunkeln. Und dennoch flackerte er weiter, unbegreiflich und zähe, wie die Hoffnung, die sie alle schon begraben hatten.

Auf einmal geschah etwas Erschütterndes. Die zu Tode Erschöpften erhoben sich mit neuer Kraft und sprangen auf. Fast gleichzeitig liefen sie los, drängten zur Luke, ihre zitternden Hände griffen die Sprossen der Leiter. Ihre Augen richteten sich ungläubig nach oben. Es war wie ein Märchen: Am obern Rande der Luke glimmte ein rötlicher Schein.

Zu ihm erhoben sie ihre Arme. Der Schein erlosch nicht. Also war er kein Trug!

Einer nach dem andern kletterte hastig an Deck. Bleiche, ausgemergelte Gesichter blickten alle in die gleiche Richtung. Vor ihnen, über der wildbewegten, mit rotschwarzen Schattenflecken gesprenkelten See lag der rote Streifen. Das verwüstete Deck mit der zerborstenen Galerie am Heck tauchte immer stärker in die Röte. Zwar blies der Wind noch weiter, aber er schien milder zu wehen und aus anderer Richtung zu kommen. Er ballte über ihnen nicht mehr schwärzlichen Dunst, sondern trieb ihn gegen die südliche Wölbung des Himmels. Wolkenfetzen flogen wie Totenvögel davon.

Wieder rollte eine Woge über Deck und durchnäßte alle. Aber niemand ließ sich davon vertreiben. Unentwegt blickten sie um sich. Jetzt waren sie gewiß, daß sie nicht in den Rachen der Großen Syrte trieben. Sie segelten nach Westen! Nach Westen!

Nach so vielen Tagen sahen sie an diesem Abend zum ersten Male wieder blauen Himmel. Der rote Sonnenball befreite sich von den letzten Dunstschwaden. Ein freundliches Abendrot breitete sich immer weiter aus.

Die Menschen standen an Deck, klammerten sich an Tauen fest und starrten in die Ferne. Die Sonne sank. Ihr Widerschein schimmerte rötlich weiter. Dann erlosch er, von den Wellen überflutet, um wieder aufzuleben, wenn die Woge sich senkte oder das Schiff emporgetragen wurde.

Am aufhellenden Himmel erglomm ein Stern. In diesem Augenblick hörten sie durch das Brausen des Meeres, das von neuem seine alte Melodie aufnahm, einen Ruf: „Ahoi! Ahoi!“

Ein Matrose war auf den Mastbaum geklettert. Er deutete mit dem Arm auf etwas im Abendleuchten: „Ahoi! Land in Sicht! Ahoi!“ Sie sahen es noch nicht, konnten es noch nicht sehen. Oder war es nur ein Trugbild fiebernder Augen?

Aber alles ringsum nahm bereits eine andere Färbung an. Ihre Leiber zitterten vor Erregung und Gier auf neues Leben. Sie spürten, wie der Sturm schwächer und schwächer wurde. Währenddessen schwand das Dämmerlicht, und die Nacht senkte sich vollends hernieder, nur erhellt von einigen blassen Sternen. Aber die Finsternis traf sie schon in neuem Lebenswillen.

ZWEITER TEIL

I

DER GOLDSCHMIED CHALAFTA

Über die Via Sacra marschierten Prätorianerkohorten.

Voraus der Musikzug. Donnernd schlugen die Trommeln, gellend tönten die Hörner und die gewundenen Bucinen dazwischen.

Ihm folgten die Adler, die Signa und die Vexilla. Dahinter kamen in geschlossener Marschordnung die Soldaten in ihren glänzenden Rüstungen, mit federgeschmückten Helmen, ovale Schilde auf den Schultern. Das Knirschen der genagelten Stiefel auf den Steinfliesen der Allee klang gleichmäßig wie das vollkommene Gleichmaß der Brandung an einer Felsenküste. Zur Seite der Abteilung schritten die Hauptleute in Schuppenpanzern, den Rebenstab in den Händen.

Die bunte Parade war eine eindrucksvolle Schau römischer Machtentfaltung. Sehnige Arme hielten die Lanzen hoch; die lässige Gleichmäßigkeit verriet geballte Kraft. Unter den tief in der Stirn sitzenden Helmen blickten junge, entschlossene Gesichter hervor. Achtunggebietend klirrten die Schwerter an die Beschläge der Rüstungen.

Zwischen zwei Abteilungen ritten an der Spitze einer Schar farbenprächtiger Tribunen zwei Präfekten auf schneeweißen Araberpferden. Die Zuschauer auf den Treppenstufen und an den Hauseingängen begrüßten sie mit lauten Zurufen, die die Pferde in ihrem scharlachroten, goldverzierten Geschirr schweifwedelnd tänzeln ließen.

Die beiden Reiter waren Männer in den besten Jahren. Der ältere von ihnen, Phenius Rufus, hatte ein breites, kantiges Gesicht, wie von einem Beil zurechtgehauen. Er sah streng, aber offen drein und nickte den Rufenden leutselig zu. Silbernes Haar leuchtete unter seinem Helm hervor. Tigellinus, der jüngere, machte eine wesentlich schlechtere Figur zu Pferde und sah mit seiner unscheinbaren Gestalt nicht nach einem Soldaten aus. Sein gelbes Gesicht zeigte Züge von Anmaßung, Gier, Neid und Sinnlichkeit. Während seine tiefliegenden Augen mit unaufhörlicher Wachsamkeit die Gesichter der Menge beobachteten, feuchtete seine Zunge nervös die Lippen.

Den Präfekten folgten in wuchtigem Marschtritt neue geschlossene Prätorianerkolonnen.

Von der Schwelle zu Chalaftas Goldschmiedegeschäft verfolgte Arie mit staunenden Blicken das farbenprächtige, machtvolle Schauspiel, das vor dem gewaltigen Hintergrund der Weltstadt vorüberzog.

Chalaftas Laden, der sich mit Banken und mehreren anderen Goldwarenläden in den Lauben der Emiliusbasilika befand, bot einen guten Überblick über das Herzstück Roms: den kreisförmigen Vestatempel, das Heiligtum des göttlichen Julius, den Triumphbogen des Augustus, den Kastortempel und die riesige Juliusbasilika, vor der sich von sieben Säulen die sieben siegkündenden Victoriafiguren zum Fluge anschickten, über das Forum, den Saturntempel, den die Säulengänge und Standbilder überragenden graugrünen Capitolinischen Felsen, durchbrochen von den Gemonischen Treppen und bekrönt von der breiten Fassade des Jupitertempels, der eher einer Wehrburg als einem Heiligtum des Göttervaters glich.

Die Musik verklang in der Ferne. Aber noch immer marschierten Kolonnen vorbei. Den Kohorten der Prätorianer folgten die Formationen der Stadtwache und der Vigilier. Die Parade war der Auftakt zur morgigen Megalesia, den Umzügen zu Ehren der Großen Göttermutter Rea-Cybele, deren Heiligtum neben dem Hause des Livius am Rande des Palatinischen Hügels eine Stätte wilden, furchterregenden Verehrungsdienstes bildete. Der neue Kaiser war zwar, im Gegensatz zu seinem Vorgänger, kein besonders eifriger Anhänger der Rea-Cybele und gab der Ehrung des kleinen Heiligtums der syrischen Göttin Atargatis auf dem Janiculum den Vorzug. Aber das Volk wollte seine Megalesia haben, und so wurde die Feier weiter mit dem gleichen Pomp und Gepränge wie unter Claudius abgehalten. Dieses Jahr versprach sie besonders großartig zu werden, denn die beiden Präfekten, die erst kürzlich nach dem geheimnisvollen Tode des Burrus ihr Amt angetreten hatten, wollten sich damit beim römischen Volke beliebt machen.

Endlich war der Zug zu Ende. Die Zuschauer, die bisher die Straßenränder gesäumt hatten, quollen jetzt von den Treppen und Hauseingängen, aus Winkeln und Nebenstraßen hervor, und selbst die besonders breite Via Sacra, auf der als einer der wenigen Straßen der Weltstadt zwei Wagen, ohne auszuweichen, aneinander vorbeikamen, war jetzt zu eng für die drängende Menge, die nach allen Seiten hin- und herflutete.

Den von Sklaven getragenen Sänften der Reichen und Senatoren mußten voranschreitende Läufer den Weg bahnen, die laut den Namen und Titel ihres Herrn ausriefen. Einer dieser Tragsessel, prächtig mit Elfenbein und Schildpatt geschmückt, machte vor Chalaftas Laden halt. Das Gefolge von Sklaven und Dienern in schweren Wolltogen schrie nach dem Kaufmann. Dienstbeflissen eilte Chalafta herbei und näherte sich dem guten Kunden mit tiefer Verneigung.

Arie konnte nicht verstehen, worum das Gespräch ging, denn er sprach noch kein Latein. Aber er beobachtete, wie Chalafta unter fortwährenden Verbeugungen eifrig auf den wohlbeleibten Mann, der bequem in seiner Sänfte lag, einredete, dann in den Laden eilte und mit einer Kassette zurückkam, in der er, wie Arie wußte, seine wertvollsten Geschmeide aufbewahrte. Der Reiche wählte lange unter den goldglänzenden Schmuckstücken, nahm dieses und jenes in die Hand, wägte ab, legte wieder zurück, besah und verglich von neuem und entschied sich endlich für eine kostbare Armspange, die Chalafta sorgsam in ein Tuch wickelte und dem Käufer unter abermaligen Verneigungen beinahe feierlich überreichte. Dann sah er der sich rasch entfernenden Sänfte händereibend nach und ging schließlich mit seiner Kassette in den Laden zurück, wohin ihm Arie folgte.

„Ein fabelhafter Mensch!" erklärte Chalafta, und seine strahlende Miene zeigte, wie zufrieden er mit dem soeben abgeschlossenen Geschäft war. „Zahlt und handelt nicht erst lange. Solche Kunden hat man gern." Säuberlich ordnete er die Schmuckstücke wieder in die Kassette und verschloß diese sorgfältig. „Ich sage dir, Arie: Erlerne mein Handwerk! Dann wird es dir immer gut gehen." Die Begeisterung riß ihn fort. „Davon kannst nicht nur du leben, sondern auch deine Kinder und Kindeskinder werden ein Vermögen in Händen halten."

Arie antwortete ihm nicht. Er war wieder in die geöffnete Tür getreten und sah nach draußen. Aus weiter Ferne hörte man den Widerhall der hellen Trompeten.

Das Gesicht des Kaufmanns wurde bekümmert, während er an den Jüngling herantrat. „Warum bist du eigentlich so merkwürdig, Arie?" fragte er besorgt. „Was quält dich? Sag es mir doch endlich!"

Arie schwieg noch immer. Mit finsterem Gesicht, die schmalen Lippen zusammengepreßt, blickte er nach dem Forum, wo der Tiberiusbogen langsam in der Dämmerung versank. Schließlich sagte er mißmutig: „Du hattest mir doch versprochen, Chalafta, daß du dich erkundigen wolltest..."

„Immer sprichst du nur davon“, erwiderte Chalafta ärgerlich. „Versprochen, versprochen ... Immer willst du nur etwas über diese Christen wissen. Was können sie dir nützen? Sie haben sich mit den Unbeschnittenen vermischt. Nur wenige von ihnen halten noch das Gesetz ...“ Er schweifte wieder zu seinem Lieblingsgedanken ab: „Ich sage dir, erlerne mein Handwerk! Ich habe niemand außer Axa, nur sie allein. Ihr Mann bekommt einmal alles, was mein ist. Und das ist gewiß nicht wenig. Wenn du wüßtest, was mich allein dieser Laden unter der Emilia gekostet hat! Aber jetzt kennt mich die ganze reiche Welt, jeder Senator, die Präfekten, die Konsuln, die Tribunen ... Sogar ins Palatinum habe ich schon zweimal geliefert. Weißt du, was das heißt? Von unsern Leuten sind viele hierhergekommen. Aber was tun sie? Sie fristen mühselig ihr Leben. Und wenn einer auf dem Oliphorium einen Kramladen hat, dann glaubt er schon, er sei ein gemachter Mann. Ich bilde mir nichts ein, aber soviel weiß ich“ – seine Stimme ging in Flüstern über –, „daß das, was ich besitze, der Laden, die Insula und die Sklaven, gut und gerne seine zwei Millionen Sesterzen wert ist. Ist das nichts? Die Hälfte davon würde schon genügen, um Senator zu werden. Ich möchte aber, daß meine Axa mit diesem Geld auch glücklich wird. Sie ist ein bildhübsches Mädchen. Wenn du sie siehst, wirst du begeistert sein und dich nicht mehr lange besinnen. Nun, du sollst sie haben. Und das Geld und den Laden und auch die Insula dazu. Erlerne nur mein Handwerk!“

Arie wandte sich unwillig ab. Das bekam er nun seit seiner Ankunft in Rom jeden Tag mehrere Male zu hören. Rabbi Joseph, den er in Myra getroffen und bis nach Ostia begleitet hatte, ein Pharisäer von der kriegerischen Sekte der Zeloten, hatte Arie an Chalafta empfohlen, und dieser war vom ersten Augenblick an wie vernarrt in ihn.

Chalafta gehörte zu den reichsten Juden in Rom. Auf dem Aventin besaß er eine große sechsstöckige Insula, ein massiv gebautes Haus, das sich weit von den baufälligen, elenden Trödlerbuden abhob, von denen manch eine unvermittelt über den Köpfen ihrer Bewohner zusammenstürzte. An die hundert Menschen wohnten in dem Haus, alles treue Anhänger des Gesetzes. Das Erdgeschoß war zu Läden ausgebaut. Darüber befand sich Chalaftas Wohnung, die mit umlaufenden, reich von Reben und Efeu berankten Balkonen ausgestattet war. Die übrigen Mieter wohnten in den oberen Stockwerken, zu denen von außen an das Haus angebaute Holztreppen führten.

Trotz seines großen Reichtums lebte der Kaufmann mit Frau und Tochter sehr zurückgezogen. Sein größter Kummer war, daß er nur dieses eine Kind hatte, und das Bestreben, für Axa den richtigen Mann zu finden, war seine Hauptsorge. Die römischen Juden sagten ihm nicht zu. Ihre Lebensführung glich sich allzusehr dem laxen Leben der Heiden an. So träumte er davon, einen aus dem Stamme Juda, einen treulichen Bekenner des Gesetzes, als Schwiegersohn zu finden. Und keiner entsprach seinen Vorstellungen so sehr wie Arie, den er deshalb schon am zweiten oder dritten Tage ihrer Bekanntschaft in seine geheimen Pläne einweihte.

Was sollte Arie ihm darauf antworten? Er war in seinen Haß gegen Paulus, in sein Verlangen nach Rache so sehr gefangen, daß er an nichts anderes mehr denken konnte. Paulus, er und alle, die mit ihm gingen, waren an allem schuld. Dieser unscheinbare, schwächliche Mensch, der irgendwo hier in Rom lebte und unauffindbar war, bildete den Mittelpunkt der verhaßten Bewegung. Ihn zu fassen, war sein einziges Ziel.

Ohne Chalafta eine Antwort zu geben, verließ Arie den Laden und ließ sich willenlos von der Menge weitertragen.

Eingekeilt zwischen gestikulierenden Männern und dreisten Weibern, gelangte er am Fuße des Tarpeischen Felsens vorbei in den Vicus Jugarius, durchschritt das Velabrum unter dem Säulengang der Brücke des wahnsinnigen Caligula, die das Palatinum mit dem Tempel auf dem Capitol verband, und kam schließlich auf die Via Nova.

Über den reißenden, fahlgelben Tiber spannte sich die hölzerne Subliciusbrücke, auf der durch eine wogende, schreiende Menschenmenge Hirten aus Cäre und Tarquinii riesige Rinderherden zum Forum Boarium trieben. Am Strand, wo gewaltige Galeeren, vollbeladen mit den Schätzen aus aller Welt, ankerten, lungerten halbnackte Träger herum, bronzefarbene Matrosen und die ewig feilschenden, handelslustigen Kaufleute. In den Tavernen dampfte die Gerstenpolenta, die neben gerösteten Bohnen, Knoblauch und Oliven so begehrt war.

Jenseits vom Tiberfluß war der Stadtteil der Armen. Hier herrschte bei den niedrigen, kümmerlichen Hütten ein schmutziges Grau vor, das in krassem Gegensatz zu dem üppigen Grün stand, das die mit schwarzen Zypressen, schirmartigen Pinien und knorrigen Eichen bestandenen Janiculushügel überzog.

Arie stand gedankenverloren am Flußufer und gewahrte kaum den Lärm, der um ihn tobte. Allzulange schon dauerte die Suche nach Paulus. Im Spätherbst war er nach Rom gekommen; jetzt kündigte sich der nahende Frühling an. Chalafta schien ihm nicht helfen zu wollen. Er selbst aber, auf seinen Spürsinn vertrauend, hatte in der Riesenstadt, die ihn förmlich betäubte, bisher kein Glück gehabt. Das Bewußtsein seines Versagens drückte ihn nieder. Zugleich aber berauschte ihn das fremde, ungewohnte Leben voller tausendfältiger, nie zuvor gekannter Eindrücke, die ihn unmerklich von seinem eigentlichen Ziele abzulenken verstanden.

Wieder legte eine Barke in Aries Nähe an. Die starken Träger liefen behende über den schmalen Laufsteg auf Deck und kehrten mit riesigen Körben voll glitzernder Makrelen an Land zurück. Der Schlamm patschte unter ihren nackten Füßen. Der Kapitän der Barke trieb zur Eile an.

Von einem Träger angestoßen, wich Arie aus und wandte sich zum Gehen. In diesem Augenblick nahm sein Ohr einen Gesprächsfetzen auf, der ihn wie elektrisiert zusammenfahren ließ. Ein Träger sagte zum andern, während er ein schweres Gepäckstück absetzte, auf aramäisch: „Möge dir, Bruder Phileros, unser Herr Jesus vergelten, daß du mir geholfen hast!“

Arie überkam es wie einen Ertrinkenden, der plötzlich festen Boden im reißenden Wasser faßt. Aufmerksam ließ er seinen Blick den Männern folgen, mit dem festen Vorsatz, sie nicht aus den Augen zu verlieren.

II

DER GUTE HIRTE

Ein volles Jahr lebte Paulus nun schon in dem kleinen Haus an der Via Appia zusammen mit dem Wachsoldaten, der ihn am Tage der Gerichtsverhandlung vorführen sollte. Diese besondere Gunst verdankte er allein Julius. Des Hauptmanns Bewunderung und Dankbarkeit für Paulus überschritt alle Grenzen. Mochten die Leute reden, was sie wollten: Julius glaubte fest daran, daß er und alle auf dem Schiff ihre Rettung am Strand von Malta einzig Paulus zu verdanken hatten. Sogar den größten Teil seines Reisegepäcks hatte Julius auf einem schnell zusammengezimmerten Floß noch retten können.

Der Winter war auf der Insel wie im Fluge vergangen. Dann setzten sie nach Puteoli über und gingen die letzte Strecke zu Fuß. Aristarch war vorausgeeilt, um die Gemeinde der Gläubigen auf Paulus' Ankunft vorzubereiten, und sogleich machte sich eine Gruppe auf, um ihm auf halbem Wege entgegenzugehen. Sie trafen ihn in Tres Tabernä und nahmen hier froh ein gemeinsames Abendmahl ein, bei dem Paulus das Brot brach.

Ein Zittern in seiner Stimme überwindend, fragte er nach Petrus. Aber dieser hatte sich, noch bevor Aristarch in Rom eingetroffen war, mit Markus nach Brundisium aufgemacht, um von dort nach Ägypten zu reisen. Vor ein, zwei Jahren würde er nicht in Rom zurück sein. So gingen ihre Wege wieder auf geheimnisvolle Weise aneinander vorbei.

In Rom führte Julius den Gefangenen zum Castrum Prätorium, das sich hinter der Porta Collina befand, ein gewaltiges Festungswerk, wo alle zehn prätorianischen Kohorten ihren Standort hatten. Unter dem gestrengen Burrus herrschte hier seit der Ermordung der Agrippina eiserne Zucht, und die Gefangenen, die in dumpfen Verliesen unterhalb der Festungsmauer gehalten wurden, hatten ein schweres Leben. Zum Glück für Paulus konnte Julius, der als Hauptmann in die Prätorianergarde übernommen wurde, es bei Burrus durchsetzen, daß der Gefangene unter seiner Bürgschaft in Privathaft entlassen wurde. Mit Hilfe der römischen Christen fand sich an der Via Appia, unweit vom Grabmal der Cäcilia Metella, eine bescheidene Unterkunft für Paulus. Hier konnte er sogar unterrichten, predigen und taufen.

Hatten sich mehr Gläubige versammelt als das Haus faßte, und war die Witterung so ungünstig, daß Paulus nicht im Freien lehren konnte, wurde die Versammlung in einen unterirdischen Friedhof verlegt, der in einen nahe gelegenen, mit Zypressen bestandenen Hügel eingegraben war. Der Wachsoldat zog dann gutmütig mit und legte sich, in seinen Mantel gewickelt, in einem Winkel der Krypta zum Schlafen oder hörte auch ungläubig zu, während Paulus predigte.

Durch die von Grabplatten eingefaßten, dunklen Katakomben, denen flackernde Öllämpchen ein dämmeriges Licht verliehen, erscholl der Gesang der Christenschar, man betete, lauschte Paulus und empfing schließlich aus seiner Hand das Brot.

Um die kahle Versammlungsstätte zu verschönern, gingen eines Tages Handwerker daran, die Felswände zu tünchen. Den blaugrünen Untergrund schmückten sie mit Zierstreifen von Blättern, Blumen und kleinen bunten Pfauen aus.

Paulus freute sich über den Eifer der Maler, und diese waren glücklich, ihre Kunst, die sie sonst nur den Reichen verkauften, in den Dienst Gottes stellen zu dürfen. Während sie frohgestimmt werkten, sangen sie ein Lied nach dem andern zum Lobe des Herrn.

Eines Abends aber wurde diese friedliche Harmonie jäh gestört. Paulus lag zu Hause erschöpft auf seinem Ruhebett und kämpfte mit einer aufkommenden Schwäche, die, wie er fürchtete, einen erneuten Ausbruch des asiatischen Fiebers ankündigte. Sein Kopf schmerzte unerträglich, die Augen brannten, Schüttelfrost peinigte seinen Körper.

Plötzlich stürmten einige Gemeindemitglieder in sein Zimmer. „Paulus, Paulus", schrien sie aufgebracht, „laß dir bloß sagen, was sie angerichtet haben!"

Paulus erhob sich mühsam von seinem Lager und fragte beunruhigt: „Was ist denn geschehen?"

Noch völlig außer Atem, stießen die Aufgeregten hervor: „Sie haben dort unten einen Menschen an die Wand gemalt!"

Paulus fuhr sich kummervoll über die Stirn, und seine Kette klirrte. Schon lange hatte er befürchtet, daß die Sache eines Tages ein solches Ende nehmen würde. So bat er seinen Wächter, ihn zu den Katakomben zu begleiten.

Seine Besucher konnten sich noch immer nicht beruhigen. „Sie haben es gewagt, einen Menschen zu malen, Terentius und Stichus! Das ist doch Gotteslästerung! Der Herr hat es verboten ..." und sie zitierten die alte Halake.

Sorgenvoll schritt Paulus mit ihnen die steilen Treppenstufen hinab. Mit der Hand mußte er sich an der Mauer stützen. Dunkle Kreise bewegten sich vor seinen Augen.

Der Versammlungsraum war vom Geschrei der Streitenden erfüllt. Mit geballten Fäusten standen sie sich gegenüber. Erst als sie Paulus gewahrten, gaben sie Frieden.

Lange stand Paulus vor dem unvollendeten Gemälde, das einen jungen Burschen in kurzer Tunika und hohen Ziegenlederstiefeln darstellte, wie sie die campanischen Hirten trugen. Ein Ledersack hing über seinem Arm, und auf den

Schultern lag ein Lamm. Paulus verstand. Das sollte der Gute Hirte sein, wie er und Lukas ihn der Gemeinde oft geschildert hatten. In dem kantigen Gesicht mit dem latinischen Kinn und der breiten Nase war nichts, was an Sein Gesicht erinnerte. Und dennoch war das Gesicht auf seine Weise schön. Die Maler, die jetzt ängstlich in Paulus' Augen forschten, hatten es den Gesichtern ihrer besten Helden, Romulus und Äneas, nachgeformt.

Unschlüssig kämpfte Paulus mit der Entscheidung, was er sagen sollte. Wie er über das veraltete Verbot dachte, hatte er Lukas früher schon gestanden. Aber wie würden diese Menschen, die noch so schwach und so wenig gefestigt im Glauben waren, das neue Gesetz aufnehmen? Er wußte, welchen Gärstoff er mit seiner Lehre brachte. Bei den Ältesten der römischen Synagoge hatte er, obgleich sie ohne Weisung des Sanhedrins und des Hohen Rats der Pharisäer waren, das gleiche Unverständnis wie in Jerusalem gefunden und war von ihnen in unversöhnlichem Streite geschieden. Seit dieser fruchtlosen Auseinandersetzung spürte er, wie von den sieben großen römischen Synagogen unablässig Zwietracht unter seine Anhänger gesät wurde und wie einer nach dem andern von ihm abfiel. Und nun wurde ihm wieder eine Entscheidung aufgezwungen, die böses Blut machen mußte, wie immer er sich auch verhielt...

Schon wagten sich die Gegner der unglücklichen Maler, sein Schweigen mißdeutend und für ihre Meinung in Anspruch nehmend, mit einem erneuten Angriff vor. „Seht ihr", riefen sie, „der Rabbi ist stumm vor Zorn! Ihr habt eine große Sünde begangen! Das kommt davon, wenn man das Gesetz nicht kennt. Ihr werdet schon hören, was euch der Rabbi jetzt sagen wird. Verfluchen wird er euch – ihr Unreinen, ihr Abtrünnigen!"

Paulus wurde immer verzweifelter. Umsonst grübelte er

nach einer Lösung, die alle befriedigen konnte. Jede Antwort, begriff er, mußte zu einer Spaltung führen. Er versuchte zu beten, aber das Gebet in der Bedrängnis gab ihm keine Antwort ein. So verging die Zeit, und noch immer stand er wortlos und verwirrt vor der bemalten Wand, zerrissen zwischen dem Wissen um das Neue, Umstürzende und den Forderungen der Vernunft und der Nachsicht. In Jerusalem war der Streit ähnlich schwierig gewesen. Aber dort hatte Jakobus' Bitte den Ausschlag gegeben und eine Lösung gebracht. Hier aber war er ganz allein auf sich gestellt. Hier war niemand, der ihm helfen konnte, er selbst, er ganz allein mußte die Entscheidung treffen.

Verzweifelt gab er vor diesem Zwange auf, und ohne ein Wort zu sagen, wandte er sich schleppenden Schritts dem Ausgang zu. Und wieder schrie jemand: „Seht ihr, was ihr angerichtet habt? Der Rabbi verläßt uns! Er wird euch verfluchen, und ihr fahrt zur Hölle und werdet für eure Sünden brennen!"

Paulus blieb wie versteinert stehen. Der Haß, der aus diesen bösen Worten aufstieg, lähmte sein Innerstes. Jäh richtete er einen vernichtenden Blick auf den Sprecher und hob in höchster Erregung die Hände. „Fort, fort, du Versucher!" schrie er außer sich.

Über diesen Ausbruch erschrocken, wichen die Gläubigen zurück. Paulus atmete schwer, dann ging er langsam, Schritt um Schritt, zu der Wand zurück, auf der das Bild vom Guten Hirten gemalt war. So nahe blieb er vor ihm stehen, daß sein Gesicht fast über die frischen, duftenden Farben strich.

Nach einer Weile fielen seine erhobenen Hände kraftlos herab. Paulus beugte sich zu Boden, als drücke ihn eine schwere Bürde. Als er sich schließlich umwandte, stand auf seinem schmerzvoll verzogenen Gesicht schon wieder ein scheues Lächeln.

Er winkte den Mann, der vorhin die Maler verdammt hatte, zu sich und wollte ihm etwas sagen. Aber das fieberhafte Zucken seiner Lippen brachte nur ein Stammeln hervor: „Du sprichst unrecht, Bruder! Bereue! Du sollst lieben, Bruder ... Wir sind doch Brüder, alle ... Sie haben Jesus recht gedient ...“

Noch einmal versuchte er ein Lächeln, dann strich er sanft dem Ankläger übers Haar. Aber schon übermannte ihn das Fieber, seine Füße wankten, und er stürzte zu Boden. Man mußte ihn nach Hause tragen.

Als er einige Tage später wieder zur Krypta ging, verwunderte ihn die kleine Zahl derer, die zum Gebet erschienen waren. Es fehlten alle, die die Maler beschuldigt hatten, es fehlten auch andere. Seine Gemeinde war mit einem Male auf die Hälfte zusammengeschrumpft.

III

DER NEUE RACHEPLAN

„Du kommst also aus Jerusalem?"

„Ja."

„Gesegnet sei die Stadt des großen Königs, die Hauptstadt des Herrn, die dreimal heilige Stadt! Vor fünf Jahren war ich dort zum Passahfest. Ich bin ein treuer Israelit und würde öfter hinfahren, aber die Überfahrt ist für unsereins unerschwinglich ..."

„Aber bist du auch ein Bekenner Jesu?"

„Gelobt sei der Name des Sohnes Gottes, Jesu Christi! Ich bin sein Bekenner. Und du ..."

„Ja, auch ich glaube an Jesus."

Arie legte dieses falsche Bekenntnis nun schon zum zweiten Male mit unsicherer Stimme ab. Er hatte Sorge dabei, ob er, wenn nötig, seine Zugehörigkeit zu den Nazarenern auch beweisen könne. Aber die beiden Lastträger klopften ihm zutraulich auf die Schulter, und der eine von ihnen, Phileros, fragte wißbegierig: „Gibt es viele unsrer Brüder in Jerusalem?"

„O ja, gewiß", bestätigte Arie. Und dann fragte er selbst: „Wo versammelt ihr euch hier eigentlich? Ich habe noch niemand getroffen, der mir das hätte sagen können."

„Das ist ganz verschieden", erklärte Phileros. „Die Stadt ist so gewaltig groß und wir sind hier so viele, daß es unmöglich ist, uns an einem Ort zu versammeln. Nur zum Passah- und zum Auferstehungsfest kommen wir alle, die wir uns Christen nennen, zusammen."

„Christen?“ fragte Arie erstaunt. „In Jerusalem spricht man dieses Wort mit Verachtung aus, und die Bekenner Jesu hüten sich, sich selbst so zu nennen.“

„Ja, Christen. Was wunderst du dich darüber? Wir nennen uns hier so und werden auch so genannt. An den großen Festen kommen wir alle in den Emilianischen Gärten zusammen. Die Wächter gehören auch zu uns...“

„Und wo trefft ihr euch sonst?“

„Das ist ganz verschieden. Gewöhnliche Versammlungsorte gibt es viele. Die Ölbergsynagoge zum Beispiel. Ihre Priester sind uns Christen freundlich gesinnt. Dann im Hause des Bäckers Apuleus. Beim Rhetor Damokles. Auf den Friedhöfen hinter der Porta Capena, der Porta Collina, der Porta Portuensis. Auch in den Gärten des Lukullus. Und manche treffen sich sogar in den Gärten des kaiserlichen Palasts. Die Kaiserin selbst, sagt man, hat etwas für die Christen übrig.“

Schäumend floß der Tiber dicht an ihnen vorbei. Barkassen und Galeeren glitten auf ihm dahin. An beiden Ufern löschten die Schiffe ihre Fracht.

„Du weißt wohl schon“, sagte Satabus, der zweite Lastträger, und deutete mit dem Arm zum andern Flußufer, „daß dort die meisten von uns wohnen.“

„Aber unter den Israeliten drüben gibt es wenig Christen“, erklärte Phileros.

„Ja, sehr wenig“, bestätigte Satabus. „In der Augustianischen Synagoge werden wir nicht gelitten wie in der Ölbergsynagoge. Die von der Augustianischen sind stolz und eingebildet, denn sie besitzen das Wohlwollen des Kaisers. Und jetzt haben sie sogar eine mächtige Beschützerin: Sabina Poppäa, die ehemalige Frau des Rubrius Crispinus und jetzige des Salvius Otho. Aber dir als Judäer wird dieser römische Klatsch nichts sagen. Die schöne Poppäa, mußt du wissen, hat das Herz des Kaisers gewonnen. Nero hat ihretwegen Otho nach Lusitanien geschickt, um ihn dort nach dem Rechten sehen zu lassen."

Arie verzog das Gesicht, und seine neuen Freunde nahmen dies als ein Zeichen seiner Entrüstung und nickten zustimmend: „Wenn du wüßtest, welcher Sündenpfuhl diese Stadt ist! Ein zweites Babylon! Und der Kaiser selbst ..." Phileros sah sich vorsichtig um und dämpfte seine Stimme: „Der Kaiser ist ein Lüstling und Blutschänder. Er hat es mit seiner eigenen Mutter getrieben und hat sie später umbringen lassen. Britannicus, den Thronfolger, hat er vergiftet. Um seine Frau kümmert er sich schon lange nicht mehr, hält's dafür mit Poppäa. Nachts treibt er sich mit gleichgesinnten Kumpanen, als Sklave verkleidet, herum. Von seinen Freunden ist einer schlimmer als der andere. Die Frauen, die ihnen in die Hände fallen, können ein Lied davon singen. Auch mit Dirnen treiben sie es natürlich. Die größten Orgien soll es hinter der Stadt in der Via Flaminia und bei der Mulvinischen Brücke geben. Und was während der Juvenalia in den Augustianischen Gärten geschieht, läßt sich überhaupt nicht schildern. Da werfen die schamlosen Weiber ihre Kleider ab und tanzen nackt ..."

„Ja, Bruder", bestätigte Satabus, „Rom ist wirklich die Hauptstadt des Satans! Nirgendwo gibt es so viel abgefeimte Verderbtheit. Unsere Propheten sagen, auf Rom muß, wie einst auf Sodom und Gomorrha, das Feuer des Herrn fallen."

„Ja, Schmach und Schande über diese Stadt!" wiederholte Phileros. „Aber auch in unsere Reihen schleichen sich die Verderber ein."

„Zwischen die Christen?" fragte Arie. Das Wort „Christen" kam ihm immer noch unsicher über die Lippen.

„Ja, leider auch zwischen uns", erklärte Phileros. „Da tauchen plötzlich falsche Lehrer auf wie Wölfe in Schafspelzen.

Erlauben die Gebote des Herrn zu übertreten! Tragen selbst dazu bei, daß der große Adonai gelästert wird. Daß du davon nichts gehört hast? Da ist doch aus Jerusalem ein gewisser Paulus in Ketten hierher nach Rom gekommen ..."

„Paulus aus Tarsus?" Arie zitterte vor Aufregung am ganzen Leibe, als er den verhaßten Namen hörte. Seine Augen fieberten. Rascher als erhofft war er auf die Spur des Gesuchten gestoßen.

„Du kennst ihn?" fragte Phileros. „Ja, gerade er ist der Stein des Anstoßes und ein Beschützer der Gotteslästerer."

„Wo steckt er?" stieß Arie erregt hervor.

„Er wohnt mit einem Wachsoldaten im Hause des Quintus Hermes an der Via Appia. Muß bei den Römern einen großen Stein im Brett haben, daß ihm das Gefängnis erspart geblieben ist. Hat auch großen Zulauf. Meistens beten sie in den nahen Katakomben. Aber seine Lehre ist falsch. Neulich hat er doch sogar den Neugetauften erlaubt, ein Bild von Christus an die Wand zu malen! Stell dir diese Gotteslästerung vor!"

Über der Tatsache, daß er die Spur des Verhaßten gefunden hatte, machte diese Beschuldigung wenig Eindruck auf Arie. „Und warum hört man ihm zu?" fragte er nur.

„Er versteht's, einem Sand in die Augen zu streuen. Das ist ein ganz Verschlagener, sage ich dir. Und er geht doch so weit, daß er sagt, das Gesetz bedeute heute nichts mehr, man könne es ruhig beiseite tun!"

„Und ihr duldet das?" rief Arie so erbost, daß die beiden ihn voller Bewunderung ansahen. Der Eifer dieses jungen Judäers mit den funkelnden, dunklen Augen riß sie mit. Ihr kleinlicher Haß, nur zu Lügen und Verleumdungen fähig, ordnete sich bedenkenlos der Führung seines großen, tiefen Hasses unter, der keinerlei Hemmung zu kennen schien.

Kleinlaut begannen sie zu stammeln: „Aber was sollen wir

denn tun? Jesus hat es untersagt, jemand zu hassen. Er befiehlt zu lieben und zu verzeihen."

Arie verlor den letzten Rest von Unsicherheit in seiner Christenrolle. „Finees erschlug die Wollüstigen! Elias erschlug die Baalspriester!" warf er ein.

Sie sahen einander verblüfft an, dann pflichteten sie ihm eifrig bei: „Wahrhaftig, das taten sie." Doch Satabus setzte einschränkend hinzu: „Aber Totschlag ist und bleibt Sünde. Eine schwere Sünde. Und Jesus lehrt, wenn wir zu einem andern nur ‚Narr' sagen, haben wir bereits gesündigt, als hätten wir einen Totschlag begangen."

Arie wurde ärgerlich. Zwischen dem Gesetz, das er kannte, und den Dingen des Lebens lag die Lehre jenes Jesus, von der er nur wenig wußte und die er als Wahngebilde und Lüge abtat, ohne weiter darüber nachzudenken. Mit scharfer Stimme unterbrach er den Lastträger: „Hat Jesus etwa erlaubt, daß Seine Lehre verfälscht werde? Hat Er nicht gesagt, was gegen Gotteslästerer zu tun ist?"

Geschickt stellte er die Frage so, als wisse er selbst die Antwort, und die beiden Lastträger fielen arglos auf seine List herein.

Betroffen blickten sie vor sich hin. Dieser unbekannte Judäer zwang sie zu handeln, und sie hatten so wenig Lust dazu! Ihnen genügte es vollauf, sich ein wenig zu beklagen und auf Paulus zu schimpfen.

Jetzt stotterte Satabus: „Nun ja, wenn jemand etwas Böses tut, von dem man erfährt, soll man es den Ältesten sagen."

„Und habt ihr es ihnen gesagt?" forschte Arie unbarmherzig.

„Nein", gestanden sie und wunderten sich jetzt selbst über ihre eigene Gedankenlosigkeit. Ja, weshalb hatten sie keine Klage gegen Paulus vorgebracht? Er war doch ein Irrlehrer, er brach die Vorschriften des Gesetzes, und Hunderte waren Zeugen dafür. Ja, man hätte ihn anklagen müssen. Aber bei wem? Bei den Ältesten oder bei dem Presbyter? Petrus als höchster Priester in der Stadt hatte Linus aus Volterra zu seinem Vertreter bestimmt. Aber Linus war Heidenchrist und hatte zudem schon öfters Paulus besucht.

Die Lastträger erklärten Arie ihre Bedenken, und Satabus meinte abschließend: „Das müssen wir mit Petrus abmachen. Wie es heißt, kommt er bald zurück. Vielleicht sollte man ihm entgegengehen und ihn vorbereiten ..."

„Ja, vorbereiten", sagte Phileros. „Und am besten dann gleich alle versammeln, die etwas gegen Paulus vorzubringen haben. Sie alle sollen es bezeugen. Und dann wird Petrus ihn ausstoßen. Petrus ist der einzige, dessen Wort bei allen gilt."

Immer mehr redeten sie sich in eine Begeisterung für diesen Plan hinein, um bei Arie Anerkennung und Lob zu finden. Der junge Sikkarist aber beteiligte sich kaum noch an dem Gespräch. Er reckte sich und schaute auf die grünen Janiculus-Hügel, die sich hinter dem Fluß am Horizont im Halbkreis erhoben und nach Norden in die dämmerigen Hügel des Vatikans übergingen. Er fühlte, wie sich seine Kräfte neu belebten und wie seine fast schon verlorengegangene Tatkraft sich wieder spannte, wie die Sehne beim Bogen. Sein Haß gab ihm einen neuen Kampfplan ein, einen besseren als den früheren. Damals war es ihm nur darum gegangen, herauszubringen, wo das heilige Schwert war, um danach Paulus zu beseitigen. Jetzt konnte er viel mehr tun. Das mit Paulus eilte nicht. Hatte er so viele Jahre warten müssen, bis er ihm den Dolch in den Rücken stoßen konnte, vermochte er jetzt auch noch ein paar Monate mehr daranzugeben. Sein Opfer war ihm sicher. Zuvor aber wollte er ihn noch in den Augen seiner Gemeinde zugrunde richten.

Arie atmete tief auf. Welch ein ausgezeichneter Einfall, sich als Christ auszugeben! Diese braven Sackträger würden mithelfen, die beiden Anführer der Christen gegeneinander zu hetzen. Bevor es zum Dolchstoß gegen Paulus kommt, wird innerhalb der verräterischen Sekte ein Kampf entbrennen und sie tödlich treffen. Sollen sie sich allesamt gegenseitig auffressen!

Arie hatte es plötzlich eilig, wegzukommen. Nachdem er sich noch mit Phileros und Satabus für den nächsten Tag verabredet hatte, schlug er den schnellsten Weg in die Stadt zurück ein. Er lief am Palatinumfelsen vorbei über den Vicus Tuscus. Die Gedanken, die ihm durch den Kopf jagten, ließen ihn nicht zur Ruhe kommen. Der Haß gegen Paulus ging seiner Erfüllung entgegen. Er begriff nun, daß es nur eine kleine Genugtuung wäre, nach Jahren des Wartens den verhaßten Gegner auf ganz gewöhnliche Weise zu erledigen.

Im Gefühl seines Triumphes ballte er die Fäuste und spannte die Arme. Das Leben hatte wieder einen Sinn bekommen. Plötzlich packte ihn der Gedanke, daß er eigentlich Chalaftas Vorschlag ganz gut annehmen und bei ihm in die Lehre gehen könnte. Weshalb sollte er nicht das Goldschmiedehandwerk erlernen? Und wenn die Tochter des Kaufmanns wirklich so hübsch war und er sie bekommen konnte, warum nicht? Die Spannung der langen Wartezeit löste sich mit einem Male in ein Gefühl fast wollüstiger Begierde. Nur zwei Dinge gab es, die sein leidenschaftliches Wesen noch befriedigen konnten: Töten oder Lust, Haß oder Liebe...

IV

DIE AUSSÖHNUNG

Die Leere um Paulus wuchs weiter. Zu denen, die an dem Christusbild Anstoß genommen hatten und darum die Krypta mieden, gesellten sich andere, die ohne einen Grund anzugeben den Apostel im Stich ließen.

Als die Schar der mit Paulus Betenden immer kleiner wurde, beschlossen Aristarch, Lukas, Aquila und einige andere aus dem engeren Freundeskreis, der Sache auf den Grund zu gehen und mit Linus zu sprechen.

Der grauhaarige Umbrier, der an dem Teich im Ostrianum hinter der Porta Collina lehrte und taufte, breitete ratlos die Hände aus. Er mußte zugeben, daß seit Monaten schwere Vorwürfe gegen Paulus in Umlauf waren, wie, daß er das Gesetz lästere, Irrlehren verkünde, ja für sich selbst göttliche Ehren fordere, – aber ob unsinnig oder mit einem Schein von Berechtigung, die genaue Herkunft der Gerüchte war nicht festzustellen.

„Genau so ist verbreitet worden“, schloß Linus bekümmert seinen Bericht, „daß bereits von Petrus, dem man diese Klagen zugeleitet habe, eine Warnung vor Paulus erlassen worden sei. Daß dies von böswilliger Seite erfunden worden ist, steht schon deshalb außer Zweifel, weil ich der einzige bin, mit dem Petrus ständig in Verbindung ist. Aber was ich auch dagegen sage – die schlimme Nachricht wirkt und pflanzt sich unterirdisch weiter fort. Wir können gegenwärtig nicht mehr tun, als auf Petrus' baldige Rückkehr hoffen, damit sein Wort allen Verleumdungen ein Ende setzt. Sagt dies bitte auch Paulus und grüßt ihn herzlich von mir. Er soll sich alles nicht so zu Herzen nehmen. Ich bete für ihn, daß diese bösen Zungen verstummen, die ich genau wie er und ihr nur für eine Verleumdung des Satans halten kann."

Paulus lächelte dankbar, als ihm die Freunde von ihrem Besuch bei Linus erzählten und seine Grüße ausrichteten. Schmerz und Wehmut waren in diesem Lächeln. Wie anders hatte er sich sein Wirken in der Stadt seiner Träume vorgestellt! Hier, hatte er gehofft, würde er seinem großen Ziele, Juden und Heiden im gemeinsamen Bekenntnis zu vereinen, näherkommen. Statt dessen hatten sich die Juden von Anfang an von ihm zurückgezogen, und jetzt gingen auch die Heiden in immer größerer Zahl von ihm fort. Und er konnte ihnen nicht einmal, was er so gerne getan hätte, nachlaufen. Denn noch immer war er ein Gefangener, festgehalten in dem kleinen Häuschen vor den Toren der Stadt, und er konnte nichts anderes tun, als auf die warten, die freiwillig zu ihm kamen.

Gut, nun hieß es eben auf Petrus warten. Ohne ihn war Paulus doppelt hilflos. Jedesmal, wenn er zum Beten in die kühlen Gewölbe der Katakomben hinabschritt, die jetzt im glühenden römischen Sommer ein Labsal bei der stickigen Luft in den engen Straßen waren, umkrampfte der dumpfe, lähmende Schmerz heftiger sein Herz. Und trotz alledem zwang er sich immer wieder zu einem Lächeln, wenn er unter die Gläubigen trat und mit der immer kleiner werdenden Gemeinde das Brot brach.

Eines Tages bemerkte Paulus unter den Frauen zu seiner Überraschung ein neues Gesicht. Es war eine junge Jüdin mit feinen, mädchenhaften Zügen, großen, schwarzen Augen und schwarzem, fast ins Bläuliche schimmerndem Haar.

Obgleich sie ihm sofort aufgefallen war, ließ er einige Tage verstreichen, bevor er sie nach ihrem Namen fragte.

„Ich heiße Axa", sagte sie leise, „aber bei der Taufe habe ich den Namen Lucina erhalten, Rabbi."

„Du bist verheiratet?" fragte er weiter, obgleich ihm dies schon ihre Kleidung verriet. Und als sie nur nickte, erkundigte er sich nach ihrem Mann: „Hat er sich auch schon taufen lassen?"

Sie antwortete nicht sofort, sondern schlug die Augen nieder und zerknüllte mit den Fingern den Saum ihrer Palla. „Ja", brachte sie endlich hervor, „ja ... Mein Mann ist auch Christ. Aber er geht anderswo zum Beten hin."

Paulus nickte nur und fragte nicht weiter. Die Frauen waren ihm treuer; in der Hauptsache hatten ihn die Männer verlassen. Wenn er sich darüber Rechenschaft ablegte, stieg es bitter in ihm auf. Sein ganzes Leben lang hatte er den Frauen, ihrer Hilfe, ihrer Zärtlichkeit und ihrer Treue entsagt. Er wollte kämpfen, ohne es sich leichter zu machen. Er, der ein so weiches Herz hatte, konnte den Frauen gegenüber so schroff sein. Und dennoch folgten gerade sie ihm unbeirrbar nach, immer bereit zu dienen ...

Es war schon hoch im Juli, als Paulus eines Mittags vor seinem Hause lebhafte Männerstimmen näherkommen hörte. Der Hund schlug an und dann knarrte die Gartenpforte.

Paulus stand auf, denn er glaubte, außer Lukas' vertrautem Tonfall noch andere, ihm gut bekannte Stimmen gehört zu haben. Schon ging die Tür auf, und ein jüngerer Mann eilte auf ihn zu und kniete vor ihm nieder: Timotheus!

Mit tiefer innerer Bewegung umfaßte Paulus den Kopf des geliebten Schülers, und ein Schleier legte sich vor seine Augen, während er nur noch stammeln konnte: „Mein Sohn, mein geliebter Sohn! Da bist du endlich! Wie lange habe ich dich entbehren müssen! Erzähle mir, wo kommst du her? Wo bist du überall gewesen?"

„Gleich, Paulus", erwiderte Timotheus und erhob sich. „Es

sind noch andere Freunde mitgekommen", sagte er und drehte sich zu den Gefährten um, die jetzt im Türrahmen standen. „Sieh nur, Epaphras ist da, und auch Markus."

„Markus auch? Wie schön!" Überwältigt streckte Paulus ihm beide Hände entgegen und umarmte ihn. Dann brachte keiner von beiden ein Wort mehr hervor, so erschüttert waren sie von dem Wiedersehen.

Paulus wurde blaß und schwankte und mußte sich auf die Schulter seines Neffen Barnabas stützen. Mit leiser und bewegter Stimme sagte er dann: „Markus, wie freue ich mich! Hast du keinen Groll mehr gegen mich? Kannst du mir verzeihen? Alles?"

Aber Markus unterbrach ihn schnell: „Paulus, sprich nicht so! Ich, nur ich allein habe Schuld an allem. Nein, nein, du mußt mir verzeihen. Nur du, Paulus!"

Tief bewegt umarmte ihn Paulus von neuem. „Ich habe dir nichts zu verzeihen. Ich liebe dich, Markus!" Dann fragte er zögernd, ohne die Arme von seinen Schultern zu nehmen: „Bist du mit Petrus nach Rom gekommen?"

„Nein", sagte Markus. „Wir segelten gemeinsam nach Brundisium zurück. Aber Kephas wollte auf dem Wege nach Rom noch die Gemeinden der Gläubigen in Venusia, Beneventum, Pompeji, Neapolis und Minturnä besuchen. So wird er hier nicht vor dem Laubhüttenfest eintreffen. Und deshalb hat er mich vorweg zu dir gesandt..."

„Und was hat er dir für mich aufgetragen?"

„Du weißt, Paulus, bei Kephas sind Klagen über dich eingelaufen. Und deshalb läßt er dir sagen: Er ist sehr ungehalten über diese Verleumdungen. Paulus – sagte er – hat eine große Wahrheit aus dem Himmel erhalten. Aber die beschränkten und böswilligen Menschen, für die seine Worte zu schwierig sind, verdrehen sie zu ihrem eigenen Verderben."

Erschüttert ließ sich Paulus auf die Bank fallen. Langsam hob er die Hände und bedeckte sein Gesicht.

Markus brachte von Petrus Worte des Vertrauens. Wie wenig war das in dieser Stunde! Paulus stöhnte auf. Als er zur Weltstadt gestrebt hatte, war sein Traum gewesen, sie für Christus zu erobern, aber nicht, sich rechtfertigen zu müssen. Denn das, was er lehrte, war Wahrheit, die Wahrheit, die ihm von Jesus selbst geoffenbart worden war. Aber wie kam es, daß seine Lehre überall auf Widerstand stieß? War es seine Schuld, daß sie Mißdeutungen ausgesetzt war und ihm böse Feindschaft eintrug anstatt liebende Anhängerschaft? Verflüchtete sich die Wahrheit auf seinen Lippen? Paulus seufzte tief auf. Zu was war er hier herabgesunken, er, der sich Apostel dünkte wie die andern? Zu einem Menschen, der das Wort des Herrn falsch auszulegen schien. Und Petrus, gerade Petrus mußte ihn verteidigen!

War das nicht, überkam es Paulus, eine Strafe für seinen Stolz, für den sündigen Ehrgeiz, der ihn immer auf Rom gewiesen hatte? Aber dann schüttelte er diese trüben Gedanken ab und machte sich von allem Kleinmut frei. War er schwach, so lag es allein an ihm. Urteilte er falsch, dann deshalb, weil er es nicht besser verstand.

Denn nur Gott allein kann alles geben, Kraft und Beredsamkeit, Klarheit und Erkenntnis. Von sich aus war der Mensch lediglich Schwäche und Gebrechlichkeit. Nur das Elend seines Leibes und die Unvollkommenheit seines Geistes konnten ihm zum Ruhme werden. Alles andere war Jesus.

Paulus nahm die Hände vom Gesicht und zwang sich noch einmal zu einem Lächeln.

V

DER AUFTRAG DES PRÄFEKTEN

Trotz aller guten Beziehungen, deren sich Chalafta zu den römischen Regierungskreisen rühmte, war ihm der überraschende Besuch eines Prätorianers, der ihn zu Tigellinus bestellte, so mächtig in die Glieder gefahren, daß er die ganze Nacht kein Auge zutat.

Wie um sich selber Mut zuzusprechen, erzählte er am nächsten Morgen, als er sich mit Arie auf den Weg zu dem gefürchteten Präfekten machte, welch zuvorkommende Behandlung er immer bei allen Reichen und Würdenträgern erfahren habe, ja selbst bei Poppäa, der er kürzlich erst kostbare Goldspangen im Auftrag des Kaisers geliefert hatte.

Vor dem neuerbauten Palast auf dem Esquilin, unweit der Gärten des Nero und des Mäcenas, drängten sich bereits einige Dutzend Bittsteller, die geduldig darauf warteten, bis der Nomenclator ihren Namen aufrief, um ihnen zu sagen, ob sie heute zum Handkuß beim Präfekten zugelassen seien und wann sie die übliche Auszahlung der täglichen sechs Sesterze zu erwarten hätten. Es war dies ein Teil des ständigen Gefolges des Präfekten, das ihn den ganzen Tag begleitete und nicht müde wurde, überall, wo er sich sehen ließ, ein Huldigungs- und Begeisterungsgeschrei auszustoßen, das dem Präfekten den Anschein besonderer Volkstümlichkeit verschaffte.

Durch dieses dichte Menschenknäuel durchzudringen, war keine leichte Sache. Aber der erfahrene Kaufmann hatte Übung darin, und so begann er, kaum daß er den Vorgarten des Palastes erreicht hatte, aus Leibeskräften zu schreien: „Edle Römer! Ehrwürdige Quiriten! Übt Nachsicht und laßt mich durch, daß nicht der Zorn des alleredelsten Tigellinus auf mich falle oder auf euch! Edle Söhne Roms! Macht für einen einfachen Kaufmann, der auf Befehl seines Herrn herbeigeeilt ist, einen schmalen Weg frei! Verhütet, daß der hochwohlgeborene Präfekt auf seinen Diener warten müßte!"

Diese Worte erzielten die gewünschte Wirkung. Eilig traten die Leute beiseite und ließen Chalafta mit Arie vor, und manch einer rief seinem Vordermann, der nicht schnell genug war, ein kräftiges Schimpfwort zu: „Mach Platz, du Dummkopf!" „Tritt beiseite, du Hammel!" „Na, wird's bald, ihr Kohlstrünke?" „Wollt ihr den Präfekten warten lassen?" „Los, los, macht Platz für die beiden Juden!"

So kamen sie durch das Gewimmel schreiender Menschen vor den Nomenclator, einen griechischen Sklaven, der mit Hilfe breitschultriger germanischer Sklaven dafür sorgte, daß niemand Unerwünschtes sich in den Vorraum drängte. Als er die beiden Namen gehört hatte und sie in der Liste auf der Wachstafel, die er in der Hand hielt, verzeichnet fand, ließ er Chalafta und Arie mit einem Wink zum Vorraum. Auch da wimmelte es trotz der frühen Morgenstunde bereits von Besuchern, die sich, zum Teil durch Bestechung, Zutritt verschafft hatten. Aber im Gegensatz zu draußen herrschte hier fast Grabesstille, und das lauteste Geräusch war ein gelegentliches vorsichtiges Flüstern.

In der Mitte des Vorraums, umgeben von zahlreichen Sklaven mit dünnen, federnden Ochsenziemern in der Hand, stand breitbeinig, die Fäuste in die Hüften gestemmt, der aufsichtführende Freigelassene. Sein unbewegliches Gesicht drückte Verachtung gegen alle aus, ob Senatoren oder Klienten, die sich im Vorraum drängten. Denn der Zutritt zum Präfekten hing von seiner Gunst ab, und diese Gunst ließen sich die meisten mehr als nur ein höfliches Wort der Bitte kosten.

„Sei gegrüßt, Enkolpios! Möge dir der große Euhius Wein und Freude in Fülle bringen!“ grüßte ihn Chalafta unter vielen Verbeugungen und steckte ihm eine Handvoll Sesterze zu, die der Freigelassene gleichmütig nahm, ohne jedoch Miene zu machen, die beiden vorbeizulassen. Erst als Chalafta, die Gleichgültigkeit des anderen richtig deutend, wehmütig lächelnd aus der Brusttasche eine Goldspange zog und stumm nachreichte, nickte Enkolpios und rief einem Sklaven zu, die beiden in den Palast zu Tigellinus zu führen.

Durch das große Atrium, an dessen Schwelle ein Knabe stand und die Eintretenden mahnte: „Mit dem rechten Fuß!“, gelangten sie in einen prächtigen Saal, der von einem wahren Wald von Standbildern gefüllt und mit Wandmalereien überladen war. Hier stand ein Altar und ein Schrein mit den Totenmasken der Vorfahren. Daneben hing eine goldene Büchse mit dem ersten Barthaar des Präfekten.

An der Tür zum Palastinnern standen Liktoren, Äxte zwischen Rutenbündeln in der Hand, und Läufer mit goldenen Schilden. Dann kamen Chalafta und Arie durch vier weitere Vorräume, die alle gleich prunkvoll, mit marmornen Säulen und prächtigen Gemälden, wertvollen Vasen und Amphoren, kleinen Tischen mit kostbarer Einlegearbeit geschmückt und mit Mosaik-Fußböden ausgestattet waren. Endlich gelangten sie in ein kleineres, noch kostbarer anmutendes Atrium, wo der Sklave die Besucher einem Freigelassenen in einer grünen Tunika übergab. Hier hieß es wieder einige Sesterze locker machen, bis der Freigelassene sich bequemte, mit ihnen zu sprechen. Nach einem Senator, der bereits im Atrium wartete, und nach dem Tribun der Prätorianer, der mit dem Morgenbericht vom Castrum Prätorium zum Präfekten kam, sollten Chalafta und Arie an der Reihe sein.

Als sie endlich in das Cubiculum eingelassen wurden, sahen sie Tigellinus in rotem Morgenrock mit Goldgürtel auf einem großen, breiten Bett liegen, das reich mit Gold, Elfenbein, Perlmutt und Schildpatt verziert war und auf Füßen in Gestalt von Tierpranken stand. In der bequemen Hauskleidung wirkte die Gestalt des Präfekten ebenmäßiger und größer, als sie es von Natur war, und das meist gelblich schimmernde Gesicht glich im Widerschein des roten Morgenrocks weniger einer Maske als sonst. Tigellinus war noch unrasiert, und ein leichter dunkler Schatten stand um seine hervorstehenden Kiefer und die hohlen Wangen. Die spärlichen, farblosen Haare über den unstet blickenden Augen klebten wirr am Kopf.

Der Präfekt war nicht allein. Außer einem Sklaven, der dienstfertig hinter der Bettlehne hockte, räkelte sich am Rande des Lagers, die Beine untergeschlagen, ein gepflegter, aufgeputzter Knabe. Vor dem Präfekten saß auf einem goldverzierten Stuhle sein Schwiegersohn Cosutianus Capito. Einst Verwalter von Cilicien, war er wegen seiner außergewöhnlichen Bestechungsaffären wie unbeschreiblichen Skandalgeschichten auf Betreiben Senecas abgesetzt, durch Tigellinus' Einfluß aber wieder in den Senat berufen worden. Nun suchte er sich durch Zuträgereien und Spitzeldienste beim Cäsar beliebt zu machen und gleichzeitig an seinen alten Feinden zu rächen.

Tigellinus musterte eine Zeitlang schweigend die beiden Kaufleute, die sich ihm unter tiefen Verbeugungen näherten. Er mußte husten, und sofort sprang der Sklave herbei und reichte ihm ein rotes, mit Veilchenduft getränktes Tuch, mit dem er sich die Lippen wischte. Dann fragte er: „Du bist Chalafta, der Goldschmied, der seinen Laden im Säulengang der Emilius-Basilika hat?"

„Ja, Erhabenster, der bin ich", beeilte sich Chalafta unter erneuten, noch tieferen Verbeugungen zu sagen.

Tigellinus zeigte auf Arie. „Und ist das dein Sklave?"

„Verzeihung, nein, Hochgeehrter", erklärte Chalafta, „das ist mein Schwiegersohn."

„Also eine Tochter hast du auch?" stellte Tigellinus fest, während er ihn lauernd beobachtete. „Vielleicht ist sie sogar hübsch?" Er feuchtete seine schmalen Lippen mit der Zunge. „Junge Jüdinnen können manchmal ganz apart sein."

Chalafta erbleichte, denn er wußte genau, was es bedeutete, wenn der allmächtige Präfekt an einer Frau Gefallen fand. Verstohlen blickte er Arie von der Seite an, aber dieser verstand noch zu wenig Latein, um den Sinn von Tigellinus' Bemerkung zu erfassen.

„Verzeihung, nein, Alleredelster", stammelte Chalafta hervor, „meine Tochter ist nicht hübsch, ist deines Blickes bestimmt nicht wert." Er zwang sich zu einem krampfhaften Lächeln. „Kaum gelang es mir, Allerehrwürdigster, diesen Judäer zu überreden, sie zu nehmen."

„Du kannst mich ruhig ‚Göttlicher' nennen", sagte Tigellinus etwas verächtlich und räkelte sich, ohne dabei seinen lauernden Blick von Chalafta zu lassen. „Ich halte mich so viel bei einem Gott auf, daß ich selbst schon göttliche Tugenden angenommen habe. Meinst du nicht auch?"

Chalafta blickte erschrocken auf, aber Capito kam ihm unvermutet zu Hilfe. „Das sind doch Juden, Ophonius", sagte er lächelnd. „Die nennen nicht einmal den Kaiser göttlich, das solltest du doch wissen." Dabei langte er sich von einem korinthischen Teller Honigmandeln und stopfte sich genießerisch den Mund damit voll, dann wischte er seine klebrige Hand an der Toga ab.

Tigellinus tat, als habe er nichts gehört, und starrte weiter auf Chalafta. „Antworte mir!" forderte er und hustete wieder auf.

„O Herr!" jammerte Chalafta kläglich, „o du Erhabener

und Ehrwürdiger! Der edle Capito hat es schon gesagt, wir Juden kennen nur einen Gott und dürfen außer Ihm keinen sonst als Gott ansprechen. Erlaube mir aber, Verehrungswürdigster, daß ich dir auf andere Weise meine tiefe Ergebenheit für dich bezeige. Sieh hier, diese Spange, Herr" – mit einem Ruck hatte er Arie die Schatulle aus den Händen gerissen –, „ein so prächtiges Stück, wie du in der ganzen Stadt kein zweites finden wirst, Bernstein von der fernen Küste des Nordens in Gold gefaßt, und sieh hier, Alleredelster, in diesen Bernsteintropfen eingeschlossen, diese kleine Fliege. Schau und betrachte es gegen das Licht, Erhabener ..."

Ungerührt bemerkte Tigellinus: „Ihr habt nur einen Gott? Das ist eine große Dummheit, Jude. In Wirklichkeit gibt es viele Götter. Eben jetzt steht ein Gott über dir und befiehlt dir, mir diese Spange zu schenken, ein anderer Gott zwingt dich, wie ein Hammelschwanz zu zittern, ein dritter warnt dich, mich nicht anzulügen, weil ich dich sonst den Löwen im Amphitheater vorwerfen lasse. Verstehst du mich?"

Chalafta krümmte sich und flehte: „O Herr, hab doch Erbarmen mit mir! Gnade, Herr! Du bist so groß!"

„Also wieviel Götter gibt es?" fragte Tigellinus wieder.

Mit einem schweren Seufzer richtete sich Chalafta auf. Seine Stirn war mit Schweißperlen übersät, aus seinem Gesicht war der letzte Blutstropfen gewichen und in seine Augen trat eine Starre wie bei Sterbenden. Verzweifelt hauchten seine Lippen: „Nur einen, Herr!"

Amüsiert weidete sich Tigellinus an der unsäglichen Angst des Alten. Plötzlich lachte er heiser auf, aber ohne eine Spur von Heiterkeit, und sagte unerwartet: „Nur gut, daß du wenigstens an einen Gott glaubst. An die Götter muß man glauben." Ein neuer Hustenanfall schüttelte ihn, dann fuhr er fort: „Warum zitterst du eigentlich so? Du siehst ja aus, als ob du gleich krepieren würdest!" Mit einer Kopfbewegung zu dem Sklaven hin befahl er: „Gib dem armen Kerl Wein!“ Dann sah er zu, wie Chalafta die Trinkschale heftig zitternd zum Munde führte, und sagte: „Na, das hat geholfen, was?“ Aber seine Spottlust war noch nicht verflogen. „Möchtest du vielleicht noch speien?“ erkundigte er sich mit gespielter Besorgtheit. „Soll ich dir einen Nachttopf hinstellen lassen?“

„Danke, Erhabenster“, schnaufte Chalafta, „mir ist schon wieder viel besser.“

Tigellinus lachte knarrend, und Capito wieherte gleichfalls los, nur der Sklave neben dem Bett verzog keine Miene, was um ihn herum auch geschah.

Dann musterte Tigellinus Chalafta wieder mit einem durchdringenden Blick „Bist du wirklich ein so geschickter Goldschmied?“ fragte er.

Auf dem noch zuckenden Gesicht des Juden erschien ein unterwürfiges Lächeln. „O ja, Herr, gewiß“, beteuerte er hastig. „Ich will gern tun, was du wünschest. Meine Arbeit, glaube ich, kann sich sehen lassen. Ich habe für die Kaiserin eine entzückende Gürtelschnalle geschmiedet. Für den Kaiser habe ich einen Ring gegossen und für die Frau des Konsuls Verginius Rufus kostbare Ohrringe.“

„Ich weiß, ich weiß“, unterbrach ihn Tigellinus schroff, so daß Chalafta erschrocken verstummte. Nach einer längeren Pause fuhr der Präfekt fort: „Höre jetzt einmal genau zu!“ Er gab dem Sklaven einen Wink und ließ sich ein kurzes Schwert reichen, das am Tisch auf einem Purpurkissen lag. Beinahe zärtlich strich Tigellinus mit der Hand über den verzierten, goldgeschmiedeten Griff und fragte dann: „Weißt du, was das für ein Schwert ist?“

Chalafta neigte sich vor und schüttelte den Kopf.

„Das ist ein Weihgeschenk aus dem Tempel des Mars Ultor – das Schwert des göttlichen Julius.“

Mit einer ehrerbietigen Verneigung nahm Chalafta die Erklärung hin, und Arie beeilte sich, diese untertänige Geste nachzuahmen. Aber seine Augen blieben neugierig an dem Schwert haften. Jedermann in Rom wußte, daß im Tempel auf dem Forum Augustus dieses größte Heiligtum der Republik und des julianischen Geschlechts aufbewahrt wurde, das Schwert des Eroberers von Gallien, das nach Cäsars Tod Octavianus an sich genommen und nach seinem Siege bei Actium im Tempel niedergelegt hatte.

Tigellinus hörte nicht auf, mit dem Schwert zu spielen, während er weitersprach: „Ich möchte nun ein zweites, gleiches Schwert haben. Es soll ein Geschenk für den Kaiser werden, verstehst du? Und selbstverständlich muß das vorläufig streng geheim bleiben. Kein Mensch darf erfahren, daß sich dieses heilige Schwert in deiner Werkstatt befindet. Ist dir das klar? Ich gebe dir drei Tage Zeit für die Arbeit. Für alle Fälle werde ich eine Wache vor deinen Laden stellen, bis du fertig bist. Die Klinge für das zweite Schwert erhältst du von mir. Du mußt also nur den Griff nacharbeiten. Ich nehme an, er stammt aus einer östlichen Werkstatt. Vermutlich hat Cäsar das Schwert dem Bruder der Kleopatra abgenommen."

„Ich werde alles zu deiner Zufriedenheit machen, Hochehrwürdiger", versicherte Chalafta voller Ergebenheit.

„Das werden wir sehen", meinte Tigellinus und fügte, zu seinem Schwiegersohn gewandt, spöttisch hinzu: „Wir haben den Juden inzwischen ja auch einen guten Mann nach Cäsarea geschickt, wie?"

Capito lachte. „Du meinst Gessius Florus? Ja, der wird sie gehörig ausquetschen. Wenn sie auch nur ein Jahr unter ihm aushalten, wird Seneca alle Juden Stoiker nennen können. Mir ist dabei bloß eines nicht klar. Ich denke, der Kaiser ist den Juden wohlgesinnt? Konnte er dann keinen besseren Mann zum Statthalter in Judäa machen?"

Über Tigellinus' Gesicht spielte ein schlaues Lächeln. „Weshalb sollte der Kaiser um die Gunst der Juden buhlen? Sie sind doch ein Volk, das weder Beifall klatschen noch Hexameter dichten kann. Bei ihnen gibt es nur Krieg und Aufruhr." Er blinzelte Chalafta und Arie von der Seite an. „Wir haben die Wahl", sagte er hustend, „Hellas oder Judäa, die Leier oder das Schwert. Seneca sagt: Hellas, und auch Nero sagt: Hellas ... Julius' Wahl hätte bestimmt Judäa geheißen. Aber der göttliche Cäsar verehrte den Mars, und unser Nero betet Apollo an, das ist der Unterschied." Er breitete spöttisch die Arme aus und lachte: „So laßt uns mit ihm dem Apollo die Ehre geben!"

Capito stimmte in das Lachen seines Schwiegervaters ein, obwohl er nicht alles ganz verstanden hatte. Unterdessen hatte auf Tigellinus' Geheiß ein Sklave das Schwert sorgfältig in eine Lederrolle eingepackt und es Chalafta gegeben.

„Also in drei Tagen!" sagte Tigellinus.

„Ganz bestimmt, Allerehrwürdigster!" versicherte Chalafta nochmals unter unzähligen Verneigungen und strebte dem Ausgang zu.

In diesem Augenblick entstand hinter den Türen des Atriums ein heftiger Lärm. Man hörte aufgeregte Stimmen, Geschrei, Getümmel und plötzlich laute, rasch näher kommende Schritte.

Die Tür wurde aufgerissen und ein Hauptmann der Prätorianer stand außer Atem auf der Schwelle.

Sein unverhofftes Eindringen ins Cubiculum ließ Capito von seinem Stuhl aufspringen und in die entlegenste Ecke flüchten. Der Sklave folgte seinem Beispiel.

Allein Tigellinus bewahrte seine Ruhe. Über sein zunächst erblaßtes Gesicht zog eine tiefe Röte. „Was soll das heißen?" stieß er barsch hervor. „Wie kannst du es wagen, einfach hier einzudringen?"

„Gnade, allererhabenster Präfekt, Gnade!" rief der Hauptmann und warf sich vor dem Bett auf die Knie. „Ich bin ohne Erlaubnis eingedrungen, aber ich habe eine große Neuigkeit für dich."

Tigellinus erhob sich und trat dicht an den knienden Soldaten heran.

„Ist sie dein Haupt wert?" fragte er streng.

Der Kniende antwortete mutig: „Ja, Erhabenster!"

„Dann sprich!"

„Die göttliche Poppäa hat ein Kind geboren."

„Einen Sohn oder eine Tochter?" fragte Tigellinus stürmisch.

Einen flüchtigen Augenblick schaute unter der gelben, verbitterten, spöttisch verzogenen Maske seines Gesichts ein anderes hervor, das, dem gewohnten unähnlich, von den gegensätzlichen Gefühlen des Schmerzes und der Freude bewegt schien. Aber schon hatte er sich wieder in der Gewalt, und seine Augen zeigten den üblichen harten Ausdruck, als der Hauptmann antwortete: „Eine Tochter."

„Gut", erwiderte Tigellinus. „Du hattest einen Grund, ungerufen vor mich zu treten." Er machte eine Pause und fuhr dann mit eiskalter Stimme fort: „Aber da du meine Anordnung mißachtet hast, wirst du dafür bestraft werden. Fünfzig Stockhiebe."

Während Tigellinus ein neuer Hustenanfall schüttelte, beobachtete er unausgesetzt mit starrem Blick den noch immer knienden Soldaten, in dessen Gesicht kein Muskel zuckte.

Jetzt winkte Tigellinus Arie zu sich, griff, ohne genau hinzusehen, in die Schatulle und warf daraus mit lässiger Gebärde dem Hauptmann eine wertvolle Goldspange zu. Dann klatschte er in die Hände. Dem hereinstürzenden Freigelassenen befahl er:

„Gebt allen Klienten heute besser zu essen und zu trinken! Verkündet ihnen die Geburt einer Tochter des Kaisers. Sie sollen sich mit uns freuen! Und gebt jedem zusätzlich hundert Sesterzen. Ich selbst fahre sofort nach Antium. Haltet Pferde, Wagen, Boten und die Prätorianerwache bereit! Rasch, rasch!“

VI

DAS ZWEITE SCHWERT

Ununterbrochen arbeiteten sie, drei Tage und drei Nächte durch, damit das Schwert zur rechten Zeit fertig wurde.

Als Arie nach dem letzten Schliff noch einmal die beiden Schwerter in allen Einzelheiten gründlich prüfte und verglich, lag Chalafta schon völlig ermattet in einem Winkel seines Ladens und jammerte über seinen schmerzenden Kopf.

„Ja, Arie", keuchte er, „sieh's dir recht genau an, daß alles so ist wie es sein muß! Großer Jahwe, was macht mir mein Herz zu schaffen! Tigellinus versteht keinen Spaß. Der läßt uns glatt den Kopf abschlagen, wenn das Schwert nicht so geworden ist, wie er es haben will."

„Nur keine Sorge, Chalafta", beruhigte Arie den Schwiegervater, „er wird damit zufrieden sein. Wir können es ihm heute morgen hinbringen. Besser wird es nicht mehr."

Chalafta faßte sich an die Seite und stöhnte: „Ich weiß nicht, ob ich das schaffe, Arie. Mein Herz, mein Kopf, mein Leib ... Ich komme überhaupt nicht mehr hoch."

„Dann bleib hier", schlug Arie vor. „Ich kann gut allein hingehen."

„Würdest du das wirklich tun, Arie?" sagte Chalafta erleichtert. „Ich gestehe dir, das wäre mir das liebste. Aber wirst du auch allein mit ihm fertig werden? Wo du so schlecht Latein sprichst?"

„Hab keine Sorge. Ich werde mir schon zu helfen wissen", erwiderte Arie zuversichtlich und machte sich zum Gehen fertig.

„Aber nimm dich bloß in acht, Arie!“ beschwor Chalafta ihn noch beim Abschied. „Paß auf jedes Wort auf. Du hast ihn ja kennengelernt. Mach mir keinen Kummer, Arie, hörst du?“

Die Schwerter in die lange Lederrolle gewickelt, in der sie das eine Schwert gebracht hatten, trat Arie aus dem Laden. Die Soldaten, die davor Wache gestanden hatten, schlossen sich ihm an und bahnten ihm vor dem Hause des Präfekten durch die Menge der Klienten, die ihnen rasch Platz machten, den Weg zu Tigellinus. Auch der Freigelassene im Vorraum ließ ihn ungehindert und wortlos vorbei. Die schwere Lederrolle mit dem kostbaren Schatz vor der Brust, schritt Arie zuversichtlich durch die endlose Reihe der Gemächer und Säle.

Vor Tigellinus hatte Arie keine Angst. Er wußte, daß die Arbeit gut gelungen war. Seine Gedanken bewegten sich in ganz anderer Richtung und kreisten unaufhörlich um die Andeutungen, die er aus dem letzten Gespräch zwischen Tigellinus und Capito entnommen hatte. Wenn es wirklich durch den neuen Statthalter in Judäa zum Kriege kommen sollte – und alles deutete darauf hin –, mußte Manahem das heilige Schwert haben. Jenes – oder ein anderes.

Dieser Gedanke hatte ihn plötzlich überfallen, während er über der schwierigen Arbeit am Schwertgriff saß. War nicht auch Cäsars Schwert ein mächtiges Sinnbild von Kraft, Größe und Sieg? Auch in Judäa war die Erinnerung an Cäsar noch lebendig. Seinen Namen nannte man heute noch verehrungsvoll bei den Gebeten im Tempel und in den Synagogen. Sein Wirken hatte die Macht Ägyptens und der griechischen Kleinstaaten ein für allemal gebrochen. Der gegenwärtige Haß auf Rom in Judäa war jünger und kam durch die falsche Politik der Nachfolger Cäsars, Tiberius, Caligula und Claudius samt ihren unersättlichen Prokuratoren.

Wenn jetzt der heilige Krieg ausbräche und Manahem Cäsars Schwert in Händen hätte! So absurd dieser Gedanke Arie im ersten Augenblick erschien – je mehr er sich damit beschäftigte, desto tiefer fraß sich diese Vorstellung in ihm ein. Manahem und Cäsars Schwert! Das Schwert des siegreichsten römischen Feldherrn in der Hand des Sikkaristenführers! Das wäre ein Siegeszeichen, unüberwindlich und glückverheißend wie das heilige Schwert Judas' des Makkabäers, das endgültig in den Bergen von Massada verloren schien.

Mit diesen aufrührerischen Gedanken im Herzen betrat Arie das gleiche Cubiculum, in dem Tigellinus vor drei Tagen mit ihnen gesprochen hatte. Der Präfekt saß in einem Lehnstuhl und war mit einem langen, weißen Sudarium bedeckt. Gerade rieb der Barbier sein Gesicht mit duftendem Rosenwasser ein, und sein katzbuckelnder Gehilfe schärfte das Rasiermesser. Dicht neben ihm stand ein Prätorianer mit gezücktem Schwert.

Arie wurde bedeutet, an der Tür stehenzubleiben und zu warten, bis die umständliche und fast feierlich ausgeführte Handlung der Rasur beendet war. Außer dem Schaben des Rasiermessers und dem leisen Schnaufen des ängstlichen Sklaven, der die Prozedur ausführte, war kein Laut zu hören. Nach dem Rasieren wurde das Gesicht vom Tonsor mit duftendem Öl massiert und das Haar sorgfältig in Locken gelegt. Dann, nach einem letzten Glattstreichen und einem nochmaligen prüfenden Blick auf sein Werk, trat der Friseur zurück, verneigte sich und verließ mit seinem Gehilfen den Raum. Der Prätorianer steckte sein Schwert ein und schloß sich den beiden an.

Tigellinus besah sich noch eine Weile umständlich im Spiegel, fuhr mehrmals prüfend mit den Fingern über die glatten Wangen und wandte sich dann Arie zu. „Ach, du bist es, kleiner Jude“, sagte er gedehnt in einem Tone, der ebenso herablassenden Spott wie ernstliche Drohung bedeuten konnte. „Und wo steckt Chalafta, der Vater deines angeblich so häßlichen Weibes?“

Arie begann stockend in seinem schlechten Latein zu erklären, daß Chalafta überanstrengt und krank zu Hause im Bett liege. Tigellinus hörte dem Radebrechen belustigt zu und streckte die Hand aus, um die beiden Schwerter in Empfang zu nehmen. „Sprich Griechisch, kleiner Jude!“ sagte er gut gelaunt. „Du bist noch nicht lange in Rom?“

„Nein, Herr“, erwiderte Arie nun in flüssigem Griechisch, „ich bin erst vor einem Jahr aus Judäa gekommen.“

„So, so“, sagte Tigellinus obenhin, eingehend die beiden Schwerter betrachtend, die er gründlich verglich, indem er einmal das eine, dann wieder das andere prüfend aufnahm. „Wirklich ganz gut. Ihr versteht euer Handwerk“, murmelte er dann anerkennend und ließ sich mit einer Kopfbewegung zu dem Sklaven ein eingelegtes Kästchen reichen, das neben seinem Bett stand. Dann legte er die beiden Schwerter auf die Knie, griff in die Schatulle, wühlte eine Zeitlang darin herum und nahm schließlich eine Handvoll Goldstücke heraus, die er spielerisch wägend vor sich hinhielt. Die Entlohnung schien Arie überreichlich und wesentlich besser, als Chalafta sie erwartet hatte.

Der Freigelassene mit der grünen Tunika war unterdessen in das Cubiculum getreten, in der Hand mehrere rechteckige Papyrusblätter. Er rückte dem Präfekten ein Tischchen heran und legte die Schriftstücke darauf.

„Was bringst du da?“ fragte Tigellinus, ohne die Blätter anzusehen.

„Gerichtssachen für den Kaiser, Allererhabenster!“

„Ach“, brummte Tigellinus unwillig und wandte sich wieder Arie zu. „So, so, aus Judäa kommst du“, wiederholte er und strich über den Knauf des alten Schwerts. „Stimmt das“, fragte er dann unvermittelt, „daß ihr Juden glaubt, die Welt werde einmal ein Mensch erobern, der aus euerm Land kommt?“

„Ja, Herr“, bekannte Arie und vergaß in seiner Überraschung, den Präfekten mit dem gebührenden Titel anzureden, „so denkt man bei uns.“

„So, so“, meinte Tigellinus wieder und warf dann, als langweile ihn das Geldhalten, die Handvoll Goldstücke Arie hin. „Da, nimm!“ Dann hob er das alte Schwert gegen das Licht und besah sich genau die an einigen Stellen schadhaft gewordene Klinge.

„Cäsar soll geweissagt worden sein, so heißt es, daß er groß und mächtig werde, wenn er euch auf seiner Seite hätte ...“ Er sagte das wie zu sich selbst. „Euch oder euern Gott?“ Er schien auf keine Antwort zu warten, legte dann das Schwert wieder auf die Knie und griff nach den Papyrusblättern, die er eins nach dem andern sorgfältig durchsah. Bei einem hielt er inne. „Es scheint bei euch“, murmelte er dabei, „zwei Sekten zu geben. Denn auch die Christen kommen von euch her.“

Arie verspürte große Lust, etwas gegen die Christen zu sagen, fand aber nicht den Mut dazu, weil ihm nicht klar war, ob Tigellinus überhaupt zu ihm oder nur zu sich selbst gesprochen hatte. Da fuhr dieser auch schon fort: „Man hat mir erzählt, daß sie einen Eselskopf verehren und kleine Kinder umbringen. Angeblich hassen sie alle andern. Posthumius rottete einst die Anhänger der Bacchanalien aus. Und wenn ich das gleiche mit den Christen täte?“

Jetzt konnte sich Arie nicht länger beherrschen. „Ja, Herr, man müßte sie ausrotten!“ stieß er erregt hervor. „Diese Lumpen! Diese Verräter am Allerheiligsten!“

Er brach erschrocken ab, denn er fühlte den Blick des Präfekten eiskalt und stechend auf sich gerichtet. Tigellinus musterte den kühnen Jüngling lange aus seinen tiefliegenden, unheimlichen Augen, wie eine Katze, die eine junge Maus belauert.

„Du möchtest, daß sie umgebracht werden?“ Er machte eine Pause und setzte dann, jedes Wort betonend, langsam fort: „Aber du bist doch selber ein Christ?“

Arie verschlug es die Sprache. Erschrocken riß er nur die Augen auf und starrte Tigellinus an. Dieser weidete sich an der offensichtlichen Bestürzung des Jünglings und fuhr dann fort: „Oder stimmt das etwa nicht? Gehst du nicht zu ihren Versammlungen? Was hältst du also davon, wenn ich bei dir anfange, wenn ich alle Christen umbringen soll?“

„Ich bin kein Christ!“ stieß Arie hervor und schüttelte sich.

„Hast du auf einmal Angst bekommen?“ lachte Tigellinus.

„Nein, Herr“, erwiderte Arie leidenschaftlich. „Keine Angst. Ich bin kein Christ, auch wenn ich dorthin gehe, wo sie sich treffen. Ich verachte sie. Ich hasse sie. Ich bin niemals Christ gewesen und werde niemals einer sein.“

Tigellinus unterbrach ihn höhnisch: „Du hast doch Angst, mein Junge! Pure Angst!“

„Nein, Herr!“ beteuerte Arie nochmals. „Stell mich auf die Probe, wenn du magst! Ich bin kein Christ. Ich hasse sie. Wenn ich könnte, wie ich wollte, würde ich am liebsten die ganze Stadt anzünden, nur um diese Brut drin verbrennen zu lassen.“

„Die Stadt anzünden?“ wiederholte Tigellinus, eher amüsiert als entrüstet, und besah sich Arie von neuem mit augenscheinlicher Neugier.

„Ja, Herr“, fuhr Arie fort. „Dir kann ich es gestehen: Ich gehe nur zu den Christen, weil ich sie genau kennenlernen will. Damit ich sie dann um so besser vernichten kann. Es stimmt auch alles, was über sie geredet wird. Sie hassen alle Andersgläubigen und wollen nur das Böse.“

„Dann willst du mir vielleicht einreden", sagte Tigellinus spöttisch, „daß du eigens nach Rom gekommen bist, um sie zu überwachen?"

„Ja, Herr."

„Damit brauchst du dir keine Mühe zu geben. Ich habe selber genug Augen und Ohren, um alles zu erfahren, was in Rom geschieht."

Arie schwieg betroffen. Hatte er sich zu weit vorgewagt? Er wußte nicht recht, wie er sich aus der Schlinge ziehen sollte. „Ich hasse sie", wiederholte er darum noch einmal hilflos.

„Vielleicht hast du recht", sagte Tigellinus und feuchtete seine Lippen mit der Zunge. „Sie schaden wirklich, und sie sind überall. Sie haben es sogar verstanden, sich bei Octavia einzuschleichen. Wer weiß, vielleicht hätte Octavia sie sogar dem Kaiser schmackhaft zu machen verstanden und ihn dazu gebracht, selber Christ zu werden. Na, das ist jetzt, Jupiter sei Dank, vorbei. Poppäa haßt die Christen genauso wie du..." Er versank in Nachdenken und schloß dann plötzlich barsch das Gespräch: „Eure Arbeit habe ich bezahlt. Daß niemand etwas davon erfahren darf, weißt du. Vergiß es nicht. Du kannst gehen."

Er wandte sich wieder den Papyrusblättern zu. Arie hatte schon die Tür erreicht, als Tigellinus noch einmal aufsah.

„Melde dich bei meinem Freigelassenen Tiburtius", befahl er. „Du wirst ihm immer berichten, was du bei den Christen siehst."

VII

DIE RATSUCHENDE

Eines Abends nach dem Gebet trat eine Frau auf Paulus zu. Er wußte nur, daß sie Philomena hieß. Ihre unruhigen, mausgrauen Augen auf ihn geheftet, neigte sie sich demütig über seine Hand. Aber Paulus legte, seiner Gewohnheit gemäß, die Hände auf den Rücken und fragte sanft: „Was willst du, Schwester?"

„Herr", sagte sie mit einschmeichelnder, süßlicher Stimme, „es wäre gut, wenn du einmal mit unserer neuen Schwester sprechen würdest. Sie hat einen großen Kummer, aber sie wagt es nicht, damit zu dir zu kommen."

Paulus wehrte ab. „Wenn die junge Frau Kummer hat, dann soll sie zu ihrem Mann oder zu ihrem Vater gehen."

„Das kann sie eben nicht", erwiderte Philomena geheimniskrämerisch. „Sie ist eine bedauernswerte Frau. Ich kann sie gut verstehen." Sie seufzte und verdrehte die Augen. „Ich habe selber genug mit durchgemacht und weiß, wie wenige Männer wirkliche Christen sind. Es heißt immer, die Frau verführe den Mann. Aber wie sieht es in Wirklichkeit aus?"

Unmutig unterbrach er sie: „Das sind Frauensachen. Helft euch untereinander! Jeder sollte sich bemühen, dem andern beizustehen. Ihr aber wollt immer nur alles mir aufhalsen."

Sie reckte sich auf. „Nein, domine, das sind keine Frauensachen. Ich fühle es genau." Sie blickte zu der immer noch Betenden hin. „Diese Lucina ist ein gutes Kind. Ich nenne sie ein Kind, denn sie ist noch blutjung. Das arme Geschöpf! Sie besucht Kranke, unterstützt die Armen, gibt Almosen, hilft, wo die Eltern fehlen. Sie ist wirklich gut." In ihrem Bemühen, nicht von Paulus unterbrochen zu werden, fuhr sie schneller fort: „Und reich ist sie auch! Sie braucht sich um nichts zu sorgen. Ihr Vater ist Goldschmied. Der beste Goldschmied in Rom. Vor kurzem hat sie einen jungen Mann aus Judäa geheiratet, es ist noch kein halbes Jahr her. Aber sieht sie aus, als ob sie glücklich wäre? Immer seufzt sie und weint vor sich hin, wenn sie sich unbeobachtet glaubt." Philomena preßte die Lippen aufeinander und wiegte bedeutsam den Kopf hin und her. „Ich weiß schon, was dahinter steckt. Verzeih mir, domine, meine Rede. Ihr seid ein heiliger Mann. Nein, widersprecht mir nicht! Euch sind diese Dinge sicher unbekannt." Ihre Sätze sprangen wie ein Wasserfall, denn sie wollte Paulus nicht zu Worte kommen lassen. „Aber ich habe nicht nur die eine gesehen, der es so geht. Ja, so sind die Männer! Und die Kleine da ist noch ein halbes Kind, gläubig und vertrauensselig zu jedermann. Auch ich habe einmal an einen Mann geglaubt und ihm vertraut ..."

„Genug, genug!" wehrte Paulus ab. „Also gut. Ich werde mit ihr sprechen. Sage ihr, sie soll morgen nach dem Gebet zu mir kommen."

„Danke, domine, danke", sagte Philomena überschwenglich und versuchte, nach Paulus' Hand zu haschen, um sie zu küssen. „Ich wußte es ja, du würdest dich meiner Bitte nicht verschließen."

Er wandte sich ab, aber sie lief ihm nach: „Danke, domine, danke. Ich sage dir, die Männer sind alle gleich. Ich weiß Bescheid. Zuerst versprechen sie einem das Blaue vom Himmel herunter, und dann –"

So kam Lucina am nächsten Tag zu Paulus. Schüchtern blieb sie zwei Schritt vor ihm stehen und begann zaghaft: „Du warst so freundlich, Rabbi, mir zu erlauben –"

„Ja, Kind, sprich", sagte Paulus gütig. Ganz gegen seine Gewohnheit verlor er die Strenge, zu der er sich sonst im Gespräch mit Frauen zwang. Etwas an der jugendlichen und anmutigen Erscheinung der fast noch kindlichen Frau rührte ihn unwillkürlich; während er länger auf sie schaute, mußte er plötzlich an Sergia Pauli denken. „Also sprich, mein Kind, und sage mir, was dich quält. Du bist eine Christin, dein Mann ist Christ, was fehlt dir noch?"

Lucina atmete schwer und hatte Mühe, ihre Tränen zurückzuhalten. Plötzlich begann sie hastig zu sprechen: „Das ist es gerade, Rabbi. Mein Mann ..." – doch dann verstummte sie gleich wieder und brach in Tränen aus. Schließlich versuchte sie es noch einmal: „Mein Mann ... ich bin noch nicht lange verheiratet ... und er ..."

„Liebt er dich nicht mehr?"

Sie schwieg. Paulus wartete eine Weile, dann fragte er weiter: „Und du? Liebst du deinen Mann? Liebst du ihn von ganzem Herzen, oder nur deinetwegen, zu deiner Freude und Lust, so wie die Heiden lieben?"

Sie antwortete ihm noch immer nicht. Er forschte in ihren Zügen, die ihn in ihrer Hilflosigkeit so lieblich anmuteten, und dann fragte er sich, ob er mit ihr vielleicht noch immer zu streng redete. Behutsamer begann er wieder: „Leidest du wegen deines Mannes?"

Unerwartet brach es aus ihr hervor: „Ja, Rabbi ... aber ich liebe ihn!" Mühsam nur hielt sie ihr Schluchzen zurück, während sie mit stockender Stimme bekannte: „Ich habe eine schwere Sünde begangen, Rabbi ..."

„Eine Sünde? Dann bekenne sie frei und bereue sie."

Einen Augenblick sammelte sie ihre Kraft, dann stieß sie hervor: „Ich bin ... ich bin um seinetwillen Christin geworden ... nicht um Jesu willen ... nur für ihn."

Paulus war überrascht. Um Zeit zu gewinnen, wiederholte

er: „Wegen deines Mannes wurdest du Christin?" Und gleichzeitig schoß ihm wieder der Gedanke an Sergia Pauli durch den Kopf, von der er neulich gehört hatte, sie sei eine überzeugte Christin geworden und zeichne sich in ganz Antiochia durch besonders großen Eifer aus. War Sergia, mußte Paulus denken, darum eine weniger gute Christin, weil sie damals auf der weißen Terrasse noch nicht Christus, sondern mir zuliebe Christus nachzufolgen versprochen hatte? Menschliche Liebe brennt aus, das ist ihr Gesetz. Aber sie kann den Funken zur Flamme der ewigen Liebe schlagen. Wir wissen nie, was Christus wählt, um die Menschen an Sich zu ziehen. Unbekannt sind Seine Wege, unerschöpflich Seine Mittel.

Sanft sprach er weiter: „Wenn du zu Jesus aus Liebe zu einem Menschen gekommen bist, dann ist keine Sünde dabei. Aber bei Jesus bleiben nur aus Liebe zu einem Menschen, das wäre schlecht."

Dankbar hob sie ihr tränenüberströmtes Gesicht zu ihm auf: „Du bist gut, Rabbi ..." Ihre starre Schüchternheit hatte sich auf einmal gelöst, und wie befreit fing sie zu erzählen an: „Ich wußte es nicht, daß mein Mann Christ war, als ich ihn heiratete. Später erst kam ich dahinter, daß er ein Geheimnis vor mir hütete. Jeden Abend ging er fort und kümmerte sich nicht um mich. Das machte mich sehr traurig, denn ich hatte ihn im Verdacht, er liebe heimlich eine andere Frau. Als ich es nicht mehr aushalten konnte, schlich ich ihm unbemerkt nach und entdeckte, daß er die Versammlungen der Christen besuchte und selber ein Christ war. Ich war sehr eifersüchtig darauf und wünschte den Christen alles Schlechte. Denn siehst du, Rabbi, ich habe meinen Mann sehr lieb. Und es wurde immer schlimmer mit ihm, er ließ mich immer mehr allein: Den ganzen Tag arbeitete er, und nachts war er fort. Da betete ich zum Allmächtigen, daß ich ein Kind bekäme; vielleicht, dachte ich, würde er sich dann mehr um mich kümmern. Aber ich habe noch kein Kind bekommen. So dachte ich, es würde mir gelingen, ihn zu erobern, wenn ich eine Christin würde. Doch ich hatte Angst, dorthin zu gehen, wo er hinging. Ich hatte Angst, er würde merken, daß ich das nur seinetwegen tue. Und deshalb kam ich hierher. Vorher lernte ich das Glaubensbekenntnis und ließ mich auf dem Lucina-Friedhof taufen. Und nun, Rabbi ..." Ein Glanz trat in ihre Augen, und über ihre rosigen Wangen flog ein Lächeln: „Und nun liebe ich Jesus von Herzen." Und errötend fügte sie schließlich hinzu: „Meinen Mann liebe ich aber auch ..."

Paulus nickte. „Und weshalb bist du dann so besorgt?" fragte er sanft.

Kaum hatte er diese Frage gestellt, da erlosch wieder jäh aller Glanz in ihren Augen, und während sie die Lippen fester aufeinanderpreßte, begann sie zu zittern, so daß Paulus fürchtete, sie werde gleich wieder in Tränen ausbrechen.

„Ich habe dir noch nicht alles erzählt, Rabbi", gestand sie schließlich zaghaft. „Nachdem ich Christin geworden war, sagte ich es meinem Manne." Sie schluckte schwer. „Ich dachte mir, es würde ihn freuen. Aber das Gegenteil trat ein. Er sah mich an, als sei ich toll geworden. Mir kam es vor, als sei er auf meinen neuen Glauben eifersüchtig." Sie schaute nach der dunklen Krypta hin, als sehe sie dort die gerunzelte Stirn ihres Mannes und seine böse Gebärde. Ihre Brust hob und senkte sich vor innerer Erregung. „Ich war ganz verzweifelt, Rabbi. Ich war schon so weit, daß ich ihm sagen wollte: Wenn du willst, dann werde ich Jesus wieder entsagen. Aber ich konnte es nicht. Ich konnte es einfach nicht über die Lippen bringen. Wenn Jesus mir nicht mehr die Liebe meines Mannes zurückbringen konnte, so sollte Er mir wenigstens bleiben."

Paulus war sich unschlüssig, was er von dieser rätselhaften

Geschichte halten sollte. Vieles von dem, was ihm die junge Frau erzählt hatte, konnte er sich nur schwer zusammenreimen. Hatte sie ihm noch nicht alles gesagt? Aber während er in ihr unschuldiges Gesicht sah, verwarf er seinen Verdacht sofort wieder.

„Mein Mann", setzte Lucina ihren Bericht fort, „wollte mich auch nicht zum Gebet mitnehmen. Als wenn es der Frau nicht erlaubt sei, neben ihrem Manne zu knien und zu beten. Als er von mir erfuhr, wo ich zum Beten hinging, schien er überrascht. Er ging unruhig und böse im Zimmer auf und ab und begann mich dann über alle Angehörigen deiner Gemeinde und besonders über dich, Rabbi, auszufragen. Schließlich sagte er mir zu meiner Überraschung: ‚Geh ruhig weiter dorthin, wo du bisher gebetet hast.' Nichts sonst."

Paulus durchzuckte es wie ein Blitz. Auf einmal glaubte er, auf die richtige Spur geraten zu sein. Wenn ihn nicht alles täuschte, war hier die Quelle all jener falschen Geschichten von seiner angeblichen Irrlehre, die die römischen Gemeinden beunruhigten. Das schien sonnenklar. Aber was beabsichtigte der Mann damit? Er mußte, wenn Paulus nicht alles täuschte, mehr sein als einer seiner gewöhnlichen Feinde. Wenn das stimmte, was Paulus vermutete, war dieser Mann wahrscheinlich ein Anführer derer, die ihn verfolgten.

Er fragte Lucina noch einmal über die Gespräche aus, die sie mit ihrem Manne geführt hatte, und sie gestand ihm ängstlich: „Ja, Rabbi, ich habe ihm alles erzählt..." Sie rang die Hände. „Jetzt wirst du mich wohl von dir weisen, Rabbi? Aber ich glaube nicht, daß mein Mann es wirklich böse meint. Vielleicht hat ihm jemand Lügen über dich erzählt. Und er wiederholt sie. Er sagt, du seist ein Feind des Bundes und Jesu... Oh, Rabbi, wenn er dich hören würde! Wenn er dich sehen könnte! Wenn er nur ein einziges Mal mit mir zu dir käme! Wie oft habe ich ihn darum gebeten, mich hierher zu begleiten!“ Ihre Tränen flossen wieder unaufhaltsam.

„Weine nicht!“ versuchte Paulus sie zu trösten, aber zugleich empfand er die völlige Hilflosigkeit seiner Worte. „Nein, weine nicht! Es geht hier nicht um mich. Ob ich die Wahrheit sage, davon wird sich dein Mann schon noch einmal überzeugen. Aber wenn er ein wahrer Christ ist, dann müßte er dich lieben. Er dürfte dich nicht verlassen, schon gar nicht des Gebets wegen. Sage ihm das ruhig. Die Liebe bestimmt die Ehe der Christen. Hört er dich denn an?“

„Nein“, flüsterte sie traurig.

Nachdenklich und bedauernd streckte er die Hände aus. Was konnte er helfen und tun, er, ein Gefangener, an das Haus des Hermes und an den Wachsoldaten gefesselt?

Aber dann schämte er sich wieder seiner Schwäche. Hatte er Kolossä ganz vergessen, jene Stadt, die allein durch die Kraft des Gebetes aus der Ferne erobert wurde? Und hatte er selbst jemals einen Menschen durch Worte gewonnen? Nein, er konnte ja gar nicht reden. Er hatte sie durch die Gnade gewonnen, die Gnade, die ihm oft im letzten Augenblick geschenkt wurde. Er eroberte sie gerade dann, wenn bereits alles darauf hindeutete, daß sie für ihn verloren waren.

„Mein Kind“, sagte er noch tröstend zum Abschied zu ihr, „was immer auch geschieht: Er ist doch dein Mann. Denke immer daran, daß du nicht aufhören darfst, ihn zu lieben. Anders würde ich zu dir sprechen, wenn dein Mann nicht getauft wäre. Wer aber getauft ist, der hat sich der Liebe ergeben. Liebe deckt viele Mängel zu. Also liebe ihn und bete für ihn, ja bete. Auch ich will für ihn beten, das verspreche ich dir.“

VIII

PAULUS VOR GERICHT

Am späten Abend des gleichen Tages wurde heftig an die Tür von Hermes' Haus gepocht, und ein Bote vom Castrum Prätorium brachte dem Wachsoldaten für Paulus die Vorladung aufs Gericht zum nächsten Morgen.

Die so überraschend gekommene Nachricht ließ Paulus die ganze Nacht keinen Schlaf finden. Während sein Wächter mit seinem Schnarchen das Rauschen der Bäume vor dem Hause übertönte, erhob sich Paulus von seinem Lager, breitete die Hände aus und begann zu beten. Die durchlöcherten Hände und die durchstochenen Füße brannten ihn. Mit gesenktem Haupt zwang er sich zu der Bitte: „Herr, es geschehe, wie Du willst!" Denn übermächtig tobte in seinem Herzen der Wunsch, der auch über seine Lippen kam: „Ich möchte frei sein!" Immer wieder kämpfte er gegen die Versuchung an und wiederholte demütig: „Nein, Herr, nur wie Du willst!"

So verharrte er im Gebet, bis die Morgendämmerung durch die Ritzen der Fensterläden sickerte und auf der Straße das Knarren der zweirädrigen Karren laut wurde, die Gemüse und Obst zum Stadtmarkt fuhren.

Bald wusch sich der Soldat am Brunnen, zog seinen Mantel über den Panzer und setzte seinen Helm auf. „Paulus, wir gehen!" rief er dann und klopfte seinem Gefangenen derb auf die Schulter.

Paulus begriff wohl, daß diese vertrauliche Geste ihm Mut machen sollte, und erwiderte mit einem verständnisvollen Lächeln.

Die Kühle der Nacht verflog bald unter den heißen Strahlen der morgendlichen Sommersonne. Blühende Felder und Wiesen zogen sich hügelig am Wege hin. An Grabsteinen vorbei, umgeben von schlanken Zypressen, die wie in schwarze Mäntel gehüllte Klageweiber aussahen, kamen sie schließlich zur Porta Capena, wo sich kleine Händler und Kaufleute, Handwerker und Klienten der Reichen zur Stadt drängten.

Nach Durchschreiten des Tores erblickten sie zur Linken eine große Wettkampfarena, hinter der die Anlage des Augusteischen Palatinums begann, geschmückt mit einer stattlichen Reihe marmorner Standbilder, die den Giebel des Portikus schmückten. Rechts erhob sich der mit dichtem Strauchwerk bestandene, steile Cäliushügel, hinter dem der von Octavianus errichtete prunkvolle Apollotempel stand, die Aufbewahrungsstätte der heiligen Sibyllinischen Bücher, die der Kaiser zu Rate zog, wenn dem Reich Gefahr drohte. Sie kamen an der Baustelle des Kaiserpalastes vorbei, wo Marmor und Porphyrplatten aufgestapelt lagen. Am hölzernen Amphitheater wandten sie sich zum Forum. Die Via Sacra führte sie am langen Peristyl der Vesta vorüber, das von Standbildern der Vestalinnen umgeben war, und dann um den runden Tempel. Dem Hause der Vestalinnen gegenüber stand der kleine Tempel des göttlichen Julius mit Treppen und sechs korinthischen Säulen, zwischen ihnen das riesige Standbild Cäsars. Im Sonnenglast funkelte der Springbrunnen des Curtiusteiches.

Die kaiserlichen Gerichtsverhandlungen fanden an verschiedenen Orten statt; zeitweise im Palatinum, manchmal im Castrum Prätorium oder auch, wie heute, in der Juliusbasilika, in der für gewöhnlich das Centumvirigericht tagte. Sie war ein riesiges, bereits zu Cäsars Zeiten begonnenes, aber erst durch Augustus vollendetes Bauwerk. Sieben Treppen führten zu einem marmornen Säulengang und dann erst in das Innere, einen zwei Stockwerk hohen, gewaltigen Saal, dessen Wände mit Pilastern verziert und durch Nischen, in denen Statuen standen, unterbrochen waren. Im Hintergrund befand sich die Tribüne für das Gericht der „Hundert Männer", das in Wirklichkeit aus fast zweihundert Geschworenen, darunter auch Frauen, bestand.

Als der Wachsoldat mit Paulus auf dem Forum anlangte, war die Basilika von einer dichten Prätorianerkette abgeriegelt. Nur ein Teil der andrängenden Menschenmenge wurde eingelassen. Wie ein Lauffeuer hatte sich das Gerücht verbreitet, daß der Kaiser, der aus Antium zurückgekommen war, heute selbst das Gericht leiten wollte.

Paulus freute sich darauf, endlich den Beherrscher der Welt zu sehen, von dem er so viel gehört und für den zu beten er nie aufgehört hatte. Aber lange genug mußte er, zusammen mit den immer ungeduldiger werdenden Zuschauern, auf diesen Augenblick warten. Endlich hörte man von weitem ein Brausen, das immer mehr anschwoll und auf den Platz vor der Basilika zukam. Das war das untrügliche Zeichen dafür, daß das Gefolge des Kaisers das Forum erreicht hatte.

„Ave Cäsar!" „Sei gegrüßt, Göttlicher!" und andere Rufe unterschied Paulus. Dazwischen erklangen Hörner und Trompeten.

Vom Eingang des Saales bis zur Tribüne, auf der der Richterstuhl stand, hielten die Prätorianer eine breite Gasse frei. Das Rufen und Händeklatschen schwoll wie eine Brandung an, je näher der Kaiser kam, und es verstärkte sich noch, als er die Huldigungen lächelnd und winkend entgegennahm.

„Sei willkommen, Cäsar!" „Willkommen, Göttlicher!" „Sei gegrüßt, Allmächtiger!" erklang es wiederum von allen Seiten. „Sei gegrüßt, göttlicher Sänger!" schrien diejenigen, die Bescheid wußten, wie dieser Ruf dem Kaiser schmeichelte.

Paulus hatte Mühe, zwischen zwei prätorianischen Soldaten hindurchzuschauen, um den Einzug des Kaisers zu beobachten. Zuerst sah er die Liktoren mit den Äxten, dann einige Kinder in weißen, kurzen Gewändern, die dem Kaiser Blumen auf den Weg streuten. Das Rufen der Menschen ging jetzt in ein ohrenbetäubendes Gebrüll über. Und dann sah er den Kaiser.

Paulus war erstaunt, wie jung er wirkte. Trotz seiner sechsundzwanzig Jahre sah Nero fast noch wie ein Knabe aus. Sein volles, latinisches Gesicht mit der breiten Nase und den kräftigen, von rötlichem Bartwuchs bedeckten Wangen trug kunstvoll gelegte Locken, auf denen ein Kranz aus Rosen saß. Obwohl untersetzt und schon etwas beleibt, hatte Nero einen leichten, fast tänzelnden Schritt. Unter der massigen, niedrigen Stirn blickten große, wasserhelle Augen hervor, in denen freudige Begeisterung funkelte.

Nero hörte nicht auf, den Jubelnden und Klatschenden zuzulächeln und ihnen mit seiner weißen, gepflegten, mit unzähligen Ringen besteckten Hand Küsse über Küsse zuzuwerfen. Als das Geschrei sich daraufhin weiter steigerte, verlangsamte er seinen Schritt und wandte sich alle Augenblicke zu seinem Gefolge um, streckte die Arme weit auseinander und wies mit dieser Geste stolz auf die schreiende Menge hin. Die ihm folgenden Augustianer stimmten ihm jedesmal lebhaft zu und klatschten mit der Menge mit. Neros Freude wurde immer größer. Er zog einen Ring vom Finger und warf ihn mit einem weit ausholenden Schwung in die Menge. Das überwältigende Echo riß ihn dazu hin, das Spiel mit anderen Ringen fortzusetzen. Als auch der letzte Ring von seinem Daumen im Gewimmel untergetaucht war, streckte Nero seine Hände aus und zeigte seine gespreizten, leeren Finger in die Runde.

Inzwischen war er vor der Tribüne angelangt und schritt

allein, die lange, scharlachrote Toga hinter sich herschleppend, auf den erhöhten Richterstuhl zu. Ehe er sich dort niederließ, sprang ein Augustianer hinzu, legte ihm sorgfältig und kunstgerecht die Toga in Falten und überreichte ihm einen goldenen Stab, den Nero in die Rechte nahm. Sein Lächeln machte einer würdevollen und majestätischen Miene Platz, während er, die eine Hand auf den Stab gestützt, die andere leicht aufs Knie gelegt, sich endlich setzte und in bewegungsloser Haltung, hoch aufgerichtet, verharrte.

Nun begann der Gerichtsbeamte mit der Verlesung der Namen aller Geladenen und wies ihnen einen Platz am Fuße der Tribüne auf den weißen Steinbänken an. Auf halber Treppe unter Neros Sitz nahmen auf der einen Seite Tigellinus, auf der andern Seneca Aufstellung. Gegen den gelbgesichtigen Präfekten, auf dessen Stirn Schweißtropfen standen, wirkte der weißhaarige Seneca mit seinem ernsten, schön geschnittenen Patriziergesicht wie eine alte knorrige Eiche neben einem schwächlichen Oleanderbaum.

Der Prätor, für gewöhnlich Vorsitzender des Hofes der „Hundert Männer", hielt die Papyrusakten bereit und erkundigte sich durch einen Blick bei Tigellinus, ob er beginnen könne. Und als dieser zustimmend nickte, stand ein Beamter auf und verkündete mit lauter Stimme: „Ruhe, Ruhe! Es beginnt das Gericht des göttlichen Kaisers!"

Als sich der Begeisterungssturm gelegt hatte und einigermaßen Stille eingetreten war, rief der Prätor den ersten Fall auf. Der Ankläger trat vor die Tribüne und begann seine Rede. Danach kam der Angeklagte zu Wort. Beide versuchten sich nach besten Kräften in der Redekunst, zitierten große Männer, beriefen sich auf geläufige und unbekannte Stellen aus den Dichtern und schworen schließlich auf die Großherzigkeit, Gnade und Göttlichkeit des Kaisers. Wenn erst die Huldigung an den Kaiser, die seine Gerechtigkeit, Weisheit und Göttlichkeit pries, erreicht war, wußte man, daß der Redner dem Ende zustrebte, denn ohne diese Huldigung war ein Redeschluß undenkbar. Nach Kreuz- und Querfragen an Kläger und Angeklagten wandte sich schließlich der Prätor mit einer tiefen Verneigung an den Kaiser, der selten vorher in die Auseinandersetzungen eingriff, und fragte: „Wie urteilst du, o Göttlicher, über diesen Fall?"

Dann ließ Nero rasch seinen Blick prüfend über die Gesichter der Menge schweifen, stellte gelegentlich noch eine Frage an Seneca oder Tigellinus und verlangte ihre Meinung zu hören. Darauf überlegte er eine Zeitlang mit gerunzelter Stirn, während sich tiefe Stille über die Versammlung breitete. Endlich sprach er das Urteil. Es fiel meistens milde aus. Erschien mitunter ein harter Urteilsspruch unumgänglich, pflegte Nero vorher besonders eindringlich mit Blicken und Gesten um Verständnis bei den Zuhörern zu buhlen. So geschah es denn immer, daß das Volk nach der Verkündigung des kaiserlichen Urteils in wahre Beifallsstürme ausbrach: „O du Großer und Gerechter!" „Du weiser Kaiser!" und frenetisch klatschte.

Bei solchen Beifallsbekundungen verlor Nero jedesmal seine Jupiterwürde. Zufriedenheit glänzte auf seinen vollen Wangen, lebhaft winkte er den Jubelnden zu, worauf sich Rufen und Händeklatschen verdoppelten. Und erst nachdem sich die Zuschauer ermüdet beruhigt hatten, wurde auch der Kaiser wieder ernst, richtete sich in seinem Lehnsessel auf, das eitle Lächeln ging in steife Würde über, und indes sich eine steile Jupiterfalte in seine Stirn grub, wurde der nächste Fall aufgerufen.

Paulus hatte den Ablauf dieses Schauspiels schon mehrere Male miterlebt, als er plötzlich seinen Namen vom Prätor aufrufen hörte:

„Paulus von Tarsus, Jude aus Cilicien!"

Der Wachsoldat stieß Paulus an und dieser stand auf, um an den Platz des Angeklagten zu Füßen der Gerichtstribüne zu treten.

Inzwischen rief der Prätor weiter: „Die Kläger!" Er rief es ein zweites Mal: „Die Kläger gegen Paulus von Tarsus!" Aber niemand meldete sich. Der Sanhedrin hatte keinen Ankläger zum Tribunal des Kaisers entsandt. Lediglich ein Brief des Festus war bei der Anklageschrift, und diesen begann der Prätor nun mit langsamer, überdeutlicher Stimme vorzulesen.

„Und so ist dieser Paulus, den ich vor das Gericht des Göttlichen Kaisers sende" — hieß es zum Schluß des Schreibens —, „schuldig, eine andere Religion verkündet zu haben, als die Priester Judäas in ihrem Tempel lehren. Er hat dadurch in Jerusalem Unruhe und Aufruhr hervorgerufen."

Ruhig hörte Paulus die Verlesung an. Seine schmächtige Gestalt zu Füßen der prächtigen Treppenflucht bildete für die von den stundenlangen Verhandlungen ermüdeten Augustianer das Ziel heiteren Gelächters, und sie machten ungeniert, wenn auch flüsternd, ihre Witze über den kleinen Juden, dessen schiefschultrige, wahrhaft armselige Gestalt ihre Spottlust reizte und zu komischen Bemerkungen geradezu herausforderte.

Nach der Verlesung des Briefes wandte sich der Prätor an Paulus: „Was kannst du zu deiner Verteidigung vorbringen?"

Ohne auf das Zischen und Lachen zu achten, das ihn wie das lästige Sirren übermütiger Mückenschwärme umgab, trat Paulus gefaßt einen Schritt vor, den Blick erhebend, bis er den starren hellen Augen des Kaisers begegnete. Dann begann er: „Noch niemals war es, erhabener Kaiser, ein Vergehen, in deinem Imperium einen anderen Glauben zu lehren als den, der auf dem Capitol und dem Palatinum verkündet wird. Ich hörte sogar, daß deine Vorfahren, als sie die Stadt Karthago besiegten, deren Götter baten, ihnen beizustehen und ihnen künftig die Gnade zu erweisen, die sie bisher den Karthagern bezeigt hatten. Mir ist bekannt, daß die Herrscher Roms andere Götter zu sich eingeladen, ihnen Gastfreundschaft gewährt und Tempel erbaut haben. So wird man auch hier vielleicht einen Altar finden, der dem ‚Unbekannten Gotte' geweiht ist, wie ich einen in Athen gesehen habe; einem Gotte, dessen Namen euch Römern nicht bekannt ist."

Das gelegentliche ironische Gelächter unter den Augustianern verstummte allmählich und machte einem Raunen der Verwunderung Platz. Keiner von diesen elegant frisierten, geschminkten, in kostbare Gewänder gekleideten und mit Schmuck behangenen Hofleuten hatte im entferntesten vermutet, daß dieser kümmerliche Jude so geschickt zu reden verstehen würde. Bei den Römern waren die Juden auf der Bühne, in Gedichten, Darstellungen und Satiren beliebte Spottfiguren. Sie, die in Rom, von wenigen Begüterten abgesehen, armselig dahinvegetierten und vom Anfertigen billiger Sandalen, vom Brotbacken oder Peitschenflechten lebten und sich gleichzeitig einbildeten, aus ihrem Lande werde der Mann kommen, der die ganze Welt erobern wird! Die ganze Welt und sie, die kein Schweinefleisch essen durften und an jedem siebenten Tage keine Arbeit anfaßten!

Aber die Worte dieses Paulus waren durchaus nicht ins Lächerliche zu ziehen. Wohl sprach er mit dem gleichen komischen, nasalen Anklang wie die Kaufleute aus dem Stadtteil jenseits vom Tiber, wenn sie ihre Ware anpriesen, aber die Würde, mit der er sprach, und die Überzeugungskraft seiner Worte, denen die Weisheit der römischen und griechischen Welt innewohnte, setzte auch die kritischsten Zuhörer in Erstaunen.

Seneca, der die Juden sonst nicht riechen konnte, legte ein ums andere Mal verwundert die Hand ans Ohr, um alles genau aufzunehmen. Nur Tigellinus behielt seine abweisende, finstere Miene bei.

„Ich verkünde jedoch keinen anderen Gott", führte Paulus weiter aus, „als denjenigen, der im Tempel zu Jerusalem verehrt wird und dem du, Cäsar, in deinem Namen hast Opfer darbringen lassen wie deine Vorgänger in ihrem. Diesen Gott kennt ihr alle und wißt, daß jeder von uns Juden Ihn über alles verehrt. Du erlaubst doch, o Kaiser, daß Er auch hier in Rom verehrt wird. Deswegen beten wir täglich auch für dich. Keinen andern Gott als diesen verehre ich, nur Ihm allein diene ich."

In die Stille, die diese Worte bewirkten, ertönte auf einmal die schleimige Stimme des Tigellinus: „Und wie erklärst du dir, daß der Prokurator etwas anderes geschrieben hat? Willst du etwa behaupten, Portius Festus klage ungerecht an?"

„O nein", erwiderte Paulus ruhig, „aber der ehrwürdige Prokurator wurde falsch über mich unterrichtet."

„Bist du ein Christ?"

„Ja, edler Präfekt."

„Von den Christen heißt es doch allgemein, sie seien voller Falschheit und Verderbtheit."

„O Herr!" Paulus streckte seine Arme weit aus. „Wurde noch niemals verleumdet? Gebiert nicht der Haß allerorten die Lüge? Bis auf den heutigen Tag beklagen die Rhetoren den Tod des Sokrates, der wegen einer angeblichen Lästerung angeklagt und gerichtet wurde, die er, wie es scheint, niemals ausgesprochen hat." Paulus wandte sich jetzt an Seneca, der offensichtlich immer gespannter seinen Worten lauschte. „Wieviel Weisen hat man nicht schon Gottlosigkeit vorgeworfen? Und was kann man den Christen vorwerfen? Daß sie Gott ehren, der im Himmel und in den Seelen der Menschen wohnt? Daß für sie das Leben eine Prüfung zur Tugend ist und der Tod das Ende dieser Prüfung? Daß sie die Lust verabscheuen und ihren Leib abzutöten suchen? Daß der Arme für sie ein Heiliger ist?"

Senecas Gesicht hellte sich auf. Er bewegte seine zahnlosen Kiefer, als stimme er lautlos Paulus' Worten zu. Dann sah er den Kaiser an und sagte: „Dieser Mensch da ist ein Philosoph!"

Gereizt warf Tigellinus dazwischen: „Es ist nicht schwer, mit Redekünsten ein Stoiker zu sein!" Dann wandte er sich an Paulus und fragte: „Du sagtest eben, aus dem Haß gehe die Lüge hervor. Nun, obwohl du ein Jude bist, scheinen dich die Juden nicht zu lieben?"

„Der Prophet gilt nichts in seinem Vaterlande, sagt eins unserer alten Sprichwörter", erwiderte Paulus.

Tigellinus herrschte ihn ärgerlich an: „Ich bin kein Stoiker, daß du mir hier mit Sprüchen kommen kannst. Antworte, wonach ich dich gefragt habe: Hassen dich die Juden oder hassen sie dich nicht?"

Paulus' Stimme blieb weiter beherrscht: „Es hassen mich die, die das Gesetz nicht richtig verstehen."

„Und du glaubst, du kennst es besser?"

„Es ist nicht schwer, das Gesetz zu erkennen."

„Nur du verstehst es also richtig?"

Paulus bedachte sich und schwieg. In die eingetretene Stille rasselte die heisere Stimme Senecas: „Was fragst du ihn danach, Tigellinus? Es war schon immer so, daß man einsam sein muß, um die einfachsten Dinge zu verstehen. Das ganze Denken von Hellas –"

„Der ist doch nur ein Jude, Seneca."

„Es gibt Juden, die wie Griechen denken."

„Und ein Christ ist er auch noch!"

„Ich habe keine Ahnung, was die Christen für Menschen sind", sagte Seneca gleichgültig. „Ich halte sie für eine Sekte von armen, vernagelten Dummköpfen. Dieser Mensch aber hier spricht ganz und gar nicht wie ein Dummkopf. Er ist ein Philosoph. Darum –" schloß er, zum Kaiser gewandt – „ist es mein Vorschlag, o Göttlicher, daß du ihn freisprichst."

„Und ich bitte dich darum, Göttlicher, verurteile ihn ad metalla", krächzte Tigellinus sofort los. „Die Christen sind eine gefährliche Sekte. Sie führen nicht nur mit den Juden einen endlosen Streit. Überall, wo sie auftauchen, entsteht Verwirrung und Unfrieden. Solange du sie in deinem Imperium hast, wirst du dauernd mit ihnen Scherereien haben. Immer werden sie auf Empörung und Umsturz sinnen. Sie schwatzen wie die Stoiker, aber sie sind kampflustig wie alle Leute aus Galiläa. Darum verurteile ihn, o Göttlicher!"

Nero blickte mit gespielter Majestät, aber innerlich unsicher auf Seneca, dessen Mundwinkel sich verächtlich zusammengezogen hatten. Ob Stoiker oder nicht, dachte Nero, schon um Seneca zu ärgern, wäre es ganz lustig, diesen Juden ins Bergwerk zu stecken. Aber wie es schien, hatte dieser kümmerliche Mensch das Wohlwollen der Zuhörer auf seiner Seite, und wenn die Menge auch kaum eindeutige Zeichen ihrer Sympathie zu erkennen gab, so besaß Nero doch ein viel zu feines Ohr für die geheime Stimmung der Menge, als daß er nicht gespürt hätte, daß man in diesem Falle Milde von ihm erwartete; nicht zuletzt vielleicht wegen Tigellinus' schroffen Urteilsspruchs. Also gut, dann mußte man eben Gnade walten lassen, und zwar möglichst rasch, denn die Verhandlung hatte sich schon reichlich in die Länge gezogen und drohte, wie es Nero schien, die Zuschauer zu ermüden.

So klopfte er mit dem goldenen Stab leicht auf den Boden.

„Ruhe! Ruhe für den göttlichen Kaiser!" riefen die Beamten laut. Sofort trat Stille ein.

Nero neigte sich leicht zu dem Gefangenen vor. „Du bist also ein Jude und ein Christ?" begann er. „Wie ich gehört habe, sollen die Juden angeblich daran glauben, daß aus ihrem Lande der Eroberer und Erlöser der Welt kommen wird. Was sagst du dazu, Philosoph?"

„Nicht nur die Juden glauben daran, o großer Kaiser!" antwortete Paulus. „Auch ein römischer Dichter sang von dem Goldenen Zeitalter als dem Werk eines von einer Jungfrau Geborenen. Wir Christen jedoch sind gewiß, daß der, der kommen sollte, schon gekommen ist."

Tigellinus preßte zornig die Kiefer zusammen. Neros Gesicht aber strahlte vor Wonne. „Vielleicht hast du nicht unrecht", sagte er sinnend und lehnte sich zurück, mit einem Blick die Versammelten umfassend. „Vielleicht habt ihr wirklich recht", wiederholte er und schaute weiterhin abwartend auf die Menge vor sich.

Dann wandte er sich wieder an Paulus und sagte mit Nachdruck:

„Wenn dich niemand hier beschuldigt, will auch ich dich nicht verdammen." Seine Stimme nahm einen feierlichen Klang an. „Ich spreche dich hiermit frei!" Er blickte dabei starr geradeaus, aber heimlich versuchte er, die Wirkung seiner Worte auf die Menge im Saale festzustellen.

Die erwartungsvolle Stille hielt an. „Ja, ich spreche dich frei", wiederholte Nero. „Denn auch ich weiß, daß das Goldene Zeitalter im Anzuge ist und daß der Erlöser der Welt bereits erschienen ist." Er stand auf und warf sich malerisch die Toga über die Schulter, während er weitersprach: „Der Erlöser ist schon da, verehrt und geliebt von allen. Er durchsticht Länder, verbindet Meere, legt Wege an bis in die Tiefen der furchtbaren Wüste, baut gewaltige Paläste, wie vor ihm keiner sie erbaut hat, und dichtet Lieder, wie sie bisher nicht vernommen wurden." Ohne Paulus weiter Beachtung zu schenken, legte Nero jetzt wie zufällig bescheiden seine Hand auf die Brust und schloß: „Einen solchen Herrscher möchte ich besingen können. Denn, wer so große Taten vollbringt, von dem wird man sagen dürfen: Der da kommen sollte, ist da!"

„Das bist du!" „Das bist du selbst, o Kaiser!" wurde ihm aus dem Kreise der Augustianer zugerufen. Es war Vatinius, ein reich gewordener Freigelassener, der, von Nero an seinen Hof gezogen, sich in der selbstgewählten Rolle eines Hofnarren in die Gunst des Kaisers einzuschmeicheln verstanden hatte.

Der Ruf pflanzte sich fort und weckte einen rasenden Beifallssturm in der Menge. „Das bist du, Kaiser, das bist du!" tobte es jetzt von allen Seiten.

Nero stellte sich betroffen, schlug mit der Hand an seine Brust und schüttelte mit gespielter Verlegenheit den Kopf. Dann sagte er schlicht: „Ihr verlangt zu viel von mir. Ich bin auch nur ein Mensch!"

Aber diese Worte, die nur noch die Nächststehenden hören konnten, gingen im Gebrüll der mitgerissenen Menge unter. Die Leute kannten ihren Kaiser und wußten, wenn sie ihn in einen Begeisterungsrausch versetzten, konnten sie alles von ihm fordern. Darum schrien sie stampfend und klatschend weiter im Chore: „Du bist es, Cäsar! Du, Göttlicher! Du bist der Erlöser!"

Andere nutzten die gute Stunde und riefen: „Gib uns mehr Brot! Gib uns mehr zum Leben, Göttlicher!"

Nero winkte mit dem Stab, bis wieder Ruhe eingetreten war. Dann versprach er unter dem Jubel der Menge, bereits am nächsten Tage zu Ehren der Geburt der kleinen Augusta im Säulengang des Minutius die doppelte Menge Mehl, Oliven und Wein austeilen zu lassen.

Die freigiebige Zusage weckte neue Begeisterungsrufe.

„Heil dem Kaiser, dem Großen, Herrlichen, Göttlichen!" „Heil dem Erretter, dem Salvator!" wogte und dröhnte es durch den Gerichtssaal.

Nero genoß erregt das großartige Schauspiel, neigte sich nach allen Seiten, legte die Hand auf sein Herz und warf Handküsse in die Menge. Dann nahm er seine goldene Kette vom Halse und warf sie in die brodelnde Masse. Den Rosenkranz riß er sich vom Kopf, und auch ihn warf er in die Menge. Wie benommen, mit flackernden Augen, riß sich Nero jetzt sogar die Toga herunter, sie fiel wie eine Flamme vom Himmel in Hunderte von ausgestreckten Händen und war sofort in unzählige Fetzen zerrissen.

Nero, jetzt nur noch mit einer Tunika bekleidet, stieg auf den Richterstuhl, damit das ganze Volk ihn sehen konnte. Rote Flecken zeichneten sich auf seinen Wangen ab. Seine hellen Augen hatten sich verdunkelt. Der Rausch seiner Erregung versetzte ihn in einen Verzückungstaumel. Beinahe wäre er gestürzt, wenn nicht der treue Vatinius hinzugesprungen wäre, um ihn zu stützen.

Sein von Freudentränen überströmtes Gesicht den Augustianern zuwendend, rief der Kaiser: „Da seht! Seht, wie sie mich lieben!"

IX

ZWISCHEN ENTSCHLUSS UND TAT

Mit geheimnisvollen Mienen saßen die beiden Lastträger neben Arie in der kleinen Garküche am Strande beim Fortunatempel, wo sie sich oft zu einem Becher Wein trafen, um Geschwätz aus dem Leben in den christlichen Gemeinden auszutauschen.

Arie kam es sehr gelegen, daß die beiden, durch den Umgang mit ihm offensichtlich geehrt, sich so willig für seine Zwecke einspannen ließen, und er konnte über sie, ohne daß sie selbst das üble Spiel durchschauten, manches böse oder dumme Gerücht über Paulus in die verschiedensten Kreise einsickern lassen.

„Was glotzt ihr mich denn heute so an und sagt nichts?" fragte Arie, der eine einfache, graue Tunika trug, die mit einer Lazerne bedeckt war, so daß er sich hier kaum von den anderen Gästen der Garküche unterschied.

„Es sieht ganz so aus, Arie, als wüßtest du das Neueste noch nicht!" sagte Phileros endlich.

„Das Neueste? Wart ihr beim großen Gebet im Ostrianum? Habt ihr wieder etwas über Paulus erfahren?" fragte Arie ungeduldig.

Phileros wiegte bedächtig den Kopf. „Im Ostrianum waren wir. Aber von Paulus wurde überhaupt nicht gesprochen. Petrus ist zurückgekehrt."

„Petrus zurück?" Aries Augen blitzten auf. Die entscheidende Stunde rückte heran. Jetzt kam es darauf an, zwischen diesen beiden Aposteln gehörig Mißtrauen und Mißgunst zu säen. Wenn Petrus erst einmal Paulus öffentlich brandmarkte und ihn aus dem Kreise der Getauften ausstieß, dann war es nicht mehr weit, bis die ganze Sekte auseinanderfiel. Dann kam der Zeitpunkt, sich an Paulus zu rächen. Mit dem Rest der Christen würde Tiburtius leicht fertig werden.

Der schwarzhaarige Freigelassene sprach stets kühl und sachlich mit Arie. Aber eine Bemerkung hatte sich diesem tief ins Gedächtnis gegraben: Die Kaiserin könne die Christen nicht leiden. Man müßte nur einen handgreiflichen Beweis für ihre Unbeliebtheit beim Volke beschaffen. Der göttliche Kaiser tue alles, was die Menge verlange oder wovon er glaube, daß es ihr gefalle.

Phileros schwatzte inzwischen wichtigtuerisch weiter. „Ja, Petrus hat im Ostrianum gelehrt, getauft und das Brot gebrochen. Er sprach auch davon, daß unter uns Unfrieden und Mißtrauen herrsche, und wie traurig er darüber sei."

„Böse Menschen – meinte er – schienen absichtlich die Gemeinden durcheinanderzubringen", fügte Satabus hinzu.

„Und weshalb habt ihr nicht gleich dazwischengerufen: ‚Das ist Paulus!' Ihr seid wirklich blöd!"

Die beiden Lastträger sahen sich betroffen an. „Das habe ich ja auch zu Satabus gesagt", meinte Phileros entschuldigend. „Ich wollte es, aber er meinte, es ginge nicht."

„Wie hätte man das auch tun können?" murmelte Satabus und kratzte sich verlegen den Kopf. „Petrus sprach so schön, man solle sich lieben und nicht über andre urteilen und Schlechtes sagen ..." Dabei malte er mit dem Finger in dem vergossenen Wein auf dem Holztisch herum.

„Schlechtes sagen, Schlechtes sagen", entrüstete sich Arie. „Wenn einer schlecht ist wie Paulus, darf man einfach nicht den Mund halten. Wir wissen doch, daß er ein Schädling ist, ein Helfer des Antichrist."

In gespieltem Unwillen stand er auf. „Das habt ihr denkbar ungeschickt gemacht!“ tadelte er sie nochmals, während er Geld aus der Tasche zog und auf den Tisch warf. Er zahlte für sie mit, denn das, wußte er, machte sie ihm nur noch ergebener. Dann ließ er sie in ihrer Verwirrung allein zurück und ging aus der Taverne.

Der Abend war naßkalt und neblig. Arie wandte sich zur Pfahlbrücke, wo eine Laterne ihren spärlichen Schein auf den vorbeirauschenden Tiber warf. Vom Marcellus-Theater her hörte man den Lärm von Betrunkenen und sah Fackeln brennen.

Arie schritt, ohne sich umzusehen, eilig dem Forum zu. Als er die Sänfte eines Würdenträgers, von Dienern mit Fackeln begleitet, auf sich zukommen sah, trat er rasch in den Schatten einer Nebengasse.

Das Forum lag wie ausgestorben da. Die prächtigen Giebel der Tempel, Paläste und Basiliken tauchten aus dem Nebel auf wie eine versunkene Stadt aus den Tiefen des Meeres.

Arie eilte weiter. Er warf kaum einen Blick auf den verschlossenen Laden Chalaftas, nahm eine schmale Gasse zwischen der Emilius-Basilika und der Curia des Julius, überquerte das Forum Cäsars mit dem langgestreckten Tempel der Venus Genetrix und gelangte dann auf das Forum des Augustus.

Dieser größte Platz der Weltstadt war von drei Seiten mit prächtigen Säulengängen umgeben, die einen Kranz von Standbildern trugen, welche im Nebel ein unwirkliches Leben gewannen. Hohe Stufen führten zum Tempel des Mars Ultor. Acht schlanke, geriffelte Säulen trugen das Tympanon mit den Zeichen des Drusus und des Germanicus sowie Statuen des Mars, der Venus, des Amor, des Tiber und der Fortuna.

Arie machte vor der hohen Giebelseite halt und betrachtete

sie eine Weile. Dann umschritt er den Tempel langsam und vorsichtig und kehrte wieder an den Ausgangspunkt zur Giebelseite zurück.

Seit einigen Tagen kreisten seine Gedanken um dieses Heiligtum. Viele Stunden lang beobachtete er vom Säulengang aus heimlich die Eintretenden und Herauskommenden. Er wußte, wann der Tempel geschlossen und wann er wieder geöffnet wurde und wieviel Priester und Diener in ihm beschäftigt waren. Groß war die Zahl der Besucher nicht, denn hier wurde lediglich in Kriegszeiten geopfert.

Nachts schlief nur ein einziger Freigelassener als Wache im Tempel.

Noch einmal ging Arie um das Gebäude herum. Eben warf der Mond, mühsam mit den wallenden Nebeln kämpfend, wieder seinen Schein auf die Säulen. An der Hinterfront waren zwei Fenster, durch die es nicht schwer sein konnte, einzusteigen. Arie rieb sich zufrieden die Hände. Hier käme er heute noch hinein. Aber erst mußte er mit Paulus fertig werden.

Langsam wanderte er durch die Stadt und gelangte zum Aventin. Zwei Reihen hoher Häuser begrenzten die schmalen, krummen Gäßchen. Holztreppen mit Schutzdächern liefen außen steil nach oben. Hier und da brannte noch Licht hinter den kleinen Fenstern.

Arie durchquerte einen dunklen Hausflur. Hinter dem Hause war ein Gärtchen voll blühender, duftender Rosen und Heliotrope.

Er ging leise die Treppe hinauf und öffnete behutsam die Tür, um keinen Schlafenden zu wecken. Aber als er in das Cönaculum trat, grüßte ihn der trauliche Schein eines brennenden Öllämpchens.

Und dann sah er seine Frau, die, ihren Kopf auf den Tisch gestützt, über dem langen Warten eingeschlafen war. Im ersten Augenblick war er gerührt. Als er aber merkte, wie sie sich bewegte, versuchte er, rasch wieder die Tür zu gewinnen. Doch es war schon zu spät.

„Bist du es, Arie?" hörte er sie hinter sich.

„Wer sollte es sonst sein?" antwortete er mürrisch und wandte sich langsam um. „Weshalb bist du noch nicht schlafen gegangen? Es ist doch schon so spät."

Sie stand auf und lächelte ihn freudig an. Ihre Wangen waren vom Aufstützen der Hände und von der Wärme des Schlafs gerötet. „Ich habe auf dich gewartet", flüsterte sie herzlich und ging ihm in ihrem langen, duftigen weißen Gewand entgegen, die Hände leicht erhoben, als wolle sie ihn umarmen.

Er antwortete nicht und verzog nur mißmutig sein Gesicht. Ihre Liebe war ihm unbehaglich und verdroß ihn, nicht zuletzt, weil sie ihn als eine ständige Versuchung reizte.

Während er seinen Mantel achtlos über einen Stuhl warf, fragte sie eifrig: „Magst du etwas essen? Du ißt jetzt immer so wenig. Ich habe heute selber Brot gebacken, weil ich dachte, das schmeckt dir besser. Käse ist auch da, und echter syrischer Wein."

Aufseufzend setzte er sich. „Also gut, dann gib mir Brot und Wein."

„Gleich, Liebster", erwiderte sie lächelnd und brachte rasch eine Schüssel mit Wasser, ein Krüglein mit Öl und ein Tuch. „Komm, laß dir die Füße waschen", bat sie und kniete nieder, zog ihm die Sandalen aus und wusch ihm sorgfältig und behutsam mit einem Lappen die staubigen Füße. Er ließ es geschehen und knurrte nur undeutlich, als sie, die Füße mit dem Tuch trocknend und mit Öl einreibend, sich erkundigte: „Bist du heute wieder viel gelaufen?"

Dann stand sie auf und brachte Wein, Brot und Käse. Er machte sich heißhungrig darüber her, ohne jedoch recht hinzusehen, was sie ihm aufgetragen hatte. Er aß und aß und hätte am liebsten bis zum Morgengrauen gegessen, bis Axa fortgegangen wäre. Aber sie wartete geduldig in seiner Nähe, immer bereit, ihm zu dienen. Er wußte, sie lauerte auf ein Wort von ihm, aber er fand es nicht, und so stellte er sich weiter hungrig und schlang immer mehr in sich hinein, als könne er damit alles hinauszögern. Schließlich sagte er barsch: „Nun geh schon schlafen! Es ist nicht nötig, daß du hier noch herumstehst."

Demütig erwiderte sie: „Erlaubst du nicht, daß ich warte, bis du mit Essen fertig bist?"

Er sah sie unsicher an. Sie war von betörender Schönheit. Ihr Anblick begann auf seine Sinne zu wirken, aber gerade das war es, was er verabscheute. Wie entsetzlich, alles von ihr zu nehmen und ihr nichts dafür zu geben! Wäre sie wenigstens nicht so demütig und liebevoll zu mir, dachte er. Lieber wollte er seine Unfreundlichkeit mit Gleichgültigkeit erwidert sehen. Aber sie liebte ihn. Und er liebte sie auch, gegen seinen Willen.

„Wenn du das lieber magst, dann warte eben", erwiderte er achselzuckend und gespielt gleichgültig. Mit immer geringerer Lust nahm er von dem Brot und trank Wein dazu, fast bezwungen von der demütigen Haltung, mit der sie ihm zusah. Schließlich rückte er mit dem Stuhl vom Tisch ab und wischte sich heftig die Lippen. Dann hob er den Kopf und fragte, während er sich bemühte, in eine unbestimmte Ferne zu schauen: „Warst du heute beim Gebet?"

„Ja, Arie, ich war dort", antwortete sie rasch. Ihr Gesicht hellte sich auf. Sie freute sich immer, wenn er sie danach fragte. Sie wollte so gern mit ihm darüber sprechen. Ihr Vater hielt sich beide Ohren zu und jammerte nur, wenn sie davon anfing. „Womit habe ich das verdient", klagte er ein ums andre Mal, „daß ihr beide Christen geworden seid!"

Sie war in entsetzlicher Seelennot. Aries unverständlicher Haß auf Paulus schmerzte sie tief. Aber seitdem Paulus sie aufgefordert hatte, für ihren Mann zu beten, und zugleich versprochen hatte, für sie beide zu beten, hoffte sie zuversichtlich, daß ihr Mann sich ändern und einsehen werde, ein wie guter Lehrer Paulus war. Wenn Arie wenigstens einmal mitgehen und Paulus beim Predigen zuhören würde, war ihr sehnlichster Wunsch.

Sie berührte Arie leicht am Arm. „Ja, ich war dort", wiederholte sie. „Ich habe dort gebetet wie immer, für dich und für den Vater und dafür, daß der Herr uns –" Sie brach ab und schlug errötend die Augen nieder. Die Schatten ihrer langen Wimpern fielen über ihre Wangen und gaben dem Gesicht einen unendlich lieblichen Ausdruck. Aber Arie sah nicht zu ihr hin, sondern fragte nur kalt weiter: „Und was hat Paulus sonst noch gesagt?"

Von Begeisterung hingerissen rief sie aus: „Ach, du weißt es wohl noch nicht! Paulus ist frei! Das Gericht des Kaisers hat ihn von aller Schuld losgesprochen. Wir waren alle so glücklich, als er endlich ohne Ketten unter uns stand."

Unbewegt nahm Arie seinen Gürtel ab, so daß seine Tunika bis unter das Knie fiel. „Ob frei oder in Ketten, er lehrt falsch", sagte er schroff.

„Ach, Arie, ich glaube, du irrst dich", widersprach sie ihm eifrig.

„Nein!" kam es hart von seinen Lippen. „Ich irre mich nicht. Ich weiß, was ich weiß." Er nahm ein Lämpchen von der Nische und ging damit nebenan ins Schlafgemach. Über dem flackernden Licht blickte er prüfend auf seine Frau. Ihre weitgeöffneten, von Tränen feuchten und glänzenden schwarzen Augen sprachen eine Bitte aus. Wenn er jetzt zu ihr ginge, huschte es ihm durch den Sinn, könnte er sie bestimmt glücklich machen, und auch er selbst würde ruhiger werden. Und auch glücklicher. Wenn er dem Ruf des Leibes willig nachgäbe, vielleicht fände er dann in seinem Hall die Stimme des Herzens. Aber nur einen kleinen Augenblick ließ er seine Sinne von der Kette wie einen bösen, knurrenden Hund, dann verschloß er sich wieder fest in der ruhelosen Einsamkeit seines Hasses.

X

DIE BEGEGNUNG

Beim Morgendämmern schritten zwei Männer durch die Porta Capena und gingen auf der Via Appia mit dem Strom der Wagen und Gespanne, die die Stadt verließen, den ersten Wellen von Händlern und atemlosen Klienten entgegen, die bereits zu den Toren eilten.

Der größere von beiden hatte trotz seines hohen Alters ein gesundes, frisches Aussehen. Er war von kräftiger, breitschultriger Gestalt, mit einem einfachen, grobflächigen Gesicht unter dichten, weißen Haarbüscheln, das trotz der vielen Falten und Fältchen die Heiterkeit eines Frühlingshimmels trug. Nur die Augen paßten mit ihrem tieftraurigen Ausdruck nicht recht dazu.

„Hast du ihn darauf vorbereitet, daß ich heute komme, Markus?" fragte der Greis seinen Begleiter.

„Nein, Petrus", antwortete dieser. „Ich glaubte, es sei besser, wenn du unerwartet kommst. Er ist krank und leidet sehr unter diesem Mißtrauen ..."

„Schon gut. Du hast recht", antwortete der ehemalige Fischer kurz und ging dann schweigend weiter mit dem langen Schritt eines Menschen, der endloses Wandern gewöhnt ist.

Längs der Straße dehnten sich die Häuser und Hütten, die, von freundlichen, blühenden Gärtchen umgeben, die überquellende Einwohnerschaft Roms aufnahmen, welche in dem engen Ring der Stadtmauern des Königs Servius Tullius längst keinen Platz mehr fand.

Petrus kannte diese Siedlungen mit ihren halb städtischen, halb ländlichen Anwesen gut. Hier wohnte die ärmere Bevölkerung, hauptsächlich ehemalige Bauern, die ihr Land und ihr Anwesen verlassen hatten, weil es sie nicht mehr ernährte. In der Stadt lebten sie von der Gunst des Kaisers, ohne zu arbeiten, bei sämtlichen Zuteilungen vornan und natürlich auch bei allem, was an Spielen und Vergnügungen geboten wurde. So waren sie nicht gerade die besten Fische in Petrus' Teich; aber dennoch gab er sie nicht auf.

Auch in anderen Teilen der Weltstadt sah er seine Saat aufgehen. Seine Anhänger wohnten sowohl in den Senatorenpalästen wie in den Insulen des Aventins und der Subura; überall lebten seine Schüler und Anhänger, die er bekehrt und getauft hatte, und wenn er so durch Rom schritt, schämte er sich oft in der Erinnerung an jene Stunde, da der Herr aus dem Boot stieg und zu ihm sagte: ‚Verlasse alles, was du hast, und folge mir nach, denn ich will dich zum Menschenfischer machen ...' Denn damals hatte er sich wehmütig nach seinem alten Boot umgesehen, mit dem bereits sein Vater Jonas und sein Großvater Abidan ihr Leben lang gesegelt waren, weil er eigentlich unschlüssig war, ob er das kleine, aber eigene und sichere Häuschen gegen ein Schloß in den Wolken vertauschen sollte. Doch zum Glück von jeher nicht an langes Besinnen gewohnt, hatte er auch damals nicht gezögert. Es war nicht Berechnung, was ihm diesen Tausch anriet, sondern einfach die Liebe zu seinem Meister. Heute nun war aus dem galiläischen Fischerboot ein großes Schiff geworden, aus dem kleinen Kapharnaum Rom, eine Saat mit tausendfacher Ernte. Nachsichtig belächelte er heute seinen früheren Unglauben. Von den Hügeln blickten ihn protzige Denkmäler und Statuen, monumentale Säulengänge, Tempel und Paläste an. Ihn aber beeindruckte weder ihre Größe noch ihre Herrlichkeit. Heute wußte er, daß der Sieg ihm auf dem Fuße folgte, daß die Lehre, die er verkündete, heftig anbrandende Flut war, die auch die noch so stolze und abwehrbereite feindliche Küste unterspülen würde.

Mit Markus schritt er zwischen kleinen Gärten hindurch, die von niedrigen Mauern gegen den Weg abgegrenzt waren, und die Erinnerung an manche bekannte Pforte tauchte auf. So ging er auch am Lucina-Friedhof vorbei, auf dem er mehrmals Predigten hielt; dort hatte er die ehrwürdige Patrizierin Pomponia Graecina getauft und am gleichen Ort ihr Söhnchen, den kleinen Pomponius, begraben.

Das Haus des Hermes, dessen Vorgarten er jetzt erreichte, war ihm ebenfalls nicht unbekannt; auch Hermes war sein Schüler. Er blieb einen Augenblick vor dem Spalier stehen, um das sich wilder Wein zu einem grünen Dach rankte, und bat seinen Begleiter: „Laß mich bitte mit Paulus eine Weile allein, Markus. Wir kommen später zu dir in den Garten."

Dann stieß er die Haustür auf. Seine Augen mußten sich erst an das Dämmerlicht gewöhnen. Endlich nahm er auf einem niedrigen Stuhl einen sitzenden Mann wahr, der sein Gesicht in den Händen vergraben hatte und jetzt langsam den Kopf hob. „Ist hier jemand?" fragte er und wandte sich um.

„Ich bin es, Paulus – Kephas." Er nannte sich nur noch so, wie ihn der Herr genannt hatte; der Name Simon war ausgelöscht wie sein früheres Leben und alles, was damit verknüpft war: die Feigheit auf dem stürmischen Meer, auf dem ihm einst der Herr zu gehen erlaubt hatte, die vermessenen Belehrungen, die er dem Meister erteilt, der Schwerthieb gegen Malchus, die Verleugnung Jesu vor dem Palast des Hohenpriesters.

Paulus war, als er den Namen Kephas hörte, so jäh von seinem Schemel aufgesprungen, daß er das Gleichgewicht verlor und mit flatternden Händen taumelte. Zitternd stand er vor Petrus und drückte seine Hand auf die keuchende Brust. Seine Lippen bewegten sich, als sage er schnell etwas, aber kein Laut war zu hören. Erst nach einer langen Pause flüsterte er: „Ich gehe schon, Kephas. Ich gehe schon."

„Wo willst du denn hingehen, Paulus?" entgegnete Petrus verwundert. „Und aus welchem Grunde willst du fortgehen?"

„Ich weiß ja", erwiderte Paulus stockend, „ich weiß, daß hier dein Arbeitsfeld ist, Kephas, dein Acker." Leiser und noch trauriger fügte er hinzu: „Nicht für mich. Und ich bin kein Gefangener mehr, jetzt kann ich gehen. Ich gehe schon."

Petrus war noch immer der gleiche gutmütige Fischer vom kleinen See, dessen Herz wohl rasch schlug, dessen Kopf aber langsamer arbeitete. Doch sein Herz vermochte oft schneller als sein Verstand Verborgenes aufzudecken. „Nicht dein Arbeitsfeld?" nahm er Paulus' Worte auf und trat näher, um ihm seine großen, verarbeiteten Hände auf die Schultern zu legen. „Ich kann dich nicht begreifen", bekannte er schlicht. „Hier in Rom ist doch Acker für viele. Für uns beide reicht er gewiß."

„Für uns beide", wiederholte Paulus schwach. „Du bist so gut, Kephas. Aber ich fürchte ..."

Der hünenhafte Fischer zuckte heftig die Schulter. „Ich bin gar nicht so gut", rief er dröhnend und fuhr dann leiser fort: „Du weißt doch, daß ich einst den Herrn verleugnet habe." Er wiederholte dieses peinliche Geständnis oft, damit weder er noch ein anderer es jemals vergesse. „Ich bin nicht gut", erklärte er nochmals. „Es ist nicht Selbstlosigkeit, wenn ich sage, daß es in Rom genug Platz für uns beide gibt. Du siehst selbst, wieviel Menschen hier zusammenströmen. Wie ein großes Meer ist dieses Rom, in das aus allen Himmelsrichtungen Flüsse münden. Aber dieses Meer ist unser Meer. Unseres."

„Kephas!“ rief Paulus wie befreit und suchte mit den dunklen, verbundenen Händen nach Petrus’ Hand. „Du denkst wirklich so?“

„Ja, das ist meine Meinung“, bekannte der Fischer mit ruhiger, fester Stimme, „und so ist es auch.“ Er hatte sein Wesen nicht geändert. Er war der gleiche geblieben, der er immer gewesen war: heftig und bestimmt. Aber die Heftigkeit seines Wesens wurde immer mehr zu Bestimmtheit.

„Siehst du, Kephas“, sagte Paulus eifrig und ließ die Hand des Fischers nicht aus der seinen, „auch ich bin schon seit langer Zeit davon überzeugt, daß es wohl so sein muß, daß die ganze Welt nach Rom fließt und sich von Rom wieder ausbreitet. Und da sie römisch ist, die heutige Welt, kann sie nur hier in Rom und von hier aus für Christus erobert werden.“ Seine Stimme erzitterte. „Die Welt geht ihre eigenen Wege, und es ist nicht unsere Sache, sie zu ändern. Wir müssen diesen Weg der Welt gehen und auf ihm, auf ihm, Kephas, das Evangelium verkünden.“ Er stockte für einen Augenblick, dann setzte er hinzu: „Und wie die Welt auch sein mag, sie wird Jesus annehmen und bei Jesus bleiben.“

Und im Widerhall klang Petrus’ Antwort: „Sie muß bei Jesus bleiben!“

So standen sie einander gegenüber, zutiefst bewegt, daß sie endlich, nach so viel Jahren. ein Gedanke verband, ein Gedanke einte.

Aber für Paulus war es fast zu viel. Ihn drohten die Kräfte zu verlassen, und er glitt langsam auf seinen Schemel nieder.

„Setz dich auch, Kephas“, sagte er leise und zeigte auf den Platz neben sich. „Ich freue mich, freue mich so sehr, daß wir gleichen Sinnes sind. Denn ich habe viele Jahre hindurch geglaubt, Kephas, daß es nicht so sei; daß wir anders geartet seien. Während ich mich immer beeilte, warst du dir deines Weges so gewiß, daß du vielleicht die Unruhe meines Herzens nicht verstehen konntest."

Petrus streichelte Paulus' Knie, als sei diese Berührung eine unerläßliche Ergänzung ihrer gegenseitigen Bekenntnisse. „Du machst dir unnötige Vorwürfe, Paulus", sagte er begütigend. „Mir schien es früher zuerst auch so, als wenn dein Vorgehen zu überstürzt sei, und ich fand es wohl nicht ganz richtig, daß du mit allem gewaltsam brechen wolltest, womit wir bisher gelebt haben. Und siehe, Jesus hat es gefügt, daß wir zusammenkamen. Und da wolltest du fortgehen?"

Auf Paulus' freudestrahlendes Gesicht kehrte Wehmut zurück. Er fuhr sich mit der Hand über die müden, entzündeten Augen und sagte: „Und was wäre damit gewonnen, wenn ich hierbliebe? Du weißt doch gewiß schon, daß mir keiner mehr zuhören will."

„Ja, davon habe ich gehört", bekannte Petrus und wurde für eine Weile ernst. „Man hat mir sogar Briefe deswegen geschrieben und Leute zu mir geschickt."

„Und du?" fragte Paulus mit ängstlicher, zitternder Stimme.

Petrus hob die Hand. „Ich weiß doch", sagte er, „daß du richtig lehrst. Du hast das Geschenk der Weisheit erhalten wie kein zweiter unter uns, mehr noch als Johannes. Nur..."

„Hast du vielleicht Angst?"

„Weshalb sollten wir, die wir die Kirche des Herrn bauen, vor etwas Angst haben? Der Herr sagte einmal zu uns..." Petrus legte die Stirn in Falten; in fernen Erinnerungen schien er jene Nacht zu finden, da sie nach dem letzten Lobgesang das Passah-Haus verließen und auf den vom Mondschein versilberten Ölberg stiegen... „,Habt Vertrauen', sagte Er. ,Ihr braucht keine Angst zu haben in der Welt, denn Ich habe die Welt überwunden.' So sprach der Herr. Und daß Er gesiegt habe. Nur, siehst du... versteh mich recht... es kommt mir immer öfter in den Sinn, daß der Herr nicht so schnell wiederkehren wird..."

Heftig fiel ihm Paulus ins Wort: „Du deckst heute alle meine Gedanken auf, Kephas!"

„Nur daß du sie schon früher gehabt hast, Paulus", bekannte der alte Fischer. „Das ist der Kern der Sache. Der Herr hat, Paulus, jeden von uns zu etwas anderem berufen. Dir schenkte er die Gabe, die Wahrheit zu entdecken, eine immer wieder neue Erkenntnis. Und mir befahl er, die Wahrheit zu hüten, die alte Wahrheit, die unveränderliche, damit der Satan, der herumgeht wie ein brüllender Löwe, sich nicht zwischen die Schafe einschleiche."

„Zu dir sagte Er: ‚Weide meine Lämmer!'" sagte Paulus ergriffen.

Doch Petrus bat in herzlichem Tone: „Erzähle mir noch einmal, was Er zu dir gesagt hat, Paulus!"

Aufatmend legte Paulus seine Hand über die Augen und preßte die Finger gegen die pochenden Schläfen. Er mußte sein Gedächtnis nicht sehr anstrengen. Diese drei Tage hatten sich ihm so tief eingeprägt, daß er auch heute noch jede Einzelheit vor sich sah und jedes damals vernommene Wort noch heute hörte.

Er lag fiebernd im Hause seines Onkels Juda, wollte weder essen noch trinken und hielt sich die brennenden, blind gewordenen Augen. Kaum hörte er, was Juda und seine Frau Martha zu ihm sagten. Er flüsterte Worte des Gebets, um die kreisenden Gedanken, die seine Andacht zu verschlingen drohten, gewaltsam zu unterdrücken. Am anderen Abend schien es ihm, als stehe in dem purpurnen Nebel vor seinen schmerzenden Augen ein unbekannter Mann. Dieser kam ihm mit ausgestreckter Hand entgegen, bis er seine geblendeten Augen sanft berührte. Dann verschwand er. Paulus atmete schwer. Er war davon überzeugt, daß das nur eine Vision oder ein Fiebertraum gewesen sein konnte, aber er wollte Gewißheit haben. So rief er nach Juda. Der Alte schlurfte schwerfällig herbei. „Hast du endlich Hunger?" erkundigte er sich, denn daß Paulus nicht aß noch trank, bekümmerte ihn sehr. „War jemand hier?" fragte Paulus. „Hier?" „Ja, hier, vor einer Weile." „Nein, es war niemand hier." „Kein Mann mit hellblondem Haar und einem breiten Bart?" „Nein. Wie kommst du darauf? Du kannst doch nichts sehen." „Ja, du hast recht, ich bin ja blind. Entschuldige, Juda, daß ich dich umsonst bemüht habe. Es schien mir nur so ..." Der Greis ging fort, aber Paulus hörte, wie er zu seiner Frau sagte: „Der Neffe redet wirres Zeug. Genauso wie unser Izhok. Der wird nicht mehr richtig ..."

Paulus' Lagerstätte war hart und dumpfig. Der Tag schlich unter sengender Hitze, drückender Schwüle, einem pochenden Schmerz in den Schläfen und unter Fieberträumen dahin. Von der Wüste her wehte ein trockener Wind, die Zweige der Palmen rauschten und ihre breiten Wedel scheuerten an den Wänden wie die Hände eines Blinden.

Paulus rettete sich ins Gebet und sagte sich wieder den alten Psalm vor:

„O Herr, Gott meines Heils,
ich flehe Tag und Nacht zu dir.
Denn meine Seele ist von Leid erfüllt.
Gleich den ins Grab Versinkenden bin ich geachtet,
bin wie ein Mensch geworden ohne Hilfe, entlassen unter Tote;
bin wie Erschlagene, die in den Gräbern ruhn.
Sie senkten in die tiefste Grube mich hinab,
in Finsternis und Todesschatten.
Ich rufe zu dir, Herr, den ganzen Tag!"

Aber trotz angestrengtester Mühe versiegte das Gebet auf seinen Lippen. Er wurde immer schwächer. Sein Kopf schmerzte fürchterlich, das Blut hämmerte in den Schläfen. Eine todesähnliche, lähmende Müdigkeit überfiel ihn. Wieder versuchte er, sie mit Beten zu verscheuchen:

„Wirst du an Toten Wunder tun?
Und stehen Schatten auf, um dich zu preisen?
Den Freund und Nächsten hast du mir entfremdet,
und dunkle Finsternisse sind nun meine Freunde."

Auf das Dunkel der Nacht folgte das Dämmern des Morgens. Wieder hörte er Schritte. Juda und seine Frau fragten mit besorgter Stimme, ob er denn nicht endlich essen und trinken wolle. Er schüttelte den Kopf und dachte nur: ‚Lange muß man auf Deinen Ruf warten.' Hinter seiner schmerzdröhnenden Stirn war ein Rauschen; seine Gebete wurden ein verzweifeltes Flüstern von toten Worten, denen kein Gefühl Schritt halten konnte. Er versuchte das Chaos in sich zu übertönen, indem er ununterbrochen den Namen „Adonai" ausstieß. Endlich wurde ihm klar: Rief er den Herrn oder Jesus an, es war immer der gleiche Gott. Nun begann er zu wiederholen: „Jesus von Nazareth! Jesus von Nazareth!" Zuerst langsam, dann immer schneller wiederholte er diesen Ruf. Manchmal versagte ihm die Stimme, dann aber begann er von neuem.

Juda und Martha waren zu ihm getreten und fragten ihn etwas. Er glaubte, es sei wieder wegen des Essens, und schüttelte verneinend den Kopf. Aber sie wichen nicht von seiner Seite. „Ich weiß schon", sagte Juda, „daß du nichts essen willst. Es ist nicht deswegen. Aber ein Mann ist gekommen, der zu dir möchte." „Ein Mann?" Paulus versuchte, einen klaren Gedanken zu fassen, aber sein Kopf dröhnte, als ginge ein Mühlrad darin herum. „Ich kenne hier niemand.

Ich weiß nicht, von wem du sprichst. Ein Mann? Jemand von hier?" „Ja. Einer von den Nazarenern." „Und er will unbedingt zu mir?" Beinahe hätte er hinzugefügt: Wieviel geben die Nazarener dafür, daß sie mich besichtigen dürfen? Und wieder erwachte in ihm der alte, schlaue Saulus. Kaum noch an seine Krankheit denkend, hob er wie ein Hund, der eine Spur wittert, den Kopf und setzte sich in seinem Bette auf. „Wo ist der Nazarener? Laß ihn herein!"

Mit dem Blinden eigenen geschärften Gehör horchte er auf das Geräusch der von draußen näher kommenden Schritte. Und dann erschien jemand in der Tür und bot ihm leise einen Gruß: „Friede sei mit diesem Hause durch unsern Herrn Jesus Christus!" Wie merkwürdig das klang! Jetzt näherte sich der Fremde dem Bett, und Paulus drückte zitternd die Hand an das wild schlagende Herz. Der Unbekannte blieb einen Schritt vor dem Lager stehen und schwieg. Endlich sagte er gepreßt: „Saulus, Bruder! Man nennt mich Ananias. Jesus sendet mich zu dir. Werde sehend!"

Im gleichen Augenblick, da Paulus diese Worte hörte, zerfloß der Nebel der Dämmerung vor seinen schmerzenden Augen. Es wurde licht um ihn und aus diesem Licht traten alle Gegenstände wieder klar hervor und auch der Mann, der jetzt dicht bei Paulus stand. Er hatte blondes Haar, das bis auf die Schultern herabfiel, und einen breiten Bart, der sein gutmütiges, schlichtes Gesicht einrahmte. Paulus erkannte in ihm sofort den Mann, den er im Fiebertraum gesehen hatte. Plötzlich unsicher geworden, lächelte er. Ananias gab das Lächeln freudig zurück und sagte: „Heute nacht ist mir der Herr erschienen. Er befahl mir, zu dir zu gehen. Denn du sollst Sein von Ihm erwähltes Gefäß sein und Sein Evangelium bei den Heiden und Israeliten verkünden. Er wird dich auch belehren, daß du um Seines Namens willen viel wirst leiden müssen ..." –

„Du siehst, Kephas“, schloß Paulus seinen Bericht, „ich soll Zeugnis ablegen und leiden.“

Petrus stand lebhaft auf und sagte mitgerissen: „Ja, du sollst Zeugnis ablegen und leiden! Du sollst Zeugnis geben, wenn auch alle dich ablehnen oder in Schweigen gegen dich verharren. Und wenn ich verstummen muß, dann wird dir zu sprechen befohlen. Denn du bist wie ein Prophet aus der Wüste, der die Könige aufrüttelt. Und, Paulus, vergiß es nicht, daß die Heiden hier Götzen mit zwei Gesichtern haben. Wir müssen wie diese Götzen sein. Wir müssen eins sein und mit einem Gesicht das Heute sehen, mit dem andern aber die Zukunft. Ja, Paulus: Ich sehe das Nähere, du das Fernere. Mir befahl der Herr, Seine Herde zu weiden, du aber mußt bewirken, daß alle Lämmer herfinden und des Herrn werden.“

XI

TIGELLINUS' RAT

„Göttlicher, du willst doch nicht aus Rom fliehen?"

Nero blinzelte Tigellinus mißtrauisch an und machte eine vage Geste. „Was ist mir noch geblieben? Meine Augusta ist gestorben. Poppäa ist mir verleidet. Nur die Schönheit und die Kunst machen mich noch froh. Darum fliehe ich zu ihnen – nicht aus Rom."

Sie standen im Tempel der Vesta, wo Nero Abschiedsopfer darbringen ließ und bei Auguren und Haruspices günstige Vorzeichen für seine Reise nach Ägypten suchte.

Doch Tigellinus ließ nicht locker. „Göttlicher", warnte er, „ich befürchte, daß deine Reise zu lange dauern wird und andere inzwischen ihre Hände nach dem verlassenen Thron ausstrecken."

Nero verzog seinen Jungenkopf in wehmütige Falten. „Was willst du von mir?" klagte er. „Ich habe Rom und ganz Italien gründlich satt. Hier starb das einzige Wesen, das ich liebte, mein Töchterchen." Er schluchzte pathetisch auf. „Ich will nichts mehr von Rom wissen. In Ägypten will ich mir zu Ehren eine Pyramide bauen lassen, größer als die der Pharaonen, größer als der Koloß von Rhodos, und den Kanal zum Roten Meer in Angriff nehmen. Ich werde die Parther befrieden und in Jerusalem als königlicher Sänger einziehen. Das ist das Ziel, das mich noch lockt. Halte du inzwischen Wache für mich, wie es deines Amtes ist."

„Aber das römische Volk ...", wandte Tigellinus ein.

„Dieses Volk", erklärte Nero mißmutig, „verlangt nur

Wein, Mehl und Munera. Sie wollen meine Neronien nicht, sie sind nicht an meinen Juvenalien interessiert, sie haben nichts für meinen Gesang übrig. Hat auch nur einer von ihnen meine Augusta ehrlichen Herzens beweint? Nein, sie sind ihres Kaisers nicht würdig."

Tigellinus war nicht gesonnen nachzugeben. War der Kaiser erst einmal weit von Rom, dann reichten alle prätorianischen Kohorten nicht aus, um der Verschwörungen Herr zu werden. Das Wichtigste war zunächst ein neues Kind. Hatte Nero erst einmal einen Sohn, sah alles ganz anders aus. „Göttlicher", drängte er weiter in Nero, „es ist unbedingt notwendig, daß du hier in Rom bleibst. Das römische Volk würde sich beleidigt fühlen, wenn du fortgingst."

„Bist du wahnsinnig? Willst du mir mein Tun vorschreiben? Sollen sie beleidigt sein! Sie haben mir auch genug Schmerz zugefügt. Sie schreien nach Wettkämpfen, aber sie weinen nicht eine echte Träne um mein verstorbenes Kind. In Alexandria, in Antiochia und in Jerusalem werde ich ein anderes, besseres Volk finden. Von da soll ja auch der Erlöser der Welt kommen."

Tigellinus biß sich auf die Lippen. „Dann verschiebe wenigstens die Abreise", bat er. „Ich werde inzwischen neue Spiele veranstalten lassen, wie sie noch nicht dagewesen sind. Und ich verspreche dir auch: du wirst in Rom singen."

Nero schaute auf. „Das versprichst du mir?"

„Ja", sagte Tigellinus mit Überzeugung.

„Aber werden sie mir auch Beifall klatschen?"

„Auch das verspreche ich dir heute schon."

„Und ich möchte doch eine Pyramide für mich bauen lassen."

„Weshalb tust du das nicht in Rom, Göttlicher?"

„Hier in dieser schmutzigen, engen Stadt?" warf Nero höhnisch ein. „Ich glaube, du hältst mich zum Narren. Einen einzigen gewaltigen Palast wollte ich in Rom bauen lassen. Und was erwidern mir meine tüchtigen Baumeister: daß kein Platz dafür da ist. Die Gärten reichen nicht für die Hälfte des Fundaments aus. Man müßte einen Teil der Innenstadt dazu abbrechen."

„Und wenn" – warf Tigellinus, zum Äußersten entschlossen, ein –, „wenn ich dir Platz schaffe, daß du den ganzen Goldenen Palast hinstellen kannst? Verschiebst du dann deine Reise?"

Eine längere Pause trat ein, die Tigellinus wie eine halbe Ewigkeit vorkam. Nero rieb sich mit seiner weißen Hand, die von braunen Sprenkeln bedeckt war, unschlüssig den Hals. Schließlich sagte er leise: „Nun gut, ich verschiebe meine Reise. Aber du, denke daran, was du mir versprochen hast." Dann reckte er sich, blinzelte mit seinen farblosen Augen und blieb so eine Weile regungslos stehen. Ganz unvermittelt hob er mit einer dramatischen Gebärde die Hände, schlug sie vors Gesicht und verging vor Schluchzen.

Die ganze Verachtung, die Tigellinus für diesen Narrenkaiser empfand, konnte ihn nicht davon abhalten, ihm für seine Schauspielkunst und für sein Talent, auf Bedarf Tränenströme wie ein gewerbsmäßiges Klageweib zu vergießen, vollste Bewunderung zu zollen. Endlich drückte Nero den Saum seiner Toga an die Augen und verließ schleppenden Schritts den Innenraum des Tempels. Tigellinus hörte noch, wie er den Augustianern laut schreiend verkündete: „Ich bleibe in Rom! Die Göttin ist mir erschienen und hat mich beschworen, die Stadt nicht zu verlassen, die Herzen des römischen Volkes nicht zu verletzen ..."

Sogleich wurden weitere Lebensmittelverteilungen und neue Munera für beide Amphitheater bekanntgegeben. Poppäa wurde eilends nach Rom beordert. Aber bei ihrer Rückkehr befand sich Nero bereits wieder an der Mulvinischen

Brücke, wo er mit seinem Hofstaat die alten, wilden, ausschweifenden Spiele trieb.

Als sich Tigellinus eines Vormittags bei Poppäa melden ließ, fand er sie entmutigt und in gereizter Stimmung auf ihrem kostbaren Lager ausgestreckt, in einem betörend schönen Musselingewand, das ihren wohlgestalteten, schlanken Körper mehr enthüllte als verbarg. Sie war gerade dabei, zur Unterhaltung ihre jüngeren Sklavinnen durchpeitschen zu lassen. Tigellinus' Eintreten in das Cubiculum setzte der ebenso grausamen wie schmerzhaften, aus Überdruß und Langeweile geborenen Prozedur zum Glück für die armen, zitternden Sklavinnen ein vorzeitiges Ende.

Poppäa schickte alle Dienerinnen hinaus. Nur zwei schwarze Sklaven blieben zurück, die die Straußenfedernfächer über ihrem Haupt in ständiger Bewegung halten mußten. Ihre Stirn und ihre Arme waren dick gepudert, Lippen und Wangen purpurn geschminkt. Um ihren Hals hing ein herrlicher Brustschmuck aus Opal, an den Armen glitzerten Goldreifen und Schmuckbänder, an den zierlichen Füßen, die unter dem Peplum hervorlugten, erklangen über den roten Ledersandalen Periscеliden. Ihre Finger waren mit so viel Ringen besteckt, daß sie die Hände nicht falten konnte.

„Wie schön, daß du dich sehen läßt!" sagte sie und bot ihm einen Platz am Rande ihres Lagers an. „Der Kaiser vernachlässigt mich", klagte sie dann im Tone eines eigensinnigen Kindes, dem man einen Wunsch abgeschlagen hat. „Ich bin doch nicht plötzlich häßlich geworden. Sag es selbst..." Und sie dehnte aufreizend ihren schlanken Leib vor ihm. Tigellinus beugte sich über sie, und ihre schmalen Finger strichen liebkosend über seine Brust. Mit ihrem hellblonden Haar, das sie turmartig aufgesteckt hatte, mit den Perlenreihen ihrer weißen, makellosen Zähne, mit den sinnlichen, halb geöffneten Lippen schien sie die Schönheit und Versuchung selbst zu sein.

„Komm, tröste mich ein wenig!" sagte sie spielerisch und nahm zur gleichen Zeit den Spiegel auf, der neben ihr lag und in dem sie mit Wohlgefallen das schwarze Schönheitspflästerchen betrachtete, das sie an der linken Schläfe trug.

Tigellinus bog sich zurück. „Du mußt wieder ein Kind haben, Poppäa", sagte er schroffer, als es seine Absicht war. „Vom Kaiser..."

Sie lachte hellauf. „Laß mich mit dem Kaiser zufrieden, Tigellinus", erwiderte sie und griff nach seiner Hand. „Der Kaiser, der Kaiser... Hauptsache, daß das langweilige Antium hinter mir liegt. Hier in Rom habe ich wenigstens ein paar Männer, die mir den Hof machen. Weißt du nicht, Ophonius, daß Kinder die Figur verderben?"

Ärgerlich richtete sich Tigellinus auf: „Bist du denn wirklich so dumm?" stieß er hervor. „Du sollst dem Kaiser einen Sohn schenken." Er dämpfte die Stimme. „Du sollst ein Kind haben, das Nero als seines ansieht. Ist das so schwer zu begreifen?"

„Natürlich begreife ich es", erwiderte sie gereizt. „Aber du weißt doch, was Ptolomäus mir prophezeit hat." Wieder lächelte sie vielsagend. „Ich will leben, spielen und mich austoben dürfen."

Er aber gab nicht nach. Zähneknirschend wiederholte er: „Einen Sohn mußt du haben, Poppäa! Einen Sohn!"

Erregt und wütend ging er durch das sonnige Peristyl davon. Aus einem Springbrunnen sprudelte frisches Wasser. Unwillkürlich griff Tigellinus hinein und kühlte sich damit seine schweißtriefende Stirn. Er konnte es nicht verstehen, daß Poppäa so unklug war. Und wenn der Kaiser sie zehnmal vernachlässigte! Es lag an ihr, ihn zurückzugewinnen. Sie hatte es doch erlebt, wie sehr dieser Narr sich an dem

Kinde gefreut hatte. Immer würde sie ihn nicht mit ihrem Körper reizen können. Jetzt wäre vielleicht die letzte Gelegenheit für sie, ihre Stellung bei Nero zu festigen. Der Kaiser brauchte einen Sohn, einen leiblichen, keinen Adoptivsohn, alles andere würde sich dann viel leichter lösen lassen.

Wieder überkam Tigellinus einer seiner unangenehmen, quälenden Hustenanfälle. Er mußte einen Augenblick stehenbleiben. Glaubte Poppäa denn, daß es ihm leichtfiel, dieses verwickelte Spiel weiterzutreiben, das jede Stunde böse enden konnte? Ein anderer hätte sich vielleicht längst davon zurückgezogen. Lieber heute leben und lieben, Wein und Wollust – als Würde und Ehre morgen! Was für ein Dasein war das, jeden Morgen früh auf den Beinen zu sein, Tag um Tag Hunderte von unangenehmen Berichten zu lesen, sich um jede Kleinigkeit selber zu kümmern, über alles Bescheid wissen zu müssen, Spitzel und Spione zu dirigieren und untereinander wieder überwachen zu lassen? Andere lebten ohne Sorge in den Tag hinein, er aber hatte keine Zeit und Muße, sich den Freuden des Lebens hinzugeben.

Zornig stampfte er mit dem Fuße auf. Führte er nicht gerade wegen Poppäa dieses grauenhafte Leben? Nach dem Tode der kleinen Augusta war er nahe daran gewesen, Nero zu sagen: „Gib mir Poppäa!“ Er hätte sie bekommen, denn der Kaiser wollte nichts mehr von ihr wissen. Aber er hatte es nicht getan. Er verzichtete auf diese Frau, obwohl der Gedanke an sie ihm seit Jahren den Schlaf raubte. Vor Wut biß er sich in die Fäuste, als er bemerkte, wie sie von einer Hand in die andere zu wandern begann.

Entgegen allen seinen Wünschen und Gefühlen beschloß er, den Zeitpunkt abzuwarten, bis die Menge den Mann in Stücke riß, den sie heute vergötterte. Das römische Volk! Ach, wie er es haßte! Gerade dieses Volk, unersättlich in seiner Gier nach Zeitvertreib und Geschenken, ein Haufe schlau berechnender Müßiggänger, hatte die Eigenschaft, seine Herrscher in den Größenwahn zu treiben. Wer weiß, was aus Nero in Griechenland geworden wäre! Vielleicht ein geachteter Künstler? Vielleicht auch hätte er sich den Stoikern zugewandt und wäre unter Senecas Fittiche zurückgekrochen? Vielleicht hätte ihm vorgeschwebt, sich zum Wohltäter der fernen Provinzen seines Imperiums aufzuschwingen? Vielleicht hätte er ihnen die Staatsbürgerschaft verliehen, sie von Steuern befreit, Kanäle anlegen, eine Flotte bauen lassen, die Legionen in unbekannte Länder geführt?

Dieser Jüngling hatte die Anlagen dazu, entweder ein großer Cäsar oder ein hoffnungslos Wahnsinniger zu werden. Mag er das letztere werden, dachte Tigellinus erbittert. Der Tod eines Verrückten eröffnet Vernünftigen und Entschlossenen neue Aussichten!

Zu Hause angekommen, warf er die Toga ab, wusch sich die Hände und legte sich erschöpft auf sein Ruhebett. Im Liegen betrachtete er das Deckengemälde, das die Hochzeit der Kentauren darstellte. Das Blut hämmerte ihm wild in den Schläfen, seine Brust schmerzte, der Schleim hinderte ihn am tiefen Atmen.

Plötzlich bewegte sich der Vorhang, der den Eingang zum Cubiculum abdeckte, und schob sich lautlos auseinander. Tiburtius, der Freigelassene des Präfekten, näherte sich auf Zehenspitzen dem Lager. Tigellinus beobachtete ihn unter halb geschlossenen Augenlidern und musterte mit Abscheu sein abstoßendes, von einem Brandmal und anderen Narben entstelltes Gesicht. Tiburtius war ein Schuft, das stand außer Frage. Aber man brauchte solche Kreaturen.

„Was gibt's?" fragte Tigellinus.

Tiburtius verneigte sich tief. „Du schläfst nicht, Erhabener?"

„Wie du siehst, nein. Sprich, was hast du erledigt?"

„Alles, Hochedler. Meine Leute haben auch jenen Paulus aufgestöbert."

„So. Dann ist er immer noch in Rom?"

„Ja, und er wohnt weiter dort, wo er schon früher gewohnt hat, hinter der Porta Carpena. Er war inzwischen übrigens bei Seneca."

„Bei Seneca?" Eine steile Falte erschien auf Tigellinus' Stirn. „Und was ist dabei herausgekommen?"

„Offenbar nicht viel. Sie haben lange miteinander gesprochen, wurden sich aber nicht einig. Solange es darum ging, wie man leben solle, verstanden sie sich gut. Als aber Paulus dann behauptete, daß dieser Jesus auferstanden sei und daß auch alle Menschen auferstehen würden, da zuckte Seneca nur mit den Schultern und brach das Gespräch ab."

„Na also, gut", sagte Tigellinus und ließ sich wieder auf sein Lager zurücksinken. Er legte eine Hand über die Augen. Er fühlte sich müde und hundeelend, doch wichtige Entscheidungen standen bevor. Man mußte handeln und überraschend zu einem Schlage ausholen. In Rom sah es aus, als ob alle schliefen, aber nur deshalb, weil er ein wenig schneller als die andern war. Wenn er jetzt schwach und faul wurde, dann kamen ihm andere dazwischen und schalteten sich in das Spiel um einen neuen Cäsar ein. Aber es durfte keinen neuen geben. Es konnte nur einen einzigen legitimen Nachfolger geben – den, der diesen hohen Titel aus dem Osten brachte. Warum sollte der jüdische Gott Jahwe nicht auch auf dem Capitol oder auf dem Palatinum seinen Tempel haben? Nero? Nero hatte Gessius Florus nach Cäsarea entsandt. Und Florus bedeutete Krieg. Er war ein Hasser. Das war wieder ein Petronius vor den Toren Jerusalems. Er, Tigellinus, glaubte an die jüdische Weissagung. Übrigens konnte sie natürlich auch sehr gut erfunden sein, wie die

Sibyllinischen Bücher nichts mit Delphi zu tun hatten. Aber sie waren nun einmal heilig und wurden als Verheißungen in der ganzen Welt ernst genommen.

Wenn Tigellinus selbständig hätte handeln können, dann würde Florus und mit ihm jeder andere unehrliche Beamte in Cäsarea an die Luft gesetzt werden. Man müßte, dachte Tigellinus, in Jerusalem den Unterschied zwischen ihm und Nero erkennen.

Plötzlich richtete er sich auf und sah den Freigelassenen scharf an. „Tiburtius", sagte er langsam und betont, „die Christen sind gemeingefährlich." Er machte eine unmißverständliche Geste. „Alle müßte man sie erledigen."

Tiburtius nickte zustimmend. Ein grausames Lächeln erschien auf seinem entstellten Gesicht. Langsam schob er sich näher an den Präfekten heran und sagte gedämpft: „Bald wird es eine günstige Gelegenheit geben, Herr."

„Sprich weiter."

„Jetzt sind sie noch zerstreut. Aber im kommenden Monat wollen sie, wenn erst der Kaiser und sein Hof die Stadt verlassen haben, eine große Versammlung abhalten. Auch Paulus und Petrus sollen dazu hinkommen. Dann könnte man sie alle auf einmal erwischen und ausheben." Der Freigelassene öffnete seine Hand weit und preßte sie dann schnell und kräftig zusammen.

Tigellinus trocknete sich wieder den Schweiß von der Stirn. „Und wo soll die Versammlung stattfinden?" erkundigte er sich.

„In deinen Gärten, Erlauchter. Ich habe erfahren, daß alle deine Wächter bereits Christen sind."

Der Präfekt dachte nach. Was für eine merkwürdig hartnäckige Sekte war das doch, die sich in seine Besitzungen einschlich und — während er plante, sie allesamt auszurotten — ihm sogar die eigenen Leute abspenstig machte! Aber jetzt sollte endgültig Schluß damit sein! Seneca würde sich kaum für sie einsetzen, denn im Grunde hielt er sie auch für Wahnsinnige. Und die Juden würden ihm nur dankbar sein, wenn er mit ihnen kurzen Prozeß machte. Plötzlich hatte er einen glänzenden Einfall: Konnte man nicht beide Pläne miteinander verbinden? Er nickte dem Freigelassenen fast übermütig zu. „Höre gut zu!" sagte er. „Der stinkende Marktplatz um das Amphitheater herum verpestet schon seit langem die Luft in den Emilianischen Gärten und den Gärten des Kaisers. Außerdem erschwert er dem Kaiser den geplanten Bau eines neuen Palastes. Nun wissen wir ja, daß es der Kaiser nicht liebt, dem Volke zu nahezutreten. Wenn du also die Angelegenheit mit den Christen in die Hand nimmst, dann verbrenne bei dieser Gelegenheit auch die elenden Buden. Es wird uns nicht schwerfallen, durch ein geschickt verbreitetes Gerücht nachträglich die ganze Sache den Christen in die Schuhe zu schieben und alles auf sie abzuwälzen. Dann haben wir auch nach außen hin den denkbar besten Grund, sie allesamt gefangenzusetzen und ihnen den Prozeß zu machen. Geh los und sieh zu, daß du den ganzen Garten dabei beleuchtest! Der Kaiser soll mit uns zufrieden sein."

XII

DER SCHWERTRAUB

Die drückende Julihitze ließ auch am späten Abend nicht nach. Wie gelähmt schleppte sich Arie vom Laden nach Hause.

Wer nur konnte, zog aufs Land. Chalafta hatte einen Vetter in Ostia, der ihn gern mit seiner Familie für die Zeit der größten Hitze aufgenommen hätte. Aber Arie lehnte Chalaftas Vorschlag ab, und Axa war glücklich, daß sie jetzt in Rom bleiben durfte. Denn sie wartete mit Ungeduld auf die große Christenversammlung in den Emilianischen Gärten, auf der die Anschuldigungen gegen Paulus geklärt werden sollten. Auch Arie wartete auf diesen Tag.

Von seiner Lagerstätte, auf der er trotz aller Erschöpfung keine Ruhe fand, beobachtete er aus halb geschlossenen Augen, wie sich Axa umständlich zum Ausgehen fertig machte. Auf die Palla legte sie eine graue Lazerne mit einer Kapuze. Dann suchte sie nach einer Öllampe mit Windschutz aus phönizischem Glas und reinigte sie. Sie brauchte lange dazu, und als sie damit fertig war, lief sie weiter unschlüssig und ziellos hin und her.

Arie spürte, daß sie mit ihm sprechen wollte, und richtig trat sie schließlich an sein Lager. „Willst du nicht mitkommen, Arie?“ fragte sie schüchtern, und ihre Stimme verriet, daß sie ihren ganzen Mut für diese Bitte zusammengenommen hatte.

„Ich weiß nicht recht, was ich da soll“, antwortete er ausweichend.

Froh darüber, daß sie kein schroffes Nein zu hören bekommen hatte, fuhr sie tapferer fort: „Du weißt doch, heute will Petrus alle Lügen über Paulus entlarven und ihn rechtfertigen. Komm mit mir! Ich freue mich schon so darauf. Du hast ja auch immer geglaubt, er wäre ein falscher Lehrer. Heute könntest du selbst mit anhören, daß es nicht stimmt. Komm doch mit!"

Arie blickte mißmutig vor sich hin und erwiderte nichts. Er wußte, dieses Spiel hatte er verloren. Bei dem Plane, Petrus gegen Paulus auszuspielen, hatte er sich gründlich verrechnet. Die beiden verstanden sich und waren nicht uneins zu machen. Deshalb war er vorgestern zu Tiburtius gelaufen, um die einmalige Gelegenheit zu nützen, auf dieser Versammlung die Anführer der Sekte und ihre wichtigsten Anhänger mit einem Schlage auszuheben.

Der Freigelassene trommelte mit den Fingern auf dem kleinen Tisch, daß die Goldstücke, die dort offen lagen, zusammenklangen.

„Wir haben", sagte er, „momentan nur zwei Kohorten Soldaten hier. Alle andern sind mit dem Präfekten in Antium."

„Nimm alle mit", redete Arie auf ihn ein, „auch die Vigilierwache."

„Ich brauche deine Ratschläge nicht", unterbrach ihn Tiburtius schroff und streckte die Hand nach den Goldstücken aus, um sie Arie zuzuschieben: „Das hier ist für dich."

Arie wies das Geld empört zurück. „Dafür nehme ich nichts."

Tiburtius warf ihm einen verwunderten und zugleich argwöhnischen Blick zu und pfiff leise durch die Zähne. „Ganz wie du willst", sagte er. „Deine Christen werden uns nicht entgehen."

Er stand auf, aber Arie blieb noch zögernd stehen. Tiburtius beobachtete ihn und sagte dann grinsend: „Nun, was ist? Reut dich das verschmähte Geld vielleicht doch?"

„Nein, das nicht", sagte Arie langsam. „Aber es könnte sein, daß auch meine Frau in der Versammlung ist."

„Ei, sieh da!" rief Tiburtius höhnisch aus. „Na, die wird dir keiner nehmen, da kannst du ganz ruhig sein!"

Diese Nacht stand nun bevor, ging es Arie weiter durch den Sinn. Die Nacht der Rache. Und von morgen an würde er seine Frau wiederhaben und sie richtig lieben können, ohne daß der Schatten des Paulus mehr zwischen ihnen stand.

„Vielleicht komme ich später nach", sagte er undeutlich zu Axa, die immer noch bittend und hoffnungsvoll vor ihm stand. Traurig wandte sie sich schließlich zum Gehen, warf den Mantel über die Schultern und nahm die Laterne zur Hand.

An der Tür verhielt sie noch einmal und seufzte schwer. „Ach, Arie", sagte sie vorwurfsvoll, „du bist so halsstarrig, als wärest du gar kein Diener Christi. Und ich bin doch nur deinetwegen Christin geworden. Du solltest mich mehr lieben." Ein Schluchzen erstickte ihr Sprechen. Mit gesenktem Kopf verließ sie das Zimmer.

Arie biß sich auf die Lippen, vergrub seine Hände in den Haaren und riß daran. „Nur noch bis morgen", murmelte er. Morgen wird Axa vergessen haben, daß sie eine Christin war. Und er wird frei sein!

Er trat ans Fenster. Eben ging die Sonne als kupferfarbener Ball unter. Rote Glut stand auf den Dächern der Häuser und ein rötlicher Dämmerschein begann sich im Zimmer auszubreiten. Arie horchte nach draußen. Von fern her drang undeutlicher Lärm an sein Ohr. Jetzt wurden die Tore geöffnet. Ein Zug von vielen hundert Wagen rollte in die Stadt. Das Rasseln der Räder, das Knarren der Karren und das Geschrei der Treiber würde bis zur einbrechenden Nacht die Straßen erfüllen.

Arie griff unter die Decken seines Lagers und nahm seine vertraute, krumme Sikka heraus, einen jener Dolche, die der alte Nahum in Jerusalem geschmiedet hatte. Er steckte sie in den Gürtel und zog seinen langen, dunklen Mantel über. Dann verließ er leise das Haus.

Am Tiberufer wartete Arie die völlige Dunkelheit ab. Dann eilte er zum Forum. Sein Herz schlug ihm bis zum Halse. Er mußte an die große Schar der Christen denken, die jetzt ihre Gebete in den Emilianischen Gärten begannen, an die Prätorianer, die in der Dämmerung versteckt lauerten, und an Axa. Diese Nacht sollte gleichzeitig alles lösen.

Tiburtius mußte alle Wachen eingezogen haben, denn Arie begegnete keiner einzigen Streife in den Straßen. Die Nacht war mondlos, nur die Sterne glitzerten am Himmel. Arie fand seinen Weg mühelos im Finstern. Leise schlich er die Stufen zum Tempel hinauf, lautlos und wachsam wie eine Katze. Unter dem Säulengang, am Fuße der Wand, wo das Fenster war, zog er seinen Mantel aus. Das Messer zwischen den Zähnen, duckte er sich zum Sprunge, schnellte hoch und faßte einen Mauersims, an dem er sich hochzog. Einen Augenblick später ließ er sich behutsam in die Dunkelheit des Tempels hinabgleiten.

Ohne das mindeste Geräusch hatte er den Boden erreicht. Um ihn herum war es ganz still, nur das gleichmäßige Schnarchen des Wächters traf sein Ohr, und von draußen das rollende Gepolter vorbeifahrender Wagen.

Ein unerwarteter Laut ließ ihn plötzlich zusammenschrekken. Aber das war wohl nur eine Fledermaus gewesen. Einen Augenblick verharrte er, dann tastete er sich langsam weiter, dem Schlafenden zu. Inzwischen hatten sich seine Augen an die Dunkelheit gewöhnt. Unvermutet tauchte vor ihm das riesige Standbild des Mars auf. Der Gott saß auf einem hohen Podest, seine große Hand ruhte auf den Knien, die gespreizten Finger schienen nach etwas im Dunkeln zu greifen. Aber Arie schlich ohne Furcht weiter. Jetzt stand er dicht vor dem schnarchenden Wächter. Lautlos ließ er sich auf die Knie nieder und nahm den Dolch in die Hand. Einen Augenblick sammelte er sich, dann sprang er mit großer Wucht den Schlafenden an. Eine Hand preßte er auf den Mund des Mannes, die andere stieß fest zu. In der Stille hörte Arie nur ein kurzes Stöhnen und den Schlag der Füße des Ermordeten auf den steinernen Boden.

Erst als alles wieder ganz ruhig war, ließ Arie von dem toten Wächter ab und stand schweratmend auf. Jetzt galt es, das Schwert zu finden. Angeblich, so hatte Arie in geduldigem Nachforschen herausgebracht, sollte es in einer Truhe liegen, die unter dem Standbild des Mars verborgen war. Dorthin tastete er sich vor, die Arme weit von sich gestreckt. Seine Hand strich über den marmornen Körper und glitt die prallen Schenkel entlang zu den Füßen hinab bis zum Sockel. Tatsächlich fand sich dort eine Vertiefung, in der eine große Kassette stand, die verschlossen und versiegelt war. Bedenkenlos riß Arie das Siegel ab, zerschnitt die Verschnürung und hob den Deckel hoch.

Jetzt berührten seine Finger das Schwert, das auf einem Samtkissen lag. Er erkannte es beim Abtasten. Es war dasselbe Schwert, der Knauf ein Adlerschnabel, die Parierstange Tigerpranken – Cäsars Schwert!

Überwältigt spürte er, wie es ihm den Atem verschlug. Das Schicksal Manahems, der Ausgang des Krieges gegen die Römer lag jetzt in seiner Hand. Das Schicksal Manahems? Eigentlich hatte Manahem die Waffe nicht erobert. Doch jetzt war keine Zeit, darüber nachzudenken.

Langsam entfernte sich Arie von dem Standbild und

spannte wieder seine Wachsamkeit an, die seine Freude gelockert hatte. Von neuem hörte er den schon vergessenen Lärm der Stadt. Er wandte sich dem Fenster zu, das sich vor ihm als ein helles Rechteck abzeichnete. Durch den lichten Ausschnitt fiel ein merkwürdiger, rötlicher Schein auf den Mosaikfußboden.

Obwohl er sich durch den Besitz des Schwertes erregt fühlte, beschlich Arie eine seltsame Unruhe. Der mattrote Schein nahm schnell an Helligkeit zu. Die große Hand des Mars tauchte unheimlich aus der Dunkelheit auf. Arie steckte das Schwert in seinen Gürtel und schwang sich zum Fenster hinauf. Beinahe wäre er zurückgetaumelt. Was er da erblickte, ließ ihm das Blut in den Adern stocken. Über der Reihe der Standbilder um das Forum sah er den Himmel rot vor Glut.

Eine gewaltige Feuersbrunst loderte mit flammenden Zungen aus der Tiefe der Stadt. Den undeutlichen Lärm, den er bisher für das nächtliche Gerassel von Wagen und Karren gehalten hatte, war in Wirklichkeit das Getöse des Brandes und das Geschrei einer entsetzten Menschenmenge.

Mit einem Satze war Arie aus dem Fenster. Sein Mantel lag als dunkler Fleck auf dem hellerleuchteten Boden, wie die Gestalt eines Schlafenden. Er griff danach und wollte das Schwert einwickeln. Im gleichen Augenblick stieß er einen Wutschrei aus. Er hielt das Schwert in der Hand, das er und Chalafta kürzlich angefertigt hatten. Kein Zweifel war möglich: die Klinge war neu, die Verzierungen kein bißchen vom Gebrauch abgewetzt.

Betäubt durch diese Entdeckung, vergaß Arie alles um sich herum und gewahrte auch die Männer nicht, die ihn in dem immer greller werdenden Schein der brennenden Stadt beobachteten. Erst als eine kräftige Faust sein Genick umspannte, kam er jählings zu sich und versuchte sich loszureißen. Vergeblich! Vor ihm blitzte der Panzer eines Soldaten auf. Bevor Arie aber noch zu einem Schlage mit dem Schwert ausholen konnte, ergriff man ihn von mehreren Seiten. Sein Arm wurde schmerzhaft verrenkt. Der goldene Schwertknauf entglitt seiner kraftlos gewordenen Hand.

XIII

DIE ERSCHEINUNG DES HERRN

Eine riesige Menschenmenge hatte sich in den Emilianischen Gärten eingefunden.

Als Versammlungsort war eine Anhöhe gewählt worden, die in sanfte Abhänge auslief. Zu Füßen eines Felsblocks, der als Kanzel dienen sollte, war ein Feuer entfacht. Linus wies die Menge ein: die Männer auf die rechte, die Frauen auf die linke Seite.

Ein Chorgesang mit dem sehnsuchtsvollen Bittpsalm der Söhne Koras leitete die Versammlung ein:

„Wie lieblich ist Deine Wohnung, Herr der Heerscharen!
Meine Seele verlangt und schmachtet nach den Vorhöfen des Herrn.
Mein Herz und auch mein Leib jubeln zu Gott, dem Lebendigen.
Denn auch der Sperling hat ein Haus gefunden,
ein Nest die Turteltaube, in das sie ihre Jungen legt, –
Deine Altäre, Herr der Heerscharen, mein König und mein Gott!“

Dann sprach Linus das Gebet des Herrn, und die Getauften wiederholten seine Worte im Chor. Als stilles Gebet schloß sich das Glaubensbekenntnis an, der Regel gemäß, daß die erhabene Wahrheit des Glaubens den Heiden nicht zu Ohren kommen sollte, um kein Anlaß zum Spott zu werden.

Als das Gebet mit einem gemeinsamen „Amen“ und dem

Anruf „Maran atha“ beendet war, trat Petrus aus dem Kreis um Linus hervor. Rufe und Beifallsklatschen begrüßten ihn. Mit ein paar raschen, ausgreifenden Schritten war der hünenhafte Fischer auf den Felsblock getreten, und als er die Hand zum Zeichen hob, daß er sprechen wolle, wurde es auf der Stelle unter den Tausenden still.

„Meine Brüder“, begann Petrus, „es war mein Wunsch, daß wir hier zusammenkämen, damit ich euch Wichtiges mitteilen kann.“

Durch das Rund der Zuhörer lief ein Murmeln, und dann trat sofort wieder Ruhe ein, so daß das Knistern der brennenden Holzscheite deutlich zu hören war.

„Ich war noch nicht wieder in Rom“, fuhr Petrus fort, „da erhielt ich unterwegs die freudige Nachricht, daß inzwischen hier jemand angekommen sei, den der Herr sehr lieb hat, denn Er hat ihm erlaubt, viele Städte und Länder rings um das Meer und auf dem innersten Festlande für Ihn zu gewinnen. Ihr könnt fragen, wen ihr wollt: Alle werden es bezeugen, daß er das meiste für die Verbreitung des Evangeliums getan hat, unser lieber Bruder Paulus von Tarsus.“

Wieder ging ein Raunen durch die Reihen, wie wenn der Wind viele Äste mit dürren Blättern durchstreicht. Die Versammelten wußten wohl, daß heute abend von Paulus die Rede sein sollte, aber niemand hatte erwartet, daß Kephas so einfach und dabei so warm und herzgewinnend beginnen werde.

Petrus versuchte nicht, das Flüstern abzufangen, sondern übertönte es nur mit seiner Stimme, der trotz des Alters noch kräftigen und weittragenden Stimme des Fischers; an das Rufen über die Weite des Sees gewohnt, hob er sie mühelos über alle Geräusche, als er fortfuhr: „Leider hat sich zu dieser freudigen Nachricht auch eine traurige gesellt. Denn mir wurde berichtet, daß viele von euch auf Paulus nicht hören, daß sie ihn verlassen, ja ihn anklagen, er lehre falsch. Dies hat mich tief betrübt. Denn ich weiß, was Paulus lehrt, und weiß deshalb, daß nicht er falsches Zeugnis gibt, sondern daß die Menschen, die ihn ablehnen und schlecht von ihm sprechen, nur ihre eigenen Fehler und Falschheiten aus seinen Worten heraushören. Habe ich jemals anders gelehrt als Paulus? Ja, ich tat es – aber da lag die Schuld bei mir." Er schlug sich an die Brust und blickte sich in der Runde um. „Ihr sollt es wissen. Es war vor Jahren, da hatte ich Angst. Ich bin ein schwacher Mensch. Dem Armseligsten unter allen hat der Herr Seine Herde anvertraut. Aus Angst verleugnete ich einstmals den Herrn, ihr wißt es. Aus Angst begann ich, mich von den Christen zu trennen, die nicht jüdischer Abstammung waren. Denkt daran, daß ihr für immer eine Lehre daraus zieht! Denn nicht die Erinnerung daran, daß man den Herrn gesehen hat, auch nicht die Verleihung eines Amtes bewahren den Menschen vor Irrtum und Sünde. Und damals war es Paulus, der mich warnte. Und ich mußte ihm recht geben. Und mit dieser meiner Hand, die der Herr selbst in Seiner Güte und Großmut gesegnet hat, segnete ich Paulus für seine Arbeit. Darum sage ich euch: Paulus lehrt richtig, nur einige unter euch haben nicht verstanden, ihm richtig zuzuhören."

Er machte eine Pause. Das Feuer knisterte wieder hörbar, aber in der Menge blieb alles still.

„So wie ich lehre, so lehrt auch Paulus", begann Petrus von neuem, „und wie Paulus lehrt, so lehre ich. Denn wir verkünden nicht unsere eigenen Worte, sondern die Lehre des Herrn. Wir reden davon, was wir gesehen und gehört haben. Ich habe euch oft genug vom Herrn erzählt. Heute soll Paulus zu euch sprechen und euch berichten, wie er Jesus gesehen hat!"

Mit großen, raschen Schritten trat Petrus vom Felsen zurück. Groß war die Erregung unter der Menge, doch niemand klatschte, keine Stimme erhob sich. Alles wartete nur gespannt.

Jetzt erschien Paulus auf der Felskanzel. Gegen den stämmigen Fischer wirkte seine unscheinbare Gestalt mit der schiefen Schulter, dem abgezehrten Gesicht und der schmächtigen, eingefallenen Brust beinahe mitleiderregend.

Langsam erhob er sein Haupt zu den Sternen, dann begann er mit leiser Stimme: „Ich stehe hier nicht vor euch und spreche, um mich zu rühmen, denn ich war und bin unwürdig des unsagbaren Glücks, daß ich unsern Herrn sehen durfte. Nicht Schwäche war damals in mir, nur Zorn, Haß und Mordlust. So war ich. Die Liebe ist gut, ihr wißt es. Ich aber wollte damals nur Menschen lieben, die mir etwas geben konnten. Solche Liebe gibt es viel in der Welt, aber das ist nicht die Liebe in Christo. Denn wie Christus lieben heißt um keines Lohnes willen, heißt für umsonst, und auch die lieben, die uns nur mit Haß begegnen."

Paulus strich sich mit der Hand über die Stirn und seufzte tief und lange auf. Seine Stimme drohte ihm zu versagen, er atmete eine Weile mühsam und raffte sich dann auf, um von neuem zu beginnen: „Aber der Herr war so gütig, sich mir zu zeigen und mich zu Seinem Dienst zu berufen. Ewig sei Ihm Dank dafür! Und nun will ich euch erzählen, wie es dazu kam."

Ein strahlendes Lächeln verklärte sein Gesicht. Voller Rührung erhob er die Hände. Endlich, endlich war jener Augenblick gekommen, den er so lange und so inbrünstig herbeigesehnt hatte: Er durfte zu den Menschen in Rom sprechen, und sie hörten ihm zu!

Seine Stimme gewann plötzlich an Kraft und Klang. „Damals", fuhr er gelöster fort, „hatte ich mich entschlossen, nach Damaskus zu gehen. Ich nahm an, ich würde dort Jünger des Herrn und auch Kephas finden. Ich verlangte nach ihrem Blut, denn ich haßte sie. Ja, ich war wie ein Bluthund, der frischen Fährten nachläuft.

Es war eine glühend heiße Mittagsstunde in der Steppe. Ich war todmüde von der Wanderung durch Bethabara, Pella Hippos und zuletzt über den steinharten Lehmboden der ituräischen Wüste. Als ich aber endlich die ersten weißen Umrisse von Damaskus mit seiner langen Mauer vor mir sah, über der sich riesige Palmwedel wiegten, spürte ich alle Mühsal der achttägigen Reise nicht mehr. Neuer Lebensmut durchströmte mich. Ich faßte unter die Kuttone nach dem Brief des Hohenpriesters; war ich doch ein Gesandter des Sanhedrins und hatte dessen Vernichtungsbefehl gegen die Sekte des toten Nazareners bei mir.

Die Leute der Karawane, der ich mich zugesellt hatte, konnten kaum mehr mit mir Schritt halten. ‚Du gehst viel zu schnell, Judäer', beklagten sie sich. Also mäßigte ich für eine Weile meinen Schritt, aber dann trieb mich wieder die Unrast vorwärts, und ich eilte den andern voraus. In Gedanken legte ich mir bereits die notwendigen Anordnungen zurecht, die ich in Damaskus treffen wollte. So kam ich der Stadt immer näher und sah durch ihre weitgeöffneten Tore. Hier endete die Wüste wie abgeschnitten; eine Mauer trennte sie von der fruchtbaren Oase an der Barada, die mit üppigem Grün von Feigenbäumen, Palmen, Tamarisken und Eukalyptusbäumen grüßte.

Und gerade als ich in der glühenden Hitze weit vor meinen Reisegefährten der Stadt bereits nahe war, hatte ich auf einmal den Eindruck, als löse sich der gleißende Sonnenball, der über meinem Haupte hing, von dem erschreckend hohen blauen Himmel, um mir als blendender Glanz auf den Weg zu fallen. Doch nein, die Sonne blieb am Himmel stehen und unter ihrer Glut flimmerte die Luft siedendheiß. Aber vor mir auf dem Wege loderte etwas anderes auf, das noch mehr die Augen blendete als die Sonne selbst. Bei jedem Schritt, den ich auf die Stadt zu tat, näherte sich mir die flammende Erscheinung mit unvorstellbarer Geschwindigkeit.

Ein stechender Schmerz durchzuckte meine Augen, als bohre sich ein glühender Pfeil mit Gewalt in sie hinein. Ich mußte stehenbleiben und mein Gesicht mit den Händen schützen. Meine Augäpfel brannten, meine Wangen waren wie verzehrt vom Feuer. Das anstürmende Licht traf mich wie ein Schlag, kraftvoll und übermächtig, ließ mich taumeln, straucheln, zu Boden stürzen.

Entsetzlich stand das Licht über mir. Vergebens schloß ich die schmerzenden Augen. Meine Lider boten keinen Schutz. Mir war, als könne ich durch sie hindurchsehen. Keuchend lag ich auf der Erde, und plötzlich sah ich inmitten eines feurigen Kreises eine menschliche Gestalt stehen. Es konnte keine Täuschung der Sinne sein. Jede Einzelheit des Gesichts und der Gestalt sah ich deutlich. Nur konnte ich mich nicht erinnern, woher ich dieses Gesicht kannte.

Der Schmerz in meinen Augen nahm mit jedem Pulsschlag zu. Ich versuchte nicht, mich zu erheben. Zu Boden gestreckt lag ich da, wie wenn eine übermächtige, unsichtbare Hand mich niederhielt. Ich begriff, daß ich nichts tun konnte als warten.

Rings um mich war Stille. Da begann der Mensch in dem Lichtkreis zu sprechen. Seine Stimme war unendlich leise und doch so eindringlich, daß sie mich nicht nur durch mein Ohr erreichte, sondern zugleich durch meinen ganzen Körper drang: ‚Saulus, Saulus, warum verfolgst du mich?‘ “

Wie oft schon hatte Paulus diesen Augenblick geschildert, wie oft in immer neuer atemloser Beklemmung die Worte wiederholt! Und jedesmal war das Erlebnis dieser Begegnung für ihn neu und erschütternd. Er hatte nie bisher erfahren, wie seine Worte von den Hörern aufgenommen wurden, denn immer, wenn er bei seinem Bericht so weit kam, vergaß er alles um sich herum. Er vergaß sich selbst, verlor sich in der Zeit. So wurde er auch heute nicht gewahr, daß auch für seine Zuhörer Raum und Zeit versunken waren, daß auch für sie die sternenklare Nacht auf den Abhängen des Cälius zum sommerheißen Mittag am Rande der Wüste wurde, daß auch für sie die Zeit stillstand, während sie brennend vor Ungeduld an seinen Lippen hingen und danach gierten, daß er weitersprach.

Wie von weit her kam seine Stimme wieder zu ihnen: „Ich fragte: ‚Wer bist du?' Ich hätte nicht zu fragen brauchen, denn im gleichen Atemzug wußte ich sehr gut, wer zu mir sprach. Ich kannte Ihn unter vielen Namen: Jahwe, Elochim, Adonai, Zebaoth. Jeder von ihnen verkündete: Der Einzige, der Allmächtige, der dreimal Heilige. Aber jeder bedeutete etwas anderes. Jeder war ein Zeichen, das den Menschen gegeben war. Moses hörte aus dem brennenden Busch: ‚Ich bin Der, der ist.' Das war für ihn das Zeichen, daß er sein Volk von der Welt losreißen sollte, die da war und die sein wird, um es auf die heldenhafte Wanderung zu dem zu führen, was ewigen Bestand hat.

Zu Boden gestreckt, wartete ich auf Antwort, wartete in einem Schmerz, der mit mir eins war, in entzückter Spannung auf den Namen. Aber als die Stimme erklang, fiel ich in lähmendes Erstaunen. Alles andere hatte ich erwartet, nur das nicht. Eine unheimliche Kraft drang in mich ein, überwältigte mich und verwandelte mein ganzes, bisheriges Wesen. Alles, was ich bisher gedacht und empfunden hatte, alles, was ich bisher gewesen war, kehrte sich bedingungslos in mir um, und mir war, als verändere selbst mein Blut die Richtung seines Laufes.

‚Ich bin Jesus, Den du verfolgst ...'

Ein Abgrund tat sich vor mir auf und riß mich in seine bodenlose Tiefe ..."

Paulus breitete seine Hände weit aus, und seine Stimme schwankte. „Brüder, könnt ihr ermessen, was ich damals empfand? Könnt ihr mir das Chaos der Gedanken nachfühlen, das in mir war, das mich erfüllte und aufwühlte? Eines begriff ich mit einem Schlage: Der Weg, den ich bisher gegangen war, ging in Zukunft entgegengesetzt. Meine ganze Welt stellte sich auf den Kopf oder vielmehr wieder auf die Füße, denn bisher hatte sie auf dem Kopf gestanden, und damit war es nun vorbei.

Vermag aber der Mensch in einer so jählings verwandelten Welt sich zurechtzufinden? Vermag er allem zu entsagen, womit er bisher verwachsen war, und alles abzutun und zu verneinen, dem er bisher gedient hatte? Sogar sich selbst? O Brüder! Ich war in furchtbarer Not. Aber ich fühlte auch, daß ich jetzt in der Hand des lebendigen Gottes war und daß ich Ihn verneinen würde, wenn ich mich selbst nicht verneinte.

Mir war, als stürzte ich und zerschellte in tausend Stücke, als löste ich mich auf, es war ein endloses Sterben in mir, eine Marter ohnegleichen, und dennoch fühlte ich mich nicht vernichtet, es war, als sei der Schmerz meines Herzens, das da starb, nicht allein sein eigener Schmerz, sondern der Schmerz vieler Herzen, die nacheinander ohne Ende starben. Und dennoch fühlte ich, daß ich weiterlebte. Und ich wollte lieber ganz vernichtet werden, als diese Leiden weiter ertragen zu müssen. Aber das Ende kam nicht. Ich blieb in Zeit und Raum. Ich lebte weiter.

Da beschloß ich, mich zu wehren. Ich stemmte mich gegen den Untergang, aber wenn ich schon sank, so wollte ich rasch in die Tiefe sinken, um mich vom Grunde abzustoßen, um wieder emporzutauchen. Denn ich gehöre nicht zu denen, die ihr Ende einfach hinnehmen. Wenn Jahwe durch den Mund des Nazareners sprach, so dachte ich, mußte ich in dem Nazarener gegen mich selbst Gott erkennen. Einen anderen Weg gab es einfach nicht, wenigstens nicht für mich.

Darum fragte ich: ‚Was willst Du, das ich tue?'

Denn wenn ich auch zu Boden gestreckt war, gab ich mich doch nicht besiegt, und die Hoffnung stieg in mir auf, daß Der, der mich niedergeworfen hatte, mir auch barmherzig wieder die Hand reichen werde. Und ich vernahm:

‚Stehe auf und gehe in die Stadt! Dort wird man dir sagen, was du tun sollst.'

Das war alles. Und dann streckte der Mann, der von dem gleißenden Licht umflossen war, Seine Hände mit barmherziger Gebärde gegen mich aus. Seine Hände waren durchscheinend und durchbohrt, vom Kreuze gelöst, und Ihre blutigen Wunden lehrten mich mehr als tausend Worte. Dann schien es mir, als näherten sich die Hände und legten sich auf mein Gesicht und meine Augen. Bei dieser Berührung verblaßte aller Glanz, mein Kopf war plötzlich in Finsternis getaucht. Betäubt, wie blind, blieb ich liegen. Das neue Leiden brachte zugleich neue Schmerzen und Erquickung. So lag ich sorglos, die Hände am Leib gestreckt, und wartete, wartete. Und über dem Schmerz kam mir die neue Gewißheit: Leiden und warten, das ist der Beginn eines neuen Lebens...

So ist es gewesen", schloß Paulus unvermittelt nach einer Weile des Schweigens. Nun er in die Wirklichkeit zurückgekehrt war, wurde seine Stimme wieder stockend und zögernd, als sei alles, was er berichtet hatte, nicht die Schilderung seines eigenen Erlebnisses, sondern des eines andern, und er füge ihr nur noch einen Schluß an.

„Ja, so ist es gewesen, Brüder", setzte er fort. „Der Mensch plant und strebt, aber Gott lenkt auch seinen bösen Willen zu Seiner Ehre. Ihr wolltet hören, warum ich mich Apostel nenne. Ich tue es, weil ich den Herrn gesehen habe. Ich sah Ihn, so wie ich jetzt euch sehe, so wie die andern Ihn gesehen haben. Ich habe Ihn sehen dürfen, obwohl ich dessen nicht würdig bin. Das ist alles."

Paulus stieg langsam vom Felsblock. Die Menschen waren noch ganz im Banne seines Zeugnisses und schwiegen überwältigt. Nur leises Seufzen und Schluchzen hörte man hier und dort. Keiner wagte es, die Weihe dieser Stunde mit Worten zu unterbrechen und die Stille zu stören, die noch immer die Stille der syrischen Wüste zu sein schien. Selbst das Feuer knisterte nicht mehr, es brannte ruhig und gleichmäßig zuende. Die Stille des Herrn schien sich auf die Welt zu legen. Kein Lüftchen rührte Baum und Strauch, die Riesenstadt hielt für einen Augenblick den Atem an, auch die Herzen hatten einen anderen Schlag. Es war die Stunde der Bereitschaft.

Und dann stieg aus tausend Herzen unhörbar ein Gebet zum Himmel. „Komm, o Herr!" beteten leise tausende Lippen, „Maran atha! Komm und zeige Dich uns! Stärke uns durch Dein Kommen, wenn sie Dein Evangelium mit Füßen treten. Erscheine uns! Gib uns ein Zeichen durch Deine Gegenwart! Schlage die mit Blindheit, die Dich nicht sehen wollen!"

Und wie eine Antwort auf das stille, inbrünstige Gebet schoß hinter dem Hügel eine Feuerlohe blitzschnell zum Himmel. Die Menschen erstarrten. Das Feuer wuchs und breitete sich aus und fiel wie ein riesiges, flammendes Tuch auf die Gegend des Palatins und des Amphitheaters.

Aus der Ferne hörte man Geschrei, Trommelwirbel und Trompeten, Tiergebrüll und Menschenrufe. Das Getöse stieg an und vermischte sich mit dem Feuersturm.

Aus der unvermutet geblendeten Schar der Christen brach ein Entsetzensschrei hervor: „Es brennt in der Stadt!" Aber niemand nahm den Ruf auf und trug ihn weiter.

Dieses Feuer, das sich mit unbegreiflicher Geschwindigkeit ausbreitete, konnte, so ging es durch aller Herzen, kein gewöhnlicher Brand sein. Es war die Antwort auf ihr Gebet. Es war das Nahen des Richters. Das Ende aller Schwäche und Not.

Freudige Rufe erhoben sich jetzt aus der Menge. „Der Herr kommt! Der Herr kommt!" frohlockte es von allen Seiten. In verzückter Freude wandten sich die Gesichter den fernen Flammen zu, und wie mit einem Schlage brauste aus der Menge in mächtigem Chore das siegesfrohe Osterlied:

„Sei gegrüßt, o Herr, der Du auferstanden bist!
Sei Du unser König und regiere uns, Christe!"

XIV

DER BRAND ROMS

Die Stadt brannte wie ein ausgedorrter Wald, den ein Funke trifft und in ein Flammenmeer verwandelt.

Das Brausen des Feuers übertönte alle anderen Laute. Blitzschnell überzog der Brand ganze Gassenviertel und sprang gierig auf neue über.

Zuerst fraß sich das Feuer von dem Esquilinus- und Cäliushügel zum Palatinum und zum Capitol durch. Das hölzerne Amphitheater brannte wie eine Riesenfackel und stürzte dann berstend und krachend auf die Vivaria, die mit angstvoll tobenden Tieren vollgepfercht waren. Im Nu standen die für den neuen Bau bereitliegenden Holzstapel in Flammen. Der künstliche See am Fuße des Esquilin, verächtlich „stagnum Neronis" genannt, wurde in einer gewaltig zischenden Dampfwolke von den Gluten aufgesogen.

Das Feuer hatte schon die Kaufläden in der Velia Carinä erreicht, schluckte sie gierig wie einen großen Bissen und wälzte sich auf die Suburische Sammlung zu. Die mehrstöckigen Häuser wurden der Reihe nach ein Opfer der Flammen. Wer nicht rasch genug entfliehen konnte, kam elend im Feuer um, denn die hölzernen Treppen loderten wie Zunder auf. Aber selbst für die zu ebener Erde Wohnenden versperrte der erstickende Rauch in den engen, winkligen Straßen bald jeden Rettungsweg. Kopflos rasten die verzweifelten Menschen, von den Furien des Feuerstroms gejagt, hin und her, bis sie sich angesichts der von allen Seiten lodernden Gluten in ihr Schicksal ergaben und kraftlos in die Flammen sanken. Um sie herum stürzten ganze Häuserzeilen mit unheimlichem Getöse zusammen und bildeten eine unübersteigbare Sperre aus Trümmern und schwelenden Brandmassen, aus denen jählings Funkenbündel wie wütende Hornissenschwärme in die Höhe schossen.

Während durch nichts aufgehalten eine Feuersäule zum Forum Cäsarum und Augusti vordrang, schob sich eine andere auf den Palatinushügel zu, schluckte den Apollotempel und warf sich auf das Forum des Augustus. Niemand wußte in diesem Chaos, wo und was man retten sollte. Von panischer Angst getrieben, wandte sich alles zur Flucht, statt irgendwo einen Versuch zu machen, den Brand einzudämmen. Sinnlos lief alles durcheinander, und den Flüchtenden blieb das Feuer immer dicht auf den Fersen, als wolle es mit seiner ihm entwischenden Beute Schritt halten.

In unentwirrbarem Knäuel wälzten sich kreischende Frauen, weinende Kinder und brüllende Männer durch die engen Gassen, rücksichtslos nach allen Seiten schlagend, stoßend und tretend. Wo einer stürzte, fielen andere über ihn und wurden von den Nachfolgenden niedergetreten. Wagen und Karren, die den Weg versperrten, wurden umgeworfen und vermehrten das Durcheinander. Maultiere und Pferde, von der gleichen Angst gepeinigt, flohen mit den Menschen und schleppten, wütend um sich beißend, ihre Wagen mit sich nach, bis sie sich vom Geschirr befreit hatten. Ein Kampf aller gegen alle war im Gange. Riesenhafte Gladiatoren und kräftige Sänftenträger bahnten sich mit ihren Fäusten den Weg. Immer wieder überholte das Feuer die Fliehenden und schnitt ihnen den Fluchtweg ab. Wenn sich dann die Vordersten zur Umkehr wandten, wurden sie von den Nachdrängenden erbarmungslos in die Flammen getrieben.

Wer sich auf das Marsfeld, zu den Sallustianischen Gärten auf dem Pincius und über die Porta Collina auf die Via Salaria retten konnte, war am ehesten außer Gefahr. Aber die größte Menschenmenge trieb in ihrer namenlosen Angst blindlings zum Tiber. Auf dem Forum Boarium und dem Oliphorium ballten sich die Massen in riesigen Knäueln, durchbrechend vom Vicus Jugarius, dem Vicus Tuscus und hinter dem Großen Zirkus vor, der bereits in hellen Flammen stand. Die Flüchtenden drückten die Kramläden ein, die sich hier befanden, und eilten weiter, über die Ruinen des Marktplatzes hinweg, den Tiberbrücken zu.

Wie die Wilden kämpften sie hier um den Übergang, und die Schwächeren wurden rücksichtslos und ohne Erbarmen hinuntergestoßen. Schon beim ersten Ansturm der Vorwärtsdrängenden zerbarsten die Geländer und ließen die Menschentrauben zusammen mit den Balkentrümmern in die Fluten stürzen. Viele ertranken in den rötlich schimmernden Wogen, weil nicht einmal Raum genug zum Schwimmen war. Immer neue Menschenmassen strömten über die Brücken, und plötzlich gab die erste Brücke unter der Last der vorwärtsstampfenden Massen nach, neigte sich gefährlich und krachte schließlich zusammen. Dann hatte die Feuerwand das Flußufer erreicht, und während weiter der Kampf um die Brückenzugänge tobte, sprangen die ersten Feuerzungen über den Fluß und erfaßten die am jenseitigen Ufer stehenden Häuser.

Lange Zeit warteten die Christen verzückt in der Tiefe der Emilianischen Gärten, doch allmählich schlich sich in den Lobgesang eine geheime Unruhe, zumal die Ausschau nach dem herannahenden Richter am blutroten Himmel immer vergeblicher schien. Auf einmal erwachte auch unter ihnen die Sorge um das Schicksal der in der Stadt zurückgebliebenen Angehörigen. Hier und dort trat jemand aus dem Kreise der Versammelten heraus. Die Hitze der rasenden Feuersbrunst war bereits bis hierher zu spüren. Ein heftiger Windstoß brachte mit dem Tosen des Brandes und dem Todesschrei Zehntausender Funkengarben und Aschenregen. Jählings brach der Gesang ab. Plötzlich ertönten Rufe: „Petrus! Petrus! Der Herr kommt nicht!“ „Petrus! Was bedeutet das alles?“ „Petrus, wir haben Angst!“ „Petrus, das ist bestimmt nicht das Nahen des Herrn!“

Immer lauter, immer verzweifelter erklangen die Rufe. Die brennende Stadt tauchte hinter einer flimmernden Feuerwand unter. Schwerer, stickiger Rauch zog in immer dichteren Schwaden herüber, reizte die Kehlen und umdüsterte die Gedanken. Hunderte von Händen streckten sich den Aposteln entgegen.

„Petrus! Petrus!“ wurde jetzt von allen Seiten gerufen. „Was geschieht uns?“ „Petrus! Der Herr erscheint nicht!“ „Was bedeutet das?“ „Wir kommen um, Petrus!“

Schluchzen, Jammern und Wehklagen hob an. Der ganze Hügel begann davon widerzuhallen. Da erschien plötzlich vor dem blutroten Hintergrund des feurigen Vorhangs eine hohe, breitschultrige Gestalt. Der alte Fischer erhob sich vor ihnen und blickte in ihre weitaufgerissenen Augen und ihre vom Feuerschein erhellten, angstverzerrten Gesichter. Er selbst war ihnen nur als dunkler Umriß sichtbar. Trotzdem erkannte ihn jeder sofort, und auf sein Erscheinen hin verstummte alles laute Geschrei.

Petrus hob seine Hand und begann mit mächtiger Stimme zu sprechen: „Seid ruhig, meine Brüder, weint und klagt nicht! Auch ich kann euch nicht sagen, was das Feuer bedeutet. Es mag sein, daß der Herr kommt, aber es kann auch sein, daß ein Unglück als göttliche Strafe über die sündige Stadt hereingebrochen ist. Ein göttliches Strafgericht, Brüder und Schwestern! Denn wir alle wissen es und sehen es täglich, welche abscheulichen Verbrechen in dieser Stadt geschehen.“

Als er nur einen Augenblick stumm verharrte, ertönten aus der Tiefe der Menschenmenge neue, ungestüme Rufe: „Petrus, meine Kinder!" „Meine Frau!" „Petrus, meine Mutter!" Dann schrie jemand: „Wenn der Herr die Sünder strafen will, weshalb läßt Er uns mitleiden?"

„Seid ruhig!" rief Petrus wieder mit gewaltiger Stimme. „Beruhigt euch! Beherrscht eure Furcht! Ich sage euch nochmals: Noch weiß ich selbst nicht, was das Feuer bedeutet. Aber vergeßt das eine nicht: Ob es ein himmlisches oder ein irdisches Feuer ist, der Herr ist euch immer nahe. Der Herr verläßt die Seinen nicht! Als einst der Sturm auf dem See tobte, dachten wir auch, der Herr schliefe und gewahre die Gefahr nicht – und Er wußte um sie, obwohl Er schlief."

„Bete, Petrus, bete!" baten ihn flehentliche Stimmen. „Bete, daß wir nicht umkommen!" Neue Rufe brandeten auf: „Bitte den Herrn, Petrus, daß er meine Kinder bewahre!" „Meine Mutter ..."

„Sorgt euch nicht!" rief Petrus mit dröhnender, zuversichtlicher Stimme. „Was der Herr auch tun mag, immer will er nur unser Bestes. Hat Er nicht auch Sein Leben für uns hingegeben? Für uns hat Er gelitten und ist am Kreuz gestorben. Er hat für unsere Sünden gebüßt. Wie furchtbar hat Er gelitten für uns! O Brüder und Schwestern! Ich habe es mit angesehen, wie sie Ihn geißelten. Ich sah, wie Er am Kreuze starb. Er, der ohne Sünde war, litt willig für uns alle, für uns, die an Ihn glauben, und auch für die, die nicht an Ihn glauben. Auch für Rom! Brüder und Schwestern! Wenn dieses Feuer eine Strafe ist für die Sünden dieser Stadt, dann ist diese Strafe auch über uns gekommen. Denn auch wir gehören zu dieser Stadt, obwohl wir danach streben, ihre Sünden zu meiden. Doch wer von uns ist ohne Fehl? Und wir, nur wir allein können diese Leiden auf uns nehmen, wenn wir die andern erretten wollen. Jesus litt für uns. Wollt ihr nicht auch euer Blut zu Seinem Blut geben? Fürchtet ihr euch vor Leiden? Empört ihr euch, daß ihr für die Sünder mitleiden müßt? Meine Kinder! Ihr sollt euch vielmehr freuen! Denn wenn heute das Feuer die Stadt der Sünde verbrennt und all ihr Unheil austilgt, der Stadt, die auch eure Stadt ist und die erste der Welt, so könnt ihr sie erretten. Ihr könnt sie für Jesus gewinnen!"

Als wolle er seinen Zuhörern die untergehende, um Hilfe flehende Stadt zeigen, streckte er seine Arme weit aus gegen den flackernden Feuervorhang. Unter der Menge trat eine tiefe Stille ein. Alle waren von den Worten des Petrus bis ins Innerste ergriffen. Bisher hatten sie in der frohen Gemeinschaft der Gläubigen gelebt. Jetzt begriffen sie mit einem Male: die Welt außerhalb ihres Kreises war zu erobern. Durch Predigen und beispielhaftes Leben konnte man allen Menschen die Wahrheit des Herrn näherbringen. Niemals bisher hatten sie daran gedacht, daß sie diese Welt durch ein Opfer erobern könnten, das dem Opfer des Meisters ähnlich war. Es war ihnen nicht in den Sinn gekommen, daß das Leben um sie herum von ihrem eigenen Leben abhing, daß sie, sie allein diese Welt retten oder verderben konnten und mit ihr sich selbst.

Nach den starken Worten des Petrus waren sie wieder zu allem bereit. Sie warteten nicht mehr auf den nahenden Herrn, sie warteten auf das Opfer. Und wenn es das Kreuz sein sollte. Glaubensfreude und Heldenmut durchströmte sie. Statt des Geschreis um Hilfe erhob sich über dem Hügel von neuem das unterbrochene Lied.

Petrus wandte sein Gesicht dem Feuer zu. Auch er war erschüttert von dem, was er gesagt hatte. Es riß ihn mit und trug seine Gedanken zurück zu den Jahren in seiner Heimat, die er wie im Traume an der Seite des Unvergeßlichen durchwandert hatte. Vor seinen Augen stand jene so sehr beweinte Stunde, da er unwirsch den lehrenden Meister unterbrach, ihn beiseitenahm und anmaßend belehrte: „Sage das nicht, Rabbi, das wird niemals geschehen!“ Er war der Nähe des Sieges vollkommen sicher gewesen. Da aber vernahm er die furchtbaren, niederschmetternden Worte: ‚Weiche von mir, Versucher!‘ Unter dieser Anklage wand er sich wie unter einem Peitschenhieb. Weinend flehte er sogleich um Verzeihung. Heute wußte er, daß nur der Geist des Herrn sie alle vor einem Irrweg bewahrt hatte. So viele Dinge wurden ihm mit einem Male klar, wie wenn sich das Brausen des Pfingstfestes in ihm wiederholte ...

Paulus trat auf ihn zu. Die kleine, unscheinbare Gestalt stand wie ein Schatten vor dem Feuer neben dem großen Fischer.

Petrus legte seine Hand auf die Schultern des einstigen Pharisäers. In diesem Augenblick war ihm niemand so nahe wie gerade Paulus. Einstmals trennte sie das Meer, heute verband sie das Feuer fest und unlösbar.

„Siehe“, sagte er ergriffen zu ihm, „Rom geht unter.“

Und Paulus fügte hinzu: „Ja, und es wird neu geboren.“

XV

DIE CHRISTENVERFOLGUNG

Schweißgebadet, rußverschmiert, mit versengten Haaren und Augenbrauen, das Grauen noch in ihren Augen, brachen die ersten Geflüchteten durch das Unterholz in die Emilianischen Gärten.

Nur wenige von denen, die der Feuerhölle zu entrinnen vermocht hatten und noch halbwegs bei Kräften waren, flohen ohne Überlegung weiter; die meisten ließen sich einfach erschöpft auf den Rasen fallen und blieben hier wie tot liegen. Die frischen Zweige, die sie eben noch verwundert von den Sträuchern gerissen hatten, um gierig daran zu saugen, glitten aus ihren kraftlosen Händen.

Den Unglücklichen eilten die Christen zu Hilfe. Die Männer schleppten Wasser von der Egeriaquelle herbei, während sich die Frauen der weinenden, angstverstörten Kinder annahmen und ihnen das letzte Stück Brot reichten, das sich noch in ihren Taschen fand.

Aber ihre Freundlichkeit wurde ihnen schlecht gedankt. Mißtrauische Blicke glitten über die unversehrte Schar, die keinerlei Spuren des Kampfes mit dem Feuer aufwies.

Zornig stieß eine Frau, um deren Kind sich eine Christin bemühte, die Hilfsbereite zurück: „Rühr mir mein Kind nicht an! Das ist das einzige, was mir noch geblieben ist!"

„Aber ich will dir doch helfen!" erwiderte die andere begütigend und reizte mit ihrer Sanftmut nur noch zu heftigerem Widerstand.

„Ich brauche keine Hilfe!" kreischte die Mutter böse und

fuchtelte drohend mit den Fäusten. „Geh fort! Geh fort!" Plötzlich wandte sie sich an andere Geflüchtete neben sich: „Seht nur, wie zufrieden die ist! Wie die sich freut, daß sie so heil davongekommen ist!"

„Ja", nahm eine andere die Schmähung auf, „die hat ja nichts verloren, die kann sich gut mit Almosengeben wichtig tun."

Im Nu war ein regelrechter Aufruhr empörter, immer mehr außer sich geratender Frauen im Gange.

„Es ist doch komisch", geiferte eine ältere Frau, „daß diese hier rechtzeitig gewußt haben, wo sie sich verstecken mußten. Seht doch, wie viele Christen hier sind! Und keinem ist auch nur sein Gewand versengt!"

„Natürlich, keiner von denen hat unten im Feuer gesteckt."

„Sie sind beizeiten geflohen, und wir haben alles verloren!"

„Jetzt werden sie, was man noch gerettet hat, in ihre Hände bekommen! Paßt nur auf, wie sie uns bestehlen werden!"

Als sei das ein Stichwort, stieß eine Frau einen schrillen Schrei aus: „Wo ist mein Kleiderbündel hin? Meine Sachen sind weg!"

„Die werden schon die Christen haben", bemerkte ein Mann giftig.

Die Frau sprang auf. Wirr standen ihr die schweißverklebten Haare um den Kopf. Die schmutzige, angesengte Tunika fiel ihr vom Arm. Aufgeregt lief sie zu einer Gruppe von Christen, die Hände weit vorgestreckt, ihre schwarzen Finger wie Krallen gekrümmt. „Gebt mir meine Sachen wieder!" schrie sie wie irr. „'raus damit, ihr Verehrer des Eselskopfes!"

Schon pflanzte sich der böse Ruf unter den Geflüchteten

fort: „Die Christen stehlen! Nehmt euch in acht vor den Christen! Jetzt nützen sie es aus, daß sie heil davongekommen sind!“

Immer feindseliger wurden die Stimmen: „Seht nur, die Christen! Sie freuen sich an der Vernichtung unsrer Stadt!“

Die bestohlene Frau sprang immer noch wie eine Wahnsinnige herum, zerkratzte sich das Gesicht, riß sich die Tunika von der Brust und schrie unaufhörlich: „Meine Sachen! Gebt meine Sachen ’raus, die ihr mir gestohlen habt!“

Ihre Leidensgefährtinnen scharten sich wie ein Chor um sie und kreischten drauflos: „Diebe, ihr! Christenhunde! Die Brunnen vergiften sie! Entführen kleine Kinder! Weiden sich an unserm Unglück! Freuen sich, daß die Stadt brennt! Vielleicht haben sie sie selber angezündet!“

Dieses Wort wurde plötzlich zu einer allgemeinen Losung des Hasses. „Ja, die Christen!“ „Unsre Stadt haben sie angesteckt!“ „Feuer an Rom haben sie gelegt, diese Christen!“ Zu Hunderten erschollen solche Rufe, von Menschen aufgenommen und weitergegeben, die das Unglück außer sich gebracht hatte.

Da befahl Petrus seiner Gemeinde, auseinanderzugehen. In den Gärten, die sich mehr und mehr mit Flüchtenden füllten, konnte man ohnehin die nächste Nacht nicht zubringen.

Abschiednehmend verneigten sich die Gläubigen vor Petrus und gingen in kleinen Gruppen davon, manche über das Macellum, andere in Richtung auf das Cälimontanische und das Querquetulanische Tor.

Der Apostel, beunruhigt durch den von der Menge geschürten Haß, wollte nicht früher aufbrechen, bis alle gegangen waren. Mit der letzten Schar von etwa siebzig Christen verließ er, zusammen mit Paulus, schließlich die Gärten. Sie hatten vor, sich bis zum Hause des Hermes durchzuschlagen, weil nicht damit zu rechnen war, daß das Haus in der Subura noch stand, wo Petrus zuletzt gewohnt hatte.

So schritten sie gemeinsam über den Hügel davon, immer noch von haßerfüllten Rufen verfolgt und nicht selten von einem Stein getroffen, der ihnen nachgeschleudert wurde.

An der Porta Capena staute sich die Menschenmenge. Die Via Appia war völlig verstopft. Gartenzäune und Mauern waren eingedrückt. Der Pöbel lärmte und schrie und plünderte die noch halb erhaltenen Häuser am Wege. Entwichene Sklaven, Gladiatoren und betrunkene Soldaten fielen am hellichten Tage Menschen an und rissen ihnen ihre letzten Habseligkeiten aus den Händen. Wer sich zur Wehr setzen wollte, wurde niedergeschlagen. Junge Mädchen riß man aus den Gruppen heraus und schleppte sie in die Lorbeerhaine bei den Egeriaquellen, wo der Auswurf der Großstadt sein Lager aufgeschlagen hatte. Dort torkelten berauschte Sklaven in prächtigen Gewändern, mit gestohlenem Schmuck behängt, herum, stritten, rauften und prügelten sich und schlugen einander tot. Mit verschüttetem Wein mischte sich das vergossene Blut und bildete große rote Lachen.

Um das Grabmal des Scipio, unter dem Bogen des Drusus, im Tempel des Mars lagerten Geflüchtete in unüberschaubaren Scharen. Um vorwärtszukommen, mußte man über die Felder gehen. Erst nach Überquerung eines Baches konnten die Christen wieder den Weg benutzen. Hier herrschte einigermaßen Ordnung, weil eine Kohorte der Prätorianer ihre Zelte auf den Feldern neben dem Wege aufgeschlagen hatte. Die Soldaten standen oder saßen am Wegrand und beschauten sich die Vorüberströmenden.

Hoch zu Roß, auf einer kleinen Anhöhe, saß Tigellinus, in die kostbare Präfektenrobe gekleidet. Sein aschgraues Gesicht war eingefallen und ließ das eckige Kinn dadurch um so stärker hervortreten. Die ganze Nacht war er bereits unterwegs, seitdem er auf einem Gastmahl die Nachricht erhalten hatte, daß sich das Anstecken der Kramläden um das Amphitheater herum zu einem riesigen Brand der ganzen Stadt ausgeweitet hatte.

Tiburtius hatte ihm auch von Aries Gefangennahme berichtet. „Dieser Jude", meldete er, „ist bei dem Versuch ertappt worden, das Schwert des göttlichen Julius zu stehlen. Bei seiner Gefangennahme behauptete er, dieses Schwert sei nicht das echte..."

„Genug!" knirschte Tigellinus. „Bewache mir ja das Schwert gut! Und die beiden Soldaten, die ihn festgenommen haben..." Er machte dabei eine Handbewegung, die der Freigelassene sofort verstand. Er stieß ein kurzes, böses Lachen aus. „Sei beruhigt, Erlauchter, sie werden den nächsten Morgen nicht mehr erleben."

Tigellinus war sich noch nicht schlüssig, ob es nicht das beste wäre, auch Arie auf diese Weise zum Schweigen zu bringen. Er bedachte noch einmal die Ereignisse der letzten Nacht. Als der Bote zum Kaiser hereingestürzt kam mit dem Schrei: „Cäsar! Rom brennt!", hatte Nero seine Krokodilsaugen auf Tigellinus gerichtet und mit zischelnder Stimme gefragt: „Was machen deine Vigilier?" In der Stille, die darauf eintrat, hörte Tigellinus erschrocken, wie Vatinius dem Kaiser zuflüsterte: „Tigellinus ist zu alt geworden, Göttlicher!" Dieser Lump! Wollte wohl selber gern Präfekt werden. Na, das würde er ihm schon austreiben! Laut erwiderte er dem Kaiser: „Wer an diesem Brand schuld ist, den wird die gerechte Strafe treffen. Du aber, o Göttlicher, wirst uns ein neues Rom schenken, wie es die Welt noch nicht gesehen hat. Und du wirst nun auch den Goldenen Palast erbauen können."

Über Neros Gesicht huschte ein Schatten von Unsicherheit, aber ein aufsteigendes Lächeln des Entzückens wischte seine Bedenklichkeit rasch fort. „Ja, ja", rief er begeistert aus, „ich werde Rom neu aufbauen, so schön, wie es nie zuvor war." Er winkte seinen jungen Baumeister zu sich. „Celer!" rief er. „Hörst du: Ich werde Rom neu aufbauen und ihr sollt staunen. Aber" – seine Stimme wurde hohl und drohend –, „alle Schuldigen, die den Brand Roms und die Leiden des römischen Volkes auf dem Gewissen haben, sollen mit der vollen Strenge des Gesetzes bestraft werden. Hörst du, Tigellinus?" Der Präfekt erhob sich und verneigte sich tief. „Dein Befehl, o Göttlicher, wird auf das genaueste befolgt werden", sagte er fest.

Immer noch stand Tigellinus diese Szene vor Augen, während er die Vorüberziehenden gedankenverloren musterte. Plötzlich stutzte er und sah genauer hin. Er hatte Paulus entdeckt, der mit Petrus und der Schar der Gläubigen vorbeikam. Auf einen Wink des Präfekten ließ ein Tribun die Gruppe von Bewaffneten umzingeln.

„Bist du nicht Paulus von Tarsus?" fragte der Tribun.

„Ja, der bin ich", antwortete der Apostel und trat vor seine Begleiter. „Wenn du mich brauchst, so stehe ich gern zu deiner Verfügung. Aber laß bitte die andern gehen."

Der Tribun warf dem Präfekten einen fragenden Blick zu. Aber Tigellinus schüttelte unmerklich den Kopf. Befriedigt sah er zu, wie alle als Gefangene abgeführt wurden.

XVI

ARIES UMKEHR

Arie lag eine Woche lang im Castrum Prätorium in einem Verlies, fest an die Wand geschmiedet.

Der rote Widerschein der brennenden Stadt, der schwach durch ein kleines Fenster fiel, nahm nach drei Tagen langsam ab und verlosch nach weiteren drei Tagen ganz.

Dann wurde Arie zum Verhör geholt. In einer Folterkammer, wo sich halbnackte, sehnige Gestalten an Marterwerkzeugen zu schaffen machten, mußte er lange, grauenhaft lange warten, bis die Tür aufging und Tigellinus erschien.

Wie ein Raubtier, mit blitzenden Augen, ging er auf den Gefangenen zu und blieb dann vor ihm stehen. Arie spürte den heißen Atem auf seinem Gesicht. Auf den gelben Wangen des Präfekten zeichneten sich dunkelrote Flecken ab.

Plötzlich packte er mit beiden Händen Arie an der Kehle und schüttelte ihn wild, als wolle er ihn in Stücke reißen. „Du Hund!“ keuchte er. „Du räudiger Hund, du elender Lump, du Saukerl!“ Seine Stimme versagte ihm, nur ein bösartiges Pfeifen drang noch aus seiner Kehle. Dann schrie er: „Auspeitschen!“

Ein Folterknecht packte den Bedauernswerten beim Kopf, während der andere die furchtbare Peitsche handhabte, deren rohe Lederriemen mit kleinen Eisenkugeln gespickt waren, die bei jedem Hieb die Haut zum Platzen brachten. Arie zuckte beim ersten Schlag jäh zusammen, bäumte sich dann wild auf und schrie gellend, aber der Knecht, der den Blick des Präfekten kalt auf die Prozedur gerichtet sah, kannte kein Erbarmen und drosch weiter kräftig zu, bis Arie blutüberströmt zusammenbrach. Nur ein winselndes Stöhnen kam noch über seine Lippen.

Auf einen Wink von Tigellinus wurde ein Kübel kalten Wassers über Arie geschüttet, dann herrschte der Präfekt ihn an: „Warum hast du das getan, du Schwein?"

Arie war nicht imstande zu antworten. Da traf ihn ein Hieb mit einem Elfenbeinstock quer über Nase und Wangen, daß sein Gesicht augenblicklich anschwoll.

„Warum hast du das getan?" wiederholte Tigellinus drohend.

„Ich wollte..., ich wollte das Schwert haben", preßte Arie heraus.

„Und wozu?"

„Um damit zu kämpfen..., um Judäas Freiheit..."

„Du Riesendummkopf!" lachte der Präfekt höhnisch und fuchtelte mit der geballten Faust vor Aries Gesicht herum. „Du hirnverbrannter Tölpel!" Plötzlich änderte er seinen Ton. „Du bist ein Christ?" fragte er lauernd.

„Nein, Herr!" rief Arie heftig. „Nein, nein!"

„Doch, du bist ein Christ!" donnerte Tigellinus mit unheimlicher Schärfe. „Widersprich mir nicht so frech!" Und wieder traf Arie ein harter Stockhieb ins Gesicht.

Dann gab der Präfekt dem Unglücklichen einen Tritt in den Leib und rief den Knechten zu: „Weiter peitschen!"

Und wieder sauste das Marterinstrument auf den gepeinigten Körper, dessen Rücken nur noch aus blutigen Fleischfetzen zu bestehen schien. Danach kam ein neuer Guß kalten Wassers, der Arie wieder ins Leben zurückbrachte.

„Einen Schreiber!" befahl Tigellinus kurz und trat, während er auf dessen Erscheinen wartete, dem vor ihm zusammengesunkenen Arie zur Abwechslung kräftig auf den schmerzverzerrten Mund.

Als der herbeigerufene griechische Sklave mit Wachstafel und Griffel erschien und sich tief vor dem Präfekten verneigte, befahl dieser kurz: „Schreibe!" Dabei ergriff er Arie bei den Haaren und riß sein blutendes Gesicht in die Höhe. In einem Tone, der keinen Widerspruch erwartet, fragte er: „Bist du ein Christ, ja oder nein?"

Arie stöhnte nur auf. Tigellinus wandte sich zum Schreiber: „Er hat bekannt. Schreib es auf!"

Wieder schüttelte er den Gefangenen. „Du hast gesagt, daß die Christen alle Menschen in Rom hassen. Stimmt das?"

Trotz aller wahnsinnigen Schmerzen begriff Arie, daß er mit seiner Aussage den Christen schaden konnte. Mühsam rang sich seinen Lippen die Bestätigung ab: „Ja, Herr."

„Schreib es auf!" befahl Tigellinus und fragte dann weiter: „Und sie hassen auch den Kaiser?"

„Ja."

„Vergiften die Brunnen?"

„Ja."

„Entführen kleine Kinder?"

„Ja."

„Und sie haben Rom angezündet?"

Arie stutzte bei all seiner Benommenheit. Die Christen sollten Rom angezündet haben? Nun, warum nicht, ging es ihm, soweit er noch denken konnte, durch den Kopf. Vielleicht haben sie es wirklich getan? Aber lehrten sie nicht Barmherzigkeit und Liebe? Konnten sie das vergessen und in ihrem Haß auf die Sünden der Weltstadt eine solch grauenhafte Tat begangen haben? Hatte nicht Tiburtius angedeutet, er wolle die Kramläden wegbrennen lassen?

Arie zögerte mit der Antwort, und Tigellinus, der ihn nicht aus den Augen ließ, stieß erneut seine Frage hervor: „Hast du nicht gehört, was ich von dir wissen will? Haben die Christen Rom angesteckt, ja oder nein?"

Arie begriff die Drohung. Willenlos stammelte er: „Ja, Herr, die Christen haben Rom in Brand gesteckt."

„Na also." Das Gesicht des Präfekten entspannte sich. „Hast du alles genau aufgeschrieben?" fragte er den Schreiber. Der nickte eifrig. „Gut", sagte Tigellinus und zerrte Arie noch einmal am Kopf hoch. „Denke daran", warnte er ihn drohend. „Wenn du auch nur eines deiner Worte später ableugnest, die jetzt aufgeschrieben sind, lasse ich dich zu Tode peitschen!"

Mit einem Ruck ließ er Aries Haar los, so daß sein Kopf hart auf den Steinboden aufschlug. Mit einer Handbewegung entließ der Präfekt den Schreiber. Dann ging er ein paarmal in der Kammer auf und ab. Schließlich beugte er sich über den zusammengesunkenen Gefangenen. „Du warst ein Dummkopf wie kein zweiter!" raunte er ihm zu. „Aber ich habe wenigstens von deinem Haß Nutzen."

Aries ganzer Körper war eine einzige brennende Wunde. Nicht einmal rühren konnte er sich. Wie eine Kreatur, die sich dem Tode nahe fühlt, lag er auf blutdurchtränkter Erde, und nur undeutlich hatte er eine schwere Tür kreischend hinter sich zufallen hören. Dann schwanden ihm die Sinne.

Als er wieder langsam zu sich kam, spürte er nur eine dunkle Stille um sich, und sie schien ihm die Stille des Grabes zu sein. Doch dann hörte er schnelle Schritte auf sich zukommen und erschrak. Aber sein Erschrecken legte sich wieder, als er sich behutsam unter die Arme gefaßt fühlte. Jemand bemühte sich, sein Gesicht nach oben zu wenden. Als die fremde Hand dabei über seinen Rücken fuhr, stöhnte er vor Schmerz dumpf auf.

Eine Frauenstimme sagte teilnahmsvoll: „Bleib ruhig, Bruder, und klage nicht! Christus wird dir alle deine Leiden lohnen."

Der Klang dieser Stimme verursachte ihm wahnsinnigen

Schmerz, schlimmer, als wenn jemand seine Wunden angerührt hätte. Andere Gestalten bewegten sich um ihn, und er hörte jemand sagen: „Sein Körper ist voller Blut. Man kann ihn nicht bewegen. Gebt die Lampe her!“

Ein Lichtschein, der bisher undeutlich am Boden geschimmert hatte, erhob sich und glitt näher. Ein Öllämpchen wanderte von Hand zu Hand. Eine der Frauen, die es nun hielt, neigte sich über Arie. In ihrem Gesicht standen Herzlichkeit und Besorgnis zu lesen. Andere Gesichter wurden deutlicher, aber Arie richtete seinen fiebernden Blick nur immer auf das eine, das dicht über ihm war.

„Axa!“ flüsterte er.

„Arie!“ Mit einem Aufschrei warf sie sich über ihn. „Arie! O Arie!“ Hemmungslos begann sie zu schluchzen. Sie drückte ihre Lippen auf seine Hand und stöhnte: „Arie, Arie, du bist es! Was haben sie mit dir getan!“

Er vermochte nichts zu erwidern, ein kalter Schauder durchlief ihn, und auf einmal begriff er, wo er war: unter Christen im Gefängnis. Sie, die er verleumdet, deren Namen er mißbraucht und zu dem lügenhaften Geständnis benutzt hatte! Ein fürchterliches Grauen legte sich auf seine Brust. Seine Zunge war wie gelähmt.

Axa weinte herzzerbrechend, und ihre heißen Tränen netzten seine Hand. Dann erhob sie sich und eilte unter krampfhaftem Schluchzen in die Tiefen des Verlieses. Von weit her hörte Arie ihre tränenerstickte Stimme: „O Rabbi! Er ist es, mein Arie, blutüberströmt, halb totgeschlagen! Und ich hatte gedacht . . . O Rabbi!“

Vom Scheine des Lämpchens geblendet, schloß Arie die Augen. Gebrochen, vernichtet lag er am Boden. Er hatte verspielt. Sein Leben war verpfuscht. Er hatte das Schwert nicht gewinnen können, Paulus nicht getötet und Axas Liebe am Ende mit ihrer Auslieferung an den Tod vergolten.

Unter unsäglichen Mühen versuchte er, seine wunden, geschwollenen Augenlider wieder zu heben. Beim flackernden Scheine des Lämpchens gewahrte er viele Gesichter, die ihn mitleidig anschauten. Auch Satabus war darunter. Dann hörte er Schritte. Der Kreis öffnete sich, und Arie sah Axa und Paulus vor sich.

„Hast du große Schmerzen, Bruder?“ fragte ihn der Apostel, der seinen Verfolger nicht erkannte. Aber Arie erinnerte sich sehr gut der Stunde, da Paulus ihm auf dem Schiff einen Becher Wasser reichte. Mit der gleichen Gebärde führte er ihm jetzt Wasser an die wunden Lippen. Und Arie schluckte, aber schüttelte zugleich mit einer verzweifelten Geste verneinend den Kopf. Ihm war plötzlich, als könne kein noch so kühles Wasser seinen Durst stillen. In stummer Verzweiflung blickte er auf Axa, die wieder zu weinen begann. „Arie“, klagte sie, „ich hatte geglaubt, daß du – daß du ein falscher Christ seist ...“ Sie wollte fortfahren, sich zu beschuldigen, aber Paulus unterbrach sie. „Sage nichts weiter“, bat er. „Du hast deinen Fehler erkannt und auch bereut. Das genügt. Jesus verlangt nicht mehr. Und wir sind alle nur Menschen.“

Da hörte sie auf zu weinen und fiel neben ihrem Mann auf die Knie. „Aber ich liebe dich, Arie“, gestand sie aufgelöst, „ich habe dich immer geliebt. Ich – ich habe gebetet, daß du dich änderst. Aber ich hätte mich lieber selbst ändern sollen. O Arie! Verzeih mir, verzeih mir bitte!“

Mit klangloser Stimme, die nicht seine eigene zu sein schien, unterbrach er ihr Jammern. „Ich habe dir nichts zu verzeihen, Axa. – O Rabbi!“ stammelte er und sah Paulus an. „Kannst du mir sagen –“

„Was soll ich dir sagen, mein Sohn?“ fragte Paulus und fuhr ihm sanft über die blutverklebten Haare, als wolle er ihm mit dieser Berührung Mut zusprechen.

„Man sagt, daß du einmal ein Pharisäer warst", begann Arie unter unsäglicher Anstrengung. „Wie ist es gekommen, daß du, ein Pharisäer, nun an Ihn glaubst?"

Mild erwiderte Paulus: „Mir ist Jesus erschienen."

„Und das allein genügte dir?" forschte Arie. „Und es war dir keine Mühe, Ihm zu folgen?"

Paulus schüttelte den Kopf. „O doch", sagte er. „Jesus vernichtete mich, um mich neu zu schaffen. Aber darum, daß ich Ihm nachfolgte, daß ich Ihm diente, mußte noch in mir ein Kampf ausgefochten werden, der lange Zeit dauerte, Monate, Jahre... Trink noch ein wenig Wasser! Ich werde es dir erzählen."

Aber Arie wandte sein Gesicht vom Becher ab, den Paulus ihm reichte. „Nein", sagte er, „ich will nicht eher trinken, als bis du mir alles erzählt hast."

„Nun gut." Paulus stellte den Becher beiseite und ließ sich neben Arie nieder. Der Kreis der Christen trat näher, sie alle wurden der Worte des kleinen Apostels nie satt. Er jedoch schloß seine Augen halb, als blicke er in weite Fernen. Im unterirdischen Verlies wurde es ganz still, so daß von draußen das Auf- und Abgehen der Wachsoldaten zu hören war.

„Jesus", begann Paulus leise, „schlug mitten in mein haßerfülltes, verstocktes Herz. Ich wurde blind. Aber zuvor war ich hundertmal verblendeter gewesen. Ich lag hilflos im Wüstensand und wartete, bis vorbeikommende Leute mich aufhoben. Ich wußte genau: Gott hatte mich gestürzt, und dieser Gott war Jesus. Es fiel mir nicht schwer, an einen Schlag Gottes zu glauben, denn ich habe Gott immer gedient. Aber mich mit dem Glauben abzufinden, daß Gott Jesus ist, das erschien mir unmöglich. Und ich dachte: Eher sterbe ich, bevor ich das glaube; eher entsage ich sogar Gott, als daß ich mich Jesus unterwerfe. Aber konnte ich, ein Jude, Gott entsagen? Gott ist für uns in unserem Werden alles. Unsere Geschichte ist voll von den Taten Gottes. Wir haben immer nur diesem einen Gott gedient. Gott verleugnen bedeutete darum für mich, auch mein Volk verlassen. Aber Jesus annehmen, das war auch ein Verlassen meines Volkes. Mit Christus, sagt Jesajas, kam auf einmal ein ganzes Volk auf die Welt..."

Wieder strich Paulus behutsam über Aries Haar. Der Kampf, von dem er sprach, war bis zum heutigen Tage nicht zu Ende. Wieviel Liebe weckte in ihm der am Boden liegende, gepeinigte Jüngling, eben deshalb, weil er aus dem gleichen Lande kam wie er, aus dem schönsten Lande der Erde! Er schloß unwillkürlich die Augen; unter seinen schmerzenden Lidern zogen die Bilder vorbei: Jerusalem – die Hügel von Hebron – Jericho – Ephraim – der Jordan – der Asphaltsee – die wogenden Getreidefelder Galiläas – Kapharnaum – Nazareth – Gischala – der Berg Tabor – der Hermon – der Tempel – der Opferrauch – die Synagogen – die Kenischta – die heiligen Rollen. Ihm war es, als höre er das wundervolle Kaddisch, das letzte Gebet:

„Geehrt und gesegnet werde der heilige Name Gottes,
durch Den alles erschaffen wurde
und Dessen Reich alle Völker umfaßt..."

„Die Liebe", begann Paulus wieder, „kämpfte in mir mit dem Haß. Entweder, schien es mir, mußte ich mein Volk hassen, und das konnte ich nicht tun, oder Jesus hassen, aber wie konnte ich das – Er war doch Gott! Schließlich erkannte ich, daß die Liebe zu Jesus eine Liebe zu allem ist und daß in ihr nichts verlorengeht."

Er machte eine Pause. Das Lämpchen, das immer schwächer geglommen hatte, erlosch. Und dann erklang in der Dunkelheit zu Paulus' Füßen eine erstickte Stimme, wie aus einer Kehle, die die Hand des Siegers zusammenpreßt: „Aber Haß, Rabbi, kann sich nicht in einem Augenblick in Liebe wandeln."

Paulus begriff sogleich alles. Er hob die Stimme und sagte eindringlich: „Bei Gott ist kein Ding unmöglich."

Etwas zwischen Schluchzen und irrem Lachen war vom Boden her zu hören. Trotz seiner rasenden Schmerzen versuchte Arie, sich aufzurichten; aber aus halber Höhe fiel er wieder stöhnend auf seinen zerfetzten Rücken nieder. Der Schmerzen nicht achtend, fing er zitternd, abgehackt, voller Verzweiflung zu sprechen an: „Wißt ihr auch, was ich getan habe? Ich habe euch alle verraten. Ich habe gesagt, daß ihr ..., daß die Christen Rom angezündet haben."

Er hielt inne, wie um den Wutausbruch, der sich jetzt erheben mußte, deutlicher hören zu können, und der Schläge gewärtig, die jetzt auf seinen geschundenen Leib prasseln würden. Aber alles blieb ruhig. Nur das Geräusch schnelleren Atmens der ihn Umstehenden zeigte ihm, daß seine Worte wohl verstanden worden waren und wie ein Blitz bei ihnen eingeschlagen hatten, sie bis ins Innerste aufwühlend und erschütternd. Und dann vernahm Arie die Stimme Satabus', dieses dummen Trägers mit dem gefühlvollen Herzen: „Der Ärmste! Wie müssen sie ihn gequält haben, daß er sich in eine so schreckliche Lüge retten mußte!"

„Der Mensch ist schwach!" warf eine Frau mitleidig ein. „Würde Jesus nicht helfen, niemand könnte es aushalten!"

Fast alle Gefangenen waren peinlich verhört, geschlagen und gepeitscht worden. Von allen verlangte man das Geständnis, daß sie Rom haßten, auch den Kaiser und alle Menschen; daß sie stahlen und Kinder umbrachten. Aber sie erwiderten darauf nur standhaft: „Jesus hat gelehrt, alle Menschen zu lieben und ihnen Gutes zu erweisen." Dann schlug man sie wieder, und als man sah, daß aus ihnen kein anderes Geständnis herauszuprügeln war, warf man sie wieder ins Gefängnis, wo sie froh und stolz bekannten, daß sie Jesus nicht verleugnet hatten.

Von neuem schrie Arie, der sich das seltsame Verhalten seiner Mitgefangenen nur so erklären konnte, daß sie seine Worte nicht richtig verstanden hatten: „Habt ihr nicht gehört? Ich habe euch verraten! Ich habe euch dem sicheren Tode ausgeliefert! Ich habe euch eines Verbrechens beschuldigt. Und nicht, weil sie mich auspeitschten – das haben sie auch getan –, nicht aus Schmerz oder aus Angst vor den schrecklichen Hieben. Ich tat es aus Haß gegen euch, um euch zu vernichten. Denn ich habe euch gehaßt wie nichts sonst auf der Welt!“

Jetzt vernahm er über sich einen nur mühsam unterdrückten Ausruf des Entsetzens. „Schrecklich!“ flüsterte eine Stimme. „Ein Verräter unter uns! Ein zweiter Judas!“

Endlich, dachte Arie, werden sie sich auf mich stürzen und mich zertreten wie eine giftige Natter! Aber das Geraune verstummte schon wieder, und statt dessen senkten sich in der Finsternis kühle, schmale Hände auf ihn herab. Arie erkannte sie sofort an den blutgetränkten Verbänden. Eine Hand strich sanft über seine Stirn, und der Apostel sagte so ruhig, als wäre das furchtbare Geständnis nie ausgesprochen worden: „Du hast uns gehaßt. Aber das ist vorüber.“

Arie war es, als träume er. „Ich habe euch wirklich gehaßt“, schrie er wieder. „Ich habe euch angeschwärzt und eure Versammlungen vorher verraten. Und noch früher suchte ich dich zu töten, Rabbi! Deshalb bin ich überhaupt nach Rom gekommen. Ich stürzte mich damals mit einem Dolch auf dich, als wir auf dem Schiff zusammen waren, vor Myra. Ich habe dich schon vorher verfolgt, schon seit dem Überfall auf dich in Jerusalem. So tötet mich doch endlich! Zertretet mich!“ stöhnte er gequält. „Ich hasse mich!“

„Auch mit sich selbst muß man Mitleid haben“, hörte er wieder die unentwegt ruhige Stimme des Apostels. „Es hat sich alles geändert. Das andere ist vorbei.“

„Was kann sich in mir noch ändern?“ ächzte Arie. Da fühlte er eine Hand auf seiner Schulter, und Axa, die sich ihm genähert hatte, sagte einfach: „Es hat sich alles geändert, Arie. Du bist bei uns.“

Und von der anderen Seite berührte eine Hand die seine. „Du brauchst nicht mehr zu verzweifeln, Arie“, sagte Satabus. „Der Rabbi hat auch mir verziehen. Und verzeihe bitte du mir auch, denn ich war es, der dich gegen Paulus aufgehetzt hat!“

Arie wollte widersprechen, aber der Tränenstrom, der jäh aus seinen Augen stürzte, ließ ihn kein Wort hervorbringen. Die dicken Mauern des Tullianums schienen um ihn zu wanken, ihm war, als stürze er rettungslos in einen Abgrund. Und doch lag er, als er wieder zu sich kam, noch immer auf dem von seinem Blute getränkten Lehmboden. Ohne sich von der Stelle zu rühren, hatte er eine lange Reise getan. Aber jetzt war sie zuende. Er wußte nur das eine, daß er dahin zurückgekehrt war, wo er schon immer hatte sein wollen: zu seinem Weibe, zu Satabus und den andern, die ihm verziehen, zu Paulus. Er weinte immer leiser. Sein Kampf war noch nicht beendet, er hatte kaum begonnen. Aber was vorüber war, war das Wichtigste.

XVII

DAS KREUZ FÜR PETRUS

Paulus spürte, wie jemand seine Hand berührte, und wandte sich um. Vom grünlich silbernen Mondlicht umspült, schimmerte der weiße Kopf des Petrus neben ihm.

Der alte Fischer legte seinen Zeigefinger auf die Lippen. „Still, Paulus", flüsterte er, „daß wir die andern nicht aufwecken!"

Dicht neben ihnen schliefen die Mitgefangenen. Der Mondschein wanderte über die hinweg, die, in Mäntel gehüllt, dem kleinen vergitterten Fenster am nächsten lagen; von den anderen Schläfern war nur ein gleichmäßiges Atmen zu hören.

Die Stadt lärmte wie immer zur Nachtzeit. Das Rattern und Schlagen der Wagen war noch größer als gewöhnlich, denn auf Befehl des Kaisers wurden auch nachts Schutt und Trümmer weggeschafft und neues Baumaterial angefahren. Vom Tiber her erschollen die Rufe der Steuerleute, die auf ihren Barken und Flößen Lebensmittel für die noch zwischen Ruinen hausenden Obdachlosen brachten.

Flüsternd neigte sich der alte Fischer zu Paulus' Ohr: „Höre, lieber Bruder, ich fühle es, daß Jesus mich ruft. Ich weiß es, mein Weg ist zu Ende. Der Herr sagte richtig: ‚Ich bin alt geworden und andere müssen mich umgürten und führen!'" Er preßte seine Hand fest an Paulus' Rücken. „Ja, ich freue mich", gestand er.

„O ja", erwiderte Paulus, „ich auch. Also ist unser Lauf endlich beschlossen."

Das umstrahlte Haupt des ersten Apostels wiegte sich im Mondschein.

„Ich weiß nicht recht, Paulus, ob auch du ...", flüsterte er wehmütig.

Paulus war es, als lege sich eine schwere Last, seine Brust erdrückend, auf ihn. „Hast du den Herrn gesehen?" fragte er. „Und hat Er dir nichts über mich gesagt?"

„Nein, nichts. Es war genau so wie damals, als mir der Herr nicht sagen wollte, was mit Johannes geschehen werde."

Beinahe hätte Paulus gequält ausgerufen: ‚Habe ich nicht über meine Kraft gearbeitet? Habe ich nicht das Äußerste an Mühen und Vereinsamung erreicht?' Doch sogleich kämpfte er, schmerzlich keuchend, gegen den Versucher in sich an. Schließlich erwiderte er tonlos: „Des Herrn Wille geschehe. Es komme, wie Er es für richtig hält!" Aber zu Petrus gewandt, seufzte er auf: „Du Glücklicher!"

Die große Hand, die auf seiner Schulter ruhte, verstärkte ihren freundschaftlichen Druck. „Beneide mich nicht, Bruder!" sagte Petrus herzlich. „Der Herr liebt sehr, die Er züchtigt." Er sprach so, als habe er vernommen, was Paulus in seiner Auflehnung verschwiegen hatte. „Du bist noch nicht am Ziel. Du wirst noch müder werden und die letzte Verlassenheit kennenlernen müssen. Aber denke immer daran, was ich dir gesagt habe: Du sollst reden und Zeugnis geben."

„Ich werde nicht schweigen, Kephas", erwiderte Paulus.

„Nein, schweige nicht! Rede und gib Zeugnis, ich bitte und beschwöre dich bei Jesus darum. Und wenn du befreit werden solltest, dann sammle die Gläubigen Roms!"

„Nein, nein!" wehrte Paulus erschrocken ab, als müsse er das Geschenk des Petrus von sich weisen. „Befiehl mir nicht, ihr Hirte zu sein. Dessen bin ich nicht würdig. Zu gewiß war ich, alle Herzen zu erobern, wenn ich nur hierher käme;

mehr als du. Aber jetzt weiß ich es, und der Herr hat es mir gezeigt: Rom ist dein Feld, und ich kann hier nur dein Diener sein."

„Beruhige dich, Paulus", begütigte Petrus. „Rom ist weder mein noch dein, Rom ist des Herrn. Das weißt du ja auch selbst. Und die niedrigsten Diener müssen die sein, die der Herr an die höchste Stelle berufen hat. Rom braucht uns beide, dich und mich. Erinnerst du dich, was ich dir einmal von den heidnischen Götzen mit den zwei Gesichtern gesagt habe? Wir sind und bleiben diese zwei Gesichter für immer: das eine, das in den Kampf zieht und erobert, und das andere, das die Herde weidet. Aber ich will auch gar nicht, daß du für immer in Rom bleibst. Wenn der Herr dich befreit – und ich glaube fest daran! –, dann gehe, sammle die Gläubigen, suche Linus auf und sage ihm, daß ich ihn zum Priester dieser Stadt ernannt habe. Ernennt gemeinsam seinen Nachfolger, und dieser möge wieder seinen Nachfolger ernennen, und so weiter bis ans Ende der Zeiten, da der Herr kommt. Das ist nicht mehr fern, aber zugleich auch sehr fern, das weiß ich. Für uns hier im Kerker liegt das Ende nahe, aber für die, die sich mit dem Leben abmühen müssen, kommt es langsam. Doch das Wichtigste ist schon getan: Wir sind im Lebensstrom. Wir sind im Blut der Welt. Und das ist unser Gewinn. Unsre Zuversicht und unser Glück. Ja, wir dürfen glücklich sein, Paulus!

Wenn du aber Linus meine Worte überliefert hast, dann segle noch einmal übers Meer. Und nimm Markus nach Ägypten mit, und Lukas und Timotheus. Johannes überbringe meine Grüße und sage allen, daß schwere Zeiten herannahen. Und daß alle werden Zeugnis ablegen müssen. Aber das tut nichts. Wir sind in die Welt eingedrungen, und das ist genug. Und sage noch ..., nein, sage nichts mehr: denn ich werde bei euch sein, und du kommst zu mir ..."

Leise trat Petrus zurück und suchte seinen alten Platz auf. Er wickelte sich in seinen Mantel und legte sich auf die harten, feuchten Steine nieder.

„Wirst du beten?“ hatte ihn Paulus noch gefragt.

„Nein“, antwortete er einfach. „Ich will schlafen. Die Zeit wird mir schon lange, allzu lange. Vielleicht kann ich sie verschlafen. Daß es rascher kommt ...“

Am nächsten Morgen erschien Tiburtius mit mehreren Prätorianern im Gefängnis. Das abstoßende Gesicht des Freigelassenen mit dem Brandmal auf der Stirn verzog sich, als er die stickige Luft atmen mußte, die im Verlies herrschte. Mit wortloser Neugier schweifte sein Blick über die armseligen Gefangenen. Dann rief er forsch: „Na, ihr Christen! Kommt mal näher!“

Sie standen von der Erde auf und traten langsam heran. Das weiße Haupt des Petrus überragte alle anderen. Von seiner Frau und Satabus gestützt, schleppte sich auch Arie mühsam näher. Tiburtius musterte ihn höhnisch und sah dann von einem zum andern, als suche er jemand Bestimmtes unter den Männern und Frauen. Dann zuckte er geringschätzig die Schultern und nahm einem Sklaven, der neben ihm stand, ein Papyrusblatt aus der Hand.

„Hört genau zu, was ich euch jetzt vorlese!“ sagte er und begann: „Lucius Domitian Ahenobarbus Nero Claudius Drusus Cäsar Germanicus an das Römische Volk: Ich habe feststellen lassen, daß die verabscheuungswürdige Sekte der Christen Rom in Brand gesteckt hat. Dieses gemeine Verbrechen ist durch unseren Präfekten einwandfrei aufgedeckt worden. Ich habe daraufhin Anweisung gegeben, die Christen aufzugreifen und gefangenzusetzen. Das ist geschehen. Alle, die über die Christen und ihr verräterisches Treiben etwas wissen, werden hiermit aufgefordert, es zu melden. Die schändlichen Verbrecher werden aufs strengste bestraft werden. Ihr werdet sie in der Arena wiedersehen, sobald das Amphitheater wieder aufgebaut ist. Zusammen mit ihm wird unsere schöne Stadt gewaltiger und imposanter wiedererstehen als je zuvor. Wer beim Aufbau Roms mithilft, hat eine besondere Belohnung zu gewärtigen. Den Trümmerschutt nehmen inzwischen alle nach Ostia auslaufenden Schiffe mit, damit die dortigen Sümpfe zugeschüttet werden können. Für Lebensmittel ist genügend gesorgt. Kein römischer Bürger soll Hunger leiden ..."

Tiburtius unterbrach sein Vorlesen, überflog die Bekanntmachung der Länge nach mit einem Blick und murmelte dabei: „Das andere ist nicht für euch." Er gab dem Sklaven das Papyrusblatt zurück und blickte sich wieder im Kreise um.

„Ihr seid die Brandstifter!" schrie er und bemerkte mit Genugtuung, wie die Gesichter der Gefangenen bei seinen Worten zusammenzuckten. „Hört ihr's?" fuhr er, noch lauter brüllend, fort. „Ihr seid die Brandstifter, und ihr werdet eurer Strafe nicht entrinnen. Ihr und alle andern Christen, die noch nicht gefaßt sind, werdet eines elenden, qualvollen Todes sterben. Dafür, daß ihr freventlich die Stadt angesteckt habt, sollt ihr selbst angesteckt werden und in Flammen aufgehen!"

Blutrünstig wie ein Raubtier schritt er durch die Reihen der Gefangenen und wiederholte, während er Gesicht um Gesicht musterte, seine Drohung, als sei er von dem ungenügenden Ausdruck von Angst auf ihnen noch nicht befriedigt. Auf einmal wurde sein Ton ruhiger, als er fragte: „Wer von euch ist Axa, die Tochter des Goldschmieds Chalafta?"

„Das bin ich, Herr!" meldete sich Axa unsicher.

Tiburtius trat an sie heran. „Du kannst mitkommen", sagte er freundlicher. „Du wirst erklären, daß du niemals Christin gewesen bist, und dann werden wir dich zu deinem Vater bringen."

Seine Worte machten Axa klar, daß ihr Vater lebte und daß er mit dem Freigelassenen gesprochen haben mußte. Ohne Zweifel hatte er ihm eine reichliche Belohnung in Aussicht gestellt.

Axa schüttelte den Kopf. „Nein, Herr“, antwortete sie, „ich werde nicht mit dir gehen. Ich bin Christin und mein Mann ist Christ.“ Sie deutete mit dem Blick auf Arie. „Ich will bei ihm bleiben.“

Die funkelnden Augen des Freigelassenen richteten sich von Axas Gesicht zu dem blutleeren Aries und zurück. „Sei doch nicht so dumm!“ herrschte er sie an. „Die Christen sind dazu verurteilt, als lebende Fackeln im Garten des Kaisers zu brennen. Verstehst du das? Sie werden an einen Pfahl gebunden und mit Teer übergossen, dann kommt ein Sklave und zündet sie an und siehe da: es gibt keinen Christen mehr!“

„Ich bin aber doch Christin!“

„Schwatz nicht so einfältig! Dein Vater ...“

„Sag meinem Vater, Herr, ich bin Christin!“

„Verrückt bist du! Das ist die letzte Gelegenheit für dich. Später kann ich dich nicht mehr herausholen!“

„Ich bin Christin, Herr!“

Tiburtius schwieg, innerlich vor Wut kochend, denn er sah die hohe Belohnung Chalaftas seinen Händen entgleiten. Doch dann kam ihm ein neuer rettender Gedanke. „Hör einmal gut zu!“ wandte er sich an Arie. „Einmal hast du schon um Gnade für deine Frau gebettelt. Denkst du noch daran? Der Präfekt weiß nichts davon, daß sie hier ist. Wenn ich sie jetzt mitnehme, dann kommt sie mit dem Leben davon. Ich schaffe sie zu ihrem Vater, und niemand wird etwas davon erfahren, daß sie unter den Christen war. Wenn sie nicht mitkommt, dann werde ich, was ich weiß, dem Präfekten berichten. Hast du mich verstanden? Dir ist wohl klar, was es heißt, wenn sie erst einmal in seinen Händen ist. Also sage ihr, daß sie mit mir gehen soll."

Ein dumpfes Stöhnen entrang sich Aries Mund. Schweißtropfen perlten von seiner Stirn, und auf seinem Gesicht stand unaussprechliche Verzweiflung. Nach all dem, was er in der vergangenen Nacht durchgemacht hatte, nach allem, was in jenen Stunden gereift war, drohte ihm ein neues Verderben. Das ging über seine Kraft und zerbrach ihn.

„Höre, Tiburtius", flüsterte er flehentlich, „genügt nicht mein Tod? Ihr mögt mich zum grausamsten verurteilen!"

„Nein!" sagte der Freigelassene entschieden. „Das geht nicht. Triff einen Entschluß, und zwar rasch!"

Alles Blut war aus Aries Gesicht gewichen. Seine Lippen waren bleich. „Ach, ich kann nicht!" stöhnte er. „Axa, bitte geh mit ... Ich selbst ..."

Aber seine Frau unterbrach ihn entschlossen. Fast zornig sagte sie zu Tiburtius: „Ich bitte dich, Herr, versuche meinen Mann nicht! Wir sind Christen und der Tod ist uns nichts Schreckliches."

„Er – ein Christ?" Tiburtius lachte höhnisch auf und zeigte auf Arie. „Der und ein Christ?" wiederholte er spöttisch. „Ein schöner Christ! Er war es doch, der euch verraten hat. Ihm habt ihr doch alles zu verdanken. Er hat es bezeugt, daß ihr Christen Rom angezündet habt!"

Aries Kopf sank auf die Brust, sein ganzer Leib fiel in sich zusammen, wie von einer ungeheuren Last erdrückt. Im gleichen Augenblick aber erhoben sich aus dem Kreise der Christen Stimmen: „Er ist unser Bruder!"

Tiburtius' Verblüffung wandelte sich in rasenden Zorn. „Ihr Hohlköpfe!" schrie er außer sich. „Ich sagte euch doch eben, er hat euch verraten, er und kein anderer!"

Und wieder kam die Antwort von allen Seiten: „Er ist unser Bruder, Herr!"

Da tobte Tiburtius, riß Aries Kopf am Haar hoch und sah ihm mit wilden Augen ins Gesicht. „Was?" schrie er ihn an, „du bist wirklich ein Christ geworden?"

Die Verzweiflung, die sich bisher auf dem verhärmten, zerschlagenen Gesicht des ehemaligen Sikkaristen gezeigt hatte, fiel plötzlich wie eine Maske von ihm ab. Ein Zug von früherer Kühnheit zeigte sich in seinem Gesicht. Dann sagte er mit ungewohnter Kraft: „Ja! Ich glaube an Jesus. Und ich bezeuge, daß die Christen niemals Rom angezündet haben. Das weißt du auch. Du selbst hast die Fackeln in die Kramläden um das Amphitheater geworfen!"

„Schweig!" brüllte Tiburtius außer sich vor Wut und schlug Arie mit der geballten Faust ins Gesicht, daß das Blut von seinen wieder aufbrechenden Lippen spritzte und er in die Knie sank. Der Freigelassene wandte sich von ihm ab. In seinen Augen funkelte Mordgier, und während er, mit seinen gelben Zähnen knirschend, die Faust drohend gegen die gefangenen Christen schwang, schrie er: „Ihr werdet noch anders singen, das verspreche ich euch! Ihr werdet es noch bitter bereuen. Auch du! Auch du!" Damit hieb er seine Faust Axa ins Gesicht. Dann schritt er wieder lauernd durch die Reihen der Gefangenen.

„Wer ist Petrus, der Galiläer?" fragte er.

Eine heftige Bewegung ging durch die Reihen, wie um den Apostel zu schützen. Dieser jedoch schob alle beiseite und trat vor seine Gefährten. Und obwohl die Angst sein Herz erstarren ließ, leuchtete doch auf seinem breiten Gesicht freudiger Friede. Mit gefaßter Stimme sagte er: „Ich bin es."

„Du bist das Oberhaupt der Christen?"

Petrus blickte sich um auf die hinter ihm stehende Schar. Auf ihren Gesichtern las er Bestürzung und Verzweiflung. Blitzschnell durchfuhr es ihn, daß auch er mit gleicher Angst damals in der Nacht auf dem Ölberg in die Gesichter der

Feinde geblickt hatte. Aber der Meister hatte nicht gezittert. Er, der einen Augenblick vorher noch beim Gedanken an den nahenden Martertod gestöhnt hatte, Er hatte die Angst überwunden. Vor der offenen Tür des Gefängnisses lag der Gang und an seinem Ende schimmerte golden die Sonne. Auch damals leuchtete diese Sonne, die Sonne Galiläas, als der Herr dreimal zu ihm sagte: ‚Hüte meine Schafe!‘ Und so war es geblieben.

Freudig bekannte Petrus also: „Du sagst es, Herr!“

Tiburtius trat noch einen Schritt näher an ihn heran. Der Ausdruck blutgieriger Freude entstellte sein Gesicht vollends. „Ach so“, sagte er gedehnt, „dafür wirst du auch die schrecklichste Strafe erleiden.“ Er machte eine Pause, um sich länger an der Furcht des Gefangenen zu weiden. Dann fuhr er auftrumpfend fort: „Du sollst gekreuzigt werden!“

Ein grausames Lächeln auf den schwulstigen Lippen, beugte er sich vor und bohrte seinen Blick in Petrus' Augen. Dieser zuckte zusammen, als habe er nicht recht verstanden. Tränen stürzten aus seinen Augen und mischten sich seltsam mit dem Lächeln um seinen Mund.

Weinend und lachend zugleich stammelte er: „Habe ich recht gehört, Herr? Ich soll ans Kreuz? Womit habe ich das verdient, daß ich ans Kreuz darf? Ich ..., ich ..., o Herr!“ Er streckte beide Hände aus und bot sie zitternd Tiburtius und den Soldaten, hastig, beklommen, als habe er Angst, das Urteil könne rückgängig gemacht werden und man werde ihn nicht auf dem Vatikanhügel den Tod sterben lassen, den sein geliebter Meister auf Golgatha erlitten hatte.

XVIII

DIE RETTUNG DES PAULUS

Als Petrus nicht mehr unter ihnen war, brach bei den gefangenen Christen eine Panik aus.

Furcht und Verzweiflung ließen die einen schweigend und wie versteinert vor sich hinstarren, während andere auf- und abrannten, als ob sie damit ihre Angst verjagen könnten.

Fiebernd flüsterte eine Frau: „Habt ihr das gehört! Sie wollen uns verbrennen!"

„Als lebende Fackeln!" stöhnte eine andere auf. „Die Gärten des Kaisers erleuchten!"

„Im Feuer stirbt sich's langsam ..."

„Ach, was für Schmerzen muß das geben!"

„Ich kann's mir schon denken, wie das sein wird: Mit Teer begießen, und dann von unten angesteckt! Wir werden spüren, wie erst unsre Füße brennen, und dann der Leib ..."

„Seid still!" schrie eine andere Frau auf. „Ich kann's nicht mehr hören! Sprecht doch nicht mehr davon!" Sie verdeckte ihr Gesicht und steckte sich die Finger in die Ohren.

In einer Ecke rannte ein Mann mit dem Kopf gegen die Mauer, vom Wahnsinn erfaßt. „Besser, wir töten uns selbst vorher!" schrie er.

„Ich will nicht verbrannt werden!" brüllte aus einem andern Winkel eine irre Stimme. „Ich will nicht! Hört ihr? Ich will nicht! Will nicht!"

„Ich will auch nicht!" schrien andere. „Ich habe Angst!" „Sprecht nicht mehr davon!" „Es ist grauenvoll!" „Schweigt doch, schweigt!" „Ja, seid still!"

Es wurde wieder ruhig im Kerker, und nur das hastige Atmen und die schnellen Schritte der sinnlos Umherlaufenden waren noch zu hören.

„Schweigt doch endlich!“ schrie eine Frau wieder und schluchzte laut auf. Der Irre schlug noch immer mit dem Kopf gegen die Wand. Vom Fenster her ertönte das Geklirr der eisenbeschlagenen Stiefel der Wachsoldaten. Jeder Schritt kam den Gefangenen vor wie die unentrinnbare Annäherung des bevorstehenden Grauens.

„Ich habe gehört“, begann wieder jemand mit schriller Stimme, „sie ziehen einem dazu eine Tunika an, ehe sie einen ins Amphitheater zum Anzünden bringen, und diese Tunika glüht nur und brennt nicht.“

„Und den Mund verstopfen sie einem“, stieß eine Frau gellend hervor, „daß man nicht schreien kann!“

„Ruhe, Ruhe!“ schrie es jetzt von allen Seiten, und auf einmal war es totenstill im Gefängnis.

„Wenn sie einem wenigstens Wein geben würden, daß man sich betäuben kann“, begann wieder einer zu flüstern.

„Still jetzt, still!“

„Ja, betrinken!“

„Sterben und nicht spüren, wie man stirbt!“

„Vielleicht geben sie uns was –“

„Nichts wird man uns geben –“

„Den Verurteilten geben sie was –“

„Uns geben sie nichts!“

„Schweigt doch endlich, schweigt!“ kreischte wieder eine Frau. „Ich kann's einfach nicht mehr hören! Was sprecht ihr immer davon! Ich will nicht! Will nichts mehr hören!“

Irres Gelächter mischte sich mit hemmungslosem Schluchzen.

„Seid bloß endlich still!“ jammerte wieder jemand.

„Warum läßt es Jesus zu, daß wir so leiden müssen?“ ertönte plötzlich ein Aufschrei. Vielfältiges Echo brandete auf. „Ja, warum läßt Er es zu, daß wir uns fürchten müssen?“ „Weshalb kommt Er nicht uns zu Hilfe?“ „Vielleicht ist das alles von Ihm gar nicht wahr?“

Wieder trat eine beklemmende Stille ein. Dann sprang plötzlich ein Mann auf, lief mit raschen Sätzen an die Tür und begann dagegen zu trommeln. „Aufmachen!“ schrie er. „Aufmachen! Ich bin kein Christ! Ich will kein Christ mehr sein!“

Aber der Wachsoldat schaute nur höhnisch durch das vergitterte Fenster und schlug die Klappe gleich wieder zu.

„Aufmachen! Aufmachen!“ heulte der Mann weiter. „Ich will auch Opfer darbringen, für wen ihr wollt: für Jupiter, für Mars, für Isis ...“

„Ich auch! Ich auch!“ schrie ein zweiter und dritter, und beide rannten gleichfalls zur Tür. „Ich bin auch kein Christ! Macht auf! Laßt mich raus! Laßt mich raus! Macht auf!“

„Beruhigt euch, Brüder!“ ertönte plötzlich eine feste Stimme. Paulus hatte sich erhoben und stand vor ihnen in der Mitte des Verlieses, und seine Worte klangen beherrscht und zugleich so kraftvoll, daß die verwirrten Gemüter still wurden. Das laute Schreien ging in ein allgemeines Schluchzen über. Alle scharten sich um Paulus, klammerten sich, wenn sie ihn greifen konnten, an seinem Mantel fest, drängten sich näher zu ihm und baten flehentlich: „Paulus, hilf uns! Paulus! Wir haben solche Angst. Ach, Paulus, warum fürchten wir uns so? Warum hilft uns der Herr nicht?“

Teilnahmsvoll strich er über fieberheiße Köpfe und tränenbenetzte Gesichter. „Ihr wundert euch“, sagte er mild, „daß euch die Furcht quält? Seid ruhig, Kinder! Das ist die letzte Versuchung des Satans. Keiner bleibt von ihr verschont. Selbst Jesus ängstigte sich in Gethsemane. Unser Leib ist einmal so geschaffen, daß er sich fürchten muß.“

Er sah, wie sie ruhiger wurden. Aber er gab sich keiner täuschenden Hoffnung hin. Morgen oder übermorgen, das wußte er, würde diese Angst wieder aufsteigen und bis zum Tode nicht verschwinden. Und erst wenn der Tod ganz nahe ist, spürbar nahe, dann wird auch die Furcht plötzlich weg sein, und alle werden erstaunt sein, daß sie ihr vorher erlagen.

Auch ich werde einmal so zittern, dachte Paulus, und mit Verwunderung stellte er fest, daß ihn die Furcht bisher noch nicht ergriffen hatte. Mit Wehmut erinnerte er sich der Worte des Petrus, daß sein Ende noch nicht nahe sei. Sollte er allein am Leben bleiben? Der Schmerz in seinem Herzen wuchs an: Lieber wollte er mit seinen Brüdern und Schwestern gemeinsam sich ängstigen und zusammen mit ihnen sterben, Hand in Hand mit ihnen dahin gehen, wo keine Furcht mehr war. Dann würde er brennen wie sie, für Jesus und für Rom. Für die Stadt der Welt, die auch die seine war...

Doch des Herrn Wille geschehe! Jetzt war nicht die Zeit für eigene Sorgen, wenn andere so schrecklich litten. Bis zuletzt mußte man um den Frieden ihrer Seele kämpfen. Und so fuhr er fort, ihnen Trost zuzusprechen. „Ängstigt euch nicht, wenn die Furcht über euch kommt! Denn auch die Furcht kann man dem Herrn darbringen."

Und dann forderte er sie auf, niederzuknien, breitete seine Hände über sie aus und begann zu beten:

„Lasset uns beten! Komm zu uns, Herr Jesus, und nimm Dich der Sterbenden an. Nimm sie in Ehren auf! Maran atha! Komm zu jedem von uns, wie Du einst zur ganzen Welt kommen wirst. Komm, besprenge uns mit Ysop, daß wir dem Schnee gleich werden! Und gib denen, die auf Erden bleiben, Kraft und Mut zum Kampf, damit auch sie ihren Kelch bis zur Neige leeren können! Gib, daß sie Deine Wahrheit freudig der ganzen Welt verkünden, damit Du sie gläubig findest bei Deiner Wiederkehr! Maran atha! Und gib die Gnade der Erkenntnis denen, die uns töten werden!"

So betete er mit ihnen bis zum Anbruch der Nacht. Und als sie sich niederlegten, trat er zu jedem von ihnen heran und machte auf jede Stirn das Kreuzzeichen.

In einer Ecke lagen Axa und Arie nebeneinander. Als Paulus sich über sie beugte, griff Axa nach seiner Hand und küßte sie. Diesmal verwehrte er es ihr nicht. „Du hast heute tapfer Christus bekannt", rühmte er sie.

„O Rabbi", flüsterte sie ihm zu, „noch immer bin ich nicht gewiß, ob das nicht nur meine Liebe zu Arie bewirkt hat."

Doch er beruhigte sie überzeugend: „Denke nicht so etwas, Axa! Gott finden wir auf den verschiedensten Wegen." Wie immer, wenn er zu Axa sprach, fühlte er sich an Sergia Pauli erinnert. Wenn auch diese stolze Römerin durch ihn zum Glauben gekommen war, so hatte Christus sie dann doch erfaßt und an sich gezogen.

Danach schlug Paulus das Kreuzzeichen über Aries Stirn und lobte auch ihn: „Du hast dem Menschen kühn geantwortet, der dich so gequält hat."

Ein leises Stöhnen drang zu ihm auf. „Hätte er mich doch zu Tode gequält, in Stücke zerrissen ... Aber sie ..., ich habe sie dem furchtbarsten Tode ausgeliefert."

„Sorge dich nicht!" erwiderte Paulus und beugte sich ganz tief zu ihm, daß nur Arie seine Worte hören konnte. „Jesus läßt nichts Böses über das Maß zu. Diene du Ihm nur bis ans Ende! Das ist genug. Ihr werdet gemeinsam ruhig sterben."

Nachdem er alle besucht und getröstet hatte, kehrte er zu seinem Platz am Fenster zurück. Zuerst war es hier noch dunkel. Später, als die Nacht fortgeschritten war, überflutete das sanfte Mondlicht wieder den engen Hof und fiel langsam in die Tiefe des Verlieses wie ein milder Wasserfall.

Paulus konnte nicht einschlafen. Petrus, mußte er denken, ist nun schon bei Jesus. Viele Jahre lang hatte er geglaubt, der galiläische Fischer wisse nicht, was Eile heiße. Wie hatte er sich darin doch getäuscht! Jetzt hatte Petrus bereits den Bruder Andreas eingeholt, der im fernen Skythien gekreuzigt worden war, den Bruder Jakobus den Jüngeren, der vom Säulengang des Tempels herabgestürzt und dann erschlagen worden war, als er sich, gerühmt sogar von den Ungläubigen, öffentlich zu Christus bekannte. Überall auf der Welt gaben sie ihr Blut für die gleiche Sache hin. Denn das war ihre Aufgabe, die Aufgabe der Zeugen, die gesehen, gehört und mit eigenen Händen berührt hatten.

Auch ich werde mein Blut hingeben, dachte Paulus. Das war ihm der größte Trost. Wieder wollte er niederknien und beten. In diesem Augenblick öffnete sich vorsichtig und fast lautlos die Tür zum Verlies. Die Gestalt eines Soldaten wurde im Türrahmen in ihren Umrissen sichtbar. Er stand eine Weile still, dann flüsterte er: „Paulus aus Tarsus! Paulus! Komm heraus!"

Voller Verwunderung ging Paulus auf den Soldaten zu. Dieser schob ihn sanft, aber nachdrücklich zur Tür hinaus, nahm einen Soldatenmantel, den er in der Hand hielt, und warf ihn Paulus über die Schulter. Dann drückte er ihm einen Helm auf den Kopf und gab schweigend Paulus ein Zeichen, ihm zu folgen.

Sie schritten durch den Gang, und Paulus war es, als träume er. Sie kamen an der Wachstube vorbei, wo drei Prätorianer, ihrer Panzer entledigt, sich mit Würfelspiel vergnügten, ohne aufzusehen.

Endlich erreichten sie das äußere Kerkertor. Hier standen zwei Soldaten Wache, aber keiner hielt sie an. Nur der eine rief ihnen gutmütig nach: „Ist euer Dienst schon zu Ende? Geht ihr ins Lager?"

„Ja“, antwortete der Begleiter von Paulus gleichmütig.

So verließen sie das Tullianum und schritten in die kühle Nacht. Das Forum war ein einziges Trümmerfeld. Jämmerlich ragten die Reste der ehemals stolzen Bauten auf. Angekohlte Standbilder lagen auf ihrem Weg wie erstarrte Leichname. Der Mond segelte über einen fast wolkenlosen Himmel. Mit seinen silbernen Strahlen liebkoste er die rauchgeschwärzten Wände der Basilica Julia und erleuchtete sanft den Vorhof des Vestatempels.

Sie sprachen nicht miteinander. Sie gingen, fortwährend schweigend, durch den toten Stadtteil. Hinter ihnen, am Tiber, rasselten Wagen. Um sie herum herrschte Stille. Der Geruch der kaum verlöschten Brandstellen kratzte in der Kehle. Bei dem leisesten Windstoß flog trockene Asche auf. Über dem Sitz der Vestalinnen ragten Säulenreste der Palatinischen Paläste wie zerrissene Gebirgsstöcke zum Himmel. Aus den Stapeln verkohlter Bretter beim völlig niedergebrannten Amphitheater, einst der Stätte blutigster Schaustellungen, quoll der widerlich süße Geruch verwester Leichen.

Jetzt hatten sie den Mond im Rücken, und ihre Schatten liefen gespenstisch vor ihnen auf dem Erdboden her. Der Weg zwischen den Ruinen führte bergan. Die rauchgeschwärzten Grundmauern des Cäsarenpalastes waren von schwarzen Baumstümpfen umgeben. Der künstliche Teich, halb von den Trümmern des zusammengestürzten Amphitheaters zugeschüttet, spiegelte in seinem Marmorviereck das Bild des Mondes. Endlich blieb der Soldat stehen.

„Jetzt bist du frei, Paulus“, sagte er.

„Wer bist du?“ fragte Paulus.

Statt einer Antwort nahm der Prätorianer den Helm ab. Da erkannte ihn Paulus. Es war Valerius, sein Wachsoldat, der zwei Jahre lang mit ihm im Hause des Hermes gelebt hatte.

„Weshalb hast du mich befreit?“ fragte Paulus verwundert.

Der Soldat kniete vor ihm nieder und sagte demütig: „Auch ich möchte Christ werden.“

„Wenn du es willst“, erwiderte Paulus, „Jesus verwirft niemand.“

Er wies auf den Teich. Valerius begriff. Er nahm seinen Mantel ab und löste sein Schwert. Leise plätscherte das Wasser, als er hineinstieg. Paulus erhob die Hände über sein Haupt. Der Mond schüttete seinen Glanz durch die Finger des Apostels auf das krause Haar des Soldaten und auf die willig gebeugten Schultern. Von den Hügeln des Quirinals und des Viminals wehte ein frischer Wind den aromatischen Duft der nachttrunkenen Bäume und Blumen herüber. Aus der Stadt kam ein feiner Brandgeruch und mischte sich mit der würzigen Brise. Ein Hund heulte in der Ferne. Irgendwo rasselten Wagen ohne Unterlaß.

Das Gebet war zu Ende, und das Wasser floß über Kopf und Schultern des Prätorianers. Paulus wollte ihm noch ein Kreuz zum Kusse reichen. Aber das kleine Holzkreuz, das er gewöhnlich bei sich trug, war im Kerker geblieben. So griff er nach dem daliegenden Schwert, faßte es bei der Schneide und reichte dem Getauften den Kreuzgriff zum Kusse. Der Mondschein lief wie ein großer Tropfen funkelnd die Klinge entlang.

Ende

Auszug aus **Stuart Jackman, Die Affäre Davidson** (Roman)

Die Jerusalemer Studios lagen sehr günstig an der Ecke gegenüber dem Jaffa-Tor. Schaute man aus dem Fenster von Kappers Büro im fünften Stock, wo dem WFS eine Etage zur Verfügung stand, so konnte man die ganze Stadt überblicken bis hin zu dem massiven Klotz des Tempels und dem grünen Rücken des Ölbergs dahinter: ein prachtvolles Bild, das zwischen den diversen Programmen im JFS 1 – dem Jerusalemer Kanal –, als Erkennungsbild verwendet wurde.

An jenem Montagabend diente es mir als Kulisse für meinen Report. Es wurde von hinten auf eine Landwand projiziert, vor der man einen Schreibtisch und einen Stuhl für mich bereitgestellt hatte. Auf dem Schreibtisch stand ein Telefon und eine kleine Vase mit Anemonen aus Galiläa. Das Telefon war Kappers Dreh, seine optische Visitenkarte sozusagen, die er regelmäßig ins Bild bringt. Dem Zuschauer, behauptet er, würde dadurch das Gefühl suggeriert, unmittelbar dabei zu sein, auch ein Hauch gespannter Erwartung teile sich mit. Die Blumen stellten meinen Beitrag dar. Sie stammten aus der Gegend, wo Davidson aufgewachsen war, und diese Tatsache besaß für den Romantiker in mir einen starken Reiz.

Ich saß unter dem grellen Licht und beobachtete Drewy Patros auf dem Monitor. Er war der Leiter der Nachrichtenabteilung bei der KFG und trat gewöhnlich nur bei besonderen Anlässen, etwa beim Tode eines Monarchen, vor die Kamera. Untersetzt und dunkelhaarig, mit einem großen runden Kopf und einem Bürstenhaarschnitt, hockte er in der Mitte des Bildschirms wie eine Spinne, in deren Netz sich gerade eine ausnehmend saftige Fliege verfangen hat. An jenem Abend war der Empfang ausgezeichnet, und Patros' Stimme, die sich gierig durch das Wortgeknorpel hindurchkaute, drang über die vielen Kilometer unverzerrt an mein Ohr. Ich glaube, man könnte seine Stimme interessant nennen, männlich, geprägt von einer starken Persönlichkeit, vor allem, wenn man sie wie die Fernsehzuschauer nur gelegentlich vernimmt. Für uns jedoch, die wir mit ihm zusammenarbeiten mußten, klang sie weniger anheimelnd als aufreizend und dazu gefährlich wie eine Alarmsirene. In unserer Vorstellung verband sie sich mit dem organisierten Chaos, aus dem aktuelle Fernsehsendungen geboren werden – den strapaziösen Reisen zu weltfernen Orten, den scheußlichen Mahlzeiten, die stehend an Kantinentischen hinuntergewürgt wurden, dem besessenen Gehetze auf der Suche nach Tatsachen, die in einer unwahrscheinlich kurzen Zeitspanne gesammelt und, hübsch vorgekaut, einem gefräßigen Publikum vorgesetzt werden mußten. Patros sah nicht nur aus wie eine Spinne, er benahm sich auch so. Unerwartet stürzte er sich auf unsere Freizeit und überraschte uns regelmäßig mit einer ganzen Kollektion ausgewachsener Katastrophenfälle.

Als ich am Sonntagmorgen um halb sieben im *Heliopolis Palm Hotel* nach dem Telefon neben meinem Bett geangelt und am anderen Ende seine Stimme vernommen hatte, war mir sogleich klar, daß sich da etwas zusammenbraute. Und auf sein Gebräu verspürte ich nicht den geringsten Appetit.

Greg Dekka und ich hatten zwei Wochen in der Wüste hinter uns, wo wir ein Feature über das Frühlingsfest der Beduinen abgedreht hatten. Es handelte sich um eine pseudo-kulturelle Sache, die Toplou bebrütet hatte, seit er Programmdirektor geworden war. Toplou war ein Grieche, dem der Sprung von der Athener Universität, wo er einen Lehrauftrag gehabt hatte, an die Spitze der Fernsehhierarchie gelungen war. In seiner Vorstellungswelt hatte das Fernsehen die Aufgabe, zu erziehen und zu erbauen und nicht etwa zu unterhalten.

Aber vielleicht brauchten wir einen wie ihn. Seit Jahren hatten wir die Zuschauer mit Sex und Crime überschwemmt, und alle Anzeichen sprachen dafür, daß der Sättigungspunkt fast erreicht war. Komisch nur, daß Toplous sorgfältig geplantes Kultur-für-die-Massen-Programm immer wieder ein verstörend buntscheckiges Aussehen annahm und der früheren Mixtur ganz verteufelt glich, als werde alles, was seinen Weg durch die Kameralinsen nimmt, irgendwo zwischen Drähten und Röhren umgeformt, um auf dem Bildschirm deftig gepfeffert und brutal zu erscheinen.

So wie dieses Beduinenfest. Nach Plan und Absicht bildete es ein weiteres Kapitel in der erhebenden Geschichte des Menschen, der über eine ihm feindliche Umwelt triumphiert. Aber alles, was wir zustande gebracht hatten, waren einige tausend Meter Film über Menschen, die sich hemmungslos wilden Tänzen hingaben, einem Teil uralter Fruchtbarkeitsriten; außerdem hatte unsere Kamera einen lüsternen Seitenblick in das Treiben des dörflichen Sklavenmarktes geworfen. Im Grunde hatten wir nichts anderes zu bieten als den heimischen Circus Maximus – Nacktheit und Blut –, bloß als arabische Variante inmitten von Dreck und Elend, eine Szenerie, die uns etwas peinlich war, wie die häufig gezeigten Dattelpalmen im Hintergrund verrieten.

Nach vierzehn Tagen Beduinenleben waren wir froh, nach Heliopolis zurückzukehren, uns den Gestank der Ziegen aus den Poren zu spülen und endlich wieder in einem anständigen Bett zu schlafen. Nicht, daß wir's damit eilig gehabt hätten. Als erstes hatten wir die Nachtlokale abgegrast (ein müder Abklatsch von dem, was wir in der Wüste gesehen hatten, bloß daß die Mädchen sauberer waren) und uns dem Bewußtsein hingegeben, noch fast den ganzen Sonntag durchschlafen zu können, bevor wir am Montag früh nach Rom zurückflogen. Doch Patros hatte anderes mit uns im Sinn.

»Zieh dich an, Cass«, verkündete er mir übers Telefon. »Ich schicke dich nach Jerusalem.«

»Na, herzlichen Dank. Wann denn?«

»Umgehend. Heute morgen noch. Wir haben einen Charterflug bei Trans-Med für dich gebucht. In genau dreiundfünfzig Minuten fliegst du von Almaza ab.«

Im anderen Bett zwängte Greg ein Auge auf und konzentrierte seinen Blick auf mich. Ich bedeckte die Sprechmuschel mit der Hand. »Patros. Wir fliegen nach Jerusalem.«

»Was denn. . . Etwa heute?«

Ich nickte.

»Herr im Himmel«, murmelte Greg und machte das Auge wieder zu.

Patros sagte an meinem Ohr: »Ich weiß schon, Cass, das kommt ein bißchen plötzlich, aber. . .«

»Ja«, erwiderte ich, »ein bißchen sehr plötzlich, nicht?«

»Tut mir leid, aber hier haben wir's mit Dynamit zu tun. Die ganze Ladung kann jede Minute in die Luft gehen.«

»Ich weiß mich kaum zu fassen«, sagte ich.

Patros sprudelte hervor: »Also hör mal, Cass, falls du. . .«

»Schon gut, Drewy. Worum dreht sich's?«

»Um Davidson.« Das Wort schien ihn in der Kehle zu kratzen. Es klang, als werde ein Streichholz angerissen. Ein Streichholz, um eine Zündschnur anzuzünden.

»Was?«

»Jesus Davidson, zum Kuckuck!«

»Was ist mit ihm?«

»Sie haben ihn am Freitag nachmittag hingerichtet.«

»Ach, wirklich? Und was soll ich jetzt tun? Einen Kranz niederlegen?«

»Wenn das stimmt, was durch den Fernschreiber kommt, braucht er keine Blumen mehr. Eher eine gute, handfeste Mahlzeit.«

Ich zog die Stirn kraus und nahm den Telefonhörer ans andere Ohr.

»Die Verbindung ist wohl schlecht. Hast du nicht eben gesagt, daß er tot ist?«

»Tot und begraben.«

»Letzten Freitag?«

»Richtig.«

»Und jetzt hat er Hunger?«

»Nimm dich zusammen, Cass. Ich weiß selber, daß es sich idiotisch anhört, aber ich hab's direkt von Kapper, und den legt keiner so leicht aufs Kreuz.«

Da mußte ich ihm recht geben. Nick Kapper und ich waren alte Freunde. In alten Funkzeiten waren wir zusammen Diskjockeys gewesen, bevor wir dann zum Fernsehen überwechselten. In den letzten Jahren hatte er sich als Produzent einen ausgezeichneten Ruf erworben. Er war von leichtem Körperbau, stets auf dem Sprung, hatte ruhelose Hände und Augen und schien gewissermaßen elektrisch geladen. Es war, als sei er eingespannt in den Stromkreis seiner Kontrolltafel, vor der er oberhalb des Studios in seiner kleinen, schalldichten Kabine saß. Seine Rivalen behaupteten bissig, er sei mit seinem Job verheiratet, mußten allerdings einräumen, daß es eine äußerst erfolgreiche Ehe war. Wenn die Nachricht von ihm stammte, konnte man der Sache ruhig nachgehen, so grotesk sie sich auf den ersten Blick auch ausnehmen mochte.

»Was sagt er im einzelnen?«

»Warte, hier hab' ich's wörtlich: ›Jesus Davidson, am Freitag wegen Hochverrats hingerichtet, wurde heute früh in der Stadt gesehen, nachdem sich um vier Uhr morgens ein kleineres Erdbeben ereignet hatte. Einige Angehörige der jüdischen Armee, zum Wachdienst an Davidsons Grab abkommandiert, befinden sich jetzt in Untersuchungshaft. Schlage vor, sofort Recherchen aufzunehmen.‹«

Ich ließ mir die Sache einen Augenblick durch den Kopf gehen. Zweifellos nahm Kapper die Sache sehr ernst.

»Bist du noch am Apparat, Cass?«

»Bin ich, Drewy. Sag mal, wer war – oder ist – Jesus Davidson?«

Patros lachte. »Eine interessante Frage, Cass. Aber die Antwort darauf mußt du dir schon selbst holen – in Jerusalem. Wir wissen von ihm nur, daß er ein kleinstädtischer Handwerker war – Klempner oder Schreiner oder so –, der sich ein bißchen zu weit in die Politik eingemischt hatte.«

»Ach, einer von denen.«

»Eben. Und bei der gegenwärtigen Lage im Nahen Osten kann sich das Ding binnen vierundzwanzig Stunden zur Lawine auswachsen.«

»Hat er denn viele Anhänger?«

»Keine Ahnung. Mußt du selber rausfinden. Übrigens nannte er sich Messias.«

»Und was bedeutet das?«

»Tut mir leid, Cass, dafür ist jetzt keine Zeit. Sieh zu, daß du rechtzeitig antanzt. In Jerusalem wartet ein Knüller, den du uns glutheiß servieren wirst, und wenn du dir die Pfoten dabei verbrennst.«

»Sei bedankt, mein lieber Schwan«, sagte ich. »Ich bin jetzt schon Feuer und Flamme.«

»Du kriegst morgen fünfzig Minuten Sendezeit beim WFS. Gleich anschließend an die Abendmeldungen.«

»Jetzt mach keine Witze. Für so was brauch' ich mindestens. . .«

»Wende dich an Kapper, der schüttelt das alles aus dem Ärmel. Hauptsache, du stehst morgen um zwanzig Uhr fünfzehn vor der Kamera. Abgemacht?«

»Nun halt mal einen Moment die Luft an, Drewy, ich. . .«

»Mach's gut, mein Sohn«, sagte Patros und hängte ein.

Der Miniatur-Patros auf dem Monitor sagte: »Hallo, Cass Tennel, bitte melden.« Ich hörte das kurze Anschwellen, dann Abklingen der Musik, sah, wie der Regisseur seine Hand fallen ließ – das Zeichen für mich –, und drehte mich der Kamera zu.

»Jerusalem«, begann ich, »bietet heute abend das Bild einer Stadt, die von Gerüchten und Unruhe beherrscht wird. Obwohl Hotels und Herbergen noch überfüllt sind von Pilgern, die das große Fest der Juden hierhergeführt hat, brütet in den menschenleeren Straßen eine unheilvolle Stille – durchbrochen nur von den quietschenden Streifenwagen der Polizei und den rumpelnden Jeeps der Militärpatrouillen. . .«

Die Kamera hatte mich halbnah erfaßt: leicht vorgelehnt über den Schreibtisch, mit dem riesigen Panorma der Stadt hinter mir. Wir hatten uns diese Einstellung sorgfältig durch den Kopf gehen lassen, denn es kam darauf an, von vornherein die richtige Stimmung zu vermitteln.

Ursprünglich waren wir auf klotzige Dramatik ausgewesen: »Kann ein Mensch vom Tode auferstehen? Das ist die Frage, die heute abend jedem hier auf den Lippen liegt...« Aber als die Stunden in fieberndem Reigen vorübertaumelten und das Skript langsam Gestalt annahm, paßte mir die Einleitung immer weniger. Denn auf diese Frage konnte einzig und allein ein entschiedenes Nein die Antwort sein und den Höhepunkt bilden, und je mehr ich über Davidson in Erfahrung brachte, desto weniger war ich bereit, mich vor die Kameras zu stellen und eine solche Antwort zu geben.

Die Story, die wir Stück für Stück zusammentrugen, zeigte nur auf der Oberfläche politische Aspekte. Im Kern war sie religiöser Natur. Als sich das am Sonntag nachmittag herausstellte, hatte mein Instinkt Alarm geschlagen, und ich war drauf und dran, sie fallen zu lassen wie eine heiße Kartoffel. Nach meiner Erfahrung eignen sich religiöse Stoffe nicht besonders fürs Fernsehen. Sie sind thematisch zu kompliziert und zu zeitraubend. Zerschnippelt man den Komplex Religion aber in kleine Rationen von zehn Minuten Dauer, mit Titeln wie »Epilog« oder »Glauben heute«, so wird die Geschichte flau und fad, ein Teller voll wäßrigem Haferschleim, einem Hungernden vorgesetzt. Läßt man die Religion bei Podiumsdiskussionen zu Wort kommen oder räumt ihr einen Platz in der aktuellen Berichterstattung ein, so erleidet man mit schöner Regelmäßigkeit Schiffbruch, denn der natürliche Fluß der Ideen und Vorstellungen setzt sich gegen eine solche Reglementierung zur Wehr. Zäh und klebrig wie Kaugummi wird das, löst nur Peinlichkeit aus und beschert der Fernsehgesellschaft eine lästige Briefflut von Zuschauern, deren dogmatisches Eiferertum höchstens von ihrem völligen Mangel an Menschlichkeit übertroffen wird. Patros würde mir bestimmt keine Kränze flechten, wenn ich ihm einen hochtrabenden Essay über die theologische Problematik des zeitgenössischen Judentums lieferte.

Nur allmählich war uns aufgegangen, daß wir es hier überhaupt mit Religion zu tun hatten – mit einer Sache, die Leben und Tod betraf und nicht nur der Juden. Dies war keine Angelegenheit der Priester oder des Rituals – kein Gezänk über kirchliche Streitfragen, keine Ketzerjagd, die in die Gefilde irgendeiner obskuren Sekte führte. Hier handelte es sich um die Kernfrage – die Frage nach Wesen und Sinn des Lebens.

Stuart Jackman
Die Affäre Davidson

Tb., 144 S., Best.-Nr. 56728

„Also — das riß mich von meinem Intercity-Sitz", gesteht Bernd Bierbaum in seinem Vorwort, nachdem er die Geschichte des auferstandenen Jesus Davidson gelesen hat. Wir gukken dabei dem abgebrühten Star-Reporter Cass Tennel über die Schulter. Mit den Mitteln der heutigen Zeit wird uns das Geschehen um Ostern völlig neu und deutlich gezeigt.

Herbert Kuhn
Karmel

Pb., 148 S., Best.-Nr. 55777

Die Karmelgeschichte wird in den Rußland-Winter 1944 hineinprojiziert. Dabei wird der Karmel zu einem Offiziersbunker in Rußland. Elia wird zu einem Pfarrer, die Baalspriester zu Offizieren des Dritten Reiches. Das, was sich auf dem Karmel ereignet hat, ereignet sich wieder in der Christnacht bei einer Weihnachtsfeier. Die atemlose Spannung, die den Leser ergreift, geht von der inneren Dramatik aus, die dieses Buch erfüllt.

Stuart Jackman
Die Messerhelden von Soweto

Nachwort von H. K. Hofmann
Pb., 272 S., Best.-Nr. 55767

Apartheid authentisch: Das ist die tragische Geschichte der Daybreak Boys, einer Bande junger Schwarzer, die ihren erregenden Rock singen, ohne schon zu ahnen, daß dies ihr letzter Auftritt sein wird.

BRENDOW VERLAG

D-4130 Moers 1